AF295226

Bild: Carola Winberg - Bruun

Förlag: BoD · Books on Demand, Stockholm, Sverige

Tryck: Libri Plureos GmbH, Hamburg, Tyskland

ISBN: 978-91-8080-060-0

"Lymedoktorns" kamp

och den osynliga sambon i skatteparadiset

CAROLA WINBERG - BRUUN

TILL LÄSAREN

Om jag inte hade insjuknat i borrelios sommaren 2018, skulle du inte ha den här boken i din hand. Visst hade jag skämtat om att nästa bok skall heta *Hyresgästen*, men inte trodde jag att boken skulle bli skriven. Den sommaren höll jag på att korrekturläsa manuset till min första bok, och jag längtade efter att bli pensionär på heltid.

När boken äntligen blev utgiven följande sommar, längtade jag redan efter att få börja skriva den här. Jag hade funnit en meningsfull hobby, men även upptäckt skrivandets terapeutiska inverkan. Under mina värsta stunder, i min kamp mot sjukdomen och vårdpersonalen, insåg jag att det här bör jag dokumentera.

Min första bok är en faktabok, och jag som trodde att jag inte kan skriva annat, förstod plötsligt att den här ska bli en roman. I samma stund visste jag var och hur berättelsen skulle börja; samtidigt kom orden till första kapitlet. Mitt skrivande sker spontant; texten bara föds och jag vet inte på förhand vart den kommer att leda mig.

När jag i november 2019 inledde skrivandet upplevde jag ett otroligt flyt som endast ångesten begränsade. Den hösten var det problem i lägenheten jag nyligen hade flyttat till, och jag förstod att jag bör skriva *Hyresgästen* samtidigt.

En del terapeuter använder skrivandet som metod till exempel i traumaterapi. Traumat anses vara färdigt behandlat då klienten har läst upp texten för terapeuten sex gånger. Medan jag korrekturläste min första bok lade jag märke till att obehaget jag kände då jag läste de avsnitt som beskrev traumatiska upplevelser succesivt försvann när jag läste dem på nytt. Detsamma hände under bearbetningen av manuset till den här boken.

Ibland blev ångesten så stark att jag omedelbart måste avbryta skrivandet och ta en lång paus, men behovet att skriva återvände alltid. Under somrarna i Finland lärde jag mig att bemästra min rädsla för fästingar, vilket innebar att jag även då hade uppehåll. Många andra överraskningar störde också koncentrationen, och gjorde att skrivandet blev sporadiskt, men händelserna var intressanta och förde alltid berättelsen vidare.

På grund av ångesten forcerade jag snabbt fram texten, vilket betydde att de kapitlen krävde mest bearbetning. Jag har dyslexi, och önskar att ni har överseende med eventuella skrivfel, detsamma gäller marginalerna som inte blev helt perfekta. Tack vare dyslexin blev korrekturläsandet omfattande, och då blev den terapeutiska effekten god. Jag följde också upp blodtrycket som tillfälligt steg vid dessa tillfällen, men stegringen minskade för varje gång jag läste de ångestladdade avsnitten.

Jag använder ett vardagsnära språk för att läsaren lättare skall komma in i berättelsen och kunna vandra i mina skor. Boken beskriver mina tankar och känslor med ord som är bekväma för mig. En del uttryck används kanske endast i Finland: amper (barsk), däld (sänka) och språkbad (inlärningsmetod) är eventuellt sådana ord. Jag kommer också att fixa, kolla, använda städgrejor och ta någon på säng.

De flesta personer har fått nya namn: också de kom till mig spontant. När jag började skriva visste jag inte hur och var berättelsen skulle sluta. Jag har flera gånger planerat avslut, och trott att jag har börjat skriva sista kapitlet, men nya händelser har fört berättelsen vidare. När jag skrev det sista ordet var jag däremot helt säker på att boken tog slut.

Boken riktar sig främst till politiker, beslutsfattare, vårdpersonal och personer som på olika sätt har berörts av borrelios. När jag blev biten av en fästing trodde jag att borrelios var en sjukdom som lätt botas med antibiotika. Jag hade visserligen läst och hört om svåra fall, men jag trodde att det enbart gällde dem, som inte hade upptäckt bettet och därför inte uppsökt vård i tid. Enligt mina symtom drabbades jag av både neuroborrelios och borreliaartrit, men jag använder enbart benämningen borrelios.

Själv har jag varit anställd i offentliga sektorn, men har också arbetat som företagare och "köppersonal". Jag har flera yrken av vilka ett är arbetshandledare, och min helhetssyn fungerar även som patient. Min strävan är att alltid förstå alla inblandade, och systemet som sätter ramarna för deras agerande. Jag vill inte beskylla de ordinarie vårdanställda eftersom deras börda redan är tillräckligt tung.

Det här är en berättelse som beskriver en patients upplevelser och tankar. När jag plötsligt ställdes inför livets stora frågor och tvingades pausa mitt liv, hade jag mycket tid för reflektion ur nya synvinklar.

Pärmbilden symboliserar mig: en martall på en skärgårdsklippa; den böjer sig ödmjukt i stormen men reser sig alltid upp igen. Min önskan är att boken bidrar med någonting konstruktivt, för jag vill vara en del av lösningen och inte en del av problemet.

San Agustin, 2024

Carola Winberg - Bruun

1. KONFUNDERAD

Då jag skuffar ut min kundvagn ur hissen till Prismas trapphus vid parkeringshall ett, känns det plötsligt som om benen inte längre orkar bära mig. Samtidigt förnimmer jag en stickande värk i vaderna, och en trötthetskänsla som jag aldrig tidigare har upplevt. Benen kändes lite konstiga redan inne i affären, men det var så mycket som jag behövde få ner i kundvagnen, att jag inte lade märkt till dem då.

Här finns ingen bänk så jag lutar mig mot väggen. Min dotter Frida med sambo Alex ska snart hämta mig med bilen. Det är 30 grader i skuggan: en värmebölja som började fredagen den 13 juli; samma dag som läkaren ringde och berättade att det är någonting med borreliaprovet, och att medicineringen bör inledas omedelbart. Den skulle avbrytas ifall det visade sig vara "falskt alarm", men en vecka senare meddelade läkaren per sms att ett nytt borreliaprov bör tas senare.

I dag är det fredagen den 3 augusti, och jag tänker på den underdoserade antibiotikakuren som tog slut för en vecka sedan. Den argsinta sköterskan, som svarade när jag ringde till hälsostationen, vägrade att fråga läkaren angående styrkan på antibiotikan, trots att hon ändå skulle kontakta honom och fråga när labprovet bör tas. Enligt bi-packsedeln hade jag inte fått den mängd som ordineras för borrelios, men hon höll envist fast vid att den var rätt. Antagligen hade varken hon eller läkaren lagt märke till att man bör ta en starkare dos för borrelios, eftersom det var skrivet längst ner. Dessutom fick jag för låg dos i förhållande till vikten, men inte heller det påpekandet noteradade hon.

Att arbeta på en hälsostation mitt i sommarhettan är troligen tungt, och patienter som ifrågasätter läkarens arbete är säkert de värsta. Sköterskans röst var hård och hon gick genast i försvarsposition; jag hade inte en chans att bli ordentligt hörd.

Läkaren, som jag besökte för några veckor sedan, var en ung vikarie som genast konsulterade en annan läkare. Jag uppfattade att han fick veta att det bör tas två blodprov: borrelia och harpest, och att medicineringen räknas enligt vikt, men läkaren frågade inte hur mycket jag väger.

Jag var mycket tydlig när jag berättade för läkaren, att jag aldrig tidigare hade fått en sådan reaktion i huden av ett fästingbett. Han tog en snabb titt på den mörkröda fläcken på benet och sade i nonchalant ton: "Det där kan bara vara lite infektion i bettet." Mitt svar var att jag har haft typiska borreliossymtom, men inte heller det noterade han desto mera. Kanske ville läkaren visa sig på styva linan och dölja sin osäkerhet, för han hade kanske just börjat på sitt första jobb som läkare, eller var det fråga om praktiktid?

Fästingen satt fast på benet högst en halv timme. Bettet var en liten röd prick, som jag putsade med antiseptiskt medel och strödde på Bacibact pulver några dagar. Dessutom lade jag på ett plåster som skydd då jag jobbade utomhus. Infektioner brukar väl komma genast och inte mer än tre veckor senare, men jag ville inte göra den unga läkaren mera osäker. Om jag hade ifrågasatt hans kunskaper kunde det ha fått ännu värre konsekvenser.

Jag berättade också att jag först hade trott, att jag hade fått en släng av förkylningen som många hade vid midsommartid, men att utslaget hade fått mig på andra tankar. Inte ville jag ta antibiotika i onödan, men litade på att läkaren visste när den behövs. Medicinen gav inte någon märkbar reaktion i kroppen, men eftersom jag ville tro att den trots allt var tillräcklig, inbillade jag mig att den hade rätt effekt. Nu är det i alla fall någonting som är galet.

Jag har köpt kräftor som vi ska äta på terrassen i kväll. Barnbarnet Kajsa kommer också med, och hon ska stanna kvar hos mig i skärgårdsstugan några dagar i nästa vecka. Sekunderna känns långa nu när jag har gått ut till parkeringshallen. Här är absolut inget luftombyte så avgaserna stannar kvar. Jag börjar mår illa och det sticker i ögonen. Lättnaden är stor när bilen rullar fram och jag får sätta mig.

Vi hämtar Kajsa, kör ner till båthamnen och tar oss ut till ön i min lilla båt. Jag berättar inget om benen; det är inte läge för det nu, och den konstiga värken försvinner då jag sitter. Kanske var det någonting tillfälligt, men jag vet att det är ett önsketänkande. När jag upptäckte utslaget började jag ta reda på angående sjukdomen. Jag fick veta att borreliabakterien ger diffusa och sporadiska symtom, som läkarna har svårt att diagnostisera.

Då vi kommer fram blir det genast lunch, och efter den får Kajsa plaska i en uppblåsbar bassäng, men jag blir kvar i skuggan på terrassen. Jag har en typisk stockstuga med loft där det finns två sovrum. Nere finns vardagsrum, öppet kök, mitt sovrum och bastuavdelning. På gaveln mot havet finns en lång terrass och ovanför den en balkong. Det här är det ena av mina två paradis; det andra finns på en liten ö i Atlanten, där jag sedan jag blev pensionär bor under vinterhalvåren.

Några timmar senare börjar jag ställa i ordning för kvällens lilla fest. Nu väller plötsligt ett konstigt illamående över mig och det vibrerar i benen. Det är någonting som händer i nervsystemet: små blixtrar i lodrät riktning. Jag blir rädd samtidigt som tusen tankar strömmar genom mitt huvud. Vad är det som händer i min kropp? Borde jag ta mig till jouren nu? En fredagskväll på Malms jour är ju ingen höjdare precis, och kräftorna, ungdomarna och Kajsa.

Jag har känt mig lite trött från och till, och har haft olika konstiga snabbt övergående reaktioner sedan fästingbettet i mitten av juni. Redan fem dagar efteråt fick jag plötsligt tungt att andas, blodtrycket var tillfälligt förhöjt och mätaren visade att jag hade rytmstörningar.

Förkylningssymtomen vid midsommartid trodde jag att berodde på att Kajsa hade snuva och hosta. Midsommarhelgen var kylig och blåsig; jag frös mest hela tiden trots att jag eldade brasor i stora täljstensspisen.

I början av juli tyckte jag ibland att mitt närminne var lite försämrat, men jag trodde att det berodde på att jag var så fördjupad i korrekturläsandet av boken, som jag ville få färdig innan jag flyttar tillbaka till Gran Canaria.

Att det inte ens blev den typiska kliande röda svullnaden runt bettet, trodde jag att berodde på att fästingen hade suttit fast så kort tid. Därför var det svårt att koppla ihop de olika reaktionerna med bettet. Jag tänkte också att jag inte får någon vård utan tydliga symtom; röd ring som är minst fem cm i diameter kräver många läkare för att skriva ut antibiotika.

Inte ens det mörkröda utslaget, som jag upptäckte drygt tre veckor efter bettet, gjorde det lättare att få träffa en läkare, eftersom det inte var tillräckligt stort. Sköterskan i receptionen konsulterade en läkare, som bad mig åka hem för att vänta tills utslaget blivit större. Då svarade jag i bestämd ton: "Jag har haft två typiska symtom och nu är jag här." Hon undrade hur svullet och ont benet var, så jag drog till med något för att få träffa läkaren.

Borrelios är en obehaglig sjukdom, men den kan botas med antibiotika. Trots att jag har hört och läst om situationer då läkaren inte har trott på patienten, har jag haft svårt att verkligen tro att de var sanna. Människor har blivit rullstolsbundna, fått leva med fruktansvärda smärtor och de värsta fallen låg i mörka rum. Vilken är orsaken till att läkarna är så avogt inställda till den här sjukdomen?

Trots flera konstiga erfarenheter från vården i Helsingfors, både för egen del och nära anhöriga, vill jag ännu tro att vården i Finland har hög kvalitet. Det bidrar till att jag kan känna grundtrygghet: något som jag inte vill ge upp.

Jag går ut på terrassen och berättar om mina symtom, och får höra att de nog bara beror på värmen; att jag borde dricka mera mineralvatten. Inte blir jag övertygad eftersom jag har bott på Gran Canaria. Där kan det under värmeböljorna vara 35 grader varmt på eftermiddagarna, och 30 anses vara helt vanlig eftermiddagstemperatur. Värmen har inte stört mig; tvärtom njuter jag när det är varmt, medan kyla och fukt får min kropp att må dåligt. Det är den främsta orsaken till att jag under vintern vill bo på en plats som har världens bästa klimat.

Vi dukar ute på terrassen och omedelbart när fatet med kräftorna kommer ut dyker det upp en getingsvärm. De ökar i antal och ungdomarna lägger ut skålar med saft i hopp om att getingarna ska drunkna, men svärmen är så stor att det inte spelar någon större roll. Lyckligtvis klarar vi oss utan att bli stungna, men det blir ingen lugn och avslappnad fest.

Mina symtom försvinner småningom när jag sitter ner och äter. Aldrig tidigare har jag varit så lättklädd på en kräftskiva: bikini, kort kjol och en stor servett som täcker magen. Allt går i rött som sig bör.

Vi sjunger *Sibbobornas snapsvisa* som vi gjort i många år, men min kropp vill inte ha vin i dag, så det blir endast ett halvt glas för mig. Aldrig har jag sett så här många getingar, så jag har ingen lust att sitta kvar och chilla. Kajsa och jag går in och jag läser en saga innan hon lägger sig.

2. OVERKLIGT

Solen är redan högt på himlen när vi vaknar på söndagen, men trots många timmars sömn känner jag mig inte utvilad. I går rodde ungdomarna ut till en holme för att leva friluftsliv över weekenden. Vi tog det lugnt med Kajsa som har lätt för att sysselsätta sig här. Jag mådde så mycket bättre att jag stundvis glömde symtomen jag hade haft dagen innan. När medicinkuren tog slut lade jag borreliosen bakom mig och ville inte tänka på den mer.

Efter frukosten kommer plötsligt obehaget: stick i benen, yrsel och overklighetskänslor. Jag försöker fokusera tankarna, men det känns som om hjärnan har tagit semester. Håller jag på att tappa kontrollen? Rädslan griper tag i mig och blir till fjärilar i magen. Har jag druckit för lite? Jag går till kylskåpet och häller upp ett glas vatten, men inte kan det bero på vätskebrist; jag åt ju helt nyligen frukost.

Eftersom jag är ensam med Kajsa blir jag orolig. Jag ber henne sitta och pyssla vid matbordet medan jag ligger på soffan bredvid. Snart ska jag kontakta ungdomarna; nu förstår jag att jag behöver vård. Det känns inte bra att behöva störa dem när de vill koppla av och njuta, men det är ändå viktigt att de får veta om min situation.

Jag skickar ett meddelande åt Frida, som svarar att jag bör röra på mig mera. Hon förstår inte vad det handlar om, men jag har också själv svårt att greppa det här. Vad är det som händer i mitt nervsystem? Aldrig tidigare har jag upplevt sådana här reaktioner, och det känns som om jag rör mig i ett konstigt gränsland mellan frisk och sjuk.

Symtomen lättar lite men försvinner inte trots vilan. Jag plockar fram en lätt lunch åt Kajsa, men själv mår jag så illa att jag endast vill ha vatten.

Några timmar senare när ungdomarna kommer brister det för mig; jag säger gråtande "hjälp mig .... hjälp mig". Alex kommer fram till soffan, tar min hand och säger att de nog ska hjälpa, och Frida ber mig ringa sjukvårdsrådgivningen. Jag trycker på numret och en vänlig sjukskötare svarar genast. När jag har gett mina personuppgifter och förklarat min situation säger han:

- Någonting av borrelian har blivit kvar så du ska omedelbart ta dig till Malms jour.
- Jag är ute i skärgården, måste jag åka dit i dag?
- Ja, det ska du. Jag skickar dina uppgifter dit nu genast så att de vet vad saken gäller.

Jag lägger mig på soffan och tänker på hur det har varit den här sommaren. Nu förstår jag varför korrekturläsandet har känts så tungt ibland. När Alex kommer in säger jag:

- Nu lägger jag bokprojektet på hyllan.
- Det behöver du inte bestämma nu. Snart är du i skick igen och fortsätter med det.

Jag antar att jag kommer att bli intagen på sjukhuset för intravenös medicinering i minst tre veckor, och vad som sedan händer vet jag inget om ännu. Intuitionen säger att det tar tid innan det här är över, och att mina krafter kommer att behövas för helt andra projekt. Visst har jag planerat att få boken utgiven innan jag flyttar i oktober, men nu känns den som det absolut minst viktiga. Livet kan ha tvära kast; jag accepterar att det här verkligen händer mig.

När jag går in i mitt rum för att packa väskan ligger en del av innehållet från en byrålåda på golvet. Nej, nu orkar jag inte mera! Kajsa har sökt någonting som hon behövde för sitt pyssel. Trycket ökar i huvudet när jag böjer mig ner. Blodtrycksstegringen måste ha ett samband med borreliosen eftersom jag normalt har lågt blodtryck.

Medan jag plockar upp funderar jag på vilka kläder jag ska ta med; det är varmt nu men om tre veckor kan det vara helt annat väder. I kylskåpet finns det mat, men just nu orkar jag inte tänka på den. Kanske någon kommer hit och äter upp den medan jag är på sjukhuset. När jag har packat färdigt känner jag hur blodtrycket har stigit; det spänner i huvudet och balansen är ännu svajigare. Kajsa undrar hur mormor är så trött att hon inte orkar äta någon middag.

När de har ätit och diskat sätter vi oss i båten; nu är det Frida som kör och jag sitter i fören. Jag är besviken över att alla planer måste ändras, men samtidigt lättad över att äntligen få rätt vård. När vi kommer till båthamnen får Kajsa åka hem med sin pappa som väntar på stranden. Medan Frida kör till jouren berättar hon om sina erfarenheter därifrån; inget upplyftande precis, men jag tänker att där finns ju i alla fall läkare som utför sitt arbete.

Frida svänger in till Malms sjukhus som ligger inbäddat i grönska. Jag stiger ur bilen, går in till receptionen, tar ett könummer och sätter mig ner tillsammans med två andra personer. Motsatta väggen har en rad med numrerade dörrar. Strax är det min tur att gå in genom en av dem, och jag kommer till ett pyttelitet rum där det sitter en sköterska med stor kroppshydda och amper uppsyn. Samtidigt som jag räcker fram sjukförsäkringskortet berättar jag att sjukskötaren på sjukvårdsrådgivningen har uppmanat mig att komma hit i dag, och att mina patientuppgifter borde finnas tillgängliga. Jag börjar berätta om borreliosen och mina symtom men blir genast avbruten:

- Det kan du berätta för läkaren sen.

Hon mäter blodtrycket men säger inget så jag frågar:

- Hur högt är det?
- 165/100 men det är inte farligt. Kön till läkaren är minst fyra timmar.

Jag tänker på vad ängladoktorn på Gran Canaria sade då jag tillfälligt hade förhöjt blodtryck, men då var det inte så här högt. Vilken enorm skillnad på bemötandet! Nu är jag enbart till besvär; sköterskan signalerar tydligt att jag helst inte borde befinna mig här.

Ängladoktorn fick sitt namn för att han var så vänlig och empatisk. Sådant bemötande hade jag inte upplevt hos någon läkare tidigare. Sedan den offentliga sektorn i Finland genomgick en stor omorganisering har bemötandet i vården blivit kyligare. Personalen har ofta utstrålat både stress och frustration.

Jag går vidare till väntrummet: ett stort grådaskigt rum med fönster i ena ändan. Nästan alla sittplatser är upptagna men det är relativt lugnt. Vad är det för människor som köar här en söndagskväll i augusti? Några är gamla och de ser trötta ut, men de flesta är medelålders eller yngre. Det är omöjligt att gissa varför de är här; väldigt få sjukdomar syns så tydligt utanpå. En dörr öppnas och en barsk mansröst ropar ett namn.

Jag behöver någonting att äta och dricka om jag ska orka köa i fyra timmar, så jag hör mig för om det finns en kantin, men får veta att den är stängd. Enda alternativet är en butik vid stora vägen. På ostadiga ben tar jag mig dit. Jag har endast ätit frukost i dag och nu börjar krafterna tryta.

Karelska piroger, frukt, juice, choklad och en tidning har jag i kassen när jag kommer tillbaka. Nu är det ännu lugnare i väntrummet och jag sätter mig nära ingången. Jag börjar äta men sparar hälften eftersom väntan kan bli lång. Den barska mansrösten ropar upp namn och personerna i väntrummet minskar.

När jag har köat i två timmar går jag till toaletten. Medan jag tvättar händerna hör jag läkaren ropa mitt namn, och jag rusar till mottagningsrummet.

Där sitter en medelålders man som ser oerhört trött ut. Jag fylls av medlidande över hans situation. Utseendet och accenten berättar att han kommer från något land i sydost, och jag undrar hur bra han behärskar finska. Jag hinner endast säga några ord innan han barskt avbryter mig:

- Du kan gå till din hälsostation i morgon.
- Jag har olika symtom som kommer och går och ...

Jag blir igen avbruten:

- Du ser inte sjuk ut. Om du har symtom i morgon så går du till din hälsostation.
- Ni har ju mina patientuppgifter, och det finns en orsak till att jag har blivit uppmanad att komma hit i dag.
- Kön till labbet är två timmar.
- Då köar jag två timmar.

Jag blir utkastad och helt förvirrad sätter jag mig ner på närmaste bänk. Hit kom jag för att få vård, och nu lyssnar läkaren inte ens på mig, och ännu mindre vill han läsa min sjukjournal. Min empati för hans situation höll mig kanske tillbaka, men nu känner jag mig helt villrådig. Det här är jag inte alls beredd på, för nu behöver jag medicinering. Sjukskötaren på sjukvårdsrådgivningen var helt säker på att borreliosen ännu finns kvar, och det är jag också.

Inte kan jag ännu ge upp hoppet om att få vård, men hur får jag en helt slutkörd läkare att lyssna och ta mig på allvar? Kommer jag att få berätta om overklighetskänslorna, pirrandet och blixtarna i nervsystemet? Visst skämtar människor om att det krävs att man har huvudet under armen eller ser halvdöd ut för att få vård på det här stället, men i dag är det inget skämt för mig längre.

En stund senare ropar läkaren in mig; ber mig gå på ett streck på golvet, och efter det föra händerna ut åt sidorna och till näsan medan jag blundar. Så sätter jag mig ner och förklarar mina symtom: yrsel, illamående, hur blixtarna strålar ut med nervbanorna i ben och armar ända ut i fingrarna, och till sist visar jag bettet nere på benet. Då slår han på min hand och ropar:

- **Du ska inte se på det!!!!**

Efter att snabbt ha kollat på datorn utbrister han:

- **Du har ju inte ens ett positivt borreliaprov!!!!**

Jag får inte svara utan han avslutar besöket, och nu förstår jag att det kommer att bli svårt att få vård. Otroligt omtumlad lämnar jag rummet och sätter mig på samma bänk där jag just satt.

Läkaren slog på min hand!?!? Det är omöjligt att beskriva den storm som härjar i mitt inre nu. Händer det här på riktigt eller är det en mardröm? Är jag på en jourmottagning i Helsingfors i Finland år 2018?

Hur gör man när läkaren verkar ha mindre kunskap om sjukdomen än patienten? Knappast hjälper det att uppmana honom att läsa den senaste forskningen. Den här läkaren verkar nu att vara i sådant skick att han knappast orkar tänka en klar tanke, och det finns absolut ingen tid för att ta reda på någonting.

Det dyker snabbt upp en sköterska som tar blodprov och efter det kallas jag in för EKG. Så var det med den kön. EKG är okej och troligen är blodproven också det, för den här sjukdomen visar inte förändringar i det här skedet. Till och med borreliatestet visar ofta positivt först sex till åtta veckor efter bettet. Jag hinner bli ordentligt sjuk innan dess, och vid tio veckor går gränsen för sen borrelios.

Om åtta dagar ska det tas ett nytt borreliaprov, men svaret får jag föst om 23 dagar. Det var igen den ilskna sköterskan som svarade då jag bokade tid, så det hjälpte inte att jag protesterade och sade, att jag behöver få veta svaret så fort som möjligt.

I taxin på väg till Frida och Alex tänker jag på vad jag har hört angående borreliospatienter, och förstår att jag nu är i samma situation. Patienter har berättat om hur läkaren inte har lyssnat utan direkt avvisat dem. Det känns mycket skrämmande, men i morgon måste jag få prata med en förnuftig läkare på hälsostationen. Den här läkarens beteende berättade att han inte enbart var helt slutkörd, utan att han också saknade kunskap om borrelios, och varför det är viktigt med rätt vård i ett tidigt skede. Han ställde inte en enda fråga och verkade vara totalt likgiltig.

Är det patienten som ska bevisa att hen är sjuk då det är fråga om borrelios? Inte ens hos dem med riktigt svåra symtom visar testet alltid positivt, så det är inget man kan lita då man diagnostiserar den här sjukdomen. Varför saknar läkarna kunskap?

Följande morgon mår jag bättre men nu låter jag mig inte luras, eftersom jag vet att symtomen är temporära. Jag ringer till hälsostationen och säger att jag behöver få veta svaren på labbproven, men också få prata med en läkare om mina symtom, och blodtrycket som var skyhögt i går.

Klockan 13:15 plingar det i mobilen; ett sms som berättar att provsvaren är normala, så min begäran att få prata med en läkare har ignorerats. Eftersom jag ännu mår relativt bra förstår jag att det är omöjligt att få träffa en läkare i dag. Just nu kan jag ingenting annat göra än ta mig ut till stugan och vänta på nästa testresultat.

3. OTÄCK VÄNTAN

Nu börjar jag anpassa mig till en tillvaro med mycket vila. Korrekturläsningen och andra mindre viktiga sysslor får vänta. Tröttheten finns kvar men overkligkänslor har jag inte så ofta. De sporadiska förändringarna sker så långsamt att det är svårt att skilja mellan sjuk och frisk.

Dagarna kommer och går i lugn takt. Den obehagliga känslan i benen är värst på morgnarna. Kan det vara åderbråck, men de kommer väl inte så plötsligt? Sedan midsommaren har nacken blivit stel då jag har suttit vid datorn. Också det är lite märkligt, eftersom jag förut ofta har jobbat flera timmar vid datorn. I sommar har jag skyllt på stolen, dålig hållning och kväst misstanken om någon annan orsak. Jag vill ännu ha kvar hoppet om att nästa labbtest är negativt och att jag snart är frisk.

Ovissheten känns tung, men de dagar jag mår bra finns hoppet kvar. Borde jag ändå gå till en privat läkare? Eventuellt kan det endast innebära att jag blir av med pengar, och jag har ju redan ärendet på gång i offentliga vården. Mina dåliga erfarenheter av en läkarstation, som hör till landets största privata vårdproducent, har fått mig att inse att det inte alltid är pengar som avgör vårdens kvalitet. Är det bristen på läkare som har förändrat deras arbetssätt och ambitioner?

Varje dag tar jag några korta promenader, men mest sitter jag ute i stolen på terrassen. En nackdyna gör att jag slappnar av ordentligt. Jag läser tidningar men orkar inte koncentrera mig på någon bok. Ännu finns det massor av getingar och jag lägger ut fler flaskor med saft. Det här är helt otroligt; det verkar som om alla getingar på södra delen av ön kommer hit.

När jag inte läser tittar jag upp på vimpeln som rör sig i vinden: vit-blå-gul som Kanarieöarnas flagga. De lugna och svepande rörelserna är rogivande. Jag vilar också blicken på blommorna i krukorna och blomlådan. Den varma sommarn har fått dem att växa och frodas trots att de planterades sent. Balkonggolvet ovanför upptäcker jag på nytt; bräderna är fulla med kvistmärken som bildar olika mönster. Krokarna i takbjälkarna där barnbarnens gunga brukar hänga. Det känns ledsamt att jag inte orkar ha dem här nu.

På lördagskvällen har jag besök av en granne. När vi efter maten sitter och pratar plingar det till i hennes mobil; ett meddelande om att hennes syster har blivit stungen i svalget av en geting. Hon ringer upp och får veta att getingen tydligen fanns i dricksglaset, och när systern tog en klunk gick det illa. Nu är hon på väg till jouren, men lyckligtvis inte samma jour som jag besökte.

Finlands natur har många faror: fästingar, huggormar, getingar, myggorna kan ge harpest och mössen/sorkarna sorkfeber. Själv får jag också kraftig reaktion av bromsarnas bett.

Senare får jag höra att grannens syster klarade sig. Hon hade blivit förd med helikopter till Mejlans sjukhus, men dit kommer man inte så lätt. Jag skulle behöva få träffa en infektionsläkare där, men till det krävs remiss och då måste jag vara i dåligt skick.

Jag har svårt att förstå det här systemet med att inte ge ordentlig vård i ett tidigt skede. ”Till först ger vi den billigaste vården” fick en ung gravid kvinna höra då hon tredje gången blev intagen på sjukhus. Två gånger hade hon blivit hemskickad med samma medicin som inte hjälpte och kommentaren: "Vi kan inte göra mer." Andra gången hon var intagen hade hon svimmat på toaletten, inte fått hjälp med att duscha och matstrupen blev förstörd på grund av uppkastningarna, eftersom hon inte hade fått specialmat som skonade den. Tredje gången åkte jag med, för då var hon inte enbart fysiskt medtagen av elva kilograms viktminskning på två veckor, utan även den psykiska hälsan var påverkad av det barska bemötandet.

Hon ringde mig följande dag och berättade att det var som om hon hade kommit till ett annat sjukhus: ny medicinering hade redan gett lindring, specialmat som hon behöll och ett vänligt bemötande. Dessutom skulle hon få tre sessioner hos en psykolog. På tredje dagen åkte hon hem, och efter några dagar var hon tillbaka på jobbet.

Målet med omorganiseringen i offentliga sektorn var att det skulle bli kostnadseffektivare. Hur kan den sämsta vården ge inbesparingar? I det här fallet blev kostnaderna mer än tredubbla: nio dygn på sjukhus i stället för tre, tre veckors sjukfrånvaro i stället för en och kostnaderna för psykologbesöken.

När det gäller borreliospatienter är risken stor att de som inte får adekvat vård i tid blir invalidiserade för resten av livet. De som inte blir invalidiserade kommer i alla fall att vara arbetsoförmögna betydligt längre. Vilket slöseri med resurser!

Och de här läkarbesöken på hälsostationen: 15 minuter och ett symtom (sjukdom). Hur ska patienten veta om alla symtom hör till samma sjukdom eller inte? Behöver inte läkaren all tänkbar information för att kunna ställa rätt diagnos? Jag har blivit avbruten av läkaren med orden "du får boka ny tid för det" då jag har räknat upp alla symtom.

Men först gäller det att per telefon kunna bevisa att man är sjuk. Det intressanta med min borrelios var att sjukskötaren på sjukvårdsrådgivningen kunde dra en slutsats som de andra inte klarade av. Skillnaden var att han lyssnade och läste min journal, men han hade kanske också bättre kunskap om borrelios. Läkaren på jouren orkade varken lyssna eller läsa, men jag antar att läkaren som skickade sms inte heller gjorde det. Dessutom hade jag begärt att få en samtalstid per telefon, men borrelios och högt blodtryck är tydligen inte tillräcklig orsak.

Som pensionär hör jag väl till dem som borde dö fort, så att jag inte blir en last för samhället. Att inte lyfta pension eller vara i behov av vård blir mest kostnadseffektivt.

Medan jag sitter på terrassen har jag god tid att tänka. Det här året har verkligen varit innehållsrikt. Kvoten av häftiga händelser är redan fylld.

I januari och februari var det vattenläckage i lägenheten på Gran Canaria. I mars fick jag symtom som tydde på mögelskador, och jag blev tvungen att avboka reservationen för nästa vinterhalvår. När jag flyttade till Finland visste jag inte var jag kommer att bo nästa säsong. På basis av bilder undertecknade jag en ny reservation i maj.

Vintern kom sent på Gran Canaria, och det var ovanligt svalt och regnigt under ett par perioder. Taket läckte på grund av att ägaren hade lämnat skötselavgiften obetald i många år, och husföreningen hade därför låtit bli att renovera det.

I Finland var vintern också sen; isen lade sig i slutet av februari; det var snö på marken och köldgrader då jag kom. På Gran Canaria hade jag sovit med öppna fönster och terrassdörr, och min kropp kändes trött och "förgiftad".

Påskafton firade jag med familjen i stan, men på påskdagen tog vi oss ut till ön med bil. Min kusin körde mig den sista biten med snöskoter i det kalla solskensvädret. Jag hade handlat mat för fyra veckor, eftersom jag måste vara beredd på att det kunde dröja så länge tills islossningen. Frida och Alex kom med och vi hade picknik ute i solen på terrassen, men på marken var det mycket snö. På kvällen återvände ungdomarna till stan och jag blev ensam. Jag hade längtat efter att få sova så ensamheten kändes skön.

Första natten sov jag gott i ullbädden och vaknade upp i en fullständigt vit värld. Ett häftigt snöoväder färgade omgivningen vit, men också det kändes helt rätt och var som bomull för själen. Jag klädde mig i ullkläder och fårskinnsfodrade vinterkängor eftersom golvet var svalt. Temperaturskillnaden på över 30 grader mellan mina öar kändes häftig. Brasan i den lagrande täljstensspisen värmde skönt, men i början försvann en del av värmen i stockväggarna.

På förmiddagen klädde jag mig i full vintermundering för att kunna ta en promenad på isen. I skogen var det så mycket snö att det var omöjligt att ta sig fram utan skidor. Jag var ensam i en mjuk vit värld; det ymniga snöfallet gjorde sikten dålig, men troligen var det inte många sommargrannar som firade påsk här ute i år.

På hemvägen tänkte jag att snön hindrar att jag upptäcker hål som vattenströmmarna har gjort i isen. På våren bildas det ofta små vak nära bryggor och grund. Kölden hade gjort tunn is på alla hål, vilket hindrade vattnet att stiga upp ur dem. Jag röde mig enbart på säkra ställen, och tog mig upp på bryggan där vi hade gått föregående dag.

Nästa dag sken solen från en klarblå himmel. Den dagen kunde ha blivit min sista. Jag skulle besöka mina släktingar som bor på en annan holme. Det hade stigit upp vatten på isen i Strömsund, som verkligen gör skäl för sitt namn. Jag valde att gå upp på land för att undvika vattnet, men när jag närmade mig en brygga var det plötsligt ingen is under mina fötter. Jag sjönk ner i vaken, men fick tag med händerna i iskanten som kändes stark. Tusen tankar rusade genom hjärnan, och jag visste att alla inte klarar av att ta sig upp utan isdubbar. Som genom ett oförklarligt under kom jag snabbt upp, och tog mig hem utan att ens ha blivit kall, eftersom ullkläder värmer även då de är våta.

Lyckligtvis var det någon som saknade mig, för telefon hade blivit våt och slutat fungera. När jag stod i badrummet och hängde upp mina våta kläder, förstod jag att någon kommer att hitta vaken. Det kändes oerhört obehagligt, men jag kunde endast hoppas att den personen genast skulle se spåren som ledde mot min strand.

Jag blev glad när jag en timme senare hörde ljudet av en snöskoter, och nog blev jag förvånad då jag såg vem det var: min 84-åriga släkting som jag skulle besöka. Snabbt drog jag på mig jackan innan jag rusade ut och ropade:

- Är det DU som kommer?!
- Oj vad jag blir glad när jag hör din röst.

När hon kom in upprepade hon orden:

- Jag blev nog ändå så glad när jag hörde din röst.

- Det värsta för mig var att tänka att någon kommer att hitta vaken och .... ja, det obehaget skulle jag inte ha velat att någon skulle behöva uppleva.
- Först blev jag nog rädd och undrade vad jag borde göra, men så såg jag spåren som jag tyckte att ledde bort.
- Och jag satt här och undrade vem som kommer att hitta vaken.

Vi kramade om varandra i glädjeyran. Jag hade redan börjat skriva ett brev till Frida, där jag bad henne köpa en ny telefon, som hon kunde skicka ut med postiljonen. Han fick också ett brev, eftersom posten inte vintertid körs ut till den här ön.

När släktingen åkt hem blev jag isolerad på ön i två dygn utan möjlighet att kontakta omvärlden. Visst hade jag tv och radio, så helt ensam kände jag mig inte. På isen gick jag inte mer, och mitt skärgårdsliv med vinterföre tog slut då.

Glädjen över att jag levde gjorde att avbrottet inte alls kändes svårt. Egentligen var det enbart skönt att ha en paus från alla sociala medier. Tyvärr hade några personer oroat sig, eftersom det är vanligt med psykiska reaktioner efter svåra händelser. Jag var också förberedd på en återverkan den första kvällen eller natten, men jag kände mig endast lugn och lycklig.

Våren kom långsamt och jag fick uppleva ett underbart skådespel då isen gick. Jag hade inte upplevt islossning på ön sedan jag var barn, och den här gången var den otroligt fantastisk. Den första riktigt varma dagen hände allting utan förvarning. Jag höll på att såga en björk i bitar på stranden, då jag plötsligt märkte att det började hända intressanta saker, men att det skulle ske så snabbt var en total överraskning.

Efter lunch satte jag mig på bryggan med en cappuccino för att kunna följa med uppvisningen från första parkett. Naturens kraft visade sig i hela sin prakt och jag var totalt fångad av stunden. Jag kom ihåg att det fanns en liten skvätt konjak kvar, så jag sprang snabbt upp till stugan. Just när jag kom ner med konjaksglaset öppnade sig isen utanför bryggan. Det var så magiskt att jag nästan glömde att ta bilder; jag befann mig i ett euforiskt tillstånd.

Skådespelet var över på några timmar; endast några isflak blev kvar på sundet. Euforin förvandlades till glädje och tacksamhet. Samma känslor hade jag känt som barn just i den stunden då sundet hade svallat fritt efter en lång vinter. Våren hade tagit ett långt kliv, samtidigt som ön hade blivit en riktig ö utan fast förbindelse med fastlandet.

Senare tog jag en promenad i den ljusa vårkvällen som fåglarna lovsjöng. Jag hade länge tänkt att jag ännu skulle vilja uppleva en islossning på ön. Den kvällen somnade jag med en högtidlig känsla av tacksamhet.

4. RÄDSLA

Trots att jag vill ha hoppet kvar gnager en diffus oron i mitt inre. I dag är det 13 augusti och dags att åka in till stan för ett nytt borreliatest. 13 är visst ett olyckstal den här sommaren: 13 juni blev jag biten av fästingen, 13 juli ringde läkaren och meddelande om provsvaret, 13 augusti tas ett nytt prov som kommer att visa vad? Att jag säkert har borrelios? Och vad händer 13 september?

Kan det ha varit 13 maj som intuitionen sade att det i sommar kommer att hända någonting med en fästing? Jag minns att det var en solig kväll då jag såg ut på de skira ljusgröna björkarna i dälden: platsen där jag senare blev biten av fästingen. Förnimmelsen var väldigt tydlig, och fick mig att vara extra försiktig när jag jobbade utomhus.

Nog vet jag att borreliaproven inte är helt pålitliga, men om det första visade något avvikande, så är det nog högst troligt att det här är positivt. Ett positivt borreliatest är troligen det enda som kan ge mig adekvat vård. Vilka andra symtom behövs för att få en långvarig antibiotikakur? Duger mina sporadiska symtom?

Samma procedur igen: hälsostation, Prisma och tillbaka hem. Det som gör mig mest rädd är att jag ännu måste vänta 15 dagar på provsvaret. Trots att jag sade att jag behöver få det så snabbt som möjligt, tyckte den ilskna sköterskan att en vecka hit eller dit inte har någon betydelse. Hon ansåg också att om svaret visar någonting speciellt så ringer läkaren. Då svarade jag att en sköterska hade berättat, att om den remitterande läkaren inte finns kvar i huset kollar ingen annan posten. Vilken otur att det igen var den otrevliga sköterskan som svarade. Första gången trodde jag att hon kanske endast hade en dålig dag, men andra gången förstod jag att hon verkligen är besvärlig. Läkarens sommarvikariat har tagit slut, och nu känns det som om jag har hamnat på undantag.

Den konstiga värken i benen kommer och går, och sitter jag stilla med benen i vågrätt läge domnar de snabbt. Aldrig tidigare har jag upplevt någonting liknande, så nog finns det orsak för rädslan. Det att alla symtom är sporadiska gör mig förvirrad och frustrerad; ena dagen/stunden känner jag mig okej, medan nästa kan vara helt tvärtom.

På webben läser jag på nytt om ny forskning: andra stadiets symtom kan komma ganska snabbt efter bettet, och tredje stadiet (sen borrelios) efter tio veckor. Småningom blir jag alltmer insatt i sjukdomen och jag inser att jag kämpar mot tiden. Först nu har jag fått klart för mig vilken farlig sjukdom det är fråga om. Hur är det möjligt att läkare i Finland tar så lätt på en så allvarlig sjukdom? Jag orkar inte läsa allt om sen borrelios; det är för skrämmande eftersom jag vill ha hoppet kvar.

Jag tänker på hur försiktig jag var varje gång jag jobbade utomhus. Det blev varmt och torrt i mitten av maj och torkan fortsatte hela juni. Samma dag som jag blev biten kom det en liten regnskur på förmiddagen. Den påminde mig om att fästingarna kommer fram då det är fuktigt, och jag var extra observant med klädseln, när jag gick ner i dälden för att kvista och såga en björk i bitar. Arbetet tog högst 30 minuter, och efter det fyllde jag på bensin i båtens tank, innan jag gick till duschen där jag upptäckte den lilla skurken på benet. Med fästingspincettens hjälp var den snabbt borta. En liten röd prick blev kvar som jag kollade på två veckor. Pricken förblev lika liten, och jag hade redan glömt bort den, då jag drygt tre veckor efter bettet upptäckte den mörkröda fläcken.

Lite trötthet blev kvar efter förkylningen på midsommaren, och ibland tyckte jag att närminnet var påverkat. Jag fick backa för att komma ihåg vad jag skulle göra, och jag tänkte att otroligt vad jag åldras snabbt.

Aldrig glömmer jag fredagen den 6 juli, då jag sent på kvällen upptäckte den mörkröda fläcken nere på benet. På webben läste jag att utslaget kan se olika ut och komma flera veckor efter bettet. Det var helt ny information för mig, men jag hade inte tidigare haft orsak att kolla upp saken. Jag har haft fyra fästingbett under hela min livstid, och det här var det första som inte fick den kliande röda svullnaden. Förut kände jag endast till att borrelios kan ge förkylningssymtom, och en röd ring runt bettet som bör vara mer än fem cm i diameter.

Jag behöver på nytt gå igenom händelserna, för att försäkra mig om ifall jag borde ha gjort någonting annorlunda. Var jag dumdristig när jag litade på att läkarna visste vad de gjorde? Några skuldkänslor kan jag inte frambringa, eller ånger över att jag borde ha gjort på ett annat sätt. Ändå mal en obehaglig rädsla inom mig, och jag vill flytta tiden två månader bakåt.

Med den kunskap jag har nu förstår jag, att jag genast då första symtomen kom borde han åkt till hälsostationen, men hur skulle jag ha lyckats få vård utan de symtom som är läkarnas kriterier? Hur är det möjligt att läkarna saknar kunskap, och inte ens tar de patienter som bor i skärgården på allvar? Visst kunde symtomen bero på annat, men min styva nacke och förkylningssymtomen som varade i exakt tre dagar, borde ha fått läkarna att reagera. Hur är det möjligt att det inte går att korrigera en underdoserad medicin? Hade rätt dos tagit kål på borreliosen i juli? Borde jag ha ringt på nytt och krävt att få prata med läkaren? Hur i helsike har sjukvårdssystemet blivit så här krångligt? Så många frågor, men kommer jag någonsin att få svar? Tilliten försvinner om patienten känner sig helt utelämnad. Det verkar mest handla om tur: vilken skötare som råkar svara i telefonen och läkare som har en ledig tid.

Det är lördagskväll och några dagar kvar tills läkaren ska ringa. Jag sitter och ser på tv då benen igen blir stela. Under reklampausen går jag snabbt några varv runt huset. När jag kommer in ser jag en liten svart prick ovanför strumpkanten på högra benet. Har en liten jäkel hunnit bita sig fast igen? Nu kokar jag av både ilska och rädsla. Snabbt kommer fästingpincetten fram och visst höll den jäkeln på att bita sig fast. Kvar blir en minimal röd prick som jag putsar med antiseptiskt medel.

Har den långa heta och torra perioden gjort att fästingarna är extra aggressiva nu när det blivit fuktigt? Gräset på baksidan av stugan är alldeles kortklippt, och på de andra sidorna är det grus. "Hoppar" de på direkt och biter sig fast? Den förra var lika miniliten, och satt fast i högst 30 minuter. Informationen om att smittan inte överförs genast, utan först efter 24 timmar verkar inte stämma. Den här jäkeln hann inte bita sig fast ordentligt så risken för smitta borde inte finnas.

En läkare som i våras deltog i ett tv-program skrattade åt 24-timmarsgränsen. Han ansåg att smittan borde kunna överföras om fästingen har bitit sig fast ordentligt.

5. FRUSTRATION

Nu är den långa väntan över; i dag ska läkaren ringa efter klockan 13:00. Det hinner bli sen eftermiddag innan mobilens gälla ton söndrar tystnaden. En svenskspråkig kvinnlig läkare presenterar sig och säger:

- Jag vet inte varför jag har fått det här uppdraget.

Borde jag upplysa henne om var hon arbetar, och att hennes svenskspråkiga kollega har slutat, men jag svarar:

- Det beror på att ni är den enda svenskspråkiga läkaren på hälsostationen, och sköterskan ansåg att ni därför ska sköta ärendet.
- Provet visar att det är tydlig färsk borrelia, ni har fått rätt vård i tid så nu kan ni glömma det här.

Det börjar hetta i kinderna när jag hör "det är tydlig färsk borrelia", och mitt inre fylls av en obehaglig känsla, men jag samlar mig och svarar:

- Jaha, men jag har olika symtom: trötthet, huvudvärk, stickningar, domningskänslor och värk i benen. Kan åderbrock komma så plötsligt och de ger väl inte alla de här symtomen?
- Man kan få svullna ben när det är varmt. Gå ut och promenera och håll benen högt när ni kommer in. Nu borde ni ta fästingvaccinet och om det blir ett nytt bett så ...... men det blir ju sen i nästa sommar.
- Fästingvaccinet har jag börjat ta för många år sen. Jag fick redan ett nytt bett i lördags, men nu har jag ju många symtom som tyder på sen borrelios.

- Följ med om det kommer utslag runt det nya bettet. Dom där symtomen kommer i alla fall långt senare.
- Jag flyttar om en månad till Gran Canaria över vintern och skulle vilja vara i skick då.
- Där får ni god vård, för jag har träffat spanska hälsocentralläkare på kongresser, och dom är stolta över sitt arbete. Nu har jag andra patienter som väntar.

Hon avslutar samtalet och här sitter jag helt vimsig. Varför brydde hon sig inte om mina symtom? Nu vet jag att det är borrelios och min rädsla är verkligen befogad. Antibiotikakuren var underdoserad och bet tydligen inte. Kontrollerade läkaren inte vilken dos jag hade fått? Hon hade så bråttom att jag inte hann ta upp saken, men det skulle knappast ha hjälpt. Har hon blivit kvar på 1900-talet, eftersom hon anser att de här symtomen kommer långt senare? Varifrån fick hon idén, utan att ens fråga, att mina ben är svullna? Tvärtom stramar och sticker det i dem som om huden är för trång. Och vad har fästingvaccinet med borrelia att göra? Det skyddar ju för TBE, som är en mycket ovanligare sjukdom, fast även den har ökat.

Nog vet jag att den offentliga vården på Gran Canaria är bra, och att läkarna är stolta över sitt arbete, men jag misstänker att jag behöver vård innan jag är där. Det är ingen hemlighet att vissa läkare på hälsostationerna i Finland skäms över sitt arbete: säkert en orsak till läkarbristen.

Följande morgon är mina knän styva och ömma. Frida har ledigt från jobbet några dagar så hon kommer på besök. Borde jag ha sagt att hon får komma senare för att jag måste till hälsostationen först? Jag är ännu lite omtumlad efter gårdagens besked. Skulle jag med positivt test och de här symtomen få någon vård nu? Tre läkare har ignorerat mig; det börjar kännas riktigt obehagligt.

Nästa dag sitter vi ute i solen på terrassen och äter. Plötsligt känner jag hur det bränner på benen under långbyxorna. Jag går in i sovrummet, och när jag drar ner byxorna ser jag att benen är helt rödspräckliga. Vad är det här för konstig reaktion?

Följande dag är fredag och Frida åker hem, så jag passar på att samtidigt handla mat. På hemvägen stöter vristen lätt mot sitsens ben i bussen. Det gör otroligt ont; smärtan strålar upp i nervsystemet. När jag bär ner kylväskan till båten får jag en brännande värk i armen. Nu bestämmer jag att på måndag åker jag till hälsostationen. Jag är inte frisk; de här reaktionerna har ingenting med värmen tidigare på sommaren att göra.

På weekenden blir mina knän mer svullna och ömma, samtidigt sprids symtomen till vrister och armbågsleder. Den strålande värken blir värre och flyttar sig runt i kroppen. Huvudvärken är nu konstant och högra handens långfinger är svullet och ömt. Till natten lägger jag en kudde på var sida om kroppen för att lindra smärtan i armbågarna.

Jag inser att jag noggrant bör planera vad jag ska säga åt sköterskan och läkaren, för nu behöver jag vård snabbt. Nu måste jag ta till "Olas stil" (jag kallas Ola i familjen), som Kajsas pappa kallar den. Det handlar om att vara tydlig, bestämd och inte ge motparten några möjligheter att komma med bortförklaringar. Samtidigt bör man vara artig och absolut inte säga någonting som kan tolkas som beskyllning. Inte heller ge den minsta lilla antydning om motpartens eventuella brister, utan låta hen själv varsebli dem. Genom att visa respekt kan vi få det vi önskar, men vi bör veta exakt vad vi behöver och varför. Låter det som ett läkarbesök?

Jag går igen in på webben och försöker hitta fler tillförlitliga källor om ny forskning. Det som blir allt tydligare är att läkarna i Norden anser att borrelios ska behandlas med en kort antibiotikakur. Kronisk borrelios finns inte eftersom de anser att det endast handlar om restsymtom. Antagligen är det orsaken till att patienter med långvariga besvär har lämnats utan vård, och därför blivit tvungna att söka sig till privata kliniker utomlands. Det finns tabeller över medicinering och nog hittar jag också benämningen "kronisk borrelia" men då blir det diffust. Jag läser också att utslaget försvinner efter en veckas medicinering. Mitt utslag är lika stort och mörkrött ännu.

Ju mer jag läser desto märkligare känns det att läkarna inte är uppdaterade, eller har insett allvaret med den här sjukdomen. För sju år sedan uppsökte jag en hälsostation för att få ett borreliatest. Då hade det gått en dryg vecka sedan bettet, men ingen berättade att testet inte ännu vid det skedet visar rätt resultat. Den röda svullnaden runt bettet försvann och några fler symtom fick jag inte.

Det första testet som togs i somras tjugofem dagar efter bettet gav oklart resultat, och det säkert positiva togs två månader efter bettet. Tanken på att tiden tar slut är mycket skrämmande. Tänk om jag blir så sjuk att jag inte orkar resa till Gran Canaria i början av oktober?

Jag har en plan B om det inte lyckas på hälsostationen, för nu gäller det att rädda det som räddas kan. På Facebook finns det några stödgrupper för borreliospatienter. Då jag läser deras berättelser förstår jag att det kanske är bäst att jag blir min egen "lymedoktor" och ta ansvar för mitt liv. Men det är inte plan B ännu åtminstone. Sjukdomen heter lyme de borreliosis och bakterien borrelia burgdorferi.

Egentligen ansvarar vi alla för våra liv, och tillsammans med läkarna borde vi kunna förhindra att svåra sjukdomar bryter ut. Tyvärr har den svåra tidsbristen gjort att läkarna inte mera har möjlighet att lyssna på patienterna, vilket betyder att sjukdomar kanske inte upptäcks i tid och därför kräver specialvård. Eller det allra värsta: gör en person invalidiserad för resten av livet.

6. HELIG ILSKA

Det är måndag morgon och jag går in genom hälsostationens dörr med mitt mest ampra jag i beredskap. När jag berättar mitt ärende med den mest bestämda röst jag kan frambringa, tycker jag nästan synd om den unga sköterskan i receptionen. Hon ser lite rädd ut och bokar snabbt en tid till vikarierande läkaren.

Eftersom det dröjer flera timmar går jag ut och undrar hur långt benen ska bära? Jag tar metron till Prisma och köper saker jag behöver ha med till Gran Canaria. Här träffar jag en släkting som berättar att hennes svärfar har haft borrelios. Han hade inte blivit frisk av en antibiotikakur, men frun som var läkare hade sett till att han fick intravenös medicinering hemma. Nu skulle det vara bra att ha en läkare i familjen, för trots att jag tvingas bli min egen "lymedoktor", kan jag inte frambringa den medicineringen.

Det är inte lång väg från Prisma till min bostad som nu är uthyrd, men när jag kommer ner till källarskrubben där jag har mina saker, känner jag att benen inte orkar länge mer. Jag kämpar ändå med att få sakerna ordentligt nerpackade, men får ge upp eftersom värken i ryggen blir för intensiv. Så jag slänger snabbt ner resten och går för att äta lunch och få lite vila.

Tillbaka på hälsostationen sätter jag mig ner i väntrummet bredvid en gammal kvinna som plötsligt säger: "En död patient är den billigaste patienten." Hon har helt rätt och orden känns bekanta och mycket träffande. Samma uttryck hörde jag en överförfriskad läkare säga på en fest för länge sedan i samband med omorganiseringen. Han avled innan han blev pensionär, så man kan säga att han verkligen tog sig själv på orden. Svart humor är bra att ta till då det inte längre finns andra alternativ.

Kvinnan får berätta sin historia som är mycket sorglig, och jag kan förnimma hennes ensamhet och rädsla. Själv är jag också pensionär och endast en kostnad för samhället, så det blir ju en inbesparing om mitt liv inte blir långt. Ännu finns det nog så mycket fananamma i mig, så det behövs mycket till för att jag ska ge upp.

Medan jag väntar tänker jag på mitt läkarbesök för ett par år sedan, då jag önskade utesluta sjukdom och läkaren sade: ”Vi sköter en sjukdom då vi har konstaterat den.” Det hade varit svårt att få bokat en läkartid eftersom jag inte per telefon kunde bevisa om symtomen jag hade verkligen krävde vård. Men hur konstateras sjukdom och vem ska göra det? Mitt svar den gången var: ”Vi låter det bli cancer då.” Läkaren undersökte mig och konstaterade att allting verkade vara som det skulle.

Tänk hur mycket onödiga kostnader min borrelios nu redan har förorsakat. Hur har systemet blivit så här galet? Det sätts så mycket tid och energi på att försöka få patienterna att tro att de är friska/låtsassjuka.

Finländska läkare vill inte längre arbeta på hälsostationer, vilket betyder att många är invandrare. Jag har ingenting emot läkare som kommer från andra länder, om de behärskar finska så bra att de vill kommunicera. Tyvärr har jag dåliga erfarenheter, och när det är fråga om allvarliga svårdiagnostiserade sjukdomar kan det bli direkt farligt. Men inte vill eller hinner de finländska läkarna heller lyssna ordentligt på patienterna.

Dörren öppnas och läkaren säger mitt namn. När jag går in konstaterar jag att han är ung och troligen finländsk. Eftersom han vikarierar en svenskspråkig läkare, frågar jag om han pratar svenska. Han svarar att han vill lära sig språket, men jag tänker att det här inte är något "språkbad", och säger att nu är det så viktiga saker att jag pratar finska.

Jag berättar att jag har borrelios av ett fästingbett som jag fick i mitten av juni, och därför behöver jag nu snabbt ordentlig vård. Han ber om mer information, och jag börjar berätta så komprimerat som möjligt men blir avbruten:

- Du har 15 minuter.
- Jag vet det, men vill du höra mera eller inte?

Jag fortsätter att berätta och frustrationen ökar då jag vet att nu gäller det att få läkaren att förstå allvaret och skriva ut ordentlig medicin. När jag slutar säger han:

- Allt har gått fel. Jag vet inte varför det har hänt, men till exempel den där medicinen ger man numera endast åt barn som har borrelia.

Vilken lättnad! **Äntligen en läkare som vet något om borrelios!** Det är första gången jag hör en läkare säga att allt har gått fel och jag frågar:

- Hur kunde en erfaren läkare säga att jag skulle gå ut och gå och hålla benen högt, och att sådana här symtom kommer långt senare? Det lät som om hon var kvar på 1900-talet.
- Om man inte vet så bör man ta reda på.

Läkaren låter både arg och frustrerad. Han skriver hela tiden på datorn och ställer ännu några frågor:

- Är ögonen ljuskänsliga?

- Mina ögon är hela tiden ljuskänsliga men värre nu, och de har varit konstiga en tid.
- Har du påverkats psykiskt?
- Jag har känt en stor psykisk stress på grund av hur jag har blivit bemött i vården, men nu får de här galenskaperna verkligen ta slut.

Läkaren låter rädd då han säger:

- Det här är sen borrelios.
- Jag vet det och därför behöver jag snabbt vård.
- Du får 14 dagars antibiotikakur.
- 14 dagar?!
- Du fick ju redan 14 dagars kur tidigare.
- Du sa ju att det var barnmedicin!

Nu blir jag riktigt rädd, och jag inser att nu står hela min framtida hälsa på spel. Min spontana reaktion är den att nu får jag ta över; ta ansvar för mitt liv, så jag säger i mycket bestämd ton, samtidigt som jag med händerna markerar min kropp:

- Jag äger mig kropp och jag tar nu ansvar för den! Du kan anteckna det för nu behöver jag en lång och stark antibiotikakur. Borreliosen tog min släktings liv innan hon hann fylla 40 år.
- Jag antecknar att det är på patientens ansvar.

Han skriver receptet och jag lugnar ner mig så mycket att tankarna klarnar och jag frågar:

- Borde jag inte få intravenös medicinering nu?
- Det borde du ha fått för en månad sedan på Malms sjukhus. Det är där det största felet har gjorts och nu försöker jag rädda det som har gått fel. Nu är du i primärvård och det är så lite som jag får göra, och

jag kan bli anmäld om jag skriver ut för mycket antibiotika.

- Jag vet att det är systemet som det är fel på, så min kritik riktas inte mot dig personligen, men det här sättet att ta hand om människor är både dyrt och direkt farligt.

Det var verkligen inte mycket som jourläkaren på Malm fick eller orkade göra heller, men nu har jag i alla fall lite nytt hopp om att bli kvitt det här eländet.

Läkaren vill ha mera labprov, så nu gäller det att snabbt ta sig ner till labbet innan det stänger klockan 15:00. Där blir det EKG och nya blodprov. Efter det åker jag tillbaka upp till receptionen för att göra en skriftlig begäran om att få alla mina patientuppgifter angående borreliosen, för jag inser att jag behöver ha dem med till Gran Canaria.

Nu är jag så trött att min hjärna inte orkar mera, och jag begär hjälp av sköterskorna. Här är två trevliga sköterskor i dag, och jag visar min uppskattning över deras hjälpsamhet. När jag säger att deras arbete inte kan vara lätt, berättar de lite om den svåra situationen; det finns inte ens läkartider för de patienter som absolut behöver.

Jag tar metrotåget till Itis köpcentrum där det finns apotek, och sen måste jag ännu klara av att handla i Prisma, innan jag återvänder hem med buss och båt. När jag kommer fram till ön är jag fysiskt totalt slut, men nu har den psykiska stressen minskat, och då frigörs energi som får mig att orka. Jag känner att trycket i huvudet och spänningen i kroppen har minskat.

Nu är jag fast besluten om att jag ska bli i så bra skick, att jag klarar av att resa till Gran Canaria om en månad. Trots att jag har fått en dubbelt längre antibiotikakur än den läkaren ville/fick ordinera, har jag en känsla av att den ändå är för kort, och då är det bra att inte vara kvar i det här landet längre.

Följande dag känns det som om en stor tyngd har försvunnit från mina axlar, samtidigt som jag anar att vägen kommer att bli lång och snårig. Nu är jag så trött att jag får planera de nödvändiga sysslorna: en per dag. Mat måste jag få alla dagar men jag kan sitta på en hög stol i köket då jag tillreder den. Städar gör jag i omgångar, tvätten sköter maskinen och jag hänger upp den på terrassen.

Alla dagar tar jag korta promenader på gården, men på torsdag händer det något med mitt högra ben: plötsligt kan jag inte stiga på det längre. Jag haltar in och sätter mig i soffan och börjar massera fotsulan som känns konstig och avdomnad. Mobilen ringer och det är läkaren som vill berätta att provsvaren är okej, men så är det ju ofta trots aktiv borrelios. Jag berättar om benet, och att jag mår bättre efter att den psykiska stressen minskade, och undrar om medicinen börjat bita. Han blir orolig över benet, och frågar flera gånger om jag nu säkert kan gå på det. Min fråga undviker han och följande dag förstår jag varför.

Jag vaknar till en ny dag med en kropp som känns som om den har åldrats minst 30 år. HERX-reaktionerna har börjat för nu har medicinen inlett krig mot sjukdomen. Jag har feberskänslor, otrolig trötthet och en märkvärdig värk som flyttar runt i kroppen. Huvudvärken känns som ett konstant tryck i hela huvudet, och som om jag skulle ha en band hårt spänt runt pannan.

En släkting som har upplevt sjukdomen i sin familj hjälper mig att förstå alla mina reaktioner. Hon blir min livlina som håller mig flytande från dag till dag. Skräcken tar allt större grepp om mig, men jag tänker att kriget måste utkämpas innan det vänder till det bättre. Jag märker att allting känns värre då jag blir upprörd och stressad, och det gör mig ännu mer rädd, eftersom det känns som om det är omöjligt att undvika stress. Helst skulle jag vilja försvinna in i en värld med böcker, musik och lätt tv-underhållning, men hjärnan orkar endast med det under korta stunder.

Blodtrycket stiger och sjunker, men det kan delvis bero på den stress som samtalen med sköterskorna på hälso-stationen ger. Läkaren sade att alla nya symtom ska rapporteras till honom; det har blivit ett par samtal men jag är rädd för att det blir fler.

Mest ligger jag på soffan och ser ut genom fönstret medan jag lyssnar på radio. Genom att vara uppdaterad i vad som händer i samhället och världen håller jag mig kvar i livet. Ute övergår sommaren till höst och björkarnas löv gulnar. Nu finns det inte så många björkar kvar eftersom många är nersågade. Egentligen är det på grund av björkarna som jag fick fästingbettet. Varför sprayade jag färg på så många träd? Märkningen behövdes för att min kusin skulle veta vilka träd jag önskade att han fällde. Då tänkte jag att det skulle vara skönt att ha ved för många år framåt, men nu förbannar jag björkarna. Det kunde ha räckt med de på stranden det här året, för de sågade jag på våren när det ännu var kallt.

Sjukdomen ger sig hela tiden tillkänna; jag måste vara observant på alla förändringar i kroppen och göra anteckningar. Rapporten för en dag kan se ut så här:

Kl. 08:00: morgonen är relativt bra men vaknade vid fyratiden av att nacken värkte. Gympade lite och bytte kudde. Nu är nacken endast styv.

Kl. 10:00: efter att jag har pratat med sköterskan på hälsostationen är blodtrycket 160/100 och det känns som om huvudet snart exploderar. Tar medicin för blodtrycket.

Kl. 11:30: blodtrycket har sjunkit till 135/80 men jag är trött och har overklighetskänslor.

Kl. 19:00: hettande känsla i pannan och huden där är rödspräcklig. Utslag?

För att kunna sova har jag sömnmedicin men ändå sover jag dåligt. Värken väcker mig men min kropp kokar också av ilska flera gånger per dygn. När centrala nervsystemet är skadat påverkar det psyket, och mitt tålamod är mycket kort. Jag känner en helig ilska över allt som jag har varit med om: tre fel i vården och jag har två gånger hindrats från att få prata med en läkare. Det är svårt att ta in och acceptera allt nu. Jag tänker på hur mycket av samhällets resurser som kunde ha sparats, om jag genast hade fått rätt medicin, eller fått vård då jag hade blivit skickad till jouren.

Nu förstår jag hur det är att i praktiken får uppleva konsekvenserna av omorganiseringen i offentliga sektorn; en förändring som jag från början ansåg att inte kommer att fungera, eftersom "affärsprincipen" inte går att tillämpa när det gäller vård av människor.

Om man tar bort personalens möjligheter att utföra ett gott arbete, påverkar det både deras och patienternas välmående, och kostnaderna blir högre i slutändan. Precis så har det blivit. Den här oron skrev jag om i min första bok, men inte anade jag att det skulle bli så här illa.

7. SKRÄCKFILM

Nu är det lördag och jag mår ännu sämre. Ute är det grått höstväder och jag tar en bild som jag lägger på Facebook med texten: *"Att åldrars 30 år på några dagar känns tufft: kroppen hinner inte med. Men jag kommer igen, för 'mikä nyt pahan tappaisi' (vad sku' ta livet av den onde)."*

Det blir några reaktioner, men en kommentar ger ingen tröst: *"Nu ska du inte ge upp för borrelia är svår att diagnostisera. Jag hade den i 20 år men blev frisk när jag fick medicin intravenöst."* Jag har hört och läst tillräckligt om människor som inte har fått rätt diagnos och vård. Mina symtom visade alla på borrelios, så här handlar det endast om läkarnas nonchalans och okunskap.

Få läser inläggen på Facebook ordentligt, och kommentarerna handlar ofta om "jag har haft det mycket värre", otillfredsställda behov eller avundsjuka. Nu handlar det inte om avundsjuka, och visst är det svårt att sätta sig in i en annan persons verkliga situation, men mitt inlägg borde ge en tydlig blid av hur jag har det nu. En del människor vill i välmening göra andra hurtigare, men har vi inte rätt att vara som vi är: sjuka, rädda och arga? Hur blir jag tröstad av att läsa att någon har varit sjuk i 20 år innan personen fick rätt vård? Jag blir ju endast mera förskräckt över att få veta att det kan ta så lång tid. Handlar det här om finsk sisu och att man ska bita ihop?

Jag tillreder en enkel middag för att kunna ta mina mediciner. Men va' tusan, nu har jag svårt att svälja! Det känns som om matstrupen är för trång. Jag mosar maten med gaffeln för att det ska gå lättare, men det är mycket obehagligt eftersom mat- och luftstrupen är samma. Kan det vara en biverkning av medicinen eller är det också HERX-reaktioner?

Det har blivit många chattar med min släkting och jag kontaktar henne igen. De har säkert trevligare sysselsättning en lördagskväll än att svara på mina frågor. Nu känner jag av ensamheten ute på ön, så jag ringer också sjukvårdsrådgivningen. I kväll jobbar där en sjuksköterska som inte har så goda kunskaper om borrelios, men det kan man inte kräva då inte ens läkarna har det. Jag får rådet att ringa Universitetsapotekets jour.

En vänlig person på apoteksjouren kontrollerar saken, och säger att medicinen inte borde ge sådana biverkningar, men att jag omedelbart måste ring 112 om jag får andningssvårigheter. Jaha, i så fall blir det utryckning med sjöbevakningens ambulansbåt. Konstigt nog känner jag mig lugn; antagligen har jag börjat vänja mig vid situationen.

Senare svarar släktingen att det beror på borreliosen. Informationen hjälper mig att bevara lugnet så att jag inte börjar grubbla. Vad har jag för val? Kampen måste kämpas.

När jag lägger mig vid niotiden hör jag att vinden har ökat; det viner i träden och regnet smattrar mot taket. Är jag den enda personen på södra sidan av ön? Om det inte finns fler hus som är upplysta skulle räddningsbåten åtminstone lätt hitta fram. Från sängen får jag ingen kontakt till mobilen, så jag måste kunna ta mig till soffan för att ringa. Det känns inte tryggt, men här i Nokia-Finland har mobilnätet två km utanför huvudstadsgränsen inte ännu ordentlig täckning. Jag har anlitat alla operatörer och i många år diskuterat problemet med dem. Alla har lovat att i nästa sommar kommer det att vara bättre, men den sommaren har inte ännu kommit.

Jag tänker också på släktingen som håller mig flytande. Hon har flera gånger skrivit, att det blir en mening med hennes systers död, om hon kan hjälpa någon annan. Så är det: ur allt elände som livet bjuder på, föds det ofta trots allt någonting som kan bli till nytta för någon annan. Just nu kan jag inte se någon nytta med det som händer mig, men genom att varna andra kan jag kanske förhindra att någon hamnar i samma situation.

Men tänk, att mista sin syster i borrelios, och ha en man som varje dag känner av sviterna från samma sjukdom. Åt honom hade läkarna sagt att han var stressad, och därför dröjde det länge innan han fick rätt diagnos.

Jag har tagit en bild av alla mina medicinaskar, och lagt in på Facebook med varning för fästingar. Nu har jag förstått hur lätt vem som helst kan hamna in i en skräckfilm, där man själv spelar huvudrollen och djävulen är regissören. Allt sker utan manuskript och agenda för hur filmen ska fortlöpa, eller ännu mindre hur den kommer att sluta.

Eftersom symtomen är temporära blir det svårt för den borreliasmittade att i början förstå att hen är allvarligt sjuk. Men hur vet inte läkarna att det är så? Det är även svårt att bli trodd och få rätt diagnos, om patienten inte är i dåligt skick vid läkarbesöket. Ett sådant bemötande får patienten att uppleva att hen håller på att mista förståndet. Jag gillar inte skräckfilmer, och aldrig har jag kunnat föreställa mig att jag själv skulle spela huvudrollen i en sådan i verkliga livet.

Sömnen blir orolig och klockan fyra vaknar jag med starka obehagskänslor. Jag hör att vinden har mojnat och det är ännu helt mörkt i rummet. Plötsligt försvinner känseln i fötterna, och domningen fortsätter som en våg genom benen och upp i kroppen. Jag blir totalt lugn och jag tänker att så här känns det väl när man dör?

Vid halsen upphör ändå vågen, och känseln kommer tillbaka samtidigt som det uppenbarar sig ett ansikte i mörkret till vänster ovanför mig. Nu ser jag syner och har väl blivit galen på riktigt. Ansiktet som snabbt försvinner ser ut som en kombination av ängladoktorn och tant Linda; två viktiga personer i mitt liv som båda har begåvats med alldeles särskilda förmågor. Jag har inte tänkt på att ängladoktorn och tant Linda faktiskt har samma leende, ansiktsuttryck och utstrålning. Tant Linda fanns i mitt liv när jag var barn; en ödmjuk och stark skärgårdskvinna som bidrog till mina värderingar.

Upplevelsen får ångesten att tillfälligt släppa sitt grepp. Fenomen som de flesta kallar övernaturliga har alltid varit en naturlig del av mitt liv. Utan "skyddsängeln" hade jag väl varit död många gånger om.

Oron övergår till en molande känsla som är ny för mig. Den är kusin med ångesten och håller mig i ett järnhårt grepp. Jag läser en stund för att kunna somna om men det är omöjligt. Hjärnan kan inte stänga av; det har varit för många starka känslor under en kort tid, men kroppen börjar också på allvar ta stryk av sjukdomen. Jag befinner mig i ett "fängelse", utan utgång genom vilken jag snabbt kunde befrias.

Finns det någon hjälp att få tidigt en söndagsmorgon? Jag går till soffan och skriver "samtalshjälp" och "krishjälp" på telefonen. De träffar jag får är ställen som öppnar först på eftermiddagen, men är det inte just i vargtimmen som människor mår allra sämst? Kanske jag inte lyckas skriva rätt sökord, men krishjälp borde ju vara rätt?

Visst har jag läst att den här sjukdomen kan påverka psyket och ge stark ångest, och rädslan och oron för framtiden gör saken ännu värre. Jag skulle behöva få känna lite trygghet, men det är som om fan har flyttat in i min kropp helt objuden, och jag lyckas inte styra hans framfart.

Lättnaden jag kände då läkaren sade att allt har gått fel, har förvandlats till en blandning av skräck och helig ilska. Jag vet att de tar energi som kroppen behöver för att tillfriskna, men ilskan måste få komma ut. Vad jag allra mest behöver är någon som tar lite ansvar och säger förlåt. Ingen människa borde ensam behöva ta ansvar då hen är svårt sjuk, och vårdpersonalens hjälplöshet och frustration gör bördan ännu tyngre.

Inte ens gråten kan jag ta till som kunde förlösa mig från dessa bojor, utan jag är låst vid ett obeskrivligt illamående jag aldrig tidigare har känt. Hela mitt framtida liv står på spel; nu känner jag hur dyrbart det är då jag har hittat mitt paradis och slipper lida av vinterklimatet i Finland. Den insikten får mig att förstå hur mycket jag har att förlora.

På något sätt har jag lyckats ta mig fram till klockan åtta, och det är dags för frukost och mediciner. Obehaget lättar lite när jag stiger upp. Jag måste komma ihåg att inte äta mjölkprodukter två timmar före och efter. Gröten äter jag med saftsoppa men ofta blir det rågbrödssmörgås och te. Nu går det att svälja igen så det var typiska HERX-reaktioner jag hade i går.

Mina vuxna barn har nyligen drabbats av ett sjukdomsfall i min ex-mans släkt, så sjukdomskvoten är redan fylld i deras liv. Vem kan man störa en söndagsmorgon? Tanken att vara till besvär känns obekväm. Kompisarna vill jag inte störa nu, men det finns en person jag kan ringa till, så jag besluter att jag skall göra det senare. Det var hon som kom då jag hade gått ner mig i isen på våren.

I dag känner jag stor förståelse för de människor som själva har avslutat sina liv, efter att de har blivit lämnade ensamma i ångest och med svåra smärtor. Livet kan bli så svårt att man väljer bort det, men det behövs mycket styrka för att klara av det.

Strax efter klockan nio ringer jag min släkting. Bara det att få berätta för någon hur hemskt det känns gör att obehaget minskar. Jag har svårt att förstå att ett litet djur kan sprida en så farlig sjukdom, och att bemötandet i sjukvården är så bristfälligt. En rad med olyckliga händelser har fört mig hit. Utgående från mina symtom borde det ha varit lätt att ställa diagnos, och rätt medicinering borde ha eliminerat sjukdomen innan den spred sig.

Här har jag bott som barn och tillbringat alla somrar som vuxen, men aldrig varit rädd för fästingar. Visst började vi med fästingcheckar då borreliasmittan blev vanligare, men jag har hela tiden levt i tron att den här sjukdomen går att bota om den upptäcks i tid.

När vi slutar prata har solen stigit upp ordentligt och jag byter kläder för att gå ut. Nu är det klädbyte och fästingcheck varje gång jag kommer in. Det känns skönt att röra på sig, men det får jag göra endast korta stunder. Jag slätter mig ner på terrassen och ser ut över det glittrande sundet.

Resten av dagen går till vila och de nödvändigaste sysslorna. Jag är nöjd över att benen bär så att jag orkar stå i duschen, men fotsulorna har blivit så ömma att jag behöver strandsandaler när jag står på klinkergolvet. Jag sitter ner när jag smörjer in kroppen, och märker att huden har blivit tunn och känslig. Ögonlocken är svullna och det känns som om jag har sand i ögonen hela tiden. Synen är påverkad och ibland har jag dimsyn.

Följande morgon när jag går in i badrummet undrar jag vem som har flyttat in i mitt hus. Jag känner inte igen den gamla trötta kvinnan i badrumsspegeln. Ett blekt ansikte med svullna ögon skådar på mig med skräckslagen blick. Någonstans under den mask och roll som har tvingats på henne anar jag ändå en styrka, men före den får stiga fram måste hon ännu vila en stund i sitt elände. Jag tänker på ängladoktorn på Gran Canaria; det ger mig hopp om att där få adekvat vård om det ännu behövs. Åtminstone kan det väl inte bli värre än det har varit här.

Jag försöker få tag på överläkaren på hälsostationen genom att ringa ett nummer som finns på webben. Det lyckas inte och en väninna sänder mig ett nummer som hon har använt några år tidigare, men det är samma nummer som inte är i bruk längre.

I receptionen svarar sköterskan att hon inte får ge hans kontaktuppgifter. Då ber jag henne att prata med sin förman om att jag behöver överläkarens mejladress, men hon svarar att inte heller det kan hon göra. Nu undrar jag om han står ovanför republikens president, eftersom jag kan kontakta honom. Hon börjar skratta och svarar att i så fall har han piss i huvudet.

Jag vill prata med överläkaren om min fortsatta vård på Gran Canaria, men också om det som har hänt på den arbetsplats som han ansvarar för. I dag är det en kort "vapenvila" i min kropp och jag hoppas att det värsta är över.

Nästa dag berättar sköterskan att hon har bokat en tid för telefonsamtal med överläkaren, och jag väntar hela dagen. Nu är det kväll och jag lägger mig genast efter nians nyheter. Efter en stund börjar det hända någonting i ryggraden; som om det kryper maskar i ryggmärgen samtidigt som värken flyttar sig runt i kroppen. Jag har redan haft många olika reaktioner, så jag tänker att det är där som kriget utspelas nu. Få se om jag är helt förlamad när jag vaknar i morgon?

Förlamning i samband med borrelios är inte ovanligt, men inte ens det får läkarna alltid att reagera. Mina erfarenheter får det att framstå som om läkarna är rädda för sjukdomen, och in i det sista vill undvika en sådan diagnos. Jag hade ju helt säkert haft ett fästingbett, flera typiska symtom och till och med positivt test.

Jag tar humorn till hjälp och försöker se det komiska i allt. Samtalen till hälsostationen blir ibland helt galna och fruktansvärt tunga. Det finns inte lediga telefontider till läkaren, och jag märker hur svårt det är att i praktiken genomföra hans order om att rapportera alla nya symtom.

Följande dag kontaktar jag hälsostationen för att informera läkaren. I dag svarar en riktigt trött och frustrerad sköterska:

- Vad ska jag göra? Det finns inte någon ledig telefontid.

- Läkaren sa att jag måste informera om alla nya symtom.
- Men vad ska jag göra nu då?
- Nu är det så att jag är en svårt sjuk patient, och jag arbetar inte där så jag kan inte berätta det för dig, men det är väl bäst att fråga läkaren.
- Nästa telefontid är i nästa vecka på tisdag.
- Då kan jag redan vara död. Så här går det när det görs flera fel i vården: det ställer till med mycket elände.

Telefonsamtalen har varit så många att jag börjar bli härdad, och jag småler åt mina kommentarer. Det lilla trotsiga arga barnet i mig har vaknat; nu är jag svårt sjuk och har rätt att vara patient. En annan del av mig känner stort medlidande med sköterskorna, men det är inte mitt ansvarsområde nu.

Läkaren ringer om ett par timmar fast han inte har någon tid för samtalet, och jag börjar förstå hur mycket mitt fall ställer till med. Samtidigt tänker jag att det verkligen får märkas, men betvivlar ändå att någon kommer att reflektera över det. Nu har alla fördämningar släppt; i dag får läkaren höra all frustration och besvikelse. Efter att jag berättat om de nya reaktionerna säger jag:

- Det här är fruktansvärt psykiskt tungt och jag behöver någon som tar ansvar och ber om förlåtelse.
- Jag ber om förlåtelser för alla tidigare läkares del, och nu försöker jag rädda din situation så gott det går. Egentligen har jag ingen tid för samtal, och nu har jag pratat med dig i tio minuter redan.

Jag avslutar samtalet och tänker att några skuldkänslor går det inte att frambringa hos mig, för nu är jag ingen snäll tant som ber om ursäkt för att jag behöver vård. Samtalen tar mycket energi och gör mig så frustrerad, att jag helst skulle vilja slippa dem helt. En dag ska jag anmäla alla i personalen som gjort fel, för det är väl det enda en patient kan göra. Knappast kommer det att bidra till någon förändring, men jag får åtminstone berätta vad jag har varit med om.

Nog förstår jag att ingen av läkarna avsiktligt har gjort fel, för de har agerat enligt sitt kunnande, vad situationen har tillåtit och de regler de bör lyda. Ingen kan tvinga någon att på fritiden uppdatera sina kunskaper. Det finns otroligt många sjukdomar och forskningen går framåt med stormsteg. Orsaken till min frustration är främst den att diagnosen var relativt lätt att ställa, men den rådgivande läkaren kände inte till att medicinen han ordinerade nuförtiden endast ges åt barn med borrelios, och vikarierande läkaren lade inte märke till hur stor dosen bör vara.

8. VÄNDNINGEN

Nu har jag börjat skriva en rapport om vården som jag har fått i sommar. Inte orkar jag sitta långa stunder vid datorn, men skrivandet har en terapeutisk effekt. Rapporten bör bli så komprimerad som möjligt: endast det mest väsentliga som behövs för den fortsatta vården.

En person på Gran Canaria, som jag tidigare har anlitat för översättning, har lovat att översätta den till spanska. Det är inte så mycket tid kvar tills jag reser, så jag borde snabbt bli färdig. Jag vill sända den till ängladoktorn för att fråga vad han anser om antibiotikakuren: är den tillräckligt lång? Medicinen tar slut några dagar efter att jag har anlänt, så det blir bråttom att få den förlängd.

Snart måste jag ha mera mat, och min förhoppning är att jag på fredag ska orka ta mig till stan. Om det inte lyckas beställer jag hemtransport från Björnsö butik.

På torsdag har inte ännu överläkaren ringt, så jag skriver några tilläggsfrågor i vårdberättelsen, printar ut den och sätter in den i ett kuvert som jag ska posta i morgon. Ifall jag inte orkar ta mig bort, får jag ge brevet åt den som kommer med maten, men i dag 13 september känner jag för första gången att jag mår lite bättre. Visserligen är reaktionerna i kroppen ännu mycket varierande, vilket betyder att jag först i morgon med säkerhet vet hur det blir.

Fredagen gryr med vackert väder, och jag känner mig så stark att jag vågar ta mig in till stan. Först besöker jag apoteket för jag har insett att nu behöver min kropp extra vitaminer. Ögondroppar behöver jag också och farmaceuten föreslår en ny sort som anses vara ännu bättre. Brevet blir postat, och i Prisma köper jag mat och en bakelse för att kunna fira delsegern.

Visst är jag trött och vimsig då jag har fått upp sakerna till stugan. Bara jag har fått de kalla varorna i kylskåpet ska jag vila. Få se om överläkaren hör av sig i nästa vecka, tänker jag när jag lägger mig på soffan. Jag har också kontaktat en annan läkare som eventuellt kan hjälpa mig.

På kvällen ringer läkaren och vi samtalar medan han kör hem från jobbet. Jag blir upprörd när jag berättar vad som har hänt, och han ber mig lyssna på vad han säger. Först vill han försvara läkarna och min frustration ökar. När han har lyssnat ordentligt konstaterar han att allting inte har gått som på Strömsö, och han undrar om jag samtidigt har TBE. Jag har inte haft feber, annat än lite stegring tre dagar vid midsommar, och mina symtom har succesivt ökat, vilket de gör vid (fel)obehandlad borrelios. Han säger att jag ska be läkaren konsultera en infektionsläkare. Trycket i huvudet sjunker när jag blir hörd, och stressen i kroppen byts ut till en mjuk känsla. Till sist ber han att jag inte ska nämna hans namn i några sammanhang, eftersom han inte kommer att vara omtyckt efter det, vilket jag lovar på hedersord.

Tänk att den unga läkaren på hälsostationen genast vågade säga att allting hade gått fel. Det är mycket ovanligt att en läkare ifrågasätter en kollegas arbete. Troligen är det en orsak till att fel inte upptäcks. Om ingen kollar upp eller ifrågasätter det som har hänt tidigare, blir det ju enbart på patientens ansvar, men vilken läkare lyssnar på en patient som ifrågasätter föregående läkare? I mitt fall gäller det dessutom tydligen en mycket omstridd sjukdom, som de flesta läkare saknar ordentlig kunskap om. Eller vill de ens ha mer kunskap ifall det finns olika läror?

Nästa dag skiner solen och jag går ut på terrassen när telefonen ringer. Trots att jag sitter i skuggan blir jag helt svettig och trött bara av att prata. Hjärnan orkar inte och jag känner att jag lätt blir i försvarsposition. Så många gånger har jag fått höra "du har verkligen otur" och "tänk positivt" att också den kvoten nu är fylld.

Den här gången får jag höra om ett svårt fall som har tillfrisknat, men personen fick vård utomlands. Trots att jag vet att alla menar väl, har jag svårt att ta emot "goda råd" eftersom min situation ännu är så akut. Min rädsla och frustration är så stark att jag saknar filter.

Att det enbart handlar om otur känns obekvämt för mig. Naturen är full av fästingar och många av dem har borrelia, så jag är verkligen inte speciellt unik. Hur många får i år diagnosen borrelios i Finland, men hur många smittade får fel diagnos eller ingen alls? Mörkertalet kan vara stort; många läkare vill ha positivt test eller ett ringformat utslag som bör vara fem cm. Alla upptäcker inte bettet eller blir testade trots att de har symtom. "Vi kan inte testa alla" hade samma läkare, som meddelade mig om det positiva svaret, sagt åt en person som hade haft fyra fästingbett och led av ständig värk. Reumaläkaren hade några år senare antecknat: "odefinierbar reuma" men något borreliatest blev det inte.

Positivt tänkande kan direkt vara farligt nu. Varje gång symtomen försvunnit har jag hoppats att allting var över. Men varje gång symtomen återkommit har den varit ännu värre. Nu är jag den mest realistiska människan, som vill leva i verkligheten precis så hemsk som den är. Ibland är det viktigt att för en tid kunna vila i sitt elände. Det handlar om att acceptera situationen utan bortförklaringar, men det betyder ändå inte att man ger upp.

Visst kan man säga att det är otur, men varför kan inte den också drabba mig? Kan det eventuellt vara så att en del människor skäms och skyller på sig själva då de har blivit smittade? Nu vet jag hur lätt det är att bli smittad, och jag hoppas att ingen någonsin ska känna skam över det.

Senare på eftermiddagen när jag sitter och ser ut över sundet, upptäcker jag en roddare som har tappat ena åran. Han tar sig framåt i motvind paddlande med den andra. Lika är det för mig just nu; jag gör allt vad jag kan för att nå mitt mål. Det mest skrämmande är tanken på kronisk sjukdom och invaliditet. Läkarna i Norden har inte ännu godkänt kronisk borrelios och kallar det restsymtom.

På Facebooks stödgrupper berättar många om hur svårt det är att bli trodd av läkarna, och att överhuvudtaget få vård och tillräckligt långa antibiotikakurer. Det är många som har fått samma barnmedicin, och sedan blivit lämnade helt ensamma med sina symtom, eftersom de har fått vård och anses vara friska, precis som läkaren sade åt mig.

Roddaren kommer fram till stranden, och inom mig växer en känsla som säger, att det kommer också jag att göra en dag. Nu får jag lust att fira lite och jag fixar en pizzadeg av fullkornsmjöl. Förra lördagen hade jag svårt att svälja men nu är läget betydligt bättre. Medan degen jäser går jag ut och skär några kvistar från rosenbuskarna. Det finns mest knoppar; jag ställer dem i en vas på bordet som symbol för livets förnyelse. Snart sprids en himmelsk doft i huset och aldrig har pizza smakat så gott.

Följande morgon är också solig, och jag öppnar Facebook på mobilen. Thomas Lundin har för några minuter sedan lagt upp en av sina sånger: *Efter solsken kommer regn*. Den är obekant för mig och jag klickar för att lyssna: *"Efter solsken kommer regn. Efter regnet kommer du. Efter dig är allting svart. Efter nu så kommer – nu."* Melodin är enkel och vacker; den går rakt in i mitt hjärta och beskriver exakt det jag upplever nu. Refrängen fastnar direkt och jag klickar fram sången på nytt och sjunger med: *"Just denna stund är allt som är. En tröst så klen, som ändå bär, för den som vågar tro på liv igen. Just nu så står jag faktiskt här, och struntar blankt i det som tär ...."* Att en sång dyker upp i rätt ögonblick har jag upplevt tidigare. Den här är exakt det vad jag behöver nu, och jag tackar Thomas för sången.

Jag minns bilden och texten jag lade upp på Facebook för drygt en vecka sedan. Nu vågar jag tro på liv igen! Visst vet jag att vägen ännu kan vara svår, men Gran Canaria ger hopp. Vårdberättelsen är översatt och har skickats till ängladoktorn. Min fråga angående antibiotikakuren är den mest väsentliga. Han kanske inte kan svara per mejl på sekretessbelagda frågor, men jag önskar att sekretessbestämmelserna inte är så strikta där, och han kan väl åtminstone svara "si" eller "no". Borrelios är troligen en mycket ovanlig sjukdom på den ön, men förekommer säkert hos turisterna, och han jobbar på en läkarmottagning i en turistort.

EKG ska tas en vecka efter att medicinkuren är slut, och nya labprov bör också tas rätt snabbt. Antagligen kommer jag att vara trött efter resan, så tanken på att åka till Centro de Salud (hälsostation), som ligger i en annan ort känns tung. Dessutom hinner jag knappast komma in i det offentliga vårdsystemet så snabbt. Det känns tryggt och minst

stressigt att få gå till en bekant läkare, men han är en all-
mänpraktiserande doktor, som kanske anser att jag behö-
ver specifik vård.

En ny vecka börjar och överläkaren ringer klockan 15:30
på måndagen. Han har fått mitt brev men vill inte ta ställ-
ning till det som har hänt, och påpekar flera gånger att han
inte utför något kliniskt arbete. En 28 dygns lång antibio-
tikakur borde enligt honom räcka, och han låtsas inte höra
när jag säger att den skulle vara fjorton dygn, om jag inte
på eget ansvar hade krävt en längre kur. Egentligen finns
det tabletter för 30 dygn och jag kommer att ta alla. Angå-
ende Gran Canaria tycker han att det är bra att jag först går
till den privata läkaren så jag frågar:

- Kan jag få vården ersatt av Finland?
- Knappast, men jag kan ge dig en webbadress där
  du kan söka ersättning.
- Tack, det ska jag göra.
- Du kan stanna i Finland så ser vi till att du blir frisk.
- Nej, aldrig i livet! Efter allt som jag har varit med
  om här har jag blivit rädd för vården. Jag känner
  mig otrygg och måste komma bort härifrån, men
  det känns obehagligt när jag tänker på mina nära
  och kära som blir kvar.

Det förvånar mig hur upprörd jag blir över förslaget: stark
känsla av vanmakt och otrygghet. Ger fosterlandet mig så
starka otrygghetskänslor? Hur har jag så här länge lyckats
leva i en fantasi om att vi har pålitlig och högklassig vård?

Då det för många år sedan hade varit en invasion av lä-
kare från det östra grannlandet hade jag skämtat, att man
borde lära sig ryska för att läkarna skulle vilja kommunicera
ordentligt. I dag känns det som om en läkarexamen inte

heller skulle vara så dumt. Det mest skrämmande är tanken på att läkarna inte mera **får** ge god vård.

Överläkaren bad mig gå in och kolla mina patientuppgifter på hälsovårdens webbsidor. Nästa dag är nätkontakten så bra att det lyckas och jag börjar läsa. Alla besök finns antecknade, men ibland undrar jag nog om det är jag som har varit patienten. Det här bör man läsa med glimten i ögat, och det berättar mycket om vårdpersonalens situation. När jag har läst färdigt uppdaterar jag med en läkarvits på Facebook:

"Första läkaren ordinerar en barnmedicin åt en vuxen patient och patienten tillfrisknar inte.

Andra läkaren orkar varken läsa, lyssna eller undersöka.

Tredje läkaren orkar inte ens ringa.

Fjärde läkaren måste ringa och meddela om ett tydligt positivt labbsvar, men anser att patienten har fått rätt vård och vill inte veta av några nya symtom.

Åt den femte läkaren ger patienten genast rätt diagnos och kräver ordentlig medicin. Då skriver läkaren i patientjournalen: 'Patienten pratar osammanhängande meningar'."

Jag ligger på soffan och skrattar så att tårarna rinner. Tur att det finns humor för utan den skulle jag inte orka. Visst var jag både upprörd och frustrerad vid läkarbesöket, och på grund av tidsbristen blev inte allt vad jag sade så enhetligt. Dessutom var jag livrädd över att jag inte skulle få vård, och jag berättade också att jag länge hade känt en stark psykisk stress på grund av hur jag hade blivit bemött. Han har nog också antecknat att patienten är frustrerad över hur hon tidigare har blivit bemött i vården, men inget om att allting har gått fel!? Sådant får väl en läkare inte skriva, men det är ju redan ett under att han vågat medge det. Han berättade visserligen att han är vikarie för en kort tid.

En kompis kommenterar att jag bör be att få mina patientuppgifter rättade. Det är ganska mycket som bör ändras, och jag börjar söka blanketten som behövs för det. Jag får dem utskrivna och undertecknade, så det blir lite post att ta med vid nästa besök. Dessutom ska ett skickas till överläkaren på Malms sjukhus.

Dagarna går och på fredag ska jag igen till labben för nya prov. Läkaren har reserverat en tid till följande fredag; den sista vardagen innan jag reser på måndag. Då ska jag få veta mera om fortsatt vård, för det kommer att dröja innan den här sjukdomen är över.

Frida och Alex kommer hit över veckoslutet för att ta upp roddbåten och badstegen. Jag känner stress över allt som borde göras, men har bestämt att nu gör vi endast det allra viktigaste. Hälften av en vedstapel har rasat, men jag orkar inte rada upp den på nytt. De små blomkrukorna har jag tömt och några småsaker har jag fört till skjulet, som jag hade planerat att få målat på sommaren. Målfärgsburken som står och väntar bakom stugan måste flyttas in i värmen. I nästa sommar får jag ta itu med det som blev ogjort.

Eftersom jag vilar så mycket har jag svårt att uppskatta mina krafter. Jag har redan vant mig vid yrseln och att benen ofta är ostadiga. Bara jag nu klarar av weekenden ska jag vila några dagar innan jag på torsdag åker till stan. Jag har beställt service för båtmotorn, och meddelat att båten kommer till vinterförvar. En lista har jag gjort på allt som ska fixas i stugan inför vintern: balkongdörren isoleras, värmeelementen på rätt temperatur, golvvärmen sänkas och till sist när vattenpumpen är avstängd låter jag vattnet rinna ur kranarna. Då finns det inte så mycket vatten i rören som kan frysa vid ett elavbrott.

För några år sedan gick huvudkabeln till ön sönder i december, och det dröjde en vecka innan den nya var på plats. Det året hade vintern kommit tidigt och isen var redan så stark att det gick att färdas med snöskoter. Ett rör, en kran och varmvattenberedaren gick sönder. Även då körde jag med "Olas stil"; kontaktade den ansvariga direktören på elbolaget, som bad mig sända en begäran och alla räkningar.

Min hjärna blir snabbt överbelastad och ibland har jag svårt att hålla tankarna i styr. Om jag lyckas sova tillräckligt många timmar fungerar den bättre, så jag lever i hoppet att den småningom ska repa sig.

9. DYSTRA TANKAR

I dag är det fredag och jag sitter vid Prismas kassor och väntar på Frida och Alex. Jag tänker på hur bemötandet var i labbet som jag besökte på förmiddagen. Mitt immunförsvar är försvagat, kanske helt utslaget, när kroppen kämpar för att övervinna borreliosen. En sköterska hade bett mig reservera tid, så att jag inte skulle behöva vänta tillsammans med sjuka människor, men trots det fick jag sitta där en hel timme. Då jag nämnde om saken svarade en irriterad sköterska: "I dag blev det så här." EKG var normalt och det firade jag med glass och cappuccino.

Färden ut går snabbt i vackert väder, men när vi kommer fram är jag trött efter en lång dag. Ungdomarna radar upp vedtraven och hugger lite ved. Jag känner en stor lättnad över att det som måste göras nu blir gjort, samtidigt som jag märker att mitt tillstånd inte passar ihop med ett förälskat par som vill fira veckoslut. Eftersom jag länge har varit ensam här, har jag inte reflekterat över hur känslig hjärnan och hela nervsystemet har blivit; de går lätt på högvarv samtidigt som energinivån är extra låg. Mina sommargrannar besökte mig på onsdag kväll, men den eftermiddagen hade jag vilat ordentligt. En hel dag med program ute på stan blev däremot för tungt för mig.

Följande morgon finns tröttheten kvar och när ungdomarna efter frukosten börjar hugga ved, säger jag att det är bättre om de först gör undan det som måste göras. Svaret blir att de tar upp roddbåten i morgon, men det stressar mig att den blir till sista dagen. Jag känner stark frustration över att mina krafter är så reducerade, och jag vill snabbt få det viktigaste gjort så att jag kan slappna av. När jag diskar märker jag att benen inte orkar bära mig ens så länge; allting känns bara helt förmycket.

På kvällen går jag till först i bastun och lägger mig på laven, men fast den inte ännu är het orkar jag inte vara där. När jag står i duschen börjar det vibrera i benen, och de känns som om de inte orkar bära mig. Jag sveper snabbt in mig i handdukar och lägger mig på soffan. Bakslaget får mig att känna en ny rädsla; vart är mitt liv på väg? Ilskan blommar upp igen och gör av med energi. Jag känner mig fel, elak och otroligt ensam.

Visst har jag hört att borrelios är de ensammas sjukdom, och nu blir det mycket tydligt. Att känna sig ensam när man är ensam är inte lika illa som att känna sig ensam tillsammans. Kanske är det även kontrasten med de friska som nu blir så tydlig, och i dag har jag inte vilat så mycket. Eventuellt påverkas också personligheten då nervsystemet är angripet. Hjärnan känns i alla fall grötig.

En väninna som ringde för några dagar sedan, tyckte att jag inte borde vara ensam ute på ön, men jag svarade: "Vem skulle orka med mig nu? Det är nog bäst att jag är här där det inte finns någon som blir irriterad på mig, för det orkar jag inte med nu."

Jag har tappat bort glädjen då jag har levt med rädslan och ilskan så länge. Lite humor finns kvar men just nu ser jag inget komiskt i min situation. Jag vill bara snabbt få allting undanstökat och komma bort från det här landet.

Medan jag ligger och vilar kommer jag ihåg ängladoktorn, och att det först inte alls kom något svar på mitt mejl. På det andra mejlet var svaret kort: *"Vi tar EKG men inte labprov."* Ingen avsändare; vem av de fyra receptionisterna hade svarat? Eftersom jag skrev på svenska är det knappast den finska tolken, som tyckte att jag var lik Julia Roberts, och i övrigt uppförde sig lite osakligt. Jag skickade ett nytt mejl med frågan om var jag kan ta testerna. Få se om/när det kommer svar?

Söndag morgon gryr efter en orolig sömn, och jag är ännu trött och irriterad. Jag pratar inte med min vänligaste ton, när jag tar upp vad som bör göras, och orden faller inte i god jord. Alex säger att jag borde be vackert så lyckas det bättre. Nu börjar jag koka och jag hör min ilskna röst säga: "Snart behöver jag inte be om någonting alls, för jag gör mig av med det här stället, och så blir det slut med gnället." Plötsligt får jag lust att säga det jag har tänkt i mina mörkaste stunder: "Om jag inte blir frisk så avslutar jag mitt liv, ni ska inte behöva ta hand om något paket."

Nu är det sagt och jag känner en ny styrka; jag behöver åtminstone inte leva ett liv med svåra smärtor, utan jag vet att jag har mod att avsluta det själv. Blir det för tungt att bo här ute på ön så kan jag sälja. Jag ska inte behöva ligga någon till last.

Ungdomarna går ut men Alex kommer snart in, sätter handen på min axel och säger: "Du ska inte tänka så." Han förstår inte att det ger mig styrka att ha kontroll. Läkarna och skötarna har gjort fel, men jag har ändå sista ordet och makten över mitt liv. Om det går så illa kommer jag inte att försvinna innan jag har skrivit ner min berättelse. Och att sätta stugan till försäljning känns inte alls omöjligt i dag; sjukdomen har gjort mig klarsynt.

Ilskan som lätt bubblar upp gör mig nästan rädd. Hur länge måste jag leva med så kort stubin? Värken och den låga energinivå påverkar förstås. Jag förstår att andra inte kan begripa vad jag går igenom, för det kan jag ju knappast själv. Ovissheten och rädslan äter upp mig inifrån. Allting skulle vara annorlunda om jag visste att jag säkert blir frisk.

Roddbåten och badstegen kommer upp, och efter lunch går jag ut och för några små saker till vinterförvar. Färgburken får stå i bastun tillsammans med annat som bör förvaras i plusgrader. Det finns ännu helt fina blommor i utekrukorna, som Frida packar med till balkonglådan i stan. Nu känner jag en stor lättnad när allting är fixat, men jag har på ett nytt sätt insett vad det innebär att bo här. Min förhoppning är att jag är fullt återställ i nästa sommar, för det finns så mycket som borde göras eftersom krafterna tog slut i år. Ingenting blev som planerat den här sommaren.

När jag på kvällen kör upp ungdomarna till Björnsö förstår jag att inte ens bensinen till båtmotorn hinner bli förbrukad. Alla sådana saker känns ändå så simpla i förhållande till hälsan.

10. AVFÄRD

I dag är det onsdag, och i morgon ska jag bort härifrån. Nu gäller det att spara på krafterna. Nästan allt som jag behöver ha med mig till Gran Canaria finns redan i resväskan i källarskrubben. Jag är glad över att få bo hos Frida några dagar, eftersom jag har läkartid tidigt på fredag morgon. Annars hade jag åkt till stan först på lördag. Mina goda vänner har lovat köra mig till flygplatsen på måndag.

I går ökade vinden och vattnet började stiga. I dag är det full storm och pontonbryggan är så hög att landgången sluttar brant ner mot land. Väderprognosen säger att vinden avtar i morgon; jag planerar att ge mig av så fort den har mojnat.

Att bo på en ö har sina sidor, och jag har inte ännu vant mig vid att köra i hård vind med min lätta båt. I många år hade jag en gammal Vator som var mycket stadigare. På fjärden nordväst om ön blåser sydvästvinden rakt in från öppet hav, vilket gör att det blir rejäl sjögång. Jag har varit med om några häftiga färder, men nu vill jag inte utsätta mig för någonting sådant.

På torsdag morgon är vinden ännu frisk, men förhoppningsvis mojnar den på dagen. Kylskåpet är avstängt; morgonmålet och lunchen finns ute i kylväskan. Båten kommer jag att lämna vid butiksbryggan på Björnsö för avhämtning till årsservice.

Vinden mojnar och efter lunch kollar jag ännu allting en sista gång innan jag går ner till bryggan. Jag tänker på den tiden då det kändes vemodigt sista gången jag körde till stan på hösten. Nu känns det enbart skönt att komma bort.

När jag kommer till butiksbryggan märker jag att mina ben är ganska styva då jag böjer mig ner för att förtöja båten. Det känns konstigt i kroppen då jag sitter på huk; smärtan strålar ut i nervsystemet. På andra sidan av bryggan finns en båt med två män; jag undrar om jag behöver be dem om hjälp. Nuförtiden är det ovanligt att någon frivilligt hjälper okända människor. Men jag lyckas ensam få båten förtöjd och sakerna upp på bryggan: datorn, flytvästarna, kylväskan och "dramaten". Det känns skönt när jag vandrar till busshållplatsen. Äntligen på fastlandet!

Följande dag tar jag metrotåget till läkaren. Jag har printat ut *Borrelia- och TBE-föreningens symtomlista*, som jag skall ge åt honom. Den finns i Sverige men jag undrar om det också finns någon liknande förening i Finland? Åtminstone har jag hittat en stödgrupp på Facebook. Dessutom har jag en egen lista där jag har markerat de symtom jag har haft. Jag har förstått att läkarna inte har godkänt den här listan, men det finns läkare som tror på den.

Det finns läkare som har blivit hotade, ifall de har vågat använda några andra vårdmetoder än de som myndigheterna har bestämt. De som skriver ut långa antibiotikakurer kan bli prickade av Valvira, som övervakar social- och hälsovården i Finland, och till och med mista sina läkarlicenser. Medicinarvärlden är hård; den som inte lyder kan hamna ut i riktigt blåsväder. Det är väl en orsak till att läkarna helst inte vill veta av den här sjukdomen.

Nog är det ju konstigt att läkarna lyssnar så lite på patienterna, samtidigt som det satsas både tid och pengar till forskning, för att få veta hur stor andel av fästingarna som bär på borrelia. Större nytta skulle det bli om patienterna snabbt fick adekvat vård och kunde tillfriskna. Och att

undersöka dem som inte har tillfrisknat efter en kort antibiotikakur, borde också vara mera lönande forskning. De
har fått andra diagnoser och finns inte längre med bland
borrelios patienterna, eftersom kronisk borrelios inte finns
i Norden. Hur blev det med det ekonomiska tänkandet?

Då jag arbetade i offentliga sektorn efter omorganiseringen, som betonade den ekonomiska aspekten, upplevde
jag hur kortsiktiga beslut i slutändan blev dyra. Klientens
välmående var inte det väsentligaste, eftersom det inte
längre fick fattas beslut som var bäst för klienten, ifall det
inte just då i den enheten var det billigaste alternativet. Det
blev psykiskt tungt att inte längre få utföra arbetet enligt
min etiska övertygelse, så jag utbildade mig till arbetshandledare och beröringspedagog och blev företagare i stället.

När jag kommer upp från metron känner jag en lätt ångest när jag ser hälsostationshuset. Hur många gånger har
jag i sommar gått in genom de här skjutdörrarna?

I dag behöver jag inte vänta, och den reserverade tiden
är längre än normalt. Vi går igenom provsvaren som är
okej, men det är ju ingen överraskning. Alltid visar inte ens
borreliatestet positivt trots svåra symtom, så jag kan vara
glad att mitt gjorde det. Orsaken kan bero på att fästingarna också sprider andra sjukdomar som inte testas i offentliga vården.

Jag ger *Borrelia- och TBE-föreningens symtomlista* åt läkaren med önskan om att den ska bli till nytta, då det kommer patienter som är svåra att diagnostisera. Sjukjournalen
och svaren på labbproven är utskrivna, och han skriver
ännu på engelska en kort vårdplan. Stämningen är nu avslappnad, och hans förhoppning är att jag blir frisk; att den

här antibiotikakuren är tillräcklig, och att EKG kontrolleras på nytt om ett halvt år.

Till sist tar läkaren fram en lista på engelska, så tydligen har den här sjukdomen inte något intresse hos den finländska sjukvården. Listan är indelad i de tre olika stadierna med symtom, risker och hur många som får den kroniskt. Procenttalet för kronisk borrelios är inte speciellt högt.

Jag lägger dokumenten i väskan, tackar läkaren och känner stor lättnad när jag går ut. Kommer jag någonsin att besöka det här stället på nytt, eller väljer jag en annan hälsostation ifall jag behöver vård?

Frisk är jag inte ännu och jag tvivlar på att jag hinner bli det innan antibiotikakuren tar slut om några dagar. Att på Gran Canaria snabbt hitta en läkare som kan den här sjukdomen blir svårt. På mitt andra mejl till ängladoktorns mottagning kom det ett lika kort svar: *"Du får svar på alla dina frågor när du är här."* Det beror säkert på sekretessen, men jag vet i alla fall att EKG kan jag få där, och nog ska det bli någon råd med labbproven också.

Veckoslutet är soligt och jag sitter och njuter av vädret och blommorna på balkongen. På söndag eftermiddag orkar jag vandra ner till närmaste badstrand. Solen sjunker och kylan kommer men snart vandrar jag på varma stränder. Endast korta promenader i början eftersom mina ben är svaga, och så länge jag tar den här antibiotikan bör jag inte vistas i solen. Jag har en stor hatt som skyddar ansiktet.

När jag får mera krafter ska jag ta reda på vad det finns för metoder som hjälper kroppen att läkas. Jag längtar efter beröring, men det finns ingen annan än jag som är beröringspedagog på Gran Canaria. När jag frågade på öns Facebooksidor, kom det flera svar från massörer som ansåg sig kunna hjälpa mig, men jag är inte övertygad.

När kroppen är så här känslig bör beröringen vara mycket lätt. Även psyket är överbelastat och behöver behandlas med stor varsamhet. Att bedriva affärsverksamhet med människors välbefinnande kräver hög moral, men i det här fallet också kunskap om vad en konvalescent behöver.

11. ÄNGLAVAKT

Även resdagen bjuder på soligt och varmt väder. Medan jag gör mig i ordning känner jag att det här blir en bra dag. Glädjen över att snart vara på Gran Canaria får allting att kännas lättare, men det kommer att dröja många timmar innan jag är framme i lägenheten. Hur kommer jag att klara av flygresan med mellanlandning på Arlanda? Jag bör ta tillvara alla möjligheter för vila.

När jag är färdig lägger jag mig på soffan och tänker att vid sådana här tillfällen är vänner guld värda. Vilken häftig sommar jag har haft! Egentligen är det väl lite konstigt att jag i det här läget vill bort härifrån, men jag litar på Gran Canarias vårdsystem. Nu vet jag vad det här landet har att bjuda när det gäller den här sjukdomen.

Ett pling på dörren väcker mig ur mina tankar. Vi bär ner väskorna och lyfter in dem i bagageutrymmet. Det känns underbart då jag lutar mig bakåt i bilstolen och resan börjar. Jag undrar vad jag kan ta med åt dem till jul. Eventuellt hudkrämer med aloe vera och den goda kanariska honungsrommen. Snart är vi framme vid flygplatsen, jag tackar, kramar dem och önskar en skön höst. Vi ses i jul!

Vid incheckningen lyfter en kvinna upp min väska på bandet. Det är första gången som någon okänd har hjälpt mig med det, men jag ser väl så svag ut. Alltid syns det inte utanpå att energinivån är låg och hjärnfunktionen trög.

I säkerhetskontrollen tvingas jag att noggrant fokusera på att allting är framsatt, och att på andra sidan få alla saker nerpackade på rätt plats. Handspritflaskan är nu extra viktig, och jag hoppas att jag inte får någon snörvlande och hostande passagerare nära mig.

Taxfreebutikens parfymdofter ger mig huvudvärk så jag passerar snabbt genom den. Nu tycks jag vara extra känslig för dofter och oljud. Ute på ön saknades många av livets vanliga ingredienser, men lugnet har varit bra för mitt tillfrisknande. Så här sensitiv och filterlös har jag aldrig varit tidigare.

När jag kommer till apoteket köper jag B-vitaminer och olja för örongångarna. Borreliosen har påverkat hela kroppen, och nu är B-vitamin extra viktigt för nervsystemet. Två trevliga unga farmaceuter blir intresserade av min situation; jag berättar kort men de vill veta mera. De tycker att min story är så intressant, att de gärna vill höra fortsättningen nästa gång jag flyger. Oj vad det känns skönt att skämta och skratta.

Vid gaten är alla sittplatser upptagna, och efter en stund blir benen trötta. När de inleder ombordstigningen går jag fram till gaten, men tydligen har jag fel stolnummer. Kvinnan i gaten ropar ut vilka som får komma med så ilsken röst att ingen vågar gå fram. Jag tänker högt på finska "nu vågar ingen gå" och då ber hon oss alla komma.

En del ska gå yttre vägen, men jag kan gå direkt till planet. Snart är jag framme vid min plats; lyfter väskan upp i hyllan och sätter mig ner på sju C. Jag väljer alltid den stolen om den är ledig: C som Carola och jag är född den sjunde. Skönt att ha kommit så här långt!

På Arlanda behöver jag inte längre lyfta någon tung väska. En vänlig man hjälper mig att få Wi-Fi-kontakt till mobilen. Jag sätter mig ner i ett café nära gaten för att få lite ny energi. Himlen täcks av mörka tunga regnmoln så skymningen kommer snabbt.

Flyget som ska föra mig till Gran Canaria är försenat då det landar på Arlanda, och ombordstigningen blir försenad, men vi startar ändå nästan enligt utsatt tid. När jag sätter mig ner i kabinen ser jag att det har börjat regna. Hej då mörker och rusk!

Efter ett par timmars stillasittande känns benen konstiga, och ibland sticker det till i baken, som om mannen bredvid skulle nypa mig. Jag småler och tänker att om han bara visste. Jag vet inte hur jag ska förhålla mig till reaktionerna i kroppen, för om två dygn avslutas medicinkuren.

Läkarna på Gran Canaria har säkert inte mycket erfarenhet av borrelios, men min intuition säger att där finns någon som tar hand om mig. Kanske borde jag snabbt finna den personen, men hur ska krafterna räcka till för att genast börja söka? Nu borde jag undvika för mycket belastning så att kroppen kan tillfriskna. Jag hoppas att ängladoktorn kan hjälpa mig vidare, för han känner väl till läkarna på ön.

En man kommer att möta mig på flygplatsen LPA på Gran Canaria och köra mig till min lägenhet. När jag frågade på öns Facebooks-sidor angående offentliga vården, undrade han om han kan köra mig, eftersom jag säkert kommer att vara trött efter den långa resan. Det känns som om jag har änglavakt hela tiden på väg till änglarnas ö.

Flyget kommer att landa på natten och framme i lägenheten är jag vid ettiden. I morgon ska jag skaffa hem mat och bekanta mig med mitt nya hem. Väskan som har varit i förvar under sommaren levereras på eftermiddagen. Den bör jag packa upp, men det viktigaste är att vila tillräckligt.

Efter en lätt måltid försöker jag sova en stund då kabinbelysningen släcks ner. Jag har stödstrumpor och gympade lite med benen i toakön. Det är så mycket ljud i kabinen att det är omöjligt att somna. Trots det känner jag mig rätt pigg när kaptenen meddelar att vi förbereder oss för landning, och att temperaturen på LPA flygplats är 23 grader. Jag kan förnimma den mjuka värmen som snart omfamnar mig.

När lampan för säkerhetsbältet slocknar börjar den vanliga "köttkvarnen", då alla samtidigt ska ha ner sina väskor. Jag har min incheckade väska så det är ingen brådska, men måste ändå stiga upp när turen kommer till mig.

På stela men lätta ben tar jag mig ut ur planet. Jag hinner ta en sväng på toaletten innan jag går till bagagebandet. Väskan kommer snabbt så nu behöver jag hitta min chaufför. Vi har chattat med varandra och han lovade kolla när flyget landar.

När jag kommer ut hör jag någon säga: "Hej Carola!". Bilen är i parkeringshallen så vi måste ta reda på hur vi kommer ut därifrån. Jag tar fram några slantar, och han betalar parkeringsavgiften och snart är vi på motorvägen.

Eftersom han har varit aktiv i en patientförening för fästingsjukdomar i Sverige, är han intresserad av min situation. Han har hört många sorgliga berättelser, men jag bestämmer att min ska få ett lyckligt slut. Under resan ner hade jag änglavakt, och nu är jag på änglarnas ö. Jag hinner dra en komprimerad version av min story, och jag får veta att han nyligen har mist sin partner på grund av sjukdomen. Smärtorna blev så svåra att hon inte orkade leva.

När vi kommer fram hjälper han mig med väskorna, och mäklaren kommer emot vid dörren. Det är varmt i lägenheten, så hon hjälper mig att få på luftkonditioneringen. Sedan vill hon att jag undertecknar hyresavtalets alla fem sidor. Nu är jag så trött att jag inte orkar läsa igenom texten; jag frågar endast om det är lika som det tidigare avtalet. När hon går packar jag upp toalettsakerna, maten och medicinerna. Jag fixar mig snabbt i ordning för natten, tar sömnmedicinen och somnar som en stock.

När jag vaknar vid niotiden är jag helt vimsig, och min första tanke är medicinen. Det finns vatten i kylen och jag tog med lite mat, eftersom jag inte bör ta den på tom mage. Jag går ut på balkongen i den ljumma luften med frukostbrickan. Solen är redan ganska högt på himlen och havet lyser klarblått. Dalen vaknar men turistsäsongen har inte ännu börjat på allvar. Om ungefär två veckor kommer det första direktflyget från Finland och charterresenärernas antal ökar. De som bor här över vinterhalvåret flyttar hit i oktober eller november. Nu är jag äntligen här, och förhoppningsvis kan jag snart lämna det svåra bakom mig.

Innan lunch ska jag gå ner och köpa lite mat. Någon ropar "agua" i korridoren; jag öppnar dörren och ropar "si". Om en stund dyker det upp en man med stora vattenflaskor. Jag köper några för det är bra att få vattnet hemburet, eftersom här inte finns butik i bostadskomplexet.

Jag går ner till en liten HiperDino och köper det mest nödvändiga. I morgon ska jag ta mig ner till köpcentret, och handla i Spar som har mer färskvaror. Nu är det helt otänkbart att gå ända till Mercadona, och jag orkar inte handla i en stor market.

När väskan kommer frågar jag mannen hur jag får min nätkontakt att fungera, eftersom det är hans medarbetare som sköter om den. Han får den att fungera och jag tackar för hjälpen. Nu är det dags att packa upp mina kläder, men jag tar en rejäl paus mellan varven. Sängen känns rätt skön och har bäddmadrass vilket är ovanligt här.

Köket är dåligt städat; allt är flottigt och äckligt så mäklaren har skickat en städerska. Badrummet städar hon också, och jag förundrar mig över raden med stora flaskor av olika tvätt- och putsmedel som står på golvet. I skåpen och på hyllorna finns det också en hel del av ägarens saker, så det ser inte riktigt ut som en hyreslägenhet. Visst ska det finnas sänglinne, handdukar och kärl, men här finns mycket annat. Kärl finns det i massor: ett stort skåp är fullt med olika koppar, glas och skålar. Kokvrån är mycket liten och utan fönster, vilket betyder att man inte kan ha genomdrag i lägenheten. Balkongen är mot väster med havsutsikt nära räcket. Det finns en markis som jag kan fälla ut eftersom jag inte bör vistas i solen ännu.

Sent på eftermiddagen går jag till poolen. Jag har längtat efter att få vattenjogga, men nu måste jag ta det försiktigt. Så här dags är området nästan tomt. Efter en snabb dusch knäpper jag fast bältet och går ner i det varma vattnet. **Skönt!** När jag gör några joggningsrörelser känns det som om mina benmuskler "fladdrar" i vattnet. Har de hunnit bli så slappa redan eller inbillar jag mig? Jag joggar runt i sakta mak och kroppen njuter och tackar. Här ska jag träna upp min kropp varje dag och komma i form igen. Poolområdet ligger på kanten mot dalen; jag kan se det klarblå havet.

På kvällen dyker ägaren upp som avtalat: en kort och knubbig gubbe i över medelåldern. Han överräcker en vit begonia, slår sig för bröstet och säger att han är ägaren. Jag tackar och ställer blomman på terrassbordet. Ägaren börjar introducera luftkonditioneringen, och han undrar vilken temperatur som är sval, lagom eller varm för mig. Här tycker befolkningen att 22 är "frio", men det tycker nog jag också då jag har vant mig med värmen.

Så går jag till duschen som har många kranar och rattar. Han visar deras funktioner och skrattar mycket. Här blinkar männen ofta med ögat så det har jag redan vant mig vid, men den här gubben ger ett barnsligt intryck. Han slår sig flera gånger för bröstet och säger att han är ägaren. Alla har inte en fritidsbostad som de hyr ut över vinterhalvåret.

Jag lägger mig tidigt men vaknar av ett hårt dunkande ljud. Yrvaken ser jag att klockan på nattduksbordet visar 00:20. Jag går ut på terrassen och hör att oljudet kommer från köpcentret där det fins restauranger och discon.

Nu minns jag att jag har sett öronproppar i en byrålåda. Jag tar fram dem, trycker in dem i öronen och försöker somna. Dunket hörs genom propparna, och sömnen blir dålig tills oljudet upphör vid fyratiden. Då får jag några timmars ostörd sömn, men när jag vaknar känner jag att hjärnan inte har fått tillräckligt vila. Om det är samma dunk varje natt kan jag inte bo här, för nu är sömnen avgörande för mitt tillfrisknande.

När jag går ut frågar jag en granne som bor på samma våning, och han berättar att ingen kan sova här utan dubbla fönster. Jag har enkla fönster så nu blir jag orolig.

Jag går ner till mäklarkontoret, men min mäklare är inte på gott humör i dag. Hon vill inte ens lyssna, utan svarar direkt att andra bor i samma hus. Det är bäst att kontakta hennes chef och direktören för mäklarfirman, och det kommer jag att göra på spanska.

12. U-SVÄNG

Ny dag med nya utmaningar; jag fäller upp soffbordet så att det blir ett skrivbord, tar fram datorn och börjar skriva till mäklarfirman. Det tar tid eftersom det ska översättas till spanska, men budskapet är kort och tydligt; lägenheten fyller inte de krav som krävs för en bostad eftersom det är omöjligt att sova här. Avtalet sägs därför upp och depositionen bör jag få tillbaka.

Jag känner mig nöjd när mejlen är sända. Tänk, att jag hamnar ut för det här nu när jag helt borde undvika stress. Så kontaktar jag en annan mäklare och frågar om hon har någon ledig lägenhet i San Agustin. Jag har haft kontakt med henne tidigare angående en mäklare som sysslade med skumma affärer. Han hade sedelbuntar på sitt skrivbord i kontoret, och hyresgäster hade blivit lurade. Eftersom hon delvis förmedlade samma bostäder, frågade jag om hon också hade svarta hyror, men hon bedyrade att det sysslade hon inte med.

Nu har jag förstått att det är dags att flytta bort från den här orten till någonting lugnare. Två vinterhalvår bodde jag i den mera stillsamma dalen Barranco Agua La Perra, men turistlivet var nog störande då jag skulle uträtta ärenden på den här sidan. Jag hade ändå inte kunnat föreställa mig att nätterna är så oroliga, eftersom vi inte hade blivit störda då vi var på semester här för några år sedan.

Sömnen är viktig för mitt tillfrisknande så nu chansar jag inte. Jag gör allt vad kan för att bli helt frisk och struntar i eventuella extra kostnader. Pengarnas betydelse är liten då det handlar om att återvinna hälsan, och fortsätta att leva det liv jag hade förut. Innan borreliosen var jag ovanligt frisk för min ålder: inga mediciner, den lindriga artrosen i ena knä försvann av regelbunden vattenjoggning och det fina klimatet. Jag har satsat på min hälsa för att kunna njuta av pensionärslivet, och känner ännu av den ilska och frustration som kampen gav mig. Det är tufft att ensam ha hela ansvaret, men jag ska inte bli bitter. Här känner jag mig mindre ensam, och i september fick jag ju kontakt med min urkraft; nu vet jag att jag kan försvara mig och klara av svåra situationer.

Den nya mäklaren sänder mig bilder och information angående två lägenheter i ett bostadskomplex. Jag kollar på Google var det ligger: nära havet, buss och köpcenter. Den ena bostaden tilltalar mig lite mera med tanke på färger och inredning. Dessutom är hyran 150 euro lägre, vilket betyder att den är samma som jag har nu.

Det går inte att ordna visning genast, så jag ber henne reservera lägenheterna åt mig. Jag har gjort en rejäl u -sväng och börjar förstå varför jag behövde uppleva allt det här. Om jag inte hade bott i den här lägenheten en tid, skulle jag inte förstå att jag bör byta ort, för det var här vi var på semester då jag förälskade mig i ön. Komplexet heter ironiskt nog *Puerto Feliz* som betyder lyckliga hamnen. Nu förstår jag att lyckan den för med sig är att jag kommer bort.

De två första åren i den lugna dalen passade perfekt då jag skrev boken. Stillheten och den magnifika utsikten var just den miljö jag behövde. Fuktskadorna i den lägenheten hade också en mening, för de fick mig bort från den galna grannen som ställde till med problem i komplexet. Allt får en mening, och livet för oss till olika platser för att vi ska hitta rätt till slut. Jag har planerat att jag den här vintern ska bekanta mig med olika orter, för att finna den plats där jag vill bo på lång sikt. Att det endast skulle dröja några dagar trodde jag inte, men intuitionen säger att nu är jag på rätt väg.

När jag har vistats en stund i solen har jag märkt att det bränner i huden. En liknande känsla som då man har solat för länge. Troligtvis finns det ännu rester kvar av medicinen i kroppen, men det kan även delvis bero på att nerverna är skadade.

Nu börjar jag ta reda på angående mat och örter som renar kroppen från gifter, men också de som stärker immunförsvaret och tar kål på infektioner. Det finns mycket information på webben, men allting kan man inte lita på, så det är bäst att göra egna bedömningar och pröva sig fram. Precis som när det gäller skolmedicinerna är den här marknaden ute efter att göra vinster på människors krämpor. Dessutom finns det information som talar emot varandra. En del preparat anses hjälpa för nästan alla åkommor. Jag bestämmer mig för att börja med några redan bekanta och sparar de andra för framtiden.

Man bör absolut inte heller lita på all information som finns på stödgruppernas Facebooksidor. Där lägger många ut info (reklam) på produkter som de säljer, men också på alternativa behandlingsmetoder. Det är lätt att utnyttja svårt sjuka människor som desperat söker lindring.

13. ÖVERRASKNINGAR

Nu är det måndag och jag sitter i bussen till min blivande kommun för att få en läkartid bokad, eftersom jag behöver remiss till labbet. Jag fick så många råd på öns Facebooksidor angående vård, att jag blev lite fundersam. Eftersom jag inte känner till vilken Centro de Salud jag borde välja, stiger jag först av vid ett sjukhus där man får vård med EU (europeiska) sjukvårdskortet.

I receptionen sitter en vänlig finländsk kvinna, som berättar att jag endast får akutvård här, men jag får tips om den bästa Centro de Salud på området. Hon beställer en taxi och snart sitter jag med en kölapp i receptionen. Jag undrar hur jag ska klara av språket, men jag har ju mina dokument och vårdberättelsen.

Det blir snabbt min tur och jag hänvisas till ett annat rum för dem som inte är skrivna på ön. Jag blir registrerad och hänvisad tillbaka till receptionen för att få en tid hos läkaren. I nästa vecka ska jag besöka honom vars namn tyder på att han kommer från Mellaneuropa och troligen pratar en god engelska.

Den här veckan bör EKG tas, så när jag kommer hem kontaktar jag läkarmottagningen för att få veta när ängladoktorn är på plats. Svaret är kort: *"Du kan komma när du vill för den läkare tar hand om dig som är på plats."* Nu är svaret undertecknat med ett nytt namn, så där finns tydligen en ny tolk. Jag svarar att jag är privatpatient, och bestämmer själv hos vilken läkare jag går. Då får jag veta att läkaren är på plats på torsdag. Lite konstig betjäning är det, men de har säkert svårt att hitta personal som kan både spanska och skandinaviska språk.

På onsdag ringer mäklarbyråns chef och frågar om jag kan komma ner följande dag klockan tio. Jag svarar att det är okej fast jag helst inte skulle vilja ha två krävande ärenden samma dag, men jag hinner vila innan jag går ner till läkarmottagningen på kvällen. Borde jag gå ner och handla lite mat i dag? Första gången jag var ner till Spar fick jag ta taxi upp då benen blev trötta. Nu har jag handlat i HiperDino, men där finns endast färdigt förpackade varor.

Följande förmiddag är jag på väg ner för trapporna till mäklarbyrån. Kontoret är litet med plats för fyra mäklare: tre i fösta rummet och förmannen i ett mindre rum längst in. Utanför på terrassen finns bord och stolar där kunderna kan vänta under parasoll.

Chefen, som talar engelska, tar emot mig. Hon är en stadigt byggd medelålders barsk kvinna. Min mäklare är inte på plats. Chefen går direkt på sak:

- Du borde ha sett lägenheten före du skrev kontraktet.
- Det var omöjligt eftersom jag redan då var i Finland, men inte skulle väl visningen ha varit mitt på natten då oljudet hörs. Jag var tvungen att byta lägenhet på grund av vattenläckage och att ägaren blev onåbar efter det. Inte heller till den första lägenheten ordnades det någon visning trots att jag befann mig på ön när kontraktet gjordes. Mäklaren sade att ni inte har visningar då det bor hyresgäster i lägenheten. Jag valde det här företaget för att jag trodde att det är pålitligt och har professionella

mäklare, men efter allt som har hänt känns det nu mycket osäkert.

Mäklaren rynkar pannan och ser frågande ut så jag fortsätter:

- När jag var här på kontoret i mars, och var ledsen över att jag hade blivit utan bostad för den här vintersäsongen, skrattade mäklaren åt mig och sade att du får ju en ny bostad. Jag hade varit här flera gånger tidigare på grund av att ägaren inte hade betalt sina avgifter till husföreningen, men då blev hon arg och sade att jag inte får säga så mera.

Mäklaren ser förvånad ut men samlar sig och säger:

- Ägaren säger att han ska ha hälften av hyran för hela hyrestiden enligt kontraktet, annars kommer han att gå till rätten.
- Hälsa honom att om han har mycket pengar så kan han göra det. Sömnen är avgörande för mitt tillfrisknande, så nu behöver jag ett ordentligt hem.
- Men om han byter fönstren till dubbla?
- Jag måste ju bo där och orkar inte med någon renovering nu. Det betyder ju att det kommer att vara renoveringsdamm, som jag inte tål och nu är jag extra känslig.

Jag berättar om mina tunga nätter då jag sover i två skift, och min sjukdom som gör att sömnen är mycket viktig. Nu känner jag hur trött jag blir av att prata engelska; min hjärna hittar inte längre ord, så jag ber om hjälp av en norsk mäklare som sitter i rummet bredvid. Hon har en helt annan framtoning och är betydligt mera empatisk. Efter att jag har förklarat för henne min situation, som hon översätter till spanska säger mäklaren:

- Jag ska göra vad jag kan.
- Tack, jag väntar på besked. Det som i alla fall är helt klart är att jag inte kan bo där.

När jag går ut är jag helt slutkörd och det snurrar i huvudet. Blodtrycket har säkert stigit men jag är nöjd över att jag kunde försvara mig. Hon ändrade stil när hon märkte att jag inte lät mig skrämmas av hot om rätten. Mäklare är inte de mest empatiska människor; det gäller även för de finländska. Empatin tar ofta slut då arvodet är betalt.

Det är tryckande hett i dalen så jag tar mig snabbt upp till lägenheten och terrassen som ännu är sval. Nu behöver jag nolla alla tankar som snurrar i huvudet, men det är lättare sagt än gjort. Efter lunch ska jag ha en skön siesta innan jag går till poolen.

Jag tänker att jag snart får åka på visning till mitt nya hem. Husen har två våningar och båda lägenheterna finns i övre plan. Där finns flera pooler av vilken en är uppvärmd. Orten är liten och där bor både kanarier och långtidsboende, så turistlivet är troligen inte så dominerande.

När solen börjar sjunka tar jag mig ner till läkarmottagningen i dalen. Efter en kort promenad går jag in genom porten till innergården och vidare genom skjutdörren.

Ängladoktorn, som är en stilig kubansk man i 40-årsåldern, står bredvid receptionsdisken. Jag går fram för att hälsa, men då dyker det upp en hand framför hans. En för mig helt okänd kvinna står där med ett brett konstgjort leende som inte når ögonen. Då jag hör hennes namn förstår jag att det är hon som svarade på mejlet; en medelålders kvinna med ett litet ansikte och en oproportionellt stor mun. Läkaren hälsar hjärtligt och jag säger:

- "Lymedoktorn" Julia Roberts.

Vi skrattar båda och jag frågar på engelska:

- Vad är problemet? Har någon blivit så kär i dig nu att jag inte längre får träffa dig?

Tolken svarar snabbt medan hon lutar sig mot läkaren:

- Vi är alla kära i honom.
- Han är nog trevlig men i synnerhet en bra läkare.

Han ber mig sitta ner vid disken, och försvinner bort till behandlingsrummet i andra ändan av korridoren. Eftersom jag är privat patient behöver jag inte fylla i några blanketter. Jag känner mig både felplacerad och trött när jag säger:

- Det har varit en stressig dag.
- All stress finns mellan öronen, du ska inte tänka bla bla bla, du ska inte göra bla bla bla (en otrolig svada strömmar ur hennes mun). Jag har jobbat som livs-coach så jag vet.
- Det har jag också men då gäller det ju att lyssna på kunden för att kunna förstå och hjälpa.
- Du ska inte bla bla bla (jag stänger av öronen igen och väntar tills hon slutar).
- Jag hade ett häftigt möte i dag på ett mäklarkontor som gällde viktiga och komplicerade saker.
- Jag har också jobbat som mäklare för man behöver inte ha någon utbildning för det.
- Nu börjar jag förstå varför du behandlar mig som du gör, men jag är patient här nu och en helt okänd person för dig. Jag kom inte hit för att få din livs-coaching mot min vilja.

Sker det här i verkligheten? Blir jag behandlad så här på den här läkarmottagningen? Hon har helt tydligt några förutfattade meningar om mig trots att vi aldrig har träffats. Det känns obehagligt och jag önskar att det snart är min tur att gå in till läkaren.

När den andra tolken är på plats, eller läkaren kommer in och ber henne beställa en ambulans, ändrar hon stil totalt och fjantar upp sig för honom. Hon försvinner också själv en stund, och när hon återvänder är hon mycket spänd då hon i en gemen och fjantig ton säger:

- När du sen ligger där och läkaren tar EKG så kan du hela tiden se honom i ögonen.
- Nu säger jag det här för att du ska få en sista chans att ändra dig: du kan inte behandla mig på det här sättet; jag är patient här och har en allvarlig sjukdom. Dessutom är jag helt okänd för dig.

Då slår hon ut med handen mot korridoren och ropar:

- Alla i den här korridoren vet allt om dig

Hör jag faktiskt rätt? Har de anställt en person som inte förstår att kafferumsskvaller inte ska berättas åt kunden? Visst förstod jag att jag väckte uppmärksamhet förra året, då en av de finska tolkarna tyckte att jag såg ut som Julia Roberts. Men vad kan en helt okänd receptionist nu ha emot mig, och vad ger henne rätten att bete sig så här? Det att jag skickade mejl är troligen ovanligt, och tydligen har jag länge figurerat i skvallret här, men det bjuder jag på. En annan sak är att jag vill bli sakligt bemött.

Medan jag sitter och väntar tänker jag på förra våren, då jag efter vattenläckagen i bostaden hade fått några obehagliga symtom. Jag visste att det skulle bli svårt att få ersättning från reseförsäkringen, ifall jag inte hade besökt läkare innan hemresan. Mögel kan ge svåra besvär som kan ge sig tillkänna senare. Vid det besöket hade den värsta skvallerkäringen suttit i receptionen, och undrat om jag hade något riktigt ärende eller endast ville träffa läkaren. Jag blev först helt paff, men sen tänkte jag att jag borde ha svarat "du kan hälsa läkaren att jag inte hinner komma på dejten i morgon", och efter det ha gått vidare till nästa läkarmottagning.

Att bemöta människor med deras egen stil, kan ibland vara den bästa metoden om man vill få dem att förstå vad de sysslar med. Hon är inte på jobb i dag, men här finns en annan tolk som jag önskar ha med hos läkaren, fast jag antar att det inte bli så. Mycket riktigt: hon kommer och ber mig gå in samtidigt som hon sätter sig framför datorn.

Jag går in till mottagningsrummet som är litet och smalt: skrivbord i ena ändan och undersökningsbord i den andra. Tolken ställer sig vid väggen mitt emot mig, men jag pratar engelska direkt med läkaren, eftersom jag inte litar på att hon översätter rätt. Läkaren frågar hur jag mår och jag svarar att Gran Canaria är bra "medicin" för mig nu. Jag tar fram en del av mina papper från Finland, men tar förgivet att han har läst vårdberättelsen som jag nyligen skickade.

Han frågar inget om borreliosen utan börjar kolla på labbsvaren, och jag har en fråga om en förändring som skett sedan jag blev sjuk. Pulsen har också varit betydligt högre än den är normalt, men han svarar att den har varit inom normalvärdet.

Medan han kollar labbsvaren pratar tolken på hela tiden; hon tycks inte ännu ha förstått att jag håller på att tillfriskna från en allvarlig sjukdom. Nu är hon inte lika ovänlig, men inte ens då jag vänder bort ansiktet och suckar förstår hon att sluta.

Jag säger att alla sjukdomar inte syns utanpå, och tänker att den här människan är så självupptagen att hon inget märker. Då skyndar hon sig att säga att de värsta sjukdomarna ofta är just sådana, men jag tänker att hennes "sjukdom" nog både syns och hörs. Läkaren förstår inte svenska och han är helt frånkopplad från hennes svammel.

Han pratar direkt till mig: ber mig gå till rummet längst bort i korridoren där EKG mäts. Han visar var jag ska lägga mig, och jag undrar om jag inte först borde klä av mig toppen. Tolken frågar om jag har några smycken och jag säger att det finns metall i min bh. Jag tar bort klockan och halssmycket, och hon ber mig att endast klä av bh. Min topp i bommulltyg är ganska spänd så jag undrar hur det ska lyckas. Jag säger att i Finland klär vi av oss och gör undersökningar utan problem. "Här gör vi inte så för vi tittar hemma" säger hon, men ber mig klä av toppen och klä på bh. Nu stör inte metallen tydligen mera, och läkaren börjar fästa en massa instrument på bröstet, och till sist sätter han stora metallknipor vid handlederna. Då förstår jag att den här apparaten är modell äldre, och skämtar att det nästan är som på museum. En stark lampa lyser rakt i ansiktet så jag ser inte vad som händer omkring mig. När EKG ät taget säger läkaren skämtsamt "du kan stanna här och sova", och jag svarar att det passar utmärkt eftersom det är svårt att sova i min lägenhet.

Tillbaka i mottagningsrummet ser han fundersamt på mig och frågar hur jag mår nu. Jag ger automatiskt samma svar som första gången, men samtidigt märker jag hur trött jag är, och att tankeverksamheten har blivit trög. Nu vill jag snabbt veta vad EKG visar, så läkaren jämför med det tidigare resultatet och konstaterar att det är normalt.

En känsla av lättnad infinner sig samtidigt som jag ser att han tar fram bilder av borreliasutslag på skärmen. Han frågar om jag har haft en ring, och jag svarar att jag har ett mörkrött ojämnt utslag runt bettet och visar på benet. Så stiger jag upp och visar på mitt högra knä, som är mera svullet och ömt än det vänstra, och frågar om den lilla "knölen" på knäets baksida kan vara orsaken? Han stiger upp och böjer sig ner för att undersöka, samtidigt som jag berättar att jag har haft en fettknöl på axeln i många år. Då rusar tolken upp och börjar känna på knölen innan läkaren hinner göra det, och jag undrar tyst om en tolk inte borde hålla sig till sina uppgifter. Dessutom har väl en som saknar vårdutbildning inte så tillförlitliga kunskaper.

Läkaren säger att knölen bakom knät kanske borde tas bort, men den bör undersökas först. Han rekommenderar en privat klinik på den ort dit jag ska flytta, och anser att där också finns specialister som kan ta hand om borreliosen, eftersom jag behöver specifik vård.

Jag tar fram en tub med gel som jag har smort på knäna, och frågar om det finns någon bättre på Gran Canaria. Tolken översätter innehållsförteckningen, och läkaren börjar söka på datorn. Efter det snarvlar hon på oavbrutet, och jag stänger av och vänder mig bort.

Läkaren skriver två recept: en örtmedicin och ett bekant gel som ges till exempel mot reuma. Jag samlar ihop mina papper, och läkaren ser ner i påsen med gåvor från Finland. Där finns den spanska översättningen av berättelsen *Ängladoktorn och mina trauman* ur min bok *ARBETSRESAN på livets omväxlande hav*, för jag lät översätta den fast boken inte ännu är färdig. Dessutom stickade jag två par ullsockor till honom och frun, medan jag vilade på terrassen i somras. Vinterkvällarna kan vara svala på ön.

Berättelsen kom till då det började hända saker i mitt liv, när jag flyttade till ön. Han blev en viktig och avgörande person på ett mycket överraskande sätt, och bidrog till intressanta händelser i mitt liv. Jag berättar att också det som jag nu går igenom kommer att bli en ny bok.

Jag tackar och går till receptionen för att betala. Det visar sig vara så svårt att skriva en räkning, att hon behöver hjälp av den andra tolken. Också det tar tid och jag börjar bli mycket trött. Då kommer den stolliga tolken tillbaka och säger att hon redan borde ha gått hem, och jag undrar tyst om det är för min skull hon är kvar.

När jag äntligen får räkningen och stiger upp kommer läkaren in från sin paus, och jag frågar ännu om det inte finns någon infektionsläkare på ön. Många turister anlitar den kliniken som han föreslog, men intuitionen säger att där kanske inte finns rätt läkare.

Den stolliga tolken blandar sig genast i samtalet och säger att det inte finns fästingar på ön, men läkaren tar ett visitkort ur fickan, och säger att på den läkarstationen finns det bra läkare. Så säger han att jag ska ta lite mojito och dansa salsa. Just nu är min humor på sparlåga och jag är trött, så jag skakar på huvudet och säger endast "hasta la vista" när jag går ut i den varma kvällen.

Borde jag ta taxi? Tankarna snurrar i huvudet så jag väljer att vandra hem. Dalen är ännu lugn innan kvällslivet tar vid. Jag är snart hemma och värmer tevatten och brer ett par smörgåsar. Medan jag äter kollar jag på visitkortet som läkaren gav. Läkarmottagningen ligger i en stad på östra delen av ön. Månntro ängladoktorn arbetar där då han inte är i Puerto Rico?

Följande morgon går jag igenom vad som hände på mottagningen, och konstaterar jag att det var rätt så häftigt och att räkningen har flera fel. Om jag ska söka ersättning från Finland bör den vara korrekt, men jag har inte stora förhoppningar på att få någon ersättning. I morgon kväll vill jag går ner till piren, så då för jag räkningen till mottagningen, men i dag behöver jag koppla av och vila.

Följande kväll tar jag en skön promenad på en tom pir ut till en liten fyr. Jag sätter mig ner på bänken vid fyren och ser ut över Atlanten: ett oändligt hav som lockar och lugnar. Jag tänker på allting som jag har varit med om sedan jag satt här i mars. Den gången misstänkte jag att det fanns mögel i lägenheten, och vistades därför utomhus så mycket som möjligt. Nu är det tvärtom; så länge solen är högt på himlen undviker jag den. Kan möglet eventuellt ha försvagat mitt immunförsvar, och gjort mig mera mottaglig för borrelios?

Innan jag vandrar tillbaka får jag lust att lägga mig i en solstol på piren. Ett moln över havet ser ut som en flygande fågel, och jag tar fram telefonen för att fånga stunden. Efter solnedgången bildas det ofta ett fascinerande sken över havet. I den förra lägenheten satt jag ofta på terrassen och beundrade himlens och havets olika skiftningar. Nu har jag inte lika fin utsikt, men få se hur det blir när jag har flyttat?

Lamporna har tänts i dalen. Strandrestaurangerna fylls av gäster som vill njuta av mat eller en drink. En restaurang bjuder på levande musik som hörs över viken.

14. KRÄNKT?!

En ny vecka med nya utmaningar. Efter lite reflektion har jag kommit fram till att tolken nog har uppfört sig mycket opassande. Är det här att bli kränkt? I vanliga fall, då jag är frisk, tar jag inte åt mig så lätt; jag tänker att den andra personen helt enkelt saknar förmåga att uppföra sig korrekt. Kanske utvecklades den sidan hos mig under åren då jag blev mobbad i skolan. Men har jag blivit behandlad så här förut av en vuxen helt okänd person?

Jag blev så överrumplad att det tog några dagar innan jag riktigt förstod vad som hade hänt. När man minst av allt förväntar sig ett förnedrande beteende, finns det risk för att man först tror att man själv har förorsakat det. Några sådana tankar har ändå inte dykt upp hos mig. När jag är utan filter blir jag sensitiv och klarsynt. Tyvärr brukar jag ta sådana här personer med humor och låta dem passera, men nu handlar det om en läkarmottagning. Om vi vill ha en förändring bör vi inte acceptera osakligt bemötande. Visserligen sade jag ifrån redan vid besöket, men det gick ju inte hem hos henne. Hon hade kanske ännu kvar sin mäklarroll, men den finska skvallertanten hade säkert också aktiverat hennes fräckaste sidor.

Eftersom jag ändå ska hämta räkningen, ber jag samtidigt om att få ett samtal med läkaren och den sakliga finska tolken, som också var på plats vid mitt besök. Jag skriver mejlet på finska så att inte den oförskämda tolken ska svara. Svaret kommer snabbt på finska: *"Räkningen kan avhämtas i receptionen."* Inte ett ord om min begäran.

Jag söker fram deras hemsida och skriver ett omdöme, i vilket jag tydligt markerar att läkaren är mycket vänlig och kunnig, och att det enbart gäller den nyanställda tolken. Jag kollar på deras Facebooksida om de har fått recensioner, men de är inte många. Den nya tolken har nyligen skrivit att de är som en familj som bemöter varandra bra, men hur bemöter de patienterna kan man undra? Jag skriver en likadan bedömning som jag skrev på hemsidan, och inleder med att påpeka att jag i allmänhet inte sköter sådana här ärenden på sociala medier, men eftersom min begäran att få reda ut saken inte har noterats, gör jag det här. Få se om det kommer svar?

Visst är det tråkigt att vara en person som "klagar", men sedan jag blev pensionär har jag inte låtit opassande beteende passera. Om vi låter de här personerna agera fritt blir det bara värre, och de får inte heller någon chans att ändra sig. Visst finns det människor med personlighetsstörningar, men de flesta kan lära in ett godtagbart beteendemönster. En medelålders person bör veta hur man uppför sig på en läkarmottagning.

Jag önskar också att människor kontaktar mig om de anser att jag har bemött dem osakligt. Det vanliga är ju att alla andra får veta om det, och ryktet får vingar och en fjäder blir en höna. Skvaller är det värsta jag vet, fast visst är det ibland komiskt att få höra saker om sig själv som man inte visste.

Det går några dagar innan det kommer svar på spanska, som översatt blir så här: *"Det var tråkigt att ni uppfattade det så för det var inte vår mening."* Jaså, inte er mening! Vad var meningen då? Hur kunde det gå i misstag då jag flera gånger påpekade att man inte bör behandla patienter på det sättet?

Efter en tur i poolen där tankarna får flyga fritt, bestämmer jag mig för att skriva en utförligare beskrivning på vad jag har varit med om. Nu skriver jag ut namnet på tolken så att det inte blir missförstånd, och även till sist slutklämmen: *"Sedan när du ligger där och läkaren tar EKG så kan du hela tiden se honom i ögonen."*

Rätt människor brukar komma in i mitt liv just då de behövs; jag kommer på grund av andra orsaker i kontakt med en person som har jobbat på samma läkarmottagning. Hon blir inte överraskad, och berättar att vem som helst som råkar vara på jobb kan svara på Facebook. Hon anser också att min läkare är mycket bra, och att jag kan gå ner och prata med honom. Dessutom låter hon mig förstå att där nog har förekommit skvaller, men att hon enbart hade utfört sitt jobb och sedan åkt hem. När den nya tolken skulle anställas hade det varit bråttom att snabbt finna en ny.

Svaret kommer snabbare nu: *"Jag är chefen här. Tolken är mycket kunnig och omtyckt. Om du inte tycker om vår betjäning så kan du gå till en annan klinik."* Jag konstaterar att nu vet vi hur ni förhåller er till tystnadsplikten.

När jag några dagar senare går ner och hämtar räkningen har det nyligen kommit en kraftig regnskur. Mitt på golvet i receptionen står en hink bland trasor och vattenpölar. Bakom disken sitter den finska skvallertanten som på våren sade åt mig i en amper ton: *"Se nu till att det inte finns mögel."*

Jag undrar skämtsamt om de nu tar vatten in genom taket. Hon ser irriterad ut och svarar att det borde ha varit åtgärdat redan. Läkaren öppnar en lucka i väggen och säger glatt "hola". Han kommer ut i receptionen och ber mig sitta ner. Jag frågar om han har läst vårdberättelsen som jag skickade i september, och då ser han besvärad ut. Åt tolken säger jag att svaren på mina mejl var rätt så konstiga. Hon blir också besvärad och pratar på spanska med läkaren, som svarar genom tolken att han inte kan svara på mejl. Då säger jag att jag skulle ha behövt ett "si" eller "no", så att jag hade varit beredd på att snabbt finna en annan läkare. Något ordentligt svar får jag inte angående vårdberättelsen, men tolken säger att den nog har blivit läst.

Jag förklarar hur många läkare som redan har varit inblandade i Finland, och att jag därför velat ha en bekant läkare, och att jag enligt läkaren i Finland behövde EKG och blodtester en vecka efter avslutad medicinering. Det betydde att jag behövde vård mycket snabbt efter flytten hit, och därför behövde få veta om jag kan få vård här.

Tolken börjar berätta för mig om borrelios: röda ringen osv. Jag blir irriterad och berättar vad jag har varit med om. Hon blir förvånar och det verkar som om hon inte riktigt förstått vad jag har sagt tidigare. Så jag förklarar att borreliosen övergår till sent stadie, om man inte har fått ordentlig medicinering i tid. Det kan ske redan tio veckor efter bettet, men nu hade jag ju fått barnmedicin som hade bromsat upp förloppet. Allt det här och mycket mer hade de kunnat läsa i min spanska vårdberättelse, men nu hade fokus tydligen varit på helt andra saker.

Jag tar fram *Borrelia- och TBE- föreningens symtomlista*, och ber henne ta en kopia till mottagningen. De har säkert redan haft patienter som har haft sjukdomen, och det är viktigt att de kan diagnostisera dem, och skicka patienterna vidare till rätt vård.

Jag berättar också hur jag reagerar på alkohol och sol; att nerverna troligtvis är påverkade/skadade. Läkaren ser när jag samtidigt visar runt på kroppen (nervsystemet), och han säger att det kan vara fibromyalgi, men jag säger bestämt "no", för det är borreliosen som har angripit nervsystemet. Han svarar att jag kanske behöver B-vitamininjektioner, och det tipset lägger jag på minnet.

Det är vanligt att läkare har olika diagnoser som passar in på symtomen, men jag tror inte att människor får all världens sjukdomar i samband med ett fästingbett. Dessutom har det ju visat sig att de som får adekvat vård blir friska.

Ingen säger någonting om förnedringen, men jag känner hur den hänger i luften. Jag tänker inte ta upp den men jag säger åt läkaren:

- Här i receptionen verkar det som om kvinnorna tror att jag är kär i dig, men nu ska jag berätta sanningen: att vara kär är som att ha psykos, och det gillar inte jag. När jag låg där i behandlingsrummet förra december så tänkte jag: har jag blivit gammal nu eftersom jag har en stilig och sexig läkare bredvid mig men det varken pirrar eller vibrerar? Jag kände bara ett stort lugn och förstod att det här är någonting mycket bättre: medmänsklig kärlek.

Jag vet inte om tolken översätter allting rätt, men läkaren blir generad och småler medan han ser ner i bordet. Säkert inte alla dagar som patienterna berättar sådant här, och jag fortsätter:

- Du har helt omedvetet påverkat mitt liv på ett positivt sätt, och det är jag glad och tacksam över.

Tolken stiger upp och säger att hon måste hinna med sista bussen, och jag stiger upp och tackar och säger adjö. När jag går ut känner jag lättnad över att jag ha fått sagt, att jag har förstått vad som har förekommit bakom kulisserna på mottagningen. Själv har jag också jobbat i vården, och vet hur viktig humorn är för att man ska orka. Hela personalen bör däremot förstå var gränsen går, och hur de bemöter patienterna.

Följande dag öppnar jag kuvertet för att kolla journalen som jag också begärde, och då ser jag att räkningen ännu har fel. Nej, på riktigt!? (Hahahahaaa) Månne grannarna hör mitt skratt på terrassen? Ska jag ännu en gång ner med räkningen? Hinner jag få den innan jag flyttar?

15. VILA I SIKTE

För några dagar sedan var jag på visning, och jag beslöt att hyra den lägenheten, som jag redan utgående från bilderna föredrog. Det är en gavellägenhet med havsutsikt åt tre håll. Ingen hög standard men köket är förnyat och färgerna går i gult och lindblomsgrönt. Vi kom överens att ägaren köper parasoll, läslampa och en låsbar box. Jag hinner skaffa en annan lägenhet för nästa säsong ifall den här inte är lämplig för mig. Nu kan jag inte tänka på alla detaljer eftersom jag snabbt måste komma bort härifrån. Troligen finns det inte många lediga bostäder den här tiden på året.

I dag ska jag träffa läkaren på Centro de Salud, så jag har tagit bussen till San Fernando. Jag anmäler mig vid disken och sätter jag mig i väntrummet: ett ganska litet rum med stolar längs två väggar. Här hör jag tyska, franska, italienska och andra euroepiska språk, eftersom vi som får vård med EU sjukvårdskortet väntar här.

När det blir min tur förstår jag att det är en vikarie i dag: kanarisk man i 35-årsåldern, mycket vänlig, lyssnar noga, men han pratar inte många ord engelska. Jag tar fram mina papper och visar vad den finska läkaren har skrivit angående labbtester, och visar upp svaret från EKG så han förstår att det redan är taget. Han skriver remiss och ber mig gå och boka en tid till labbet och en ny läkartid.

På hemvägen kommer jag på att jag till nästa besök ska skriva en rapport på spanska: hur jag mår och eventuella symtom som finns kvar. Läkaren var så tillmötesgående och positiv att språksvårigheterna inte kändes som något hinder, och han visade att han verkligen ville förstå. Det har jag inte upplevt hos de utländska läkarna i Helsingfors, som inte har velat kommunicera utan enbart stirrat på datorskärmen. Många av de finländska läkarna har inte heller velat kommunicera, men det berodde troligen på tidsbrist. Här var det inte någon stress utan läkaren var lugn och avslappnad.

Det har gått några dagar och i dag ska labbtesterna tas på Centro de Salud. Jag har fått en tid på morgonen och det har många andra också. Vi får könummer vid disken bredvid labbet, och det blir snabbt min tur att gå in i ett rum med många bord där blodproven tas.

En sköterska visar att jag ska sätta mig ner vid ett ledigt bord. På andra sidan sitter en glad manlig skötare, och stämningen är i topp trots att det är tidig morgon. Han sticker in nålen och fyller snabbt några provrör med blod. Skönt att få sakligt bemötande, och inte behöva höra att jag är lik Julia Roberts, tänker jag när jag tackar och går ut.

Nu är det sista veckan i Puerto Rico och jag blir kallad ner till mäklarbyrån på onsdag förmiddag. Jag ser genast på mäklaren att hon har goda nyheter. Till först vill hon ändå veta hur min mäklare har behandlat mig så jag berättar:

> - Först tänkte jag att hon är ung och barnslig, och jag hade därför stort överseende. Hon har berättat mycket om sitt privatliv, utseende och kärleksbekymmer. När hon började berätta om sina problem på arbetsplatsen tyckte jag att det blev pinsamt. Varje gång jag var på byrån lade hon märke till mina kläder och mitt utseende, och ibland visade hon upp mig för sina kolleger. Det hände under

den tiden hon jobbade på er andra byrå. Så länge hon var snäll brydde jag mig inte om det, men när hon blev oförskämd efter vattenskadan förstod jag hur oprofessionell hon var.

Hon tackar för informationen och berättar att hon överväger om hon ska be henne sluta. Sen säger hon:

- Uppsägningen är okej för ägaren och han betalar tillbaka depositionen. Jag kommer upp till lägenheten sista dagen klockan elva och kvitterar.

Jag känner hur glädjen sprider sig i kroppen när jag går till butiken för att köpa en liten flaska bubblor. Det här vill jag fira! På fredag undertecknar jag det nya hyreskontraktet och på måndag flyttar jag.

Nu sover jag i två skift med några timmars läsning på natten. Det går bättre nu när jag inte har medicinering på morgonen, men inte skulle jag länge kunna leva så här.

I badrummet finns det någon slags luftrenare som sprutar ut doft då jag går in. Jag svängde den mot väggen så att den inte sprutar och nu luktar det unket: troligen mögel. Det luktar kloak i korridorerna.

Under mig bor en kvinna som kedjeröker och pratar högt men en röst som är hes som en kråkas. Hon verkar vara ensam och missnöjd med det mesta. När jag på fredag kväll kommer hem med avtalet och nycklarna, hinner jag endast ta fram lite mat från kylen innan det bultar på dörren. Där står samma granne och skriker:

- Vattnet från din balkong rinner ner på min markis.
- Så är det med vatten: det rinner alltid neråt där det finns ett avlopp och det kan inte jag påverka.

- Din idiot, du ska samla upp vattnet. Jag ringer polisen och du får betala 100 euro för markisen.
- Tack för besöket men nu ska jag äta.

Efter en stund hör jag hennes röst på grannens balkong och ett gnisslande ljud. När jag går ut ser jag att hon har dragit över veven från min markis, fäller ner markisen till balkongräcket, rycker loss veven och slänger ut den i luften. Vad i helvete håller hon på med? Hon är ju helt galen!

Veven landar på ena uppfarten. Helt försträckt inser jag att det här är en psykopat, men nu behöver jag inte längre någon sådan i mitt liv. Det räcker med den galna grannen jag hade i förra bostadskomplexet. Jag frågar grannarna om hon är deras gäst och de svarar:

- Nej, hon har sprungit och bultat på din dörr många gånger, och när hon bultade på vår dörr vågade vi inte göra annat än låta henne komma in. Hon rusade snabbt hem efter att hon hade slängt veven.
- Hon är ju direkt farlig och nu är det jag som borde ringa polisen. Tänk om någon hade varit på uppfarten och fått den tunga metallstören i huvudet.

Mannen tar deras vev och börjar veva in min markis. Jag tackar och undrar om han vill komma med mig ner för att hämta upp veven, men han vill inte blanda sig i saken. Lite feg är han nog tycker jag, men han känner henne bättre och ska fortsätta att bo med henne i grannskapet.

När jag har ätit tar jag hissen ner och hämtar upp veven, och då märker jag att kroken har lossnat och en bit av hylsan har spruckit. Jag ställer den i hörnet längst in på balkongen, för nu är det slut med de här galenskaperna. Vilken tur att jag kommer bort härifrån! Jag kunde flytta redan på veckoslutet, men i så fall måste jag åka tillbaka hit på måndag. Kanske bäst att ta det lugnt med packandet och städandet, för det har ju inte varit speciellt stressfritt här. Oj, vad det ska bli skönt att äntligen få lugn och ro!

Allt det här händer nu då jag annars är i en svår situation, men jag känner mig stolt över hur bra jag trots allt klarar av det. Nu kan det endast bli bättre och snart får jag veta svaren på labbtesten. Innan det ska jag flytta och etablera mig på en ny ort, men mest längtar jag efter att få sova ostörd.

16. Sömn

Måndag morgon har grytt; jag äter frukost en sista gång på balkongen och ser ut över dalen. Inte kommer jag att sakna den här lägenheten eller orten. Jag är nöjd över att jag i förra veckan orkade promenera till Playa del Amadores med gångvägen som är byggd i bergsväggen ovanför havet. Jag vilade på min favoritplats: den enda bänken som har skugga under ett träd. Just den platsen fick mig en gång i tiden att bli förtjust i ön, och på den bänken har jag flera gånger kommit till insikt i viktiga frågor. När jag sitter och ser ut över det oändliga havet, kommer jag in i ett meditativt tillstånd, då jag kan reflektera och få klarsyn. På den bänken satt jag också då jag fick idén om att börja bo här under vinterhalvåren.

När jag kom fram till Amadores vattenjoggade jag, och efter det åt jag pizza i en italiensk bar på stranden. Jag blev trött av värmen under det tunna taket; det hade jag inte tänkt på då jag slog mig ner där. Taxin körde mig snabbt hem och sen vilade jag resten av dagen.

Jag har också firat det lyckade mötet med mäklaren; på kvällen gick jag ner till stans bästa restaurang. När jag satt under parasollet kom det plötsligt en häftig åskskur. Vattnet öste ner och jag drog upp fötterna på parasollets fot under bordet. Orkestern slutade spela men där satt jag en god stund innan jag rusade in, och fast det inte var många meter blev jag våt i håret. Många häftiga åskväder har det varit den här oktober månaden på den plats på ön där det regnar minst. Få se hur det blir i San Agustin?

Vågar jag tro att sjukdomen snart är över? Läkaren i Finland sade ju att tillfrisknandet kommer att ta tid. Antar att jag kommer att vara trött, ha ont i lederna och huvudvärk åtminstone den här hösten. Rytmstörningar och det sporadiskt höga blodtrycket kommer jag väl också att få dras med en tid. När hjärnan blir trött och jag inte orkar fokusera långa stunder, känner jag mig lite isolerad från omgivningen. Jag har lust att börja sjunga i kyrkokören i San Agustin, men kommer jag att orka med det?

När jag har ätit färdigt kollar jag en sista gång att allting är som det ska i lägenheten. Visst är jag anpassningsbar, men det här skulle aldrig kunna bli mitt hem. Ägarens saker finns överallt och det känns dammigt och instängt. Tack vare den här erfarenheten är det nu lätt att lämna Puerto Rico för gott.

Prick klockan elva kommer mäklaren och jag visar henne runt i lägenheten. När vi går ut på balkongen tar jag fram den trasiga veven och berättar vad som har hänt. Hon har svårt att förstå så jag tar det på nytt, och tillägger att det borde anmälas till grannens hyresvärd. Jag har fått veta att hon hyr privat direkt av ägaren. Mäklaren ser förskräckt ut, och jag förklarar att det är en farlig och galen person.

Vi lämnar lägenheten och mäklaren hjälper mig att få väskorna till hissen. Nere i vestibulen väntar vi en stund på en man från mäklarbyrån. När han kommer med dokumenten undertecknar jag dem, och mäklaren säger att pengarna snart är på kontot. Depositionen betalade jag till byrån så det är inte svårt att få den tillbaka. Om jag hade betalt direkt till ägaren skulle det troligen vara omöjligt. Nu gäller det bara att få alla väskor ner till gatan, men snart sitter jag i en taxi på väg till mitt nya hem.

Det dröjer kanske en kvart innan jag stiger ut och chauffören hjälper mig att få väskorna upp för trappan. Nu går det lätt att rulla dem till min lägenhet, och när jag kommer fram till trappan dyker det genast upp en serviceman som bär upp de tunga väskorna till min dörr. "Muchos gracias" säger jag och bugar mig, och han småler och blinkar med ögat. Här känner jag mig välkommen.

Det finns en liten flaska med bubblor i kylväskan; jag tar ett glas från skåpet och går ut på terrassen. Jag skålar med solen och havet och känner en underbart befriande känsla. Salud!

Det är igen dags att packa upp, och jag ser fram emot att få börja leva i lugn och ro. I dag ska jag fira på *Tre Hjärtan* där de serverar trerätters lunch väldigt förmånligt. Även måltidsdrycken ingår, och i dag ska jag dricka vitt vin till min fiskportion.

Snart går jag över till köpcentret; i restaurangen blir jag mottagen av en vänlig servitör, och jag gör min beställning. Vinet och muffinsen till kaffe passar inte så bra med min nya diet, men nu firar jag.

När jag har ätit går jag ut i den varma vinden, och tar en sväng ner till strandpromenaden som ligger nedanför. Genast till höger finns Playa de las Burras, och går jag vidare västerut kommer jag till Playa del Ingles, sanddynerna och en fyr. Åt öster går det en promenadväg i berget som leder till Playa de San Agustin. I dag blir det ingen lång promenad, för nu behöver jag vila medan jag väntar på provsvaren.

På hemvägen passar jag på att köpa lite mat i Spar, och vatten köper jag i Minimarket vid komplexets ingång. Där betjänar en glad och trevlig man som pratar spanska. Visst är det skönt att ha allting nära. Nu ska jag ta en rejäl siesta.

Då jag ska tillreda en enkel middag på kvällen blir jag förvånad; i torkskåpet finns tre flata och djupa tallrikar som är spruckna, kantstötta och missfärgade. Det finns endast en assiett som ser lika hemsk ut. Likadana kärl har jag sett i många hotell här på ön, så de är säkert från tiden då det här komplexet var ett hotell. Tre kaffemuggar och lika många glas, och ingen vattenkanna så att jag kan hälla upp vatten från de tunga åttaliters vattendunkarna. Stekpannans teflonyta är helt utsliten, det finns en superstor kastrull och en pytteliten, men ingendera har lock. Det enda som är relativt okej är besticken.

Två låsta skåp berättar att ägaren har låst in kärlen som familjen använder. Men hur har de tänkt att jag ska kunna leva med det här? Inte känner jag mig välkommen heller, för terrassen är lika ostädad nu som den var under visningen, då mäklaren konstaterade att det behövs städas.

Köket är nytt men kranen är inte ordentligt fastsatt i diskbänken. Den vinglar av och ann och jag undrar om vattnet kan ta sig ner i skåpet. Antagligen kommer det att läcka lite då jag diskar. Jag känner mig trött och besviken, men just nu orkar jag inte tänka på det mera. I morgon ska jag kontakta mäklaren, för hon marknadsför sig som den som tar hand om alla ärenden under hela hyrestiden.

Jag sover underbart gott trots att det är fösta natten i ett nytt hem. Madrassen är lite hård, så jag har lagt alla täcken och filtar under lakandet. Bara jag orkar ska jag ta bussen till San Fernando och köpa en bäddmadrass. Sänglinnet och handdukarna är också slitna, men de här människorna bryr sig tydligen inte om sina hyresgäster. Jag är ändå glad över att jag har en lägenhet där jag kan sova ostört om natten.

Nu blir det frukost under parasollet i morgonsolen som har hunnit stiga högt över havet. Gröt med blåbär och sojamjölk, kokt ägg och te med ingefära och lite honung. Nu ska sockret, komjölksprodukterna och vetemjölet bort ur kosten, men jag minskar succesivt så att kroppen hinner vänja sig. För att få en bestående förändring bör den ske långsamt. Så är det med alla nya vanor, men det krävs också motivation, och det har jag minsann.

Visst har jag stunder då jag undrar om jag aldrig kan dricka vin eller äta en god glassportion mera? Då kommer jag på att det finns alkoholfritt, men att hitta en socker- och mjölkfri glass blir kanske svårare. Egentligen är det här mycket oväsentliga saker, men eftersom jag nu vill njuta av livet fullt ut, gäller det att hitta ersättande produkter.

Jag har insett hur skört livet verkligen är, och hur snabbt allting kan förändras. Om jag blir frisk kommer jag att njuta av varenda dag jag har kvar. Det löftet ger jag mig själv och det ska jag hålla fast vid. När det kör ihop sig ordentligt ska jag minnas mina värsta stunder och få rätta proportioner. Troligen kommer de flesta motgångar att kännas små.

När jag städar terrassen märker jag hur smutsiga fönstren är, och inte finns det några städgrejor för fönstertvätt. De övriga städattiraljerna är mycket bristfälliga; moppen är utsliten och har så kort skaft att ryggen kommer att ta stryk.

Jag skriver ett meddelande åt mäklaren och börjar försiktigt med kannan och att det endast finns en assiett. Svaret är att det kan se olika ut i lägenheterna och slutar med: *"Är du inte nöjd?"* Jag svarar: *"Nu är det ju så att jag faktiskt är nöjd med allt annat, men anser att en möblerad lägenhet bör ha minimiutrustning, och det är väl densamma som hotellen har. Nu är jag så trött att jag inte ens orkar åka och handla och ännu mindre få hem allt som behövs."*

Hennes förklaring är att de hyr ut första gången och inte kan veta vad som gäller. Om de inte vet så hör det ju till mäklaren att se till att de blir informerade. Jag är den betalande kunden, för här är det hyresgästen som betalar mäklararvodet, och ägaren har troligen inte så stort intresse för hur saken sköts efter att avtalet är undertecknat.

Följande dag skickar jag bilder på de trasiga städgrejorna och den lösa kranen. Nu skriver hon att jag ska kolla att den inte läcker, att hon väl måste köpa en vattenkanna och undrar hur assietterna ser ut. Varför kan hon inte kontakta ägaren och be henne sköta om det? Det här verkar vara en mycket osäker mäklare. Visst tyckte jag att det var konstigt att ägarens man var med på visningen, men han var inte intresserad av att visa upp innehållet i skåpen.

Det krävs ännu flera dagars tjafs innan mäklaren svarar att hon måste kontakta ägaren, och ber mig räkna upp allt som behövs. Jag skickar en sammanfattning av vår ordväxling och väntar på svar. Efter några dagar meddelar hon att ägarens man ska försöka slita sig loss följande dag efter klockan fyra.

Därför tar jag nästa dag en promenad genast efter siestan, men när jag är på väg hem ringer telefonen. Nu är mannen redan utanför dörren och väntar. Hops, klockan är endast lite över tre och här brukar de inte komma före utsatt tid. Jag skyndar hem, tackar mannen för sakerna och går in. När jag ser kranen i köket kommer jag på att jag borde ha bett honom se på den.

Det känns lite som julafton då jag packar upp ett halvt dussin djupa och flata tallrikar och assietter, två kastruller med lock, stekpanna, vattenkanna och städgrejor. Egentligen är det här saker som självklart ska finnas i en möblerad lägenhet, och det känns lite konstigt att mäklaren så länge försökte få mig att själv skaffa dem.

Få se när jag ska orka ta itu med fönstren? När jag städade första gången märkte jag att golven var rejält smutsiga. Balkongen var full med skräp som lossnar från träden. De ser ut som små tjocka barr och de smutsar ner rejält.

Följande dag är det svenska dagen i Finland, och jag är på väg till Centro de Salud för att få veta vad provsvaren visar. Få se om jag får träffa den kanariska läkaren eller han vars namn finns i bokningen? Nu har jag i alla fall förberett mig väl och skrivit upp alla kvarvarande symtom på spanska. Dessutom har jag en fråga angående B-vitamin.

Det är ingen kö vid anmälningsdisken nu på eftermiddagen, och det sitter endast två personer i väntrummet. Dörren öppnas och ut stiger en slank medelålders man klädd i mörkblå pikéskjorta. Han rabblar snabbt upp några namn, och när han kommer fram till mig säger han mitt namn. Jag svarar "si" och han säger att min tur är efter nästa patient.

Om en stund får jag gå in och då förstår jag att det är han som är läkaren. När jag har hälsat lägger jag fram min rapport på bordet, men han visar inget intresse för den. Han verkar stressad när han tar fram provsvaren, och säger på engelska att allt är okej och att jag är frisk. Jag visar på mitt papper och säger:

- Jag har ännu några symtom som jag har antecknat
  här för du förstår ju spanska.
- Ja, men allt är okej och du är ju snart tillbaka i Fin-
  land.
- Nej, jag kommer att vara här länge.
- Kom tillbaka om inte symtomen försvinner, men
  nu visar provsvaren att du är frisk.

Besöket är över och omtumlad går jag ut. Är jag verkligen frisk? Det här måste ha varit "turistläkaren". Bemötandet var nog lite som i Finland. Jag tar fram pappret från labbet och börjar läsa men hittar ingenstans ordet "borrelia". På sista sidan står det NEGATIVO för två prov, så jag antar att det måste vara de som visar att jag är frisk. Jag tar en bild på huset och NEGATIVO och lägger upp dem på Facebook. Borde jag fira att jag är jag frisk nu? Jag vill ju tro det men är det verkligen sant?

Jag tar en taxi till Mercadona för att köpa lite mat och delikatesser. Det blir bland annat en tårta som påminner om Finlands 100-års jubileumsbakelse.

Hemma dukar jag en bricka och går ut på terrassen. Nu kommer tårarna; är jag faktiskt frisk? Jag vill tro det med hela mitt väsen för de är väl endast restsymtom jag har kvar? Men hur är det egentligen? Alla läkare anser inte att det är så? Nu kan jag i alla fall inget annat än njuta av stunden och hoppas på det bästa.

17. NYA UTMANINGAR

Nu har jag börjat sjunga i Svenska Kyrkans kör. I tio år sjöng jag i en blandad kör i Helsingfors, och nu behöver jag den friskvård som sjungandet ger. För en tid sedan hade jag lite förkylningssymptom, men det var några som hostade under körövningarna. Jag höll andan varje gång eftersom jag vet att jag är mycket mottaglig nu.

Jag har också börjat gå hos en massör. Mina ben började värka följande dag, och jag undrar om det är ett tecken på att sjukdomen finns kvar? Jag längtar så efter beröring och har bett henne massera lätt, men en massör är alltid en massör, och jag är så beröringskänslig nu.

I dag är det Black Friday och jag har åkt till köpcentret Atlantico. Det är första bussresan utanför min kommun, och jag är så glad över att komma bort. Jag köper julklappar åt barnbarnen och torkade frukter åt mig själv. Plötsligt känner jag värk i benen, och jag sätter mig i närmaste café. Efter det går jag ut och tar en taxi som kör mig hem.

När jag klär av mig sandalerna upptäcker jag stora röda utslag på båda benen. Förkylningssymptom, värk och utslag; rädslan och obehaget kommer tillbaka, och tårarna bränner bakom ögonlocken. Kan det vara myggbett, men de ser inte ut som dem jag hade för tjugo å sedan på Lanzarote. Inte kliar de heller och jag har ju inte ens varit utomhus i dag. Jag kände mig inte helt frisk när antibiotikan tog slut, men läkarna talar så mycket om restsymtom. Vad i helsike är restsymtom? Något de hittat på för att de inte kan eller får behandla sjukdomen? Nu måste jag i varje fall uppsöka en läkare.

Eftersom Centro de Saluds läkare ansåg att jag var frisk, kan jag gå till närmaste privata akutmottagning och använda min reseförsäkring. Eller borde jag ändå gå tillbaka dit, men "turistläkaren" var stressad och inte värst intresserad. Han tar mest hand om problem som uppstår under semestern, och jobbar inte med långsiktig vårdplan. Det privata sjukhuset som ligger närmast anses vara mycket bra; ängladoktorn rekommenderade också det, men är det endast fråga om en överenskommelse, eftersom det finns ett annat sjukhus som ligger närmare Puerto Rico? Han rekommenderade också en läkarmottagning i Vecindario, men där finns inte tolkar.

Jag chansar och vandrar den korta vägen till sjukhuset som ser ut som en grå kub med raka rader av fönster. Akuten finns i första våningen och jag stiger in i en liten reception. Vid disken finns det plats för tre receptionister men platsen i mitten är tom. Jag går fram och frågar om de pratar något nordiskt språk; kvinnan som är ledig svarar "english". Jag hinner bara ta fram pass och försäkringskort innan den tredje dyker upp, och hon har en finsk flagga på jackuppslaget.

När jag har förklarat mitt problem ber hon mig fylla i en blankett. Då det är gjort säger hon "jag har hört av mina släktingar att vården har blivit sämre i Finland". Jag sätter mig ner i den tomma aulan, och strax meddelar hon att det är okej med försäkringen.

Det dyker upp en dansk tolk som behärskar svenska rätt så bra. Han för mig in i ett stort rum med små krypin på båda långsidorna. Jag får sätta mig i en skön länstol i ett av dem, och en sköterska mäter blodtrycket, tempen och syrehalten i blodet.

Efter det går vi in i läkarens mottagningsrum. Bakom bordet sitter en ihopsjunken kvinna i yngre medelåldern. Tolken verkar vara stressad; när jag tar fram dokumenten blir han otålig och ber mig berätta varför jag är här. När jag säger "lyme de borreliosis" ser läkaren rädd ut, drar ihop axlarna och böjer huvudet framåt ännu mera. Jag kan inte svara så kort som tolken önskar, och börjar känna mig lätt frustrerad. Det är fredag eftermiddag och han verkar ha bråttom hem för att få sig en cerveza på terrassen. Jag försöker fatta mig kort och ställer till sist frågan: "Beror mina utslag på borreliosen, eller någonting annat som till exempel myggbett, trots att jag inte har varit utomhus i dag?"

Läkaren visar att jag ska lägga mig ner på undersökningsbordet. Hon tar en snabb titt på utslagen genom förstoringsglaset, och säger att det kan vara myggbett. Eftersom jag inte har varit utomhus, och utslagen inte kliar eller har några märken av stingen, känns den bedömningen mycket osäker. Hon vill ha borreliatest och säger att hon kan skriva recept på samma medicin som jag fick i Finland. Intuitionen säger att det här är någonting annat än myggbett så jag säger:

- Jag behöver få träffa en specialist.
- Det ordnar sig på måndag, men vill du verkligen ha den här medicinen, för du kan inte vara i solen när du tar den.
- Jag antar att jag behöver en bättre medicin.

Tolken förstår inte att om man är allvarligt sjuk har solandet en väldigt liten betydelse. Här är patienterna tydligen sådana som inte vill gå miste om en enda solstråle. Jag tackar läkaren och vi går tillbaka till stora rummet där blodprovet tas, och i receptionen får jag en tid till specialisten.

När jag börjar vandra hemåt kommer en sköterska springande och ropar mitt namn; de behöver mera blod.

Väl hemkommen ser jag att läkaren har skrivit "myggbett", och medicinkuren är för sju dygn och lägre dos än den jag fick i Finland. Det blev inte mycket nytta med det besöket, och den här medicinen kommer jag inte att börja ta. Förhoppningsvis har jag bättre tur hos specialisten. Samtidigt inser jag att det eventuellt kan bli svårt att finna en läkare som känner till borrelios. Jag har redan sett så många rädda läkarögon, att jag har börjat förstå att det är fråga om en mycket besvärlig sjukdom. Dessutom sprider fästingarna andra sjukdomar, som kan ge sådana utslag som jag har på benen.

Intuitionen säger att den riktiga "lymedoktorn" finns på den här ön, men jag behöver finna hen innan tiden tar slut. Det har redan gått mer än fem månader sedan bettet, och jag vill minnas att jag någonstans har jag läst att vid sex månader kan bakterierna redan ha bildat biofilm: ett skydd som gör att de bättre kan gömma sig i kroppen. Då biter inte ens starka antibiotikakurer längre.

Jag är medveten om att försäkringen endast ersätter ett visst antal dagar, ifall det visar sig att det här är en gammal sjukdom. Hur snabbt kan en läkare konstatera vad det är? Det blir kanske knepigt, men främst gäller det att finna en läkare som vågar ta itu med saken och kan ge rätt vård.

Följande dag lägger jag ut en bild av utslagen på en av öns Facebook-sidor, och frågar om det kan vara myggbett. Det kommer olika förslag: myggor, löss och vattenloppor. Alla har haft exakt likadana utslag. En del skriver i lite fräck ton: *"Gå till apoteket hur svårt kan det vara."* Alla tar förgivet att de kliar och det kommer också förslag om att besöka läkare. Jag försöker parera med svar om att de inte kliar, att jag har besökt läkare och att jag inte kan se märken av bett. Men det har ingen effekt och tråden slutar i Grekland, trots att jag uttryckligen frågade angående San Agustin. Några förfasar sig över de elaka svaren, men jag skriver att jag tar dem som underhållning och "dagens vits". Jag förklarar att jag ställde frågan för att utesluta myggor, eftersom jag misstänker att det inte kan vara myggbett.

I dag ska jag åka till Puerto Rico för att hämta räkningen som jag inte hann få innan jag flyttade. Bäst att göra det nu ifall jag börjar må ännu sämre. Om medicineringen inte har varit tillräcklig kan symtomen återvända en tid efter avslutad kur. Antagligen det som läkarna i Finland kallar restsymtom. Få se vad specialisten anser här?

Jag har städat lite, vilat, tagit en tur i poolen, och känner mig rätt så pigg när jag sätter mig i bussen som kör på bekanta vägar längs kusten. Den har startat i Las Palmas och människor stiger av och på under hela färden. När jag kommer fram tar jag en cappuccino på en uteservering, innan jag går till läkarmottagningen som ligger ner mot stranden.

Receptionen är tom och det dröjer en stund innan den stolliga receptionisten dyker upp. Hon är överdrivet vänlig men ser lite besvärad ut. Jag öppnar kuvertet och undrar om räkningen nu "tredje gången gillt" är rätt.

När jag går till bussen ser jag ängladoktorn på bakgården, så jag hälsar och frågar hur han har det, men hans svar försvinner i ljudet från trafiken. Jag går närmare och berättar om mina konstiga utslag och besöket på akuten. Han frågar om de kliar vilket ju är typiskt för myggbett.

Samma datum som jag fick utslagen, hade jag för ett år sedan besökt ängladoktorn första gången. Jag säger skämtsamt att det nog är bäst att jag i fortsättningen inte alls går ut den dagen, så att jag inte hamnar på någon klinik. Vi skrattar och jag ser att gardinen rörs på insidan av fönstret; där står skvallertanterna och tjyvlyssnar. Jag ler när jag går vidare till bussen.

Följande dag är söndag och då ringer en kvinna från SOS International och frågar hur jag mår. Jag berättar om mina symtom, besöket på akuten och min förhoppning om att specialisten ordinerar medicin i morgon.

På måndag vaknar jag med stora förväntningar, men garderar mig ändå för bakslag. Den molande värken i benen är starkare, medan utslagen har blivit lite ljusare. Tre gånger per dag har jag smort med hydrokortisonsalva. Väntan gör mig rastlös så jag packar ner mina dokument, salvan och vattenflaskan och vandrar i väg.

Specialisterna har mottagning högre upp, så jag går uppför en backe till en dörr på baksidan. Jag anmäler mig och går till väntrummet som är litet och fullsatt med människor. Det låter som om de flesta pratar spanska; här går de välbärgade som har råd med privat försäkring.

Tolken, en slank stram medelålders finsk kvinna, ber mig efter en stund att komma till mottagningsrummet. Det är ett litet rum; bakom skrivbordet sitter en lång stilig medelålders man, och tolken ställer sig vid ändan av bordet. Han visar inte några tecken på att vilja ta i hand, så jag säger "hola" och slår mig ner på den ena stolen. Jag lägger fram mina dokument på bordet eftersom jag antar att han vill ha utförlig bakgrundsinformation.

Han ser förvånat på dokumenten och säger "ååå", så jag förklarar kort att jag har vårdutbildning, och har tagit reda på så mycket som möjligt om sjukdomen. Jag berättar också att min sista läkare i Finland ansåg att allting hade gått fel, vilket betydde att det hade hunnit bli sen borrelios. Nu misstänker jag att den andra antibiotikakuren var för kort, trots att den var dubbelt längre än den läkaren ville ge, men jag fick den på eget ansvar. Jag visar det sista pappret där jag har skrivit olika förslag på andra fästingburna sjukdomar som jag eventuellt också kan ha, eftersom jag har förstått att de har blivit vanligare i Norden.

När tolken slutat översätta ser jag i hans ansiktsuttryck att det här är en sjukdom som han inte har kunskap om. Han vill inte befatta sig med pappren; inte ens min vårdberättelse på spanska vill han läsa, men han ställer inte heller några frågor. Troligen är han inremedicinare för det finns knappast någon infektionsläkare på det här sjukhuset. Jag förstår hans situation eftersom den här sjukdomen inte förekommer på ön. Inte vill han undersöka mig heller; när jag lyfter upp benet för att visa utslagen, böjer han huvudet lite åt sidan och tar en blixtsnabb titt över bordet.

I stället börjar han utförligt berätta om hur jag bör skydda mig mot myggor, och nu blir jag orolig på riktigt. Här sitter jag hos en specialist som inte vill läsa eller undersöka, utan i stället håller en föreläsning om myggor.

Jag himlar med ögonen och det får troligen honom att känna sig ännu mera osäker, för nu märker jag att han är helt rödfläckig i ansiktet. Det känns olustigt. Hur i helsike får jag honom att inse att jag behöver medicin snabbt?

Läkaren vill ha nya labprov och börjar skriva remiss. Tolken säger att nu skall det tas många tester som inte har tagits i Finland. På min fråga om när resultatet kommer är svaret: "Om tio dagar och då kan jag ställa en diagnos."

Tankarna snurrar i mitt huvud. Tio dagar, tänk om testerna inte ens visar någonting väsentligt. Hur mycket sämre hinner jag bli innan dess? Kommer borreliosen att hinna ta över i min kropp så mycket att det blir för sent? Det är inte första gången jag känner den här rädslan och ensamheten.

Jag inser att framför mig sitter en känd och respekterad "especialista" med stor yrkesstolthet. Det hör inte till hans vanor att medge att han inte vet, så vad kan jag göra? Nu måste jag få tänka, så jag samlar ihop mina papper, stiger upp och tar i hand och säger "muchos gracias". Han blir förvånad, och jag ser att nu är hela ansiktet rödfärgat. Att det har skett flera fel i vården i Finland gör troligen honom ännu försiktigare.

Nu ska jag ner till det riktiga labbet i källarvåningen. Väntrummet är mycket litet, och jag undrar hur det är så trångt på ett sjukhus som anses vara det mest lyxiga? Visserligen känner jag en doft av pengar överallt, men det beror inte på utrymmena. Inte heller personalen ger ett intryck av någon speciellt hög standard, eftersom de flesta verkar vara stressade och är korta i tonen.

Efter att labbskötaren har tagit några rör blod, flyttar receptionisten tiden till specialisten framåt flera dagar. Det dröjer fjorton dagar till läkarbesöket vilket känns mycket skrämmande. Borde jag besöka en annan läkare?

Sent på eftermiddagen ringer en läkare från SOS International och undrar hur jag mår. Jag berättar om dagens händelser och min oro, men han konstaterar:

- Nu har du en av de bästa läkarna, så du kommer att få verkligt högklassig vård.

- Men borrelios diagnostiseras i huvudsak utgående från symtom, och väntetiden kan innebära en stor risk ifall sjukdomen hinner ta över i kroppen.

- Jag ifrågasätter inte en annan läkare, men förstås stöder jag dig eftersom det är min uppgift.

Den uppgiften är inte lätt nu, och jag känner hur jag igen en gång ensam får ta ansvar för min hälsa. Besöket hos specialisten gav ingen trygghet, utan jag blev bara mer orolig.

Fönstren är ännu otvättade och på fredag får jag gäster från Finland, så jag tar fram städgrejorna och sätter i gång. Kanske det lindrar min oro och rastlöshet. De är mycket smutsiga så det behövs egentligen en noggrann rengöring, men det orkar jag inte med nu.

Jag sprayar på fönstertvättmedel, torkar med hushållspapper och den lätta beröringen får det att bränna och sticka i fingrarna. Nervsystemet är påverkat; det är någonting annat på gång i kroppen än det som myggbett kan ställa till med. Inte kan jag vänta i två veckor på provsvaren som kanske inte ens ger någon ny information.

Lyckligtvis är fönstren få och små, och det syns inte hur de är tvättade. Efteråt sitter jag på terrassen och ser ut över havet och solen som snart sjunker ner över Playa del Ingles. På den här terrassen är det sol hela dagen, men inte kvällssol som jag hade på förra stället. Det blir lite dragit eftersom gaveln har en öppning österut varifrån det ofta blåser. Jag måste ibland fälla ner parasollet så att det inte går sönder.

18. KAMPEN

Nästa dag vaknar jag kockan fyra av att benen värker och bränner. Nacken känns styv och nu blir jag orolig på allvar. Jag tar värkmedicin och försöker somna om men det lyckas inte. Vanlig värkmedicin biter inte på borrelios, så allting tyder på att den finns kvar i kroppen.

Vid femtiden stiger jag upp, sätter mig på terrassen och ser ut över havet. Allt är stilla: havet är mörkgrått, himlen lite ljusare med några bleka stjärnor. Just nu känner mig så fruktansvärt ensam med rädslan som gnager i mitt inre. Samtidigt förnimmer jag styrkan som jag fick kontakt med i september. Den behöver jag nu och jag struntar i allt prat om restsymtom. Jag känner min kropp och vet med stor säkerhet att någonting är fel. Det här är inte inbillning, och nu förstår jag att även det instabila blodtrycket och hjärtklappningarna också har ett samband med sjukdomen.

Nu behöver jag snabbt vår, och jag inser att jag tvingas vara min egen "lymedoktor" tills jag finner den riktiga. Inte väntar jag två veckor på labbsvaren och tar risken att bli svårt sjuk. I dag ska jag gå tillbaka till sjukhuset och fråga om jag kan få vård där. Om inte det är möjligt åker jag till nästa sjukhus. En ny bestämdhet har tagit plats i mig, och jag känner en styrka som kan flytta berg.

Klockan har blivit sju när jag äter gröt ute på terrassen. Nu hörs ljudet av några bilar nere på vägen och de första bussarna har börjat sina arbetspass.

Trafiken har ökat när jag i gryningen vandrar till sjukhuset. I receptionen sitter en ensam man som pratar en god svenska. Han berättar att han är från Las Palmas och har lärt sig svenska för att kunna arbeta här. Efter att han har ringt ett samtal säger han att jag snart får träffa en finsk sjuksköterska. Finsk sjuksköterska! Få se vad som nu kommer att hända? Tankarna går till den ampra sköterskan på hälsostationen i somras.

Jag väntar rätt länge innan det dyker upp en barsk kvinna, som ser ut att ha blivit väckt ur sin bästa skönhetssömn. Vi går in i det stora rummet som redan känns bekant. Samma procedur med mätning av blodtryck, temp osv. Jag förklarar min situation med tilltagande symtom, att jag inte kan vänta två veckor och visar pappret med tänkbara diagnoser och mediciner. Hon ser arg ut när hon i barsk ton säger:

- Du kan inte bara komma hit och säga att du behöver vård.
- Är inte det här ett sjukhus? Det här är endast förslag, för jag misstänker att det i det här landet finns bättre mediciner. Nu måste jag få veta om jag kan få vård här eller inte.

En medelålders korpulent läkare med kraftig röst kommer in i rummet och börjar diskutera med sjuksköterskan. Jag uppfattar att han säger att jag skall få vård. Hon vänder sig till mig och berättar att jag får en ny tid till specialisten i dag. I receptionen får jag ett papper där det står att min tid är klockan 11:30. Vad kommer att hända då?

Tusen tankar snurrar i huvudet när jag vandrar hemåt. Gick jag ändå till fel klinik i fredags? Det enda jag nu kan göra är att kräva vård snabbt, och lyckas det inte går jag till nästa sjukhus. Var finns den riktiga "lymedoktorn" som tar över och befriar mig från den här pinan?

När jag kommer hem behöver jag sortera i mitt inre: ilska, rädsla, ensamhet och vanmakt. Hur många starka känslor ryms det samtidigt i en person? Ilskan är i alla fall en energi som jag många gånger har kunnat omvandla till någonting konstruktivt. Rädslan varnar och ser till att jag orkar kämpa vidare. Ensam kan vara bättre än många "goda råd" som gör mig bara mer förvirrad. Vanmakten är svagast för jag upplever att jag har makt över mig själv och mitt liv.

Jag förstår att en känd specialist inte vill visa svaghet, men nu behöver jag vård och inte hans prestigebehov. Nog var jag väl lite naiv då jag trodde att det skulle vara lätt att få vård här, men jag hade så fina erfarenheter av ängladoktorn. Jag känner en så stark vilja att få det liv tillbaka som jag hade innan borreliosen förstörde min kropp, och förvandlade livet till en mardröm. Intuitionen säger tydligt att här finns en "lymedoktor" på ön. Nu är det bara att söka tills jag kommer rätt, och "sisun" kommer att se till att jag snart är där. Jag är beredd att göra allt jag förmår för att bli frisk. Alltid kan man inte vara den snälla patienten som fogar sig för att en specialist ska känna sig mäktig. Jag skulle uppleva honom som mäktig om han medgav sina begränsningar.

När jag några timmar senare sätter mig ner i väntrummet har jag inte några förväntningar kvar. Här är igen massor med människor, och min hjärna blir överbelastad av oljudet. Allt sedan jag blev sjuk har jag varit överkänslig för både ljud och ljus, men efter den korta nattsömnen känns det ännu värre. Jag ser en skymt av specialisten när han går i korridoren. Han är redan rödspräcklig i ansiktet. Vet han om att jag sitter här?

Telefonens gälla rington hörs plötsligt; det är SOS Internationals läkare. Jag berättar vad som har hänt och han säger att han ringer senare.

Efter en lång väntan blir det min tur. Jag känner en spänd stämningen i rummet när tolken säger:

- Du ha varit i akuten och krävt vård.
- Jag har inte direkt krävt vård, men jag kan inte vänta två veckor på medicinering. Mina symtom blir hela tiden värre; snart kan det vara för sent och borreliosen blir kronisk.

Nu tar jag endast fram ett papper där jag har skrivit några punkter med nya symtom. Jag hinner inte säga många ord innan tolken rycker pappret ur min hand och snabbt börjar rabbla upp för läkaren. Är det här dröm eller verklighet? Händer det här hos en känd specialist på ett av landets bästa sjukhus? Tolken har nu tydligt helt tagit läkarens parti och står vänd mot mig. Trots att det kokar inom mig upplever jag samtidigt ett lugn och en styrka som ingen kan rubba.

Läkaren är fortfarande lika bestämd med att han ställer diagnos när provsvaren har kommit. Jag är lika bestämd med att jag behöver medicin nu, eftersom det är för stor risk att vänta så länge. Jag har nyligen varit sjuk, och jag känner igen de här symtomen. Då säger tolken:

- Nu är du undersökt.
- Jag är överhuvudtaget inte undersökt.

Vips kommer det in en sköterska som mäter blodtryck och tempen.

- Vad visar de för jag har feberskänslor?
- Du har högt blodtryck.

- Jag har i allmänhet lågt blodtryck, men borreliosen gör det instabilt, och det stiger extra mycket när jag kämpar för min hälsa.

Han visar att jag ska lägga mig på undersökningsbordet. När jag lägger mig ner börjar han trycka med fingrarna mitt på magen och jag säger:

- Det där är enda stället där jag inte har haft några symtom.

Då sätter läkaren sig ner och börjar skriva. Efter en stund säger han:

- Du ska få medicin.
- Vad då för medicin?
- Blodtrycksmedicin för du har högt blodtryck och lugnande så att du inte känner värken.

Jaha, nu är också jag där som många andra borreliospatienter hamnar: PSYKMEDICIN!! Och att utan vidare ge blodtrycksmedicin åt mig som normalt har lågt blodtryck!! Nu kokar det ännu mera i mig när jag säger:

- Det är direkt farligt att ge medicin som tar bort värken, för nu behöver jag verkligen veta hur sjuk jag är. Lika illa är det att skriva ut blodtrycksmedicin åt en person som normalt har lågt blodtryck.
- De där symtomen får man av stress.

Nu lyfter jag händerna och för dem diagonalt mot bordet medan jag säger:

- Jag vet skillnad på borrelios och stress! Jag har haft svår stress i mitt liv då jag höll på att bli utbränd, men exakt de här samma symtomen har jag nyligen känt i min kropp.

Tolken vänder sig mot bordets kortända och blir neutral. Nu har hon förstått sin uppgift. Jag får lust att riva sönder recepten framför läkarens ögon, men inser hans svåra sits. Hans ego tillåter inte honom att medge att han inte känner till sjukdomen. Jag känner verkligen empati för honom då jag snabbt slänger ner pappren i väskan medan jag säger:

- Nu ringer jag SOS Internationals läkare och så går jag till nästa sjukhus.

Jag stiger upp, tar läkaren i handen och säger "muchos gracias", och då fattar jag hur absurd situationen verkligen är. Antagligen gör jag instinktivt så här för att markera att mitt ogillande inte gäller honom som person. Artig bör man vara även då det krävs att man är bestämd. Han ser både överraskad och förvirrad ut; ansiktet är illrött men så är säkert också mitt.

Full av motstridiga känslor men målinriktad vandrar jag hemåt. Genast när jag kommer innanför dörren ringer läkaren från SOS International. När han får veta vad som har hänt blir han ännu mer förvånad och jag säger bestämt:

- Nu behöver jag vård snabbt. Det verkar som om specialisten inte känner till borrelios.
- Klart att du får gå till den andra kliniken om du är sämre i morgon. Jag ringer dig då.

Hörde han inte att jag sade att jag behöver vård snabbt? Nu är jag så trött att jag måste få mat och vila. När jag har ätit färdigt min sena lunch, säger intuitionen att jag ska åka till det andra sjukhuset i morgon. Klockan är redan mycket och ett dygn kan inte vara avgörande.

Efter en orolig natt väntar jag på läkarens telefonsamtal, men det dröjer många timmar innan han ringer:

- Hur är läget i dag?
- Det är lika illa så nu måste jag få ordentlig vård.
- Du kan gå till den andra kliniken, men det går lika där om du säger på samma sätt, och så skickar dom dig till Las Palmas.
- Dit åker jag gärna och där får jag vård med EU sjukförsäkringskort.
- Det är klart att du kan använda reseförsäkringen och jag stöder dig för det är min uppgift. Eftersom det är en gammal sjukdom ersätter försäkringen inte mer än det här besöket. Jag ringer i kväll.

Har han börjat förstå att jag verkligen behöver vård? Det där med att stöda har han nog varit dålig på, i synnerhet då det blev allvar. Vem som ersätter resten av vården orkar jag inte ens bekymra mig om; det är det minst viktiga nu då jag kämpar för att få tillbaka hälsan. Vad gör man med pengar om man inte kan njuta av livet längre? Jag känner människor som varje dag tvingas äta starka mediciner som ger hemska biverkningar. En del orkar endast vandra korta sträckor, medan andra har blivit helt invalidiserade för resten av livet.

Jag packar med mig lite ätbart och går ner till busshållplatsen. Telefonen ringer; det är ledaren för skrivarkursen som börjar i dag. Hon har inte lagt märke till mejlet jag sände i morse, men lovar skicka uppgifterna för nästa träff. Få se om jag orkar delta i kursen?

När jag kommer fram till sjukhuset ser jag att den finska receptionisten är på jobb. Jag fyller snabbt i formuläret till försäkringsbolaget, och hon ber mig vänta på den finska tolken. Alla sittplatser är upptagna, och snart känner jag hur det bränner i benen som blir svaga. Jag lutar mig mot väggen precis som jag gjorde i Prismas aula för nästan fem månader sedan.

Äntligen dyker det upp en finsk tolk som verkar vara mycket stressad. Han är röd i ansiktet och pratar snabbare än kanarierna. Hans stress smittar över till mig, och jag upplever att han inte lyssnar ordentligt. Vi går in i ett rum där det finns en man och en kvinna. Tolken berättar inte vilka de är, men jag tänker att det kanske är en hälsovårdare och en elev, eller är den ena läkare?

Tolken ber mig berätta varför jag är här, men jag hinner knappt börja innan han avbryter mig med frågan: "Varför är du här?" Jag tar fram några dokument samtidigt som jag fortsätter att berätta. Mannen bakom bordet ögnar igenom den spanska vårdberättelsen medan kvinnan mäter blodtrycket. De diskuterar på spanska och jag känner hur frustrationen stiger. Tolken frågar:

- Har du i allmänhet högt blodtryck?
- Nej, jag har lågt, men när jag blir stressad och kämpar för mitt liv stiger det. Just nu upplever jag en svår psykisk stress.

Jag tar fram burken med tabletterna jag brukar ta då blodtrycket snabbt stiger och tolken säger:

- Tag ingenting nu.

Det spänner och pulserar i huvudet, och jag undrar hur länge det dröjer innan jag får ta en tablett. Han stressar i väg med mig till väntrummet där jag sätter mig ner. Hoppas jag snart får träffa en vettig läkare. Jag dricker lite juice, blundar, masserar tinningarna och försöker slappna av.

Efter en stund kommer tolken fram och frågar:

- Vad hände på förra sjukhuset?
- Specialisten kunde inte ställa någon diagnos innan han har fått labbsvaren som kommer om 14 dagar. Mina symtom blir hela tiden värre, det här är en farlig sjukdom, och om jag inte får vård i tid kan det snart vara för sent. Ifall jag inte får berätta allt så kommer det inte att lösa sig nu heller.
- Du kommer att få en svenskspråkig tolk och du ska få berätta allting.

Han försvinner men återvänder om en stund.

- Kan du tänka dig att bli intagen på sjukhuset?

Vilka snabba kast! I går ansåg läkaren att jag endast har stress, och nu ska jag läggas in på sjukhus. Jag svarar:

- Helst inte. Min dotter kommer till ön om några dagar så det är inte riktigt läge för det nu.

När han försvinner tänker jag på vad jag har hört om att patienter lätt kan bli intagna då försäkringen ersätter. Min försäkring täcker endast det här besöket, så några veckor här skulle betyda en gigantisk räkning. Visst är min hälsa värd det, men jag anser att läkarnas fel i vården inte ska drabba mig så hårt. Det räcker med allt fysiskt och psykiskt lidande jag får stå ut med.

Nu är trycket i huvudet så högt att jag blir rädd; jag börjar massera med små cirklande rörelser som i taktil stimulering. Trycket minskar och jag undrar om jag borde äta lite, för vem vet när jag kommer bort härifrån?

19. LYMEDOKTORN

Vid tretiden dyker det upp en kvinnlig vänlig tolk som ber mig komma. Vi går genom hela aulan tills vi kommer till en svängdörr, och efter den visar hon på första dörren till höger. När vi stiger in ser jag en kvinnlig medelålders läkare bakom bordet, och bredvid henne sitter en ung kvinna.

Läkaren berättar att det är en studerande som är intresserad av ovanliga sjukdomar. På den här ön är min sjukdom mycket ovanlig eftersom borrelia inte förekommer hos fästingarna här. Utlänningar som lider av kronisk borrelios har troligen redan friskförklarats eller fått en annan diagnos i sina hemländer.

Nu försöker jag uttrycka mig så kort och tydligt som möjligt. Tolken lyssnar, översätter och läkaren lyssnar lika aktivt. DE LYSSNAR OCH TROR PÅ MIG! VILKEN LÄTTNAD!

Trycket i huvudet sjunker samtidigt som spänningen i kroppen minskar. Läkaren ser mig i ögonen trots att vi kommunicerar via tolken. Hon läser min vårdberättelse från Finland och det dyker upp veck i hennes panna. Så ställer hon några frågor angående symtom, och jag stiger upp för att samtidigt markera kroppsdelarna. Jag visar också bilder av utslagen som nu har bleknat lite, och hon förstorar upp dem och kollar noga. Efter det får jag sätta mig på undersökningsbordet, och hon undersöker noggrant med fingrarna längs ryggraden.

Tolken ber mig komma till ett större rum där de mäter blodtrycket, tar EKG och labprov innan jag återvänder till aulan. Alla är så glada och vänliga, och jag har fått en tablett under tungan som sänker blodtrycket. Nu märker jag hur vrålhungrig jag är, men jag vågar inte ta mig till caféet som ligger på andra sidan av huset. Jag äter det som finns i väskan: banan, nötter, juicen och vatten.

Väntan känns inte lika tung längre eftersom ett nytt hopp har fötts i mig. Jag har kommit in i en ny värld där jag blir bemött på ett helt annorlunda sätt. Här finns inget stort ego eller maktbehov utan endast ödmjukhet inför svåra utmaningar. Den här läkaren förstod situationens allvar, tog ansvar och visade att hon gör allt vad hon förmår. Tolken är den absolut bästa jag har träffat; hon har verkligen alla egenskaper som behövs. När hon lyssnar aktivt, översätter neutralt och visar empati känner jag mig trygg.

Jag loggar in på Facebook, och uppdaterar med en bild av armbandet som nu har rätt namn. På förra sjukhuset blev mitt namn förvrängt; jag skämtade att det var mitt kanariska namn.

Det dröjer en timme innan jag får gå tillbaka till läkarens mottagningsrum. Hon berättar att provsvaren inte visar någonting alarmerande, men de kunde göra mera ingående undersökningar, om jag skulle vara intagen på avdelningen. Så säger hon att antibiotikakuren som jag fick i Finland borde ha varat i två till tre månader. Nu ordinerar hon en antibiotika som är "släkt" med den som ges intravenöst. Dessutom ska jag ta en medicin som gör att magen klarar av antibiotikan. Borrelios kan också angripa hjärtat; hon ber mig därför att besöka en kardiolog eftersom sådant inte syns på EKG.

Vi kommer överens om att jag genast kommer hit med provsvaren då jag har fått dem från det andra sjukhuset, och efter det kommer tolken att ringa mig. Jag tackar henne och förklarar hur nöjd och lycklig jag är över vården och det fina bemötandet.

När vi går ut ur rummet berättar tolken att läkaren är den bästa de har, men att hon endast på onsdagseftermiddagarna är på det här sjukhuset. Intuitionen sade ju att jag skulle vänta tills i dag. Tolken berättar också att läkaren tog reda på mera om sjukdomen medan provsvaren blev färdiga, för hon gör verkligen allt som är möjligt för varenda patient. Så kramar hon mig och säger att hon beställer en taxi. Jag tackar och säger att hon är den bästa tolk jag har träffat: en riktig änglatolk.

Tankarna snurrar i huvudet medan jag sitter i taxin. Solen sjunker ner i väst och värmer min rygg. Jag ber chauffören köra till apoteket för nu ska jag snabbt hem och äta, eftersom de här medicinerna ska tas två timmar före eller efter en måltid. En timme innan ska jag ta magmedicinen som ser till att tarmkanalen klarar av kuren.

Apoteket har endast två paket av antibiotikan, men jag kan hämta det tredje paketet senare. Det är antagligen en så ovanlig medicin att de inte har så mycket i lager. Här ordinerar de alltid spanska mediciner som är effektiva.

Trött men lycklig kommer jag hem och går raka vägen till kylskåpet. Vad bra att det finns färdig mat från gårdagens middag som jag kan värma. Tillsammans med lite grönsaker blir det en god måltid. Jag hinner inte äta färdigt innan telefonen ringer.

- Hej, det är Fred från SOS International. Hur gick det idag?
- Jag har fina nyheter. Det var som att komma in i en helt ny värld: läkaren lyssnade, ställde frågor och

undersökte mig. Helst hade hon velat lägga in mig på sjukhuset, men det är inte läge för det nu. Jag fick en medicin som är "släkt" med den som ges intravenöst. Nu har jag hopp om att bli frisk.

Det blir helt tyst så jag passar på att äta det som finns kvar på tallriken. Efter en lång stund svarar han med konstig röst:

- Jaha, hur menar du nu? (ny paus) Men det är ju bra att du fick medicin.
- Jag lovade läkaren att jag kommer med labbsvaren, så jag kan väl hämta dem från kliniken?
- Nej, det sköter jag om. Du behöver inte göra något. Jag ser till att du får dem.
- Men det är läkaren som behöver dem. Hur ska det gå till?
- Jag ser till att du får dem.

Rösten är kall och myndig som hos en människa som behöver göra sig lite mäktigare. En obehaglig känsla berättar att det här inte kommer att bli skött, men vad kan jag göra? Han blev tydligen tagen på säng, och det verkar som om han behöver få se labbsvaren för att förstå det här, eller handlar det enbart om makt?

20. HOPPET

Det heter att hoppet är det sista vi ger upp, och nu har jag fått nytt hopp. Det kändes ändå hemskt, att några dagar innan Frida och Alex skulle flyga hit, vara tvungen att meddela att jag har blivit sjuk på nytt. De är på ön i tio dagar men kommer att övernatta på olika platser. Ljuden från trafiken och barerna i köpcentret hörs i vardagsrummet, där de ska sova i hörnsoffan några nätter.

Fönstren är tvättade och jag har fått hem lite mat till kylskåpet. Läkaren sade att jag inte får gå långa sträckor, så det är verkligen tur att allting är nära nu. Jag ska be Alex bära hem vatten åt mig för några veckor.

Det finns kvar lite av den dåliga stämningen från september då jag tappade nerverna. Min sjukdom är ett eldfängt ämne som de inte vill prata om. Hjärnan håller ännu på att bearbeta den kamp jag nyligen utkämpade, och läkarens förmaningar snurrar i huvudet.

När Frida diskar lossnar den gungande kranen och vattnet sprutar ut över bord och golv. Jag fäster kranen så gott det går då det fattas en del, och sänder ett meddelande till mäklaren som svarar att hon ska kontakta ägaren. Få se om den blir ordentligt fastsatt nu?

Jag ville inte helt ge upp sjungandet, så i går deltog jag i körens uppträdande under adventsgudstjänsten i Svenska Kyrkan. Första advent är så populärt att de har två gudstjänster samma kväll, men jag gick hem efter den första.

Jag känner redan att medicinen biter mycket bättre än den förra gjorde, men man ska ju inte ropa hej innan man är över bäcken. Benen är svaga så jag undviker all onödig belastning. Jag har meddelat att jag inte deltar i körens luciauppträdande i en annan kyrka som ligger längre bort. I november hann jag anmäla mig till en tur upp till Santa Lucia, där det firas luciadag med både kanarisk och svensk lucia. Jag ser verkligen fram emot det, för nu behöver jag positiva händelser i mitt liv. Vi kommer att ta oss dit med bokad buss som stannar nära min bostad.

I dag är det 6 december och Finlands självständighetsdag. Mäklaren ringer:

- Det kommer någon och kollar på kranen i morgon vid elvatiden.

Jag känner en lätt irritation när jag tänker på alla timmar jag har väntat i förra lägenheten på att olika servicemän skulle komma, så jag svarar:

- Jag åker bort med mina gäster i morgon och vi startar genast efter frukosten: senast klockan tio.

Jag har faktiskt lust att åka med till Puerto de Mogan, den vackraste platsen på ön. Då svarar hon:

- Du kan väl åka dit senare sen efteråt.

Nu blir jag riktigt bestämd:

- Dom är här på ön nu och jag tänker inte ändra mina planer för kranens skull. Den har vinglat sedan jag flyttade in, så jag blir inte här och väntar på att någon ska dyka upp.

Hennes tonfall var ganska vasst och ovänligt, men inte var jag speciellt vänlig heller. Jag är nöjd över att jag kunde dra en tydlig gräns, för det här borde verkligen ha åtgärdats tidigare. Det är väl inte hyresgästen som ska ändra sina planer för att ägaren inte har sett till att lägenheten är i skick? Kunde hon inte berätta om kranen samtidigt som hon kontaktade ägaren angående kärlen? Varför sköts det så oprofessionellt?

På kvällen skålar vi på terrassen och sjunger Finlandia-hymnen. Efter det går vi till en restaurang för att äta en festmåltid. I dag är det första dagen som jag inte har blivit så trött på kvällen, men oron äter ännu upp mycket energi.

Efteråt vill ungdomarna gå en tur på strandpromenaden, men jag går hem och sätter mig på terrassen. Termometern visar +25C och caliman, en fin sanddimma från Sahara, drar in över ön.

När ungdomarna kommer tillbaka sitter vi en stund tillsammans ute på terrassen. Jag känner mig lite utanför, men det beror troligen på de starka medicinerna och hjärndimman. Den här tiden måste genomlevas på något sätt, men nu har jag ändå mera hopp.

Borreliospatienter skriver om "de ensammas sjukdom", och att inte ens den egna familjen orkar med dem. Jag förstår vad de menar. När inte ens läkarna anser att vi är sjuka, är det svårt för anhöriga att förstå det. Kanske är det också hjärntröttheten som gör att vi blir så lättirriterade. Ibland undrar jag om min personlighet har förändrats? Säkert upplever familjemedlemmarna också oro, men den tacklar vi alla på så olika sätt. När Frida och Alex är här på semester vill de koppla av och inte lyssna på något gnäll om sjukdomar. Jag önskar att också jag kunde lägga allt åt sidan, men det är svårt eftersom sjukdomen har tagit över en så stor del av mitt liv.

Luciadagen gryr med strålande solsken, och alla är glada i bussen som tar oss högt upp i bergen. Kyrkan står stor och ståtlig högst uppe i ändan av huvudgatan i Santa Lucia. Staden ligger i en brant bergssluttning; husen är byggda vid den långa huvudgatan och vid korta sidogator. Nere i sluttningen finns det små gårdar, men nu har alla tagit sig in till stan för att visa upp sina produkter och fira luciadagen.

Innan vi kommer till kyrkan går vi till stadshuset där den första ceremonin ska ske. När vi kommer fram öppnas dörrarna; vi stiger in i en vacker sal som är ovalformad i ena ändan. Det finns ett bord i halvcirkel, och vackra tavlor pryder väggarna. Salen är smyckad med blommor och flaggor.

När jag sätter mig i första stolsraden får jag en högtidlig känsla, och jag njuter av allt det vackra. Plötsligt hörs musik från en blåsorkester och in marscherar två lucior, stadens ledning och svenska konsuln. De ställer sig bakom det ovala bordet med luciorna i mitten.

Så vackert och högtidligt; två språk och kulturer möts i kärlek och respekt. Det här är en tradition som startade för länge sedan då svenskarna började etablera sig på ön. En varm känsla sprider sig i mitt inre; nu vill jag njuta av varje sekund.

Santa Lucias borgmästare, svenska konsuln och personen som ansvarar för socialpolitiken i kommunen håller turvis tal. En representant från Lions Klubb, som är en av arrangörerna, pratar också och gåvor byter ägare.

Efter det tågar luciorna med följe till kyrkan där firandet fortsätter. Vi går till en restaurang som har en magnifik utsikt mot en vulkankrater. Jag beställer den fantastiskt goda kanariska grönsakssoppan, vars kryddor känns i hela kroppen. En cappuccino till efterrätt och jag mår prima.

Nu tar jag mig till den vackra kyrkan som är proppfull av människor som sitter eller står. Jag ställer mig på utsidan framför ingången, för att kunna se luciaföljet som snart kommer ut. Medan jag står här fylls det på med människor framför mig.

Plötsligt hörs det några hårda knallar från kyrktaket, och musiken börjar spela en taktfast marsch. Långsamt kommer det ut en staty av en madonna; är det Jungfru Maria eller helgonet Lucia? Den bärs ut av fyra män, och efter dem tågar luciorna med följe. De ställer sig på trappan och då plötsligt öppnar sig folkmassan framför mig. Jag blir häpen men går långsamt fram för att ta några bilder. Någonting sådant här har jag aldrig upplevt i Finland, där människorna brukar tränga sig framför. Här ger de plats så att jag kan komma fram. När jag har fotograferat går jag åt sidan, för att ge min plats åt dem som är bakom.

Då tåget startar rycks jag med och finner mig plötsligt bland glada människor som pratar spanska. Alla visar hänsyn och ingen rusar förbi eller knuffar. Är det här på riktigt eller drömmer jag? Trots att jag inte förstår vad de säger känner jag en stark gemenskap som fyller mig med glädje.

När vi har kommit ner till huvudgatan och tågat vidare en bit känner jag mig yr. Jag går åt sidan och sätter mig på sidoräcket. Luften är klar och solen skiner starkt, så jag borde ha klätt på hatten genast. Jag dricker en juice och snart känner jag mig okej igen.

Då de sista i luciaföljet kommer stiger jag upp och går med dem. Tåget består av stadens grädda och barn som visar upp olika produkter: frukt, grönsaker, bröd och annat som de bär i stora korgar. Vi kommer till en bil som säljer olivolja och jag köper en flaska. Traktens egen olivolja lär ska smaka extra gott, och olivolja är bra mot infektioner.

I en liten butik köper jag glass och sätter mig med byborna på en av bänkarna utanför. Här sitter de och delar tankar och jag kan förnimma stämningen. De är kloka människor som har upplevt mycket; livsvisdomen strålar ur deras ögon. Nu önskar jag verkligen att jag kunde prata spanska och få en helt annan kontakt med dem.

Snart tar bussen oss ner tillbaka. I kväll ska jag gå på luciafest till Svenska Skolan, men jag behöver äta och vila innan jag tar mig dit.

Några timmar senare sitter jag på skolans gård med en glöggmugg i handen. Lucia med följe tågar in under palmerna och bjuder på ett enastående program.

Fylld av värme och kärlek vandrar jag hem längs huvudvägen som är dekorerad med julbelysning. Aldrig tidigare har jag firat luciadagen så här grundligt med så många starka känslor.

Visst var det mycket rörande när Kajsa, nyss fyllda två år, första gången var lucia. Jag minns också alla andra gånger som barnbarnen har uppträtt med luciaprogram. I kväll somnar jag nöjd och lycklig och i morgon blir det vila.

21. MAKT

Nu har det gått mer än två veckor sedan labbproven togs, och jag väntar att SOS Internationals läkare ska höra av sig. Jag skickar ett sms men får inget svar. Nästa dag sänder jag ett nytt men det blir samma resultat. Följande dag kontaktar jag personen som första gången ringde mig; hon lovar att göra vad hon kan men ingenting händer.

En ny vecka har börjat och om tre dagar är läkaren på plats sista onsdagen innan jag flyger till Finland över jul. Irritationen stiger och plötsligt kommer det ett sms: *"Jag har varit bortrest en vecka, men jag kan väl inte sköta allt."* Jaha, nu låter det så. Det här fick jag absolut inte sköta fast jag ville. Allting behöver man inte sköta, men åtminstone det som man inte låter andra ta hand om. Han kunde åtminstone ha meddelat att han är bortrest. Jag är arg och besviken och låter det komma fram i mina sms. Hans svar är lika hala och oförstående som det första, och till sist skriver han ut efternamnet också: *Fred Gonzalez*. Ett mycket vanligt spanskt efternamn som berättar någonting om hans reaktioner. Han kände ju till specialisten på första kliniken, och försvarade honom trots att jag inte fick någon ordentlig vård. Har han kollat upp resultaten med honom och fått veta att jag hade rätt? Nu ska jag snabbt hämta kuvertet och föra det till min "lymedoktor".

Solen skiner från klarblå himmel när jag vandrar i väg till labbet. I receptionen visar jag passet och ber om svaren. Receptionisten tar fram ett kuvert ur hyllan bakom disken och räcker det åt mig. "Gracias" säger jag och går snabbt ut och sätter mig på en bänk vid busshållplatsen. Hjärtat dunkar då jag river upp kuvertet, och jag hittar snabbt stället där det står borrelia. "Positivo" står det för båda, och värdena är så höga att jag säkert hade en aktiv borrelios. De andra fästingburna sjukdomarna har "Negativo". Gud vad skönt! Nu kommer bussen och jag stiger på och säger "Meloneras, por favor".

Den sympatiska svenska tolken har just kommit på jobb. Hon tar kopior på provsvaren, och vi kommer överens om att hon ringer mig på onsdag när läkaren har kollat svaren.

På hemvägen tar jag en sväng via Mercadona och köper lite choklad till jul. Jag känner lättnad över att provsvaren är på rätt ställe, men hur i helsike var det så invecklat? När och hur skulle jag ha fått svaren om jag inte själv hade hämtat dem? Och hur skulle det ha gått om jag inte hade bytt sjukhus? Jag känner att medicinen har haft en mycket god effekt, men i vilket skick skulle jag vara nu utan den? Vilken vård skulle jag ha fått av specialisten? Lyckligtvis orkade jag kämpa. Snart får jag veta vad "lymedoktorn" anser om labbsvaren. Kommer hon att förlänga antibiotikakuren?

När jag kom hem från sjukhuset fick jag lust att sticka små kläder till barnbarnens Barbiedockor. I dag är det onsdag och jag sitter ute på terrassen och stickar. Julstjärnorna som lyser röda mot den vita väggen ger julstämning. Livet känns betydligt lättare nu. Kroppen är ännu lite trött, men mentalt känner jag mig mycket starkare. Mobilens gälla signal bryter tystnaden och jag går in för att svara. Alla papper ligger färdigt på matbordet.

- Hej Carola, det är Sofie Svensson från Hospital San Roque. Hur mår du nu?
- Tack, mycket bättre! Men vad anser läkaren om provsvaren?

- Proven visar att du har en borreliainfektion som nu med medicinens hjälp borde vara på sjunkande. Du behöver uppföljning hos en infektionsläkare. Den kan också ha angripit hjärtat så du ska gå till en kardiolog för EKG visar inte allting.
- Är den här medicinkuren tillräckligt långvarig?
- Ja, det borde den vara.
- Tack så mycket. Hälsa läkaren och säg att jag är så tacksam över att hon lyssnade, tog mig på allvar och gav mig god vård.
- Det ska jag göra och God Jul!
- Tack åt dig också och God Jul!

Ingen mer antibiotika när den här kuren tar slut. Skönt! När jag återvänder från Finland ska jag pröva en naturmedicin som jag blev intresserad av. Det finns många olika sorter som anses ta kål på borreliabakterien. Jag har också snubblat över flera dyra örtprotokoll, men desperata människor tar till nästan vad som helst för att slippa sina plågor. Jag håller fast vid mitt beslut om att enbart pröva några helt säkra, men den här ligger eventuellt på gränsen. Jag köpte den i en naturkostbutik i San Fernando, men man kan också beställa den på webben. En burk kostade inte många euro så det är värt ett försök.

Jag tror ändå att rätt kost, god sömn och lagom motion är den bästa medicinen för mig. Nu när kampen äntligen är över och jag kan slappna av frigörs dessutom mer energi för återhämtningen.

Från och med nyår kommer min nya diet att vara inkörd och då blir det inga "snedsteg" mera. Det har varit lätt att hitta ersättande produkter. Aldrig tidigare har jag varit så här noggrann med kosten, men de positiva förändringarna gör att det känns lätt. Det gäller att inte tänka på vad jag **inte** bör äta, utan på allt gott och hälsosamt som jag verkligen **får** äta. Jag har lärt mig hur dålig inverkan socker, alkohol och snabba kolhydrater har på kroppen.

Nu känns det som om hoppet börjar ta över. Jag har kämpat mot "väderkvarnar" några gånger, och tilliten har fått sig några ordentliga törnar. Det här drabbar knappast dem som blint tror att läkarna alltid har rätt, och de själva endast har haft otur. Spänningen i kroppen är nu borta, och blodtrycket är stabilare, men lite av oron gnager ännu i mitt inre. Kan ännu symtomen återvända några månader efter avslutad medicinering? Hur lång tid tar det innan hjärndimman försvinner? Jag har mist förmågan att bedöma hur kraftig den är, men jag antar att jag märker skillnaden när den har försvunnit. Kampen för att få vård har åtminstone inte haft någon bra inverkan på hjärnan. Egentligen upplevde jag nog kampen i Finland som ännu värre, för här visste jag att jag får vård när jag kommer till rätt läkare.

Nästa dag åker jag till Centro de Salud för att boka en läkartid, eftersom jag behöver remiss till en infektionsläkare och kardiolog. De föreslår 26.12 som är vardag här, men då är jag i Finland, så jag får en tid i januari.

22. VÄGEN TILLBAKA

Julresan till Finland gick bra trots att jag var lite orolig över hur jag skulle orka med allting. Tidigare år har vi dagarna innan jul lekt turister med Kajsa i Helsingfors Centrum, men den här gången fick jag anpassa allting enligt mina krafter.

Där var snö och minusgrader när jag kom, och julaftonsdagen var också kall och solig. På juldagen vaknade jag till ljudet av regnet som piskade mot fönsterrutan. Mörkret kändes mycket tungt den dagen, eftersom de tjocka molnen gjorde att dagsljuset nästan helt uteblev.

Det var trevligt med familjejul, och i år hade vi en långväga gäst vid julbordet. Jag var så nöjd över att andra tog hand om uppköpen av julmaten till julkvällen. Innan jul besökte jag mina vänner som hade kört mig till flygplatsen. På annandag jul vandrade Kajsa och jag till ett litet mysigt café i ett mycket gammalt hus i Solvik.

Nu är jag tillbaka på ön och har slagit mig ner under parasollet på terrassen. Vilket underbart liv jag har här! Kontrasterna gör att jag verkligen kan uppskatta det jag har. Medicinkuren är slut och jag är i mycket bättre skick än jag var då den förra antibiotikakuren avslutades. Hjärnan blir ännu ibland trött så jag undviker stress. Varje morgon som jag vaknar utan värk och benen bär mig känner jag stor glädje och tacksamhet.

I november, då jag försiktigt tog itu med korrekturläsandet, lade jag märke till att jag hade problem med fokuseringen. För att få en god helhetsbild bör jag kunna läsa ett helt kapitel åt gången, men hjärnan orkade inte med det. Boken har endast tio kapitel så de är ganska långa. Jag har skickat några kapitel till korrekturläsarna, men de har inte påpekat några större brister. Ändå känner jag mig osäker över texten, men är glad att skrivfelen blir korrigerade. Jag får ännu ta det lugnt med manuskriptet, även om jag gärna vill ha det färdigt till hösten. Det är en bra sysselsättning nu då jag är mycket här hemma. Folkmassor och oljud stressar mig, och hur långt benen orkar gå vet jag inte ännu.

På årets sista dag går jag upp till berget ovanför byn. Himlen är klarblå och vattnet glittrar i samma nyans. Det är himmelskt vackert; jag får en hisnande känsla då jag ser ut över havet. Benen har burit mig ända hit! Det är inte långt men en bra början på min nya väg tillbaka. Snart är året slut; ett år fyllt av äventyr och händelser som har gett mig helt nya erfarenheter. Pensionstiden har verkligen bjudit på många spännande upplevelser och utvecklingsmöjligheter, men också sådant som jag gärna hade kunnat undvara. Trots alla häftiga händelser har jag ändå alltid känt mig trygg här. Beror det på att jag inte ännu känner till alla "sanningar"? Jag har fattat beslutet att jag ska registrera mig på ön: att bo halva året i Finland är för mycket.

Nu ska jag i lugn och ro se mig om efter en bostad med långtidskontrakt. Den här lägenheten har obekvämt kök och terrassen är dragig. Mina ben och ögon har blivit extra känsliga för drag. En terrass mot väster som har fönster i gaveln skulle passa bättre. Många ägare har lagt in ett fönster där, samtidigt som de har förnyat fönster och dörrar, men här är de gamla ännu kvar. Dessutom hyr ägaren endast ut den för högst nio månader per år.

Mäklaren ville snabbt veta om jag hyr den för nästa vintersäsong, men då meddelade jag henne att jag nu behöver långtidskontrakt. Hon berättade att det fanns många som var intresserade, men det är troligen endast ett trick som mäklarna använder. Jag har frågat på Facebook och hört mig för hos olika mäklarbyråer. Det har kommit många svar men inget där det säkert finns uppvärmd pool. För mig är det ett måste eftersom det är min viktigaste motionsform nu, och vem vet hur mina ben är i framtiden.

På hösten när jag hade besök från Finland fick jag höra "skräckhistorier" om obotlig borrelios hos deras bekanta. En led av ständiga smärtor och en annan kunde endast promenera korta sträckor. Men jag vägrade tro att det kunde gälla mig, eftersom min sjukdom var i ett så tidigt stadie. Nu har jag ju dessutom fått adekvat vård, och jag vågar tro att mina chanser att bli helt återställd är goda.

Nu har jag börjat ta naturmedicinen, men få se vilken effekt den kommer att ha? Jag är förvånad över hur lätt det är att köra med en sträng diet. Motivationen bara ökar då jag snabbt börjar må bättre. Nu dricker jag enbart alkoholfria drycker. På barerna förklarar jag: "Ni förstår, jag kommer från Finland, och vi dricker ju inte alkohol."

Första gången trodde de att jag skämtade och blandade till en extra stark drink, så jag lärde mig snabbt att förklara att det inte är något skämt. En gång lade en servitör handen på min panna och undrade om jag hade feber. Finländarnas rykte är lite skamfilat här på grund av en liten grupp storkonsumenter. Tyvärr finns det också människor från andra länder som ser lite för djupt i flaskan.

Nyårsafton firar jag hemma i lugn och ro, eftersom jag inte klarar av folkmassor och mycket oljud. Vid tolvslaget går jag ut på terrassen för att se på fyrverkeriet. Det smäller från alla håll och krutlukten blir kvar i den ljumma luften. Jag höjer mitt glas med alkoholfri skumpa och undrar vad det nya året ska föra med sig. Så mycket värre kan det inte bli, och min enda önskan är att jag ska bli helt återställd. Mitt löfte för alla återstående år är: om jag blir helt frisk ska jag njuta av varje dag jag har kvar.

Mäklaren tar kontakt för att berätta att det blir en lägenhet ledig i samma komplex. *"Den är mera som ett hem, och ägaren vill själv bo där två månader på sommaren, men du kan väl vara i Finland då?"* skriver hon. Jag undrar om det blir nytt kontrakt och mäklaravgift varje år, men hon svarar att samma kontrakt fortsätter utan mäklararvode. Den blir ledig 31 januari så jag kan snart få se den.

Det här verkar vara ett långtidskontrakt, om dock lite speciellt sådant, men det går väl att separat komma överens om ägarens vistelse? Det viktigaste är att jag kan bo där när jag registrerar mig på ön, men hon skulle väl inte erbjuda mig någonting annat?

Jag får lägenhetens nummer och går och kollar på utsidan. Den ligger högre upp åt väster med aftonsol på terrassen. Det finns fönster och markis på terrassen, vilket är bra eftersom jag varken vill ha drag eller stark sol. Visst verkar det här speciella arrangemanget lite konstigt, men jag kan ju alltid gå på visning. Om ägaren vill hyra den för lång tid kunde det här vara en vettig lösning. Hyran verkar inte heller helt oöverkomlig, men långtidskontrakt brukar nog ha lite lägre hyra. Kanske tycker han att när jag slipper betala för två månader så kan hyran vara så här.

Då jag besökte en svensk frisörska i november erbjöd hon sin studio för samma månadshyra. Det har varit hett på marknaden i några år, vilket har pressat upp hyrorna. En annan orsak är att de utländska placerarna har ökat, och de vill ha så mycket vinst som möjligt.

När jag har tagit örtmedicinen i tio dagar får jag värk i benen. Det är en av biverkningarna som uppges, och kan enbart betyda att den gör sitt jobb, men jag väljer ändå att avsluta. Nu använder jag enbart de kosttillskott som jag använde på hösten, och salvan som ängladoktorn ordinerade. Jag har lyckats hitta en olja som anses vara naturens egen "antibiotika", men trots att jag blandar en droppe i olivolja som jag häller över salladen, är den lite för stark för mina slemhinnor. Den finns också i kapslar så få se om jag lyckas komma över dem här på ön.

I dag ska jag träffa läkaren på Centro de Salud. Nu gäller det att få remiss till Hospital Insular i Las Palmas. Min tid är 15:30 och det är inte många patienter i väntrummet. Dörren öppnas och jag ser att den stressiga "turistläkaren" är på plats. Jag har skrivit rapport på spanska, för min förhoppning var att få träffa den trevliga kanariska läkaren, men sådan tur har jag inte.

Läkaren är ännu stressigare i dag. Jag visar pappren från kliniken och berättar på engelska vad läkaren har bett mig göra. Så tar jag fram min rapport och berättar att jag har symtom i mina knän. Han har inget intresse för rapporten, utan frågar varför de inte har skött mig färdigt på kliniken. Jag förklarar att eftersom han i november ansåg att jag var frisk, sökte jag vård med reseförsäkringen som endast ersätter sju dagar om det är en gammal sjukdom.

Rapporten vill han inte läsa så jag frågar om han förstår spanska. Då blir han ännu mera irriterad och frågar på nytt varför de inte tog hand om mig på kliniken. Jag förklarar långsamt och tydligt vad som har hänt och varför det inte var möjligt. Jag berättar så tydligt jag kan mina kvarvarande symtom, och att jag också bör undersökas av en kardiolog. Eftersom jag kommer att bo länge på ön behövs det uppföljning.

Nu förändras han helt: blir lugn och börjar skriva på datorn. Efter en stund säger han att han har skrivit remiss till Las Palmas. Jag jublar inombords. En delseger igen!

Det har gått ett par veckor och jag tar en kvällspromenad på strandvägen. Plötsligt säger det "knacks" i mitt högra knä samtidigt som det sticker till av smärta. Jag vänder om och linkar långsamt hemåt. När jag kommer fram lägger jag en påse frysta ärtor på knä och tar värkmedicin. Nu blir det nog en kur på tio dagar, örtsalva och ullomslag. Ull aktiverar blodcirkulationen som förbättrar läkningen.

Lederna blir svagare med åren för jag är ju inte 20 längre. Under det senaste halvåret har jag inte kunnat motionera lika mycket som förut. Det här behöver nödvändigtvis inte bero på borreliosen fast det troligen är så. För fyra år sedan trodde en läkare i Finland att jag hade lite artros i knäna, då de blev svullna och värkte. Röntgenbilderna visade att jag hade förändringar som var normala för min ålder. Besvären försvann med medicin, och har inte återvänt sedan jag började bo här. Lite reaktioner i kroppen får jag i Finland då vädret slår om till kraftigt lågtryck, men någonting sådant här har aldrig hänt förut.

Jag vet att lederna kan vara svaga i samband med borrelios, och min sjukdom är troligen inte helt över ännu. Nu är det bäst att jag enbart motionerar i poolen, och jag ska be en vän hjälpa mig att få hem maten. Jag är glad över att de obehagliga symtomen som jag hade på hösten inte har återvänt. Det plötsligt rusande blodtrycket och rytmstörningarna är också nästan helt borta.

Nu blir det jobb vid datorn på terrassen och vattenjoggning i poolen. Jag har ännu svårt att få en ordentlig helhetsbild när jag läser manuset, och jag kommer att behöva göra ändringar senare. Men jag vill få projektet färdigt eftersom jag redan längtar efter att få börja med nästa bok.

Jag har också börjat chatta med några kanarier; ett tidsfördriv som gör att jag lär mig lite spanska. Det verkar vara ett svårt språk som min dimmiga hjärna inte orkar med under långa stunder. Ibland bjuder jag hem nya eller gamla vänner, och vi sitter på terrassen och utbyter tankar.

En kompis berättar att hyresgästen har flyttat ut från lägenheten som jag eventuellt ska hyra, så jag ber om en visning. Det ordnar sig snabbt och vi blir välkomnade av en trevlig medelålders man. Mina första frågor är:

- Kan jag bo här länge och vara skriven på ön? Kommer jag att få nyckeln till postlådan, för det behöver jag i så fall?
- Javisst, det är klart att du kan bo här, och nyckel får du såklart.

Allting översätts inte till spanska. Ägaren visar ivrigt allt som finns i den välutrustade lägenheten. För mig är det viktigaste att jag kan bo här länge, och att jag kan registrera mig på den här adressen. Jag uppfattar att ägaren frågar varför jag vill registrera mig, men han vill hyra lägenheten för 10 månader per år, och bor man så länge så bör man registrera sig. Mäklaren säger:

- Men du reser väl till Finland över jul?

- Javisst, men jag måste ändå registrera mig eftersom jag får offentlig vård här. Ifall jag vistas mer än 182 dagar så ska jag ju vara registrerad.

Konstigt att en person som hjälper människor att registrera sig inte vet det här. Dessutom har jag bett henne hjälpa mig med det. Visst har jag hört att många nordbor bor här mer än 182 dagar. Många reser hem några veckor över jul så att reseförsäkringen går att använda på nytt.

När visningen är över säger ägaren att hyran bli 50 euro högre på grund av en förbättring i komplexet. Samma sak nu igen som då jag skulle få mitt första hyreskontrakt på ön. Mäklaren säger ingenting och jag orkar inte ens börja förhandla. Så säger han att jag ska meddela ifall jag deklarerar hyran.

- Vad då, deklarerar hyran? Jag kommer inte att ha någon affärsverksamhet här. Inte kan jag väl dra av hyran i skattedeklarationen? Det kan man inte i Finland.

Mäklaren skruvar på sig och svarar nonchalant:

- Nja, en del gör det.
- Vad betyder det? Hur kan jag själv bestämma det?

Ingen mer förklaring så det känns lite konstigt. Ägaren ser fundersam ut eftersom han inte förstår vad vi säger. Han ger ett sympatiskt intryck, och det här är den första lägenheten med långtidskontrakt som säkert har uppvärmd pool. Samma kväll fattar jag beslutet att hyra den från september. Det känns skönt att ha bostadsfrågan avklarad, eftersom jag bör använda mina krafter för att återfå hälsan.

23. BAKSLAG OCH SJUKHUS

Värken försvann men efter en tid händer det igen någonting med samma knä. Det är inte lika dramatiskt den här gången men jag blir ändå orolig. När jag går ner för trappan gör det ont och det känns mer svullet. Besviken vänder jag om och går tillbaka in, eftersom jag inte vill ta några risker innan jag har besökt specialisten. Jag hade sett fram emot en kväll på Skandinaviska Klubben, men nu sätter jag mig i soffan och funderar över hur jag ska fördriva kvällen. Blir det en bok, tv eller chatt med någon kompis?

Nu är det bäst att igen ta värkmedicin en vecka, eftersom den också sänker inflammationen. Borreliosen har gjort lederna svaga, men den stickande och blixtrande värken har inte återvänt. Snart ska jag väl få besöka infektionsläkaren.

Några dagar senare får jag veta när jag ska vara på sjukhuset, och jag känner både oro och lättnad. Det blir säkert nya test men vad kommer de att visa? Blir jag intagen för intravenös medicinering? Knappast, men jag har så länge haft fokus på alla reaktioner att min bedömningsförmåga börjar bli luddig. Jag mår betydligt bättre än på hösten, men oron ligger på lur hela tiden. Hur mycket påverkar den hjärnan att skicka ut katastrofsignaler?

Mäklaren meddelar att hon är på väg med en kund till sjukhuset samma dag, och hon ber mig åka med i bilen. Det är trevligt att hon vill hjälpa mig, men jag undrar om vi kommer att hinna fram i tid. Jag har nämligen hört att det kan vara svår trafikstockning på motorvägen.

Efter ett par dagar sitter vi i bilen på väg mot Las Palmas. Mycket riktigt grötar trafiken till sig när vi har kört förbi flygplatsen och bilen kryper framåt. Vi kommer fram i sista minuten, men trafikstockning är ju en godtagbar orsak till försening. Jag känner mig lite nervös och undrar om läkaren kan engelska.

Hospital Insular är ett stort högt hus som finns vid östra infartsvägen till Las Palmas. När vi har vandrat från parkeringshuset kommer vi in i en stor vestibul med ett trapphus, och där tar vi rulltrappan upp till andra våningen. Vi kommer till en stor aula som är indelad i åtta moduler på båda sidorna. Jag ska till modul ett som ligger längst bort.

Tolken hör sig för och jag får veta att specialisten kan engelska. Jag funderar jag över mina kunskaper i engelska då det gäller borrelios. Den här gången har jag skrivit rapport på både spanska och engelska, och jag tar fram den engelska för att repetera några ord. Efter det lyssnar jag på sorlet från väntande patienter. Många har en följeslagare med sig, och det händer hela tiden någonting omkring mig.

Nu hör jag mitt namn och jag går till "sala dos" (mottagningsrum två). Läkaren är en glad och stilig kvinna i yngre medelåldern, och bredvid henne sitter en studerande. Läkaren börjar ställa en massa frågor: civilstånd, familj, sjukdomar, droger osv. Här råder en lugn och avslappnad stämning: ingen stress.

Hon vill veta lite mera om sjukdomsförloppet, så jag tar fram sjukberättelsen, dokument från tidigare läkarbesök och labbsvar. Även den här läkaren rynkar pannan när hon läser vårdberättelsen från Finland, men hon säger ingenting. Vi går igenom vad som har hänt på Gran Canaria och alla symtom som jag har haft. Efter det får jag sätta mig på undersökningsbordet och hon undersöker lederna och trycker längs ryggraden. Om sjukdomen har gått i nervsystemet kan det bildas knölar vid ryggkotorna. Efter det skriver hon remiss, och ber mig gå till modul sju för att få tider reserverade för labbet och återbesök hos henne.

När jag står i kön tänker jag att läkaren är trevlig och besöket går galant, men det mest överraskande är att alla tar det lugnt, och att jag får uttrycka mig utan brådska. Kan det bero på att det inte luktar pengar i det här huset?

När jag kommer till busshållplatsen dyker genast buss nummer 30 upp som är "directo". Efter en halv timme är jag hemma och spänningen har släppt. Om några dagar ska jag åka med samma buss i motsatt riktning.

Tiden går fort och nu är jag igen på väg till sjukhuset med första morgonbussen. Labbet finns på första våningen och jag ställer mig i kön. När jag kommer fram till disken får jag en liten papperslapp med mitt könummer. Innan jag vet ordet av syns numret på tavlan och sköterskan kommer ut ur en dörr och hälsar mig välkommen.

Bakom ett litet bord sitter en man, och jag visar frågande på högra och vänstra armen. Han vill ta blod från vänstra och pratar och skämtar hela tiden. Jag lyssnar noga för att kunna förstå, och lyckas snappa upp att mitt ena släktnamn skulle vara Bom på kanariska. Typiskt, för på öbornas dialekt uttalas inte hela orden. Jag svarar att namnet passar bra åt mig, för jag kan ibland vara lite som en bomb.

Jag är färdig innan reserverad tid, och i bussen på hemvägen tänker jag, att jag helt i onödan har oroat mig för besöken på sjukhuset. Allting har gått väldigt lätt trots att jag är utan tolk. Det här bidrar till att jag känner mig trygg och det påverkar mitt tillfrisknande.

Följande dag halkar jag då jag kommer upp ur poolen. Foten glider under porten som är låst, och här ligger jag utan att kunna komma loss. Lyckligtvis är en granne ännu kvar på området; hon öppnar porten så att jag kan stiga upp. Försiktigt testar jag om det går att stöda på foten som börjar svälla upp. Javisst funkar den. Jag går försiktigt hem; tar genast värkmedicin och en stor påse frysta ärter som jag lägger på vristen. Det är viktigt att ta värkmedicin innan det börjar värka ordentligt.

Hur kunde det här hända? På exakt samma ställe har jag kommit upp otaliga gånger. Det var mera vatten på poolens kant i dag, för jag var där senare än jag vanligtvis brukar vara. Troligen finns där en glatt fläck för greppet släppte direkt; det var som att stiga på våt lera eller hal is.

Jag påminns om den gången jag gick ner till Barranco de Bahito efter det häftiga ovädret förra vintern. Det som jag trodde att var en sandplan visade sig vara röd lera. Regnet och de höga vågorna hade blött ner området som jag tidigare hade vandrat över. Efter en stund blev det blötare och snart förstod jag att det var lera. Där gled jag omkring i sandaler och försökte ta mig bort den kortaste vägen. Sandalerna fick sig en ordentlig rengöring när jag kom hem.

Ärtpåsen får svullnaden och smärtan att minska. Jag har en liten tub kylande gel som följde med salvan för lederna. Nu kommer den väl till pass. Få se hur vristen är i morgon för då kommer hela sanningen fram. Jag får förbereda mig på några lugna dagar. Lyckligtvis har jag mat och vatten hemma, men den vänliga mannen i Minimarket hjälper säkert att bära ifall jag inte klarar av det.

Följande dag överraskas jag av att foten inte har blivit värre. Några små skrubbsår, svullnad och blånad som inte ser illa ut. Nu blir det korrekturläsning på terrassen. Jag får skynda på för att få alla kapitel färdiga, men jag har ännu en obehaglig känsla som säger att det krävs ändringar. När jag kommer till Finland ska jag jobba på manuskriptet, så att boken är utgiven innan jag flyttar tillbaka i höst.

Nästa överraskning blir meddelandet om att jag ska undersökas av en kardiolog. Jag åker på nytt till sjukhuset, och nu börjar jag känna mig varm i kläderna här. Kardiologen tar emot på samma våning som infektionsläkaren. Sköterskan ber mig genast komma in, visar att jag ska klä av mig upptill och lägga mig på undersökningsbordet. Snart stiger en medelålders man in i rummet, och han gör en noggrann ultraljudsundersökning av hjärtat.

På hemvägen översätter jag resultatet som läkaren gav i ett öppet kuvert. Jag vet att översättningarna kan bli helt fel, men när det finns en diagnos utskriven blir jag orolig. Men de skriver väl alltid en diagnos?

Har jag något hjärtfel? Visst har jag haft hjärtklappning ibland sedan borreliosen kom, och blodtrycket kan plötsligt utan orsak skjuta i höjden. Troligen får jag nu någon medicin. Det är en vecka tills jag ska besöka specialisten, men nu önskar jag att det skulle vara i morgon.

När jag kommer hem översätter jag på nytt med samma resultat. Varför öppnade jag kuvertet? Det skulle ha varit klokare att ha sparat det till läkarbesöket.

Följande söndag gryr med strålande solsken och i dag ska en vän besöka mig. Jag sitter och njuter under parasollet när det piper till i telefonen och jag läser meddelandet:

"Jag har fått ont i halsen så det är bäst att jag inte kommer och smittar ner dig." Trots att jag har försökt undvika influensan som härjat på ön, skulle det i dag ändå vara bra med någon som skingrar tankarna.

Jag blir kvar på terrassen och njuter av utsikten. Plötsligt känner jag hur blodtrycket stiger: det spänner i huvudet och blodet pulserar i kroppen. Blodtrycksmätaren finns i sovrummet så jag går dit och låter mätaren jobba. Den är inställd på tre automatiska mätningar för att ge exakt resultat. Resultatet 162/101 gör mig förskräckt. Bäst att snabbt ta en blodtryckssänkande tablett, lägga mig ner och försöka slappna av. Kan det här ha att göra med resultatet från kardiologen som gjorde mig orolig?

Trots att jag verkligen försöker slappna av är det svårt då tankarna snurrar i huvudet. Allt sedan jag blev sjuk har jag ibland haft rytmstörningar och förhöjt blodtryck, så det måste ha ett samband med borreliosen. Problemen minskade när jag fick adekvat vård, och det verkar som om sjukdomen har släppt greppet om min kropp.

En timme går snabbt och nu är det dags att mäta på nytt, för den här medicinen borde fungera inom en timme. Nu blir resultatet ännu högre. Så här häftig blodtrycksstegring har jag inte haft sedan jag var svårt sjuk i september, och medicinen har alltid fått det att sjunka. Nu måste orsaken vara en kombination av borreliosen och oron över resultatet hos kardiologen. Trycket i huvudet och pulserandet i kroppen tar mig tillbaka till de obehagliga händelserna i september. Jag känner mig yr när jag stiger upp, så nu är det bara att ta sig till akuten.

Borde jag äta lite innan jag åker? Det är söndag och vem vet hur läget är där i dag. Tanken på mat får mig att må illa, så jag packar ner lite juice, frukt, vatten och några dokument innan jag går ner till taxin. Nu åker jag till samma sjukhus där den riktiga "lymedoktorn" arbetar en eftermiddag per vecka.

Solen skiner och det är varmt i luften men jag känner mig frusen. Visst sitter det människor i väntrummet, men när de får veta vilka symtom jag har kommer jag snabbt till ett undersökningsrum. En sköterska mäter blodtrycket och ber mig ligga ner på britsen. Snart dyker det upp en äldre korpulent manlig läkare, som utan att säga ett ord börjar lyssna på hjärtat. Han frågar var jag känner av det höga trycket och fortsätter att lyssna, och sen försvinner han utan att säga ett ord. En dansk tolk ber mig gå till ett angränsande rum.

Ingen berättar något om vad läkaren anser, men snart sitter jag med en kapsyl i armen. Jag får blodtryckssänkande medicin och nu börjar jag frysa. Det är många timmar sedan jag åt frukost och jag känner mig hungrig. Lyckligtvis har jag med mig en tröja som jag lägger över axlarna.

När medicinen slutat droppa kommer sköterskan och tar bort kapsylen, mäter blodtrycket och ber mig gå till ett litet angränsande rum. Snart dyker tolken upp med ett papper för personer med högt blodtryck: kostråd, motion osv. Jag förklarar att jag normalt har lågt blodtryck, men att det nu handlar om borreliosen och besöket hos kardiologen. Hur kan en allmänpraktiserande läkare på en jour på Gran Canaria känna till den sjukdomen, när många läkarna i Finland inte verkar veta annat än röda ringen och förkylningssymtom? Jag inser att det här nu anses vara vanligt högt blodtryck, men jag fick i alla fall vård.

Jag går till busshållplatsen och snart är jag hemma. En vacker vårsöndag gick till spillo, men om några dagar får jag veta vad det står i kuvertet från kardiologen. Den här vintern har jag hela tiden fått anpassa mig efter min hälsa, och nu bara längtar jag efter att bli helt frisk.

Onsdag vid lunchtid sitter jag i sjukhusets aula och väntar på att mitt könummer ska komma upp på tavlan. Väntan känns lång då jag snabbt vill få veta vad diagnosen betyder.

När det äntligen blir min tur att gå in till läkaren tar jag genast fram kuvertet och berättar om söndagens besök på akuten. Läkaren läser resultatet från kardiologen, och säger att mitt hjärta är helt normalt för min ålder. Skönt! Jag känner hur lättnaden och lyckan bubblar i kroppen.

När vi går igenom labbsvaren vänder hon datorskärmen och pekar på ett "positivo" som inte borde vara så. Det behövs uppföljning i höst så hon skriver remiss till labbet. Hon ber mig undvika all stress och önskar mig en skön sommar.

Jag går till modul sju för att boka nya tider. Framför mig i kön står en gammal kvinna som börjar prata med mig på spanska. Antagligen gäller det hennes sjukdom, och jag ser henne i ögonen medan jag lyssnar och ibland säger jag "si" eller "vale". När det blir hennes tur säger hon "muchos gracias" och ser mycket nöjd ut. Det är lätt att lyssna på spanska, och det känns som om jag har gjort dagens goda gärning.

24. LURAD

Nu har jag städat och packat; i morgon flyger jag norrut som fåglarna gör den här tiden. Puka, som har förvaringsservice, har hämtat de saker som inte förvaras i nya lägenheten. Snart kommer mäklaren och jag får äntligen underteckna avtalet.

Efter visningen pratade vi en stund om det lite speciella avtalet, men hon försäkrade att ägaren ville ha en långvarig hyresgäst. Hon berättade också att hon var mycket stressad på grund av sjukdom i familjen. Jag sade att hon kan sköta mina ärenden samtidigt som hon rör sig i trakten, men nu har jag fått vänta till sista stund.

Det har varit krångligt att få reservationen och hyresavtalet. Efter många förfrågningar kom de drygt två månader efter visningen. Reservationen är enbart på svenska, men jag antar att hon har kommit överens med ägaren om vad som gäller. Eftersom det inte stod någonting angående betalning av deposition, frågade jag hur jag betalar den. Svaret var att jag kan betala på hösten eftersom ägaren litar på mig. I hyresavtalet fanns inte heller några uppgifter angående betalning av hyran, men nu ska väl bankuppgifterna finnas där. Förra gången gjordes det ingen reservation eftersom jag flyttade in strax efter visningen. Dessutom meddelade hon för några veckor sedan, att ägaren vill att avtalet är tolv månader i stället för tio som det står i hyresavtalet. Enligt henne är det bättre för mig.

Mäklaren meddelar att hon snart är på plats, så jag tar bäddmadrassen och sängkläderna och går till receptionen.

När hon kommer går vi upp till lägenheten och jag lägger sakerna på sängen.

Det finns endast ett exemplar av avtalet, men jag glömmer att fråga varför. Orsaken är att mäklaren tar fram sidan där det står hur hyran ska betalas. Jag läser, stelnar till och konstaterar:

- Jaha, det var därför som det inte stod något om betalningen.

Tankarna snurrar i huvudet och jag känner mig helt ställd, inträngd i ett hörn och lurad. Just nu orkar jag inte ens ta in allt på en gång. Jag utbryter:

- **Det här är ju som Wolter!**

Wolter är den oseriösa mäklaren som förde oss samman eftersom de förmedlade samma objekt. När jag hade kommenterat på Facebook att Cardenas är seriösa, hade hon kontaktat mig per personligt meddelande, och önskat att jag inte skriver så i samma tråd, eftersom någon kan tro att hon inte är seriös.

Mäklaren ser besvärad ut men svarar inte, så jag säger:

- Jag har länge betalat alla räkningar per bank, det här är som att gå 30 år tillbaka i tiden. Inte kan jag ju ens lyfta så mycket pengar på en gång, och kvinnor ska inte gå ensamma till bankautomaten. En kvinna blev nyligen nerslagen och rånad vid köpcentret.
- Men det är vanligt här och många gör så. En ägare sa att hon inte får så mycket sjukpension ifall hon uppger hyran.

Alltså va' fan, tänker jag, VANLIGT HÄR! Här står jag med mina saker, flyget lyfter i morgon och jag ska underteckna ett kontrakt med svart hyra. Visst vet jag att det inte är olagligt att betala kontant, eftersom ägaren ansvarar för skatterna, men jag vill inte vara en del av den marknaden, och dessutom är det besvärligt för mig.

Mäklaren säger i nonchalant ton:

- Jaha, då är det här inget för dig, jag får hitta någonting annat.

Hör jag verkligen rätt?! Den här mäklaren har marknadsfört sig som en som tar hand om sina kunder på bästa sätt. Här står jag med mina saker och flyget lyfter i morgon. Saknar hon helt empati och ansvarskänsla? Ska jag igen i vår flytta till Finland utan att veta var jag kommer att bo i höst? Förra gången var det läckage i lägenheten som var orsaken, men nu är det mäklaren som har fört mig bakom ljuset. Läkaren sade att jag inte ska utsättas för stress så instinktivt svarar jag bestämt:

- Nej, det går inte nu mera. Men det här ska inte vara något jag sköter ensam, utan jag behöver hjälp med att gå till bankautomaten. Dessutom bör betalningsdagen vara flexibel.
- Det är klart att jag kommer med dig till automaten.

Ägaren ser mig i ögonen med den mildaste blicken, lovar att han blir den bästa hyresvärden, och att han kommer att köra mig till bankautomaten. Hellre går jag dit med honom tänker jag.

Tillbaka i lägenheten slår jag mig ner på terrassen och funderar över det som jag just har varit med om: änglalik skurk som dessutom är nonchalant och befriad från empati. Visst, mäklarna är ett pack för sig med mycket brokig bakgrund. Sällan har de någon utbildning, liksom den galna receptionisten på läkarmottagningen. Här räcker det att de kan behjälpligt spanska. Det enda positiva är att ägaren verkar vara varm och empatisk.

I Spanien går det inte att lyfta höga belopp från bankautomater, så jag tvingas betala sex euro i bankavgifter per månad för mina två uttag. Det betyder 60 euro per år.

Under flygresan tänker jag på allt som har hänt sedan jag flyttade på hösten: många tråkiga överraskningar, men också sådant som jag kan vara mycket tacksam för. Visst blir det kvar en obehaglig känsla angående hyresavtalet, men nu måste jag leva efter omständigheterna. Hjärndimman har minskat och jag har nu börjat inse hur mycket den har påverkat mig. Nu behöver hjärnan lugn och ro för att bli helt återställd, så mitt beslut var klokt.

25. INKRÄKTARE

Några dagar efter att flyttfågeln har landat hjälper Frida mig att få båten i skick, så att jag kan köra ut till ön. Solen skiner men vinden är kylig; jag är klädd i vinterkläder. När jag kommer till Finland blir jag alltid lite omtumlad av kulturkrocken; det är skönt att komma bort från stan.

Följande dag är ännu svalare och mitt på dagen kommer det en skur med enormt stora snöflingor. Det är ingen skillnad när jag flyttar; under de första dagarna snöar det alltid. Första våren jag kom från Gran Canaria måste jag vänta två veckor i stan innan kunde ta mig hit ut. Den våren var sval och menföret varade länge. I mitten av april flyttade jag ut till ön och det snöade första natten, men även i slutet av april och i mitten av maj var marken helt vit. I fjol vaknade jag också första morgonen till ett häftigt snöoväder som varade hela dagen.

Efter några veckor inser jag att mina misstankar, om att jag kommer att känna stort obehag när jag vistas utomhus, har besannats. Jag har skaffat en oljeblandning för huden som fästingarna inte gillar, och i god tid innan jag flyttade började jag ta vitlökskapslar. Trots det får jag ångest då jag rör mig på platser där risken är stor att det finns fästingar. I skogen rör jag mig inte alls längre, men jag måste få gräset klippt och blomrabatterna skötta. Lyckligtvis har det varit ovanligt kyligt, och jag har haft rejält med kläder på mig. Jag har sprayat byxbuntarna och ärmarna på en gammal utedräkt med Punkkispray, men jag vågar inte spraya det på huden. Kroppen är ännu så känslig att den kan reagera på främmande ämnen.

För en tid sedan fick jag ömma svullnader under ena örat och på utsidan av handleden. Jag hade frågat efter ett preparat i en hälsokostbutik i Helsingfors, men eftersom de inte hade det föreslog biträdet ett annat. Ämnet var bekant och hjälper mot infektioner. När jag hade tagit dropparna en tid upptäckte jag att de till största delen innehöll alkohol, så kunde de eventuellt ha aktiverat någonting?

Jag får lätt symtom som liknar reuma vid dåligt väder, men de här var helt annorlunda. När jag slutade med dropparna blev jag genast bättre. Det gäller att noga läsa texten, men den här krävde förstoringsglas. Jag berättade nog om borreliosen, specialdieten och att jag inte tål alkohol, men biträdet kunde väl inte heller läsa texten. I alla fall var det en dyr alkohol för flaskan var liten, och det andra ämnet kan man köpa i en större flaska för ett lägre pris. Det förekommer så mycket humbug i hälsokostbranschen.

Jag lyckades senare i en annan hälsokostbutik komma över de kapslar som jag sökte. Nu har jag börjat ta en kur av dem, och tänker fortsätta med en upprätthållande dos ända tills jag är helt frisk.

Finland vann i går VM i ishockey och jag är på väg till stan. Frida är bortrest och jag får bo i hennes lägenhet en tid. Det är nästan inga andra passagerare i bussen och metrotåget. Många har festat hela natten så nu sover en stor del av Helsingforsborna. I morgon har jag tid hos ögonläkaren, eftersom jag vill veta om ögonen har blivit påverkade av borreliosen. De har varit konstiga hela vintern, men jag borde kanske återgå till de ögondroppar jag tidigare använde, för att få veta om det eventuellt kan bero på dem.

Solen visar sig efter en mulen morgon just då jag kommer fram. Efter lunch tar jag en promenad till butiken och fyller "dramaten" med allt jag behöver. På hemvägen blir jag lite trött i benen, och konstaterar att jag inte har sett en enda bänk på hela vägen. Sista uppförsbacken känns tung, och nu ska jag ännu ha väskan upp till fjärde våningen utan hiss.

Känslan då jag ligger på soffan efter utfört uppdrag är underbar. Nu är det bäst att ta det lugnt, men kanske jag kan ta en promenad på kvällen, för jag gläds så över att kunna promenera fritt utan fästingar som inkräktar i mitt liv.

Dagarna i stan gick fort, och jag njöt så obeskrivligt över att kunna promenera utan olja och skyddskläder. Visst finns det fästingar i stan också, men jag rörde mig inte i skogar eller på gräsmattor, utan höll mig till gångvägar. Dessutom var det trevligt att träffa människor, för det hade börjat kännas lite ensamt här ute på ön. Kontrasten mot Gran Canaria är stor. Den här stugan skaffade jag för vila och avkoppling under veckoslut och semestrar, men det någonting helt annat att bo här under längre perioder.

Nu har jag köpt en liten manick som avger ljudvågor som håller fästingarna borta, men jag undrar om den verkligen fungerar, eller om det endast är ett marknadsföringstrick. Jag gör allt jag kan för att livet här ska bli så drägligt som möjligt, men obehaget överskuggar nog ännu det mesta.

Fösta natten vaknar jag till ljudet av ett djur som klättrar ner på utsidan av väggen. Jag hörde liknande ljud i sömnen innan jag reste, som jag trodde att var en ekorre, men det här låter som ett lite större djur.

På dagarna är det helt tyst, men en morgon hör jag några konstiga ljud i badrumstaket. Det låter som möss. Har de flyttat in i mellantaket trots att jag har haft musskrämmor i huset under vintern?

En natt vaknar jag av skrikljud i mellantaket ovanför mitt sovrum, samtidigt som jag hör att någon klättrar ner för väggen. Snabbt drar jag på mig morgonrocken och rusar ut runt husknuten. Där vimsar en yr mårdunge runt, runt, runt. Nu blir jag klarvaken och en obehaglig känsla sprider sig i mitt inre. Trots att jag fryser i den kyliga luften böjar det hetta i kinderna.

När jag kommer in måste jag googla och kolla att det säkert är mård. Visst liknar det exakt en mård. **Nej fy sjutton, det djuret förstör ju huset!** Den här sommaren borde jag inte ha någon stress, men nu finns det inkräktare som håller på att ta över mitt hem. Jag drar mig till minnes att jag har läst om hur de kan förstöra stora delar av hus. **Det här skulle jag inte orka med nu!**

På förmiddagen kontaktar jag jaktansvariga på ön, som hänvisar mig till chefen för jaktsällskapet. Han är upptagen hela dagen så jag får svar först på kvällen. Jag får veta att mården är fridlyst under den tid som den har ungar, så utan tillstånd får vi inte göra något. Han lovar kontakta kommunens viltvårdschef för att göra en ansökan.

Jag kontaktar också mitt försäkringsbolag, som nyligen fusionerats med ett annat bolag, men jag lyckas inte logga in på portalen, så jag kontaktar dem per mejl. De svarar att jag ska logga in på portalen, men att det kanske inte lyckas eftersom det har skett ändringar. Det lyckas inte så jag kontaktar dem på nytt, men jag får inget svar.

Följande dag skruvar jag radion på högsta volym med Radio Suomipopp under taket i mitt sovrum. En annan radio ställer jag i badrummet med Radio Vega på full volym. Alla fönster är stängda och jag vistas utomhus. Oljud brukar skrämma bort vilda djur, och mården är ju ett skyggt djur som jag aldrig har sett här tidigare.

En timme senare sticker ett huvud ut uppe i husknuten under taket, och det hörs ett argt och gällt skrik. Det verkar som om de här är sannfinländare, eftersom de klagar på den svenska kanalen. Jag tar snabbt telefonen och hinner få några bilder av mården.

Konstigt att det finns så stora öppningar? De som byggde huset hade berättat att de lagt in skydd så att ekorren inte kan bygga bo. Mården är ju betydligt större, men antagligen har öppningarna bildats då stockarna har sjunkit med åren. De finns högst upp under taket i hörnen och är därför svåra att upptäcka.

Mården jagar om natten och sover på dagen, så nu har det blivit störningar i deras dagsrytm. Därför har det varit tyst på dagarna, och troligen har de mest huserat i taket ovanför badrummet, men nu när ungarna börjat röra på sig behöver de mera utrymme.

På kvällen låter jag brandvarnaren tjuta i många minuter och då blir det igen oroligt där uppe. Jag har hackat med ett borstskaft i taket på de ställen därifrån det kommer mest ljud. Nu springer de omkring i mellantaket längs med ytterväggen då de inte får sova. Förhoppningsvis flyttar de bort i natt.

Natten blir livlig i barnkammaren som finns ovanför mitt sovrum. Mårdungarna lever rövare medan mamman är ute och skaffar mat. Det har faktiskt varit betydligt mindre fågelkvitter i vår, vilket betyder att många redan har blivit mat åt mårdarna, eller förhoppningsvis har de flytt till andra platser.

Jaktchefen kommer och jag visar bilden som han bekräftar att är en mårdunge. Medan vi pratar sticker en unge ut huvudet och han berättar att de har två ingångar till sina bon. Han föreslår att jag skaffar två manicker som avger höga ljudvågor som skrämmer bort dem.

Min kusin som är på väg ut till skärgården på kvällen, är så snäll att han köper dem på vägen. När han installerar dem och knäpper på den större, känner jag en stöt i hjärtat. Huj, det känns obehagligt! Jag läser noggrant på bruksanvisningen, men där finns ingen annan varning än att de inte får placeras vid lekpark för barn.

Den ena sätter han fast under tacket nära öppningen, så att de skall jagas över till andra sidan. Den andra ställer vi nere på marken vid den motsatta husknuten, så att de inte längre kommer tillbaka efter att de har varit ute. Inte förstår jag hur det ska lyckas att få bort mårdarna, eftersom de här är för utomhusbruk och endast aktiveras då någon rör sig i närheten.

Följande dag kommer jaktchefen igen och då märker han att det är många flugor uppe på badrumsväggen. När vi går närmare känner vi en obehaglig lukt. Det har blivit varmt i dag och de lovar värmebölja för närmaste dagarna. Han flyttar den andra skrämmaren till samma sida och placerar den nere på marken. Hans byggföretag har tagit hand om saneringar då mården har förstört hus, och han berättar att de troligen måste riva hela mellantaket, men innan tillståndet har kommit får de inte göra någonting.

När han har åkt går jag upp till övre våningen och känner samma lukt där. Fy farao va' obehagligt! Fönstret är redan öppet, men nu öppnar jag också balkongdörren som finns i andra gaveln. Solen gassar på det mörka taket och värmen gör att det börjar lukta.

Nu förstår jag att det blir att packa ihop och tömma hela övre våningen, och att jag snart behöver en annan bostad. Det är lördag och jag ringer försäkringsbolagets journummer. Där svarar en ung kvinna som konstaterar att hon inte kan se min försäkring i datasystemet. Hon förklarar att det är problem och att hon inte kan göra något. Det här är ett journummer och hon svarar att hon inget kan göra!! Varför sitter hon där och svarar? Jag förklarar min situation på nytt och säger att det här är brådskande nu, och då svarar hon att jag alltid kan ta in på hotell tre dygn. Vet hon inte att det inte gäller för fritidshus? Jag säger att hon ska be någon som sköter de här ärendena att kontakta mig.

Nu är det bara att sätta i gång; jag tar en rulle sopsäckar och klättrar upp för att tömma garderoberna. Jag har några lådor där jag lägger tavlor och prydnadssaker. Allt ska bort men i morgon packar jag sängkläderna. Lyckligtvis har Frida ledigt på måndag, så hon kan komma och bära sakerna till lilla stugan som har blivit ett lager.

Medan jag packar tänker jag att den här sommaren borde jag undvika all stress. Hur ska det vara möjligt och var ska jag bo under renoveringen? Jaktchefen sade att han kan hämta en husvagn till stranden, men att bo där bland alla fästingar känns obehagligt. De kan sätta upp plast mot övre våningen, så att jag kan flytta tillbaka när det är rivet och besprutat.

Nej, jag ska bort härifrån! Jag ringer mina goda vänner och frågar om jag kan bo i deras gästrum en tid. Om de vill kan de vara länge på stugan, för nu kan jag vattna blommorna. De har ett trevligt radhus nära Solvik, som är ett nytt bostadsområde vid Helsingfors bästa beach. Vi kommer överens att jag kan bo hos dem tills jag kan komma tillbaka hit. Hur skulle man kunna leva utan vänner?

På kvällen är lukten redan så stark att jag bäddar en reservsäng i lilla stugan, ifall jag inte kan sova i mitt sovrum. Värst luktar det uppe men där kan fönstret och dörren vara öppna. I nedre våningen måste jag ha dörren stängd mot tamburen eftersom jag inte vill att myggorna tar sig in. Någon harpest vill jag inte ha nu.

Nästa dag packar jag på förmiddagen innan jag äter lunch ute på terrassen. Efteråt lägger jag mig i solstolen för att vila i det sköna vädret. När jag på kvällen går in för att värma lite mat känner jag mig konstig, och efter måltiden mår jag illa. Jag får konstiga hjärtklappningar och tar fram blodtrycksmätaren. Den visar flera gånger att jag har rytmstörningar, och jag känner mig helt matt. Det här är inte lika som då jag hade borrelios men oron smyger sig på. Hur ska jag klara av allting och ingen har ännu kontaktat mig från försäkringsbolaget? Nu känns allting helt övermäktigt.

Jag vet att mina vuxna barn är upptagna med jobb och barn i kväll, så jag ringer väninnan för att ha någon att prata med. Vi pratar en stund om mina symtom, och konstaterar att jag nog bör ringa sjukvårdsrådgivningen. Där svarar en vänlig sjuksköterska som tålmodigt lyssnar och kommer med goda råd. Jag berättar om borreliosen och stressen jag känner över att jag inte borde få ha någon stress nu. Innan vi slutar samtalet säger hon att jag bör ringa 112 ifall jag blir sämre.

När jag en timme senare ligger i sängen slås jag av en tanke: **smådjursskrämmorna!** Jaktchefen flyttade i går den större till framsidan där den andra finns, och riktade den mot terrassen där jag har suttit i flera timmar. Jag rusar ut och stänger av båda innan jag somnar.

Natten var ganska lugn hos mårdfamiljen, och på morgonen mår jag relativt bra. Så skönt! Nu finns det hopp om att jag orkar med den här dagen. Det måste ha varit smådjursskrämmorna som förorsakade rytmstörningarna. Nu hämtar jag Frida från Björnsö och snart har vi tömt loftet.

Frida bär snabbt sakerna till lilla stugan, medan jag skruvar isär sängarna. Under lunchen börjar jag köa till försäkringsbolaget, och efter en halv timme svarar en svenskspråkig kvinna. Efter att jag har gett en kort version av min berättelse säger hon:

- Försäkringen ersätter inte skador av djur som har kommit in i hus.
- Jag vet många fall som har ersatts, kan du kontrollera saken.

Det dröjer en stund innan hon återkommer:

- Det beror på hur djuren har kommit in i huset.
- Ja inte kom dom genom dörren i alla fall.
- Men ni måste göra en skadeanmälan, innan dess kan vi inte göra något.
- Det här är ett brådskande fall, jag är hemlös, inte kan jag vänta några veckor på svar. Jag kommer inte ens in på portalen så att jag kan göra anmälan. Mellantaket måste rivas så fort vi fått tillstånd.

- Ja men nog måste det göras en anmälan.
- Och hur gör jag den om jag inte kommer in på portalen?

Nu kokar det ordentligt i mig och jag fortsätter:

- Jag har varit kund i det här bolaget över 25 år, visserligen har det bytt namn många gånger. Vad har riktigt hänt där nu? Det är omöjligt att få prata med en person som vet något, så är den enda möjligheten att jag uppsöker ett kontor?
- Nog kan ni komma till kontoret, ja.

Det måste finnas någon person där som vet hur det här ska skötas, men hur i helsike kan hon inte koppla samtalet till den personen. Jag bestämmer att jag i morgon går till närmaste kontor.

Efter samtalet pratar vi med Frida om hur det är att ha ett fritidshus, och jag berättar att jag i nästa år kommer senare till Finland. Då säger hon att de inte har möjlighet att komma hit mer än en gång per månad under de närmaste somrarna. Det finns ett annat fritidsställe som de också kommer att vistas på. Till sist säger hon: "Man måste kunna avstå."

På kvällen ser jag att det har kommit ett sms från försäkringsbolaget med ett skade-nummer, men jag är för trött för att orka fundera över varför det har kommit.

Följande dag åker jag till närmaste kontor där jag träffar en funktionär, som säger att han inte kan se min försäkring och därför inget kan göra. Jag känner hur temperaturen stiger och varven går upp till 200 då jag säger:

- Mitt halva hus är förstört och jag har ingenstans att bo. Nu måste jag få det här skött!

- Vi har fusion på gång och kan inte se alla kunders försäkringar så jag kan inget göra. Men vi har landets nöjdaste kunder.
- Vad är det fråga om? Hur ska ni kunna betjäna alla kunder?
- Vi har landets nöjdaste kunder.

Nu kokar jag och blodtrycket blinkar säkert på mörkrött:

- Jag är ingen nöjd kund, och nu måste det hända någonting! Jag går inte bort härifrån innan det här ärendet är skött!

Han mumlar ännu något om nöjdaste kunder då han lyfter luren och ringer upp någon. Efter ett kort samtal säger han:

- Det ringer en man till er efter klockan 14:00 i dag.
- Vad är det för man och varför ringer han?
- Han är granskare.

Så stiger han upp, börjar gå ut ur rummet och visar tydligt att nu är besöket över. Han utstrålar en sådan kyla som får blodet att isa sig i mina ådror.

När jag kommer tillbaka skickar jag en bild av mården till den mejladress som finns i meddelandet från försäkringsbolaget. Jag skriver: BRÅDSKANDE, HEMLÖS, KONTAKTA MIG OMEDELBART! och mitt mobilnummer.

Efter det äter jag lunch innan går ner till stranden och sätter mig på en bänk då telefonen ringer:

- Det här är Fellman från Folksam, hej. Ni har ett brådskande ärende. Jag såg att det har gjorts en skadeanmälan i går på er försäkring.

- Ja det kan man säga för jag är hemlös, men någon skadeanmälan har jag inte gjort.

Hans röst är så vänlig att jag får tårar i ögonen och min röst grötar till sig. Då säger han:

- Vi kan ta det lite senare om det är svårt.
- Nej, vi tar det nu, men jag blev bara så rörd över att från det där bolaget höra en vänlig människoröst. Jag har kämpat i fem dagar för att få kontakt med en vettig person. Tydligen blev dom rädda efter gårdagens samtal då jag skärpte till rösten, så att någon har gjort en anmälan.

Jag berättar så utförligt jag kan om allt som har hänt och sen säger han:

- Det här är ett helt klart fall och jag tror på dig. Jag skriver beslutet och skickar det i dag.
- Hör jag rätt, klart fall?

Nu kommer tårarna igen. Finns det verkligen sådana här människor på riktigt?

- Ja, det är klart. Du gav en tydlig beskrivning av allt som har hänt.
- Men vill du inte ha fler bilder? Jag kan sända bilder som visar hur det såg ut när det var tömt.
- Egentligen behöver jag inte fler bilder, men skicka om du vill. Jag kan ha direkt kontakt med personen som ansvarar för renoveringen.
- Jag skickar bilder och hans kontaktuppgifter. Tusen tack, du kom som en räddande ängel. Nu ser jag ljuset.

Jag ser ut över den glittrande fjärden och känner hoppet återvända. En person som lyssnar och vet vad som ska göras har plötsligt förändrat hela min situation. Den vänliga och empatiska rösten var som bomull för min sargade själ. Är det skyddsängeln som har ett finger med i spelet? Men tänk om jag hade litat på det första svaret jag fick i går? Vilken tur att jag innan dess hade fått höra om andra liknande fall.

Nu märker jag att orden "man måste kunna avstå" har berört mig. Förra sommaren tyckte Frida att det är ett arbetsläger, då Alex hade sågat några björkar i bitar. Hon har helt rätt; att ha en stuga betyder nog att man bör gilla att vara på arbetsläger ibland. Men ska man ha ett fritidsställe om man har obehag för att leva i närheten av fästingar?

Några timmar senare ringer en bask finskspråkig man som berättar att han är Fennias granskare. Jag berättar vad saken gäller och han svarar att Fennia inte sköter renoveringar i skärgården. Så inte ens det visste mannen på deras byrå, och inte berättade han att objektet finns på en ö då han ringde upp granskaren. Förhoppningsvis kommer Folksams mänskligare bemötande att smitta över till Fennias personal.

26. RIVNINGSKÅK

Nu är det tre veckor sedan vi packade ihop övre våningen och jag flyttade till stan. Det är dags att flytta tillbaka till en stuga som till hälften är riven. Återuppbyggnaden kommer att börja då jag har rest till Gran Canaria.

Inte var det lätt att bli av med mårdfamiljen; när de började riva mellantaket flydde de upp till taket. På midsommarafton kom äntligen beskedet om att hela mårdfamiljen var borta; de var verkligen envisa "hyresgäster" utan hyresavtal. Sedan revs allting bort ända upp till yttertaket, och övre våningen besprutades med starka medel. Efter det blev det vädring i flera dygn.

Jag besökte stugan i början av midsommarveckan: tömde ett skåp, klippte gräs och hämtade datorn. Den behövde jag för att kunna korrekturläsa, för då hade jag äntligen fått lite lugn och ro.

Förlaget som ska publicera boken har verksamhet i Finland och Sverige. Jag kontaktade först den finska byrån, för att få veta om det går att ge ut en bok på svenska i Finland. Jag fick svar på svenska men det verkade ändå vara svårt, så jag kontaktade också kontoret i Sverige.

Efter att de hade diskuterat saken, fick jag veta att boken ges ut i båda länderna. Så bra tänkte jag först, men det visade sig att jag inte blev fullvärdig kund i någotdera av länderna: i Sverige är jag "finnkärringen" och i Finland den "fisförnäma finlandssvenskan". Eftersom det är min första bok behöver jag lite hjälp med det tekniska: hur jag laddar upp manuskriptet och skapar pärmen. Slutligen fick jag hjälp från Finland, så nu vet jag vilket program jag ska använda för att kunna flytta över manuskriptet till förlaget.

I dag har jag igen en gång packat ner mina saker. Frida och Alex hämtar mig med bilen och det blåser friskt. Mina vänner som ännu är på sitt sommarställe tycker att vinden är så hård att vi inte bör köra ut till ön i dag.

Då vi kommer ut på fjärden vänder jag genast fören mot vinden. Vi har troligen för mycket last i fören, för vågorna börjar slå över suden. Trots att jag kör långsamt är det snart så mycket vatten i båten att Frida börjar ösa, eftersom länspumpen inte fungerar. Jag har tröttnat på att köpa ny pump varje vår, eftersom de slutar fungera efter en sommar. Ett år fungerade den ännu på våren, men redan i juni var också den pumpen död.

När vi kommer fram börjar vi packa upp allt som har blivit vått. Bastun är redan fullpackad med saker, så vi får hänga upp de våta kläderna på terrassen. Matvarorna lägger vi på alla tänkbara ställen, men det mesta ska till kylskåpet.

Eftersom ingen kan sova uppe tas soffan i bruk. Jag bor i mitt rum men där finns också en massa saker. Förrådshuset måste få ny beläggning på taket, så att inte sakerna som vi fört dit blir förstörda ifall det börjar läcka. Bitumenfilten (takpapp) som jag köpte för ett par år sedan har väntat på att komma på plats.

Jag tänker på hur bra jag trivdes i stan. Barnbarnen kunde jag träffa utan planering, och det bästa var att jag kunde röra mig fritt ute utan att få ångest. Midsommarafton firade vi på en ö i Helsingfors: en mycket naturskön plats som ägs av en förening. På det stället dricker ingen alkohol, vilket var en positiv nyhet för mig. Det var underbart att inte behöva höra skrik och svordomar, som ju vanligtvis hörs på festplatser i det här landet.

Nu blir det att anpassa sig till en rivningskåk. Tur att det finns mycket ved så att jag kan bli av med fukten om det regnar. Vädringsspringorna är blottade uppe vid sidoväggarna, och den skyddande plasten rör sig i draget. Alla naturens ljud hörs tydligt, och på nätterna kan vi höra hur nattfjärilar och andra småkryp rör sig där uppe.

Jag längtar till Gran Canaria, men innan jag flyttar vill jag ha boken utgiven. Jag håller på att flytta över den till förlaget, så nu går jag igenom sida för sida och kollar att allting stämmer. Min egendesignade pärm har jag skippat, så det får bli en av förlagets modeller på vilken jag tillfogar en egen bild.

Frida och Alex samlar ihop gammalt skräp som de ska föra till uppsamlingspråmen, som varje sommar kommer första onsdagen i juli. Den gamla kaninburen försvinner men också annat som har väntat på respass. När den nya bitumenfilten har kommit upp på taket börjar det ösregna. Vilken tur att de hann få den upp i tid!

27. FJÄRDE BABYN

Augusti börjar med varmt och soligt väder, men juli var omväxlande med många häftiga regnskurar. Kräftorna måste vi äta ute i år trots att jag helst skulle sitta inne. Benen är känsliga för fukt och drag, men om jag klär mig i varma kläder ska det väl gå bra.

Nu har det gått ett år sedan den obehagliga dagen då jag förstod att någonting var galet. Snart är det dags att åka till stan för att åter igen köpa kräftor och samtidigt kommer Frida och Alex. Barnbarnen kan jag inte ta hit till rivningskåken, men egentligen vågar jag inte ha dem här för fästingarnas skull. Jag skulle helt enkelt inte klara av att se en fästing på dem.

Nu är boken snart färdig. Jag har beslutsångest över när jag ska godkänna och klicka på "sänd". Det händer ännu att jag upptäcker fel, och jag undrar hur det är med hjärndimman? Den här sommaren har minsann inte varit stressfri och allting påverkar hjärnan. Kanske hinner boken bli klar till min födelsedag?

Mycket riktigt blir det så; den dagen klickar jag på "sänd" och manuskriptet skickas till förlaget. Jag gör ännu samma sak på den finska sidan, och det är lite krångligt att få rätt ISBN-nummer, men på kvällen kan jag sända i väg den.

När jag stänger av datorn ser jag på YLE:s svenska nyheter hur branden härjar utan kontroll uppe i bergen på Gran Canaria. Många människor har evakuerats, och en del av dem har mist allt vad de äger. Nyheterna får mig genast att fatta beslutet; vinsten av boken ska gå till offren för branden. Då får den en större mening, och det känns bra att på något sätt kunna hjälpa. Nu väntar jag på beskedet om att boken är färdig för beställning.

Om några veckor kommer jag att vara på Gran Canaria. Ibland har jag tänkt på vad som hände den sista dagen, och det har förstört glädjen. Visst har jag lekt med tanken att helt dra mig ur och kräva pengarna tillbaka, men jag måste välja hälsan nu. Efter all stress den här sommaren är det verkligen bra att jag vet var jag kommer att bo.

Mäklaren reagerade på ett märkligt sätt då jag lade ut om mårdarna på Facebook. Hon tyckte det var ett gulligt djur. Jag svarade att det inte är speciellt gulligt då mitt hem blir förstört. Då svarade hon att någon på ön också hade fått sitt hus förstört av djur. På vilket sätt lindrar det min situation att få veta att någon annan har råkat ut för något liknande? Har hennes reaktion eventuellt något att göra med det som hände sista dagen?

Nu har jag lagt in beställning på boken och väntar på att få den i min hand. Först då kommer jag att förstå att det är sant, och då ska jag fira. Här i en rivningskåk är det inte läge för någon fest med inbjudna gäster, men någonting ska jag ändå hitta på.

Det är också dags att kontakta mäklaren och berätta vilket datum jag anländer, att jag har nycklar och att jag önskar att lägenheten är städad.

Svaret är högst märkligt. Hon skriver att det handlar om ett privat hem, beskriver min personlighet och att jag borde bo på hotell. I mitt svar förklarar jag att jag endast önskar att det är normalt städat, eftersom tidigare erfarenheter inte är så lysande.

Hennes nästa svar är ännu längre: en ingående analys av mig, utförlig förklaring över hur oerhört stressad hon är på grund av att en kund har insjuknat och dött. Visst är det tråkigt med dödsfall, men nu råkar jag ju också vara en kund som ännu finns bland de levande. Jag skriver att det är tråkigt att hon är stressad, men att jag tycker att det är bäst att hon slutar nu innan det helt spårar ut.

Först reaktionen på mårdfamiljen och nu det här? Det påminner om en av mina förmäns reaktioner, då hon förstod att jag visste att hon hade gjort ett tjänstefel. Men hur är det med mäklaren? Hennes iskalla reaktion i våras och nu dessa personliga påhopp! Sjukdom och stress är ingen bra kombination varken för henne eller mig. Få se hur det blir när jag har flyttat in? Det att hyresvärden verkade vara en varm och empatisk person ger mig ändå hopp.

Beskedet om att paketet med böckerna finns i R-kiosken har kommit, och nu är jag på väg för att hämta det. Aldrig tidigare har det känts så pirrigt att gå in i en R-kiosk. Jag visar försändelsens kod och passet. När jag får paketet i min hand blir jag så glad att biträdet ser undrande på mig, så jag förklarar vad paketet innehåller. Hon gratulerar och önskar lycka till.

Jag promenerar till min källarskrubb, river upp paketet och tar ett exemplar i min hand. Wow, vilken känsla! Min fjärde baby. Två barn har jag fött, och så företaget Life Compass och nu har jag den fjärde i min hand. Trots att jag står i den mörka dammiga källarskrubben känns det lite högtidligt. Lyckoruset gör att jag glömmer att ta ut räkningen från paketet. Jag behöver ju endast ta med mig ett exemplar av boken.

Snabbt i väg till Prisma och nu blir det alkoholfri skumpa, nötblandning, olika sorters bär och sockerfria kakor. Rökt lax vill jag också ha och räkor, men förstås också helt vanlig mat som passar min diet.

När jag kommer till hembryggan hör jag mäktiga toner från andra sidan av sundet. Det är Finnairs hornorkester som är på sitt årliga besök i skärgården. De kommer att underhålla mig med ljuva toner hela eftermiddagen och kvällen. Det här kom som på beställning!

Jag dukar en bricka med delikatesser, tar boken och går ut på terrassen. Några bilder måste jag ta och göra en uppdatering på Facebook. Så tar jag boken i min hand och lyfter glaset mot solen och skålar. Nu kommer tårarna. Boken är verkligen skriven med blod, svett och tårar. I början var det en rolig hobby, som utvecklades till bästa terapin, men sista fasen blev mest en kamp.

Tänk, så många motgångar jag har haft på vägen. Är hjärndimman helt borta redan? Påfrestningarna i sommar har gjort att jag har mist min omdömesförmåga. Oj vad jag längtar efter att få vila ut på Gran Canaria. Nu är jag verkligen värd en riktigt lång semester.

I morse tänkte jag att jag inte kommer att ha lust att läsa boken på ett bra tag, men nu öppnar jag den och läser förordet och känner mig konstigt nöjd. Så många ändringar som gjorts under resan med boken, men det här blev i alla fall bra till slut.

Sen läser jag berättelsen *Ängladoktorn och mina trauman* i slutet av boken. Där hittar jag ett par skrivfel och det stör mig lite då jag vet att jag har rättat dem, men de blev tydligen inte ändrade efter att manuskriptet hade flyttats till förlagets sidor. Tiden räckte inte till för att först låta dem trycka en bok för genomläsning, där jag skulle ha fått korrigera och godkänna. Nu blev det så här och det får duga. Jag är amatör och dessutom har jag haft hjärndimma.

Jag bor i stan några dagar innan jag flyger i väg. Båten blir i båthamnen eftersom ungdomarna kommer ut till ön i september. Det känns konstigt att lämna över huset för renovering åt människor jag knappt känner, men det finns inte något annat alternativ. Det här kom ju helt utanför deras plan så de kommer att utföra jobbet när tiden tillåter. Jag har bett dem sätta in isoleringen i taket så fort som möjligt, eftersom nätterna snart kan bli kalla.

På lördag är det sista veckoslutet i augusti, vilket betyder att det är sommaravslutning. Lions klubb arrangerar ett digert festprogram i Nordsjö hela dagen, som avslutas med dans och ett mäktigt fyrverkeri i Solvik. Jag tänker på fyrverkeriet på nyårsaftonen, och undrar hur det här vinterhalvåret kommer att bli? Vad kommer labbtesterna att visa och när tar uppföljningen slut?

Värken jag fick då vi hade kräftskiva har inte ännu helt gått över. När fukten kom på kvällen kände jag hur det började värka i smalbenen; en molande värk som lindrades av salvan från Gran Canaria. De långa ullstrumporna gav också skön lindring på natten. Benen har tydligen blivit extra känsliga, men det lär vara vanligt i samband med borrelios. Få se om det försvinner med tiden? Kanske får jag helt undvika att sitta ute i fukt och drag i fortsättningen. Nu längtar jag till den mjuka värmen i San Agustin, och att få vila ut ordentligt efter den här häftiga sommaren.

28. FÖRSTÖRD SEMESTER

Egentligen bör vi inte planera så mycket på förhand, eftersom livet bjuder på överraskningar. Sedan jag blev pensionär har det varit lätt att leva i stunden, men under sommarens utmaningar behövde jag ha en skön semester på Gran Canaria att se fram emot.

Jag anlände i natt till en städad lägenhet. I kylskåpet finns det frukost, och jag har en liten påse havregryn med mig till morgongröten. Det är ännu svalt när jag bär ut frukostbrickan till terrassen. Ett hackande ljud hörs från husen som ligger längre österut. Renovering på gång?

När jag har ätit går jag ner till butiken, och nu förstår jag varifrån oljudet kommer; det är fasadrenovering i komplexet. Visst hade det varit tal om förbättringar, men ingen hade sagt någonting om en så omfattande renovering. Min renoveringskvot är redan fylld, och nu vill jag endast vila.

Nästa dag kommer hyresvärden Francisco och mäklaren, men ingendera säger ett ord om renoveringen. Han vill ha pengar och jag vill att han förevisar hur allt fungerar.

Vi går noggrant igenom alla apparater, men när vi kommer till luftkonditioneraren blir det en mycket kort förevisning; efter att ha tryckt på "on" stänger han omedelbart av den, placerar fjärrkontrollen i en ställning och går vidare. Eftersom jag har använt sådana tidigare tänker jag att den klarar jag nog av. I går blev det lite svalare, men nu visar väderprognosen att en rejäl värmebölja är på kommande.

Mäklaren verkar vara stressad, och säger inte ens tack då jag ger min bok som present åt henne. Jag har köpt en flaska alkoholfri skumpa och vi skålar. Nu minns jag berättelsen *Ängladoktorn och mina trauman* som är översatt till spanska, så jag hämtar ett exemplar åt Francisco. Han blir glad och vill veta mera om boken, och mäklaren börjar berätta om läkaren. Jag säger att det endast är en kort berättelse i slutet av boken, och visar innehållsförteckningen som hon översätter till spanska.

Mobilen plingar titt som tätt och jag skämtar att det är de kanariska "hombres". Stämningen är lättsam trots att mäklaren är spänd, men visst känns det konstigt att betala kontant. Mäklaren konstaterar att det behövs visst lite hjälp med att gå till bankautomaten, men jag svarar att jag har pengar med mig från Finland, samtidigt som jag lyfter pappret som täcker de två sedelbuntarna på bordet. Fransisco börjar räkna, men jag känner mig inte alls hemma i den här världen. Trots att jag vet att jag inte gör någonting olagligt, känns det obehagligt att jag ha blivit lurad till det.

Ett par dagar senare kommer värmen; på terrassen blir det mycket hett på eftermiddagen. Jag går in, stänger fönster och dörrar och knäpper på luftkonditioneraren. Det är 28 grader inne och jag sätter mig på soffan med en bok.

Luften blir inte svalare trots att apparaten har surrat på en halv timme. Den är inställd på 22 grader men blåser ut varm luft. Jag sänker till 21, 20 och 19, men inget annat händer än att ljudet blir skorrande. Då stänger jag av den omedelbart och sänder ett meddelande till mäklaren.

Två timmar senare sänder jag också ett meddelande till Francisco. Han svarar genast att den inte har haft konstigt ljud tidigare, och att den fungerar bäst på 22 grader. Jag frågar när filtret är bytt men får inget svar. Det är fredag så jag får säkert vänta till måndag innan någon kommer och undersöker den.

Mäklaren svarar senare att ägaren har sagt att den fungerade då han var i lägenheten innan jag kom, och att den blåste kall luft då han förevisade den. Det konstiga är ändå att just den apparaten introducerade han inte ordentligt. Hur kunde han ha känt sval luft? Jag stod bredvid och kände ingen luft alls, för den hann ju inte ens börja blåsa.

Jag skriver bland annat om det här på min blogg, och det tar ordentligt eld i mäklaren som sänder ett häftigt meddelande. Hon är arg på mig för att jag har kontaktat ägaren, men drar också upp allt annat som jag har skrivit på bloggen under mina år på ön. Allt tolkas negativt och vänds mot mig; det måste vara något fel på mig eftersom alla hennes kunder alltid har varit nöjda.

Eftersom det var helgdag på måndag kom det först på tisdag en man som undersökte apparaten. Efter att han hade varit uppe på taket sade han att den är helt kaputt. Nu är det lördag och han är här tillsammans med Francisco. De har med sig en ny apparat och jobbar i vardagsrummet medan jag är i sovrummet. Solen gassar på fönstret så jag måste ha rullgardinen nerfälld.

Det här blev inte den sköna semester jag hade tänkt mig. I onsdags gick också handtaget på terrasdörren plötsligt sönder, och följande dag kom en serviceman och bytte det. Fasadrenoveringen har nu börjat på huset mitt emot, vilket betyder att det är oljud och mycket damm.

I sovrummet är det 28 grader på nätterna, för nu har det hela veckan varit runt 34 på eftermiddagarna. Sömnen är dålig eftersom jag inte ännu har vant mig med värmen, och jag känner mig konstig i huvudet. Blodtrycket går upp och ner, och jag vaknar ibland på nätterna av hjärtklappning. Orsaken är troligen mest mäklarens meddelanden som kan liknas vid psykisk misshandel. Det kom ytterligare två långa meddelanden med samma innehåll och samma mantra: "Alla mina kunder har alltid varit nöjda."

När det kom ett superlångt meddelande klockan 23:10 på fredagskvällen slutade jag att svara. I den chatten skrev hon samma svada om mig, men räknade också upp alla sina sjukdomar och att hon snart går i kaklet. Hon har nu gjort sitt och jag får klara mig själv; tio dagar efter att jag har flyttat in.

Den här mäklaren har marknadsfört sig som den som sköter alla tänkbara ärenden under hela hyrestiden. Dessutom har hon lovat sköta om att jag får N.I.E-nummer och residencia, för jag ska ju registrera mig på ön. Bara det lugnar sig ska jag kontakta en tolk som sköter sådana ärenden, för nu måste jag skydda mig för ytterligare påhopp.

Visst skrev mäklaren också att hon har kronisk borrelios och andra sjukdomar som ofta hör ihop med det, men samtidigt hånade hon mig för att jag inte trodde på specialisten på Clinica Roca, som hon anser att är en bra läkare. Borde hon inte vara frisk nu om hon har fått god vård hos honom?

Beror hennes reaktioner mest på att hon blev avslöjad i våras, eller hänger de ihop med vad som hände i förra lägenheten? Visst var hennes reaktioner konstiga redan då, men då tänkte jag att hon hade en stressig och jobbig period. Men det här verkar inte att vara någonting tillfälligt övergående, och jag känner mig besviken. Jag försöker alltid sätta mig in i motpartens situation för att kunna finna en logisk förklaring. Borrelios är en sjukdom som inte tar fram det bästa hos den drabbade, men nu handlar det om hennes arbete och jag är den betalande kunden.

Och vad menar hon med att jag borde flytta ut så att det inte blir fler problem i framtiden? Menar hon fasadrenoveringen som de borde ha informerat om på våren, eller finns här ännu fler hundar begravna? Hon till och med föreslog att jag får halva mäklaravgiften tillbaka, men om man har blivit lurad borde det nog vara hela avgiften.

När jag skrev till Fransisco att han har lovat att det finns en fungerande luftkonditioneringsapparat i lägenheten, var hans svar att det är bara att flytta ut om det inte duger. Han kör med rätt tuff stil med tanke på att han inte vill betala skatt på hyran. Visst får han gratis service från mäklaren på nytt, och kan behålla depositionen, men förstår han inte att det är jag som egentligen har makten. Om jag anmäler honom blir det dyra böter. Och hur är det med hans löfte om att vara den bästa hyresvärden? Eftersom han verkar vara trevlig är jag förvånad över hans reaktioner, men människor har ju olika sidor och kör med olika roller; öga mot öga är han annorlunda än i chatten.

Det verkar som om många husägare här på ön behöver visa sin makt. Det finns antagligen en liten Franco kvar hos de flesta människor i det här landet, men det kan också vara en kvarleva från deras kamp mot turismen, som utkämpades innan de förstod vilken nytta den medförde.

På kvällen knäpper jag på den nya apparaten och konstaterar att det dröjer hela 30 sekunder innan den börjar blåsa kall luft. Det här betyder att den gamla, inte ens om den hade fungerat, kunde ha blåst sval luft genast; Franco var inte riktigt ärlig.

Nu har jag börjat kalla honom Franco eftersom han har visat sina "francofasoner". Ärlighet på Gran Canaria är inte samma sak som i Finland; här bortförklaras allting på alla tänkbara sätt. Kanarierna är stolta och vill inte medge sina brister. Ofta är det något som är trasigt i lägenheterna, och det verkar som om de förväntar sig att vi håller till godo. Hyrorna har stigit rejält under de senaste åren, och vi hyresgäster bör visa att vi inte vill bli pissade i ögat. Franco kommer nog ännu att få lära sig hur man behandlar finländska kvinnor.

Äntligen kan jag sova ordentligt, och när jag vaknar på natten går jag och stänger av luftkonditioneraren. När jag flera timmar senare går ut på terrassen upptäcker jag vatten på golvet. Apparaten finns på insidan ovanför dörren, och det rinner ner vatten på utsidan av dörren och väggen. Hälften av terrassen lutar inåt, så vattnet har runnit ner i ett hål i golvet som finns för reglaget på dörren.

Vatten nu igen! Jag hämtar några stora handdukar och börjar torka upp, samtidigt som jag känner med fingret i hålet, och konstaterar att det är fuktigt där nere. Solen lyser först sent på eftermiddagen och torkar upp det här stället. Någonting är galet med kondensvattnet som rinner åt fel håll. Jag meddelar Franco som snabbt dyker upp för att justera röret.

Följande natt vaknar jag igen och går yrvaken och stänger av apparaten. Kanske en timme senare hör jag ett brak från vardagsrummet. Jag kommer långsamt till medvetande. Är det spjälgardinen som har rasat? Ena skruven hänger långt ut och Franco lovade att fixa den på måndag.

Jag går till vardagsrummet och ser att det ligger en hög med isbitar på golvet under apparaten. Snabbt tar jag handdukarna från torkställningen och slänger dem på golvet, men det har nog igen hunnit rinna vatten ner i hålet. Fan jävlar, vatten och is! Isbitarna samlar jag i en skål och slänger dem i diskhon.

Tur att Franco kommer i dag för det här verkar bli en lång följetong. Jag minns när jag flyttade första gången till ön och frysfacket var smutsigt och fullt med is. Det var inte det värsta på det stället, eftersom ägaren hade höjt hyran för att han skulle köpa nytt soffmöblemang, men han hade endast målat om det gamla med en urusel målarfärg, som lossnade då man rörde vid den. Tvättmaskinen och en lampa var trasiga och stekpannorna var smutsiga, men då ordnade Cardenas så att allt utom soffan blev i skick. De behöll första hyran för eventuella utgifter, och skickade snabbt servicemän och städare till lägenheten.

Den ägaren visade sig vara en ”skurk” från Latinamerika, så problemen tog inte slut i den lägenheten. Jag började kalla honom så då jag fick veta sanningen om honom, och tyckte att det var bra att han var därifrån, eftersom jag ville behålla min illusion om att öborna är rejäla.

Tyvärr har jag inte heller så bra erfarenheter av de två andra hyresvärdarna som jag har haft sedan dess. Cardenas såg åtminstone till att det blev städat och att jag fick depositionen tillbaka, men den här mäklaren fungerar helt annorlunda. Är hon rädd för att ägarna inte anlitar henne ifall hon sköter hyresgästens ärenden? Visst kan det vara läget på hyresmarknaden som påverkar, men hon hade ju två lediga lägenheter i fjol i november här i komplexet. Den lägenheten som jag bodde i förra vintern är ännu ledig, trots att hon i november meddelade att det fanns många intressenter. Jag fick vänta till mars innan den gungande kranen blev ordentligt monterad. Det verkar tyvärr som om hennes polerade fasad kan dölja många obehagligheter.

Nu måste jag tänka på hälsan. Snart ska jag till labbet och specialisten. Egentligen är det svårt att veta hur jag mår då det finns så mycket som stör i mitt liv just nu. Benen har i alla fall blivit bättre då jag dagligen har joggat i poolen.

Franco kommer och skruvar fast gardinen, men det verkar som om han inte kan göra något mer åt luftkonditioneraren. Jag får väl sova på soffan och ha den inställd på 25 grader, för då rinner det inte vatten ur den.

Nästan all kommunikation sker per översättningstjänst, och vi börjar bli bekanta med varandra. Franco är inte lika bra som jag på kroppsspråk, men jag har ju tio års arbetserfarenhet från språkbad. Vi kommunicerar på många olika sätt, och orden är knappt 30 % av kommunikationen.

Frysen har fört oljud och jag visar hur det bildas isblock vid översta luckan. Franco svarar att han ska kontakta försäljaren för den är ny och har garanti. Nya gubbar ingen! När tar den här rumban slut?

29. FÖRHANDLINGAR

På andra sidan om poolen arbetar ett par unga män med fasadrenoveringen. Oljudet är ibland mycket störande men dammet är ännu värre. Natten innan jag ska åka till labbet blir vädret betydligt svalare. Jag somnade med fönstret öppet i sovrummet och vaknar av att benen är svala. När jag yrvaken går till bussen, märker jag att det duggregnar och blåser ganska friskt. I Las Palmas blåser en riktigt sval vind.

Franco har igen något ärende i lägenheten, och jag har meddelat att jag är hemma efter klockan tolv. Det börjar kännas lite stressigt med allt spring, men jag har ju inget val. Han är visserligen trevlig, men nu längtar jag bara efter lugn och ro.

När han kommer säger han att renoveringen snart börjar på ena sidan av det här huset. Jag skämtar att om jag går ut i bikini på terrassen så trillar männen ner från stegen. Nu orkar jag inte ens tänka på vad allt renoveringen kan föra med sig.

Jag visar tejpen på armen och säger att jag borrelios, samtidigt känner jag att ögonen bli fuktiga. Han säger "din familj bör komma hit". Så är det i det här landet, men inte ens om jag skulle bo i Finland skulle familjen ha mycket tid för mig. På den här ön besöker någon familjemedlem varje dag de som är intagna på sjukhus eller vårdhem. Familjen är mycket viktig; det är vanligt att tre generationer bor i samma hus. Om det är möjligt bygger de en våning till på taket åt den yngre generationen eller kanske ett nytt hus på samma tomt.

Det kom en ny värmebölja, och det löste jag genom att börja sova på soffan. Den är ganska mjuk så efter en vecka hade jag så ont i ryggen att jag måste flytta tillbaka till sovrummet. Nu har jag luftkonditioneraren inställd på 24 grader, och då är temperaturen lagom i sovrummet.

Jag har vant mig med värmen men renoveringen känns stressig. Det är tungt att ha stängda dörrar och fönster på dagarna, och jag undrar hur länge de kommer att jobba med det här huset. Tio dagar sade Franco, men jag tror inte att det går så snabbt. Grannarna har börjat ta ner markiserna, och grannen under mig säger att terrasserna ska vara tömda till nästa vecka.

Franco meddelar att jag endast ska fälla ner markisen så kommer det inte damm, men det blir en rejäl öppning mellan väggen och markisen på ena sidan, så nog kommer dammet att ta sig in till terrassen. Det här betyder att de inte kan renovera hela terrassen, men vart skulle han placera alla stora terrassmöbler då jag bor här?

Jag tar in dynorna från stolarna och trädgårdsgungans madrass på söndag kväll, och börjar planera vad jag kan göra på dagarna under det värsta oljudet. En förmiddag ska jag till specialisten, och så blir det ett par turer upp till bergen.

Infektionsläkaren skrattar när jag berättar om dammet, och att jag inte längre vet skillnad på vilka symtom som beror på vad. Det är ännu någonting oklart med borreliatesten; en sköterska tar ett nytt blodprov i ett sidorum, och läkaren säger att hon ska konsultera ett sjukhus i Madrid. Hon skriver remiss till reumatologen, men det kan dröja ett tag innan jag är där. Nästa besök hos henne blir 13 november: siffran som följer med under hela sjukdomstiden.

Nu har jag börjat förhandla med Franco om ersättning för alla olägenheter som renoveringen medför. Han kör med samma fräna stil, så jag börjar inse att det handlar om hans attityd mot hyresgästerna. Inte är det så konstigt med tanke på vilken attityd mäklaren har visat, men då han besöker mig är han en helt annan person. Översättningen blir ofta bristfällig, eftersom han använder så många ord och skriver långa meningar. Jag har lärt mig att skriva kort och tydligt, för då blir översättningen bäst.

Jag frågar om han brukar betala för någonting som inte ännu finns, och ber om att få hyran sänkt för de två första månaderna innan förbättringen är klar. Dessutom ber jag honom stå för en grundlig städning av lägenheten. Han tar till det vanliga: att det inte har varit problem med andra hyresgäster i komplexet. Till sist skriver jag: *"Har du problem med mig? Problem finns till för att lösas. Jag använder inte hot, makt eller utpressning då jag förhandlar, utan respekt, rättvisa och empati. Hur förhandlar du? Det här handlar inte om pengar, utan moral: hur man behandlar sina medmänniskor."*

Nästa svar har en helt annan ton, och han går med på att hyran är lägre under de första månaderna. Städningen föreslog han själv då han var här i veckan och såg förödelsen. Hela terrassen har ett tjockt lager av damm, och i rottingmöblemanget kommer dammet att länge finnas kvar. De borde spolas med trycktvättare.

Grannarnas terrasser är tomma och blir helt renoverade, men på den här som är full med möbler går det endast att renovera framsidan. Gavelväggen har en tapet som börjar lossna på flera ställen, och i andra ändan står den stora trädgårdsgungan. Nu märker jag hur opraktisk terrassen är, men tur ändå att Franco inte krävde att alla terrassmöbler ska flyttas in i lägenheten. Den är redan möblerad så till brädden att det skulle bli omöjligt att röra sig här.

Jag väntar ännu på semestern som ska ge ordentlig vila. Allt irriterar mig nu men jag måste lägga det åt sidan. Det positiva är att Franco åtminstone snabbt har fixat det som var söndrigt, och att han bytte stil och kom emot i förhandlingen. Här behöver jag inte enbart förhandlingstalanger, utan det gäller att även förstå sig på det kanariska folket.

Ännu finns det två spruckna eluttag, men jag fotograferade genast allt som var trasigt, och skickade bilderna åt honom med motiveringen: *"Så att du inte kräver ersättning av mig."* Det gjorde jag genast efter att dörrhandtaget gått sönder, och mäklaren meddelat att han vill ha ersättning, men det har inte Franco sagt åt mig.

När städerskan har städat ska jag köpa blommor, och efter det blir det väl äntligen lite lugn och ro. En som är konvalescent borde väl inte behöva orka med allt det som jag har råkat ut för? Konstigt nog lyckas jag se på saken ur ett humoristiskt perspektiv, och Francos empati och vänskap hjälper mig att orka.

Det är 13 november och i dag jag ska träffa infektionsläkaren. Min förhoppning är att läkarbesöken snart ska vara över, men jag väntar ännu på tid till reumatologen. Jag mår mycket bättre: ingen värk i benen, blodtrycket är stabilt, rytmstörningar har jag inte haft på länge och stressen som problemen i lägenheten gav är borta. Psykisk stress kan förorsaka både värk och trötta muskler. Det var väl så den första specialisten tänkte, men då hade jag helt annorlunda symtom.

I dag har jag tid på eftermiddagen och får vänta ovanligt länge på min tur. Det heter att man inte väntar för länge då man väntar på någonting gott. När jag äntligen går in säger läkaren genast:

- Jag har fina nyheter. Borreliaproven är negativa. Du är frisk och nu kan du glömma mig.
- Är det sant? Dig glömmer jag aldrig.

Glädjen bubblar i kroppen och jag känner en enormt stor tacksamhet. Läkaren frågar:

- Har du fått en tid till reumatologen redan?
- Nej, men värken i benen har försvunnit.
- Du ska nog gå till honom ändå.
- Det ska jag göra. **Muchos Gracias!**

Jag svävar ut på rosa moln och känner en otrolig befrielse. Kampen för hälsan är över. Nu kan jag sluta med naturmedicinerna. Det finns endast några kapslar kvar i det sista paketet jag har med från Finland. **DET HÄR MÅSTE FIRAS!**

Vågar jag verkligen lita på att det är över? Troligen kommer jag att vara extra observant på allt som händer i kroppen, men nu väljer jag tilliten eftersom den befriar mig från psykisk stress. Bussen kör mig snabbt hem och där finns det som behövs för en liten fest. **SKÅL FÖR LIVET OCH HÄLSAN!**

30. AFFÄRSVERKSAMHET

Inget varar för evigt och nya moln uppenbarar sig snart på himlen. Då jag tidigare på hösten kontaktade den enda tolken jag känner till på ön, fick jag veta att hon var sjukskriven, och hon hänvisade mig till mellanhanden: min mäklare. Jag kallar henne nu så efter att jag har fått veta vad hon har för yrke, och har läst hennes hemsida där hon skriver att hon fungerar som en mellanhand. Vem som helst kan börja arbeta som mäklare/mellanhand här, och det är en otroligt brokig marknad. Ändå vill jag tro att de som kommer från Norden har lite högre moral men ....

Då jag svarade tolken att mellanhanden inte mår bra, lovade hon att återkomma senare. När hon inte hörde av sig frågade jag på nytt om en månad, men då svarade hon att hon snart reser till Sverige och i januari kan hjälpa med N.I.E. Jag meddelade att jag är i Finland över jul, men efter det passar det bra. Hon föreslog att vi träffas innan vi går till polisen, så att hon kan kontrollera att alla dokument finns och att hyresavtalet är okej.

Jag tog bilder på alla sidor av hyreskontraktet och sände dem till tolken med frågan om det är okej? När det inte kom något svar frågade jag på nytt, och svaret var mycket kort: *"Ok."*

Avtalet är ju lite speciellt; kommer det att duga? Mellanhanden bad mig flytta så att det inte blir fler problem. Kan det ha något att göra med hyresavtalet?

Julresan till Finland var i alla fall en positiv upplevelse, eftersom den bekräftade att jag är återställd. Jag har redan vant mig vid att planera allting med rejäla marginaler ifall krafterna tryter, så jag lade märke till den stora skillnaden från föregående julresa. Det upptäcker man bäst då man utsätter sig för sådant som avviker från de normala rutinerna.

Jag bakade pepparkakor med barnbarnen första dagen trots att flyget hade landat på natten. Alla dagar orkade jag med olika programnummer med barnbarnen. Vädret var fuktigt och dystert hela tiden; vi såg endast hundar och deras ägare då vi rörde oss utomhus.

Men ingenting är ändå helt säkert; jag har läst om dem som har varit friska över ett år, men plötsligt har sjukdomen brutit ut i samband med att immunförsvaret har påverkats. Nu väljer jag att lita på att utlåtandet från specialisten i Madrid betyder att jag är frisk. Livet blir endast förstört om jag oroar mig, och dessutom kan vad som helst hända i morgon så bäst att leva i dag.

Nu är vi i slutet av januari och i dag har jag träff med tolken. Hon har med sig en annan kvinna, och jag får genast veta att företaget är sålt; jag blir den första kunden hos nya ägaren. Nu förstår jag varför svaren har varit mycket korta.

Vi går igenom dokumenten; tolken kommenterar några punkter i hyresavtalet som hon tycker att är konstiga. Inget angående betalningen av hyran men avtalets längd undrar hon över. Jag säger att det är fortlöpande: fortsätter varje år i september, men jag kommer inte ihåg att det endast står så i reserveringen. Nya ägaren uttalar sig inte mycket, men jag får veta att det samtidigt kommer att vara en annan kund med på polisstationen; en mycket trevlig man som är singel och kanske något för mig. Det är inte ovanligt att två kunders ärenden sköts samtidigt, men det här är väl inget företag som ordnar dejter, och jag är ju den första kunden?

Några dagar senare åker jag till polisstationen tidigt på morgonen. Tolken har varit där sedan klockan sju och köat. Den andra kunden dyker upp, och det visar sig vara en man som febrilt försökt fånga mig för några år sedan. Då var han i panik efter att frun hade lämnat honom, och betedde sig som en desperat galning. Under mitt första år på ön umgicks jag med hans fru, och han kontaktade mig för att berätta om skilsmässan. Vi träffades i en bar på stranden i Puerto Rico, och följande dag ville han köra mig till bondemarknaden. Jag bjöd på kaffe som tack men då spårade det ut totalt; när inte vanligt prat hjälpte fick jag "slänga" ut honom.

Nu gäller det att hålla god min och hoppas att allt går snabbt. Hon sköter mannens ärende först och sen är det min tur. Vi är snabbt ute på gården och avgifterna till polisen ska betalas i bankautomat. Tolken säger att nu vill hon ha kaffe, så vi går till närmaste café och gör en beställning medan hon sköter betalningen. När vi har satt oss ner undrar han om jag går på klubben. Oj då, finns det risk för att han börja stöta på mig där? Kanske borde jag vara glad över att i den här åldern ha "flax", men jag väljer helst själv vem jag träffar.

Snart går vi tillbaka till polisstationen, jag får mitt intyg och tar fram bankkortet. Den andra kunden får också sitt intyg, säger "hej" och försvinner. Jag frågade på hösten om det går att betala med kort, men nu går det varken med kort eller per bank. Tolken räknar ut på ett papper hur

mycket jag ska betala, och jag ser att jag ensam ska betala
för alla timmar. Hon säger att hon hämtar pengarna någon
dag när hon kör förbi.

Jag är så glad över att äntligen ha fått det här gjort, så jag
orkar inte tänka på det övriga, men visst var det konstigt
med betalningen. Borde jag genast ha frågat varför jag en-
sam ska betala för allt? Och den där stollen till man som
hon ville bjuda ut åt mig. "Seriös" affärsverksamhet så det
förslår!

31. BEMÖTANDE

Följande dag besöker jag reumatologen. Det känns lite spännande eftersom jag inte vet om han pratar engelska. Jag har förberett mig så bra som möjligt genom att skriva en utförlig rapport på spanska.

En medelålders man med yvigt mörkt hår sitter bakom skrivbordet i mottagningsrummet. Han ser både förvånad och nöjd ut när han får rapporten, som han läser mycket noggrant samtidigt som han gör anteckningar på datorn. Han ställer några frågor som jag svarar på så bra jag kan på engelska. Till sist säger han att det är någonting som inte stämmer med borreliaprovet, och att han ska konsultera någon. Nej, inte mera om det nu tänker jag, men visst är det bra att han är noggrann.

Jag får remiss till labbet i Centro de Salud, och en ny tid hos honom senare på våren. Det känns tryggt att bli så här väl omhändertagen av en läkare som vekar vara kunnig. Det som jag tycker att är lite märkligt är att han inte undersöker mina leder. Visserligen står det i rapporten att jag inte har ont nu, men vanligtvis gör läkare en undersökning. Eller, kanske manliga specialister inte gör det på den här ön? Nu är det inte heller någon brådska, och jag börjar vänja mig vid den här sortens läkarbesök.

Jag har bokat en samtalstid till en funktionär på Folkpensionsanstalten i Finland. Nu måste jag få veta hur jag ska göra eftersom min vistelse utomlands blir längre det här året, och därför inte mera kan räknas som semesterresa.

Tidigare år har jag haft förlängd reseförsäkring, men nu tog jag inte den eftersom jag ska registrera mig här.

En vänlig funktionär ringer på utsatt tid, och när jag har förklarat min situation, säger hon att hon måste fråga en annan person. Efter en stund återkommer hon och berättar att jag bör anmäla den här vistelsen till Fpa (sjukkassan) på en blankett som hon kan skicka åt mig, men på hösten måste jag skriva ut mig från Finland och registrera mig här.

Eftersom jag varken litar på Posti eller Fpa söker jag fram blanketten på webben. Jag kontaktar tolken och frågar om hon kan skriva ut blanketten, och ta den med sig när hon hämtar pengarna. Hon svarar att det går bra, så nu gäller det att få den ifylld och skickad till henne.

Det skulle vara bra att ha en skrivare, men det blir besvärligt då sakerna skall packas bort till varje sommar. Det var därför jag ville ha en bostad på heltid. Allting gillar jag inte med det här systemet, och det är rätt dyrt eftersom långtidshyrorna är lägre. Det verkar som om Franco vill ha nyttan av både lång- och korttidskontrakt samtidigt.

Blanketten kommer faktiskt om en vecka, så nu har jag en i reserv för kommande behov. Det är samma blankett som jag ska fylla i innan jag flyttar hit i höst. Det här ger lite hopp om att Posti har skärpt sig, och att det finns människor på Fpa som gör vad de lovar.

Tyvärr har jag haft dåliga erfarenheter av båda. Första vinterhalvåren på ön försvann viktig post i Finland, medan andra brev hamnade ut på långa villovägar. Jag krävde eftersändningsavgiften tillbaka men det hjälpte inte. När jag är registrerad blir det här min officiella adress, och då behövs ingen eftersändning mera.

Mitt senaste besök på Fpa för många år sedan var helt hemskt; jag blev chockad över hur kunderna blev behandlade. Själv var jag sjukskriven och mycket trött, men den ilskna funktionären gick ann som bara den. Till sist måste jag säga att jag inte orkar mera, utan jag tar hem blanketterna och fyller i dem i lugn och ro.

Men de med annan hudfärg fick redan medan de väntade grymma åthutningar; en funktionär gick omkring och skrek "varför är du här?" åt alla i tur och ordning. Fy vad jag skämdes över att vara finländare den gången. När hon kom till mig blev rösten lite lägre, och jag förklarade kort mitt ärende på finska. Efter det blev det snabbt min tur; jag fick går före många andra som redan varit där när jag kom.

Undersökningar visar att människors symtom blir värre då de är i kontakt med Fpa, i synnerhet de som har någon psykisk sjukdom lär bli extra illa behandlade. Jag led av sviterna från en felbehandlad hjärnskakning, men för en person som har depression måste det vara hemskt att få ett så fasligt bemötande.

32. SANDSTORM

I slutet av februari hade vi en häftig sandstorm med värden upp till 1000, då normalvärdet är under 50 och 150 är illa för hälsan. Sikten var mycket dålig, tjocka träd bröts av i stormen, takdelar och annat bråte flög omkring. Myndigheterna bad oss vara inomhus, men alla turister lyssnade inte på varningarna eller brydde sig inte om dem. Alla hade inte köpt mat till lägenheterna eftersom de hade planerat att äta på restaurang.

Så tät calima har öarna inte upplevt på 50 år. Flygplatsen på Gran Canaria måste två gånger vara stängd, vilket innebar att många sportlovsfirare fick vänta på sina returflyg. På flygplatsen var sikten 30 meter när det var som värst. Teneriffa tog emot den här öns flyg så länge det var möjligt, men också de flygplatserna tvingades till uppehåll i verksamheten.

Det var fullt kaos på flygplatsen, eftersom det var omöjligt för resebolagen att under högsäsongen snabbt hitta inkvartering åt alla. LPA flygplats är en av de mest trafikerade i EU, och det är mycket ovanligt att den tvingas avbryta verksamheten. Det dröjde flera dagar innan alla flygplan kunde lyfta, eftersom de hade fått sand i motorerna och behövde noggrann service.

I tre dygn var jag hemma i lägenheten, och då var jag nöjd över att fönster och dörrar var förnyade. Franco hörde av sig och frågade hur jag mådde. Han bad mig lägga fuktiga handdukar på golvet framför dörrarna. Själv var han uppe i bergen och hjälpte till att evakuera människor undan en brand som hade brutit ut.

Jag har aldrig tidigare upplevt storm i samband med calima. Ofta är det nästan vindstilla när den väller in över öarna som en grå eller rödbrun dimma. Luften blir "tjock" och horisonten försvinner, samtidigt som landskapet blir spökligt då solen lyser genom diset.

Karnevalen i Las Palmas måste avbrytas, men när ovädret var över städade de undan dammet och fortsatte firandet. Här ger människorna inte upp så lätt, men det fanns många omkullblåsta träd som skulle sågas och föras bort, och annat bråte som stormen flyttat på eller rivit sönder.

När jag den tredje dagen gick ut på terrassen fanns det ett tjockt lager brun sand överallt. Krukblommorna flyttades till duschen så att de återfick sin gröna färg. Lyckligtvis hade jag munskydd hemma, men efter ett par timmar måste jag ge upp då det på nytt vällde in calima över ön.

Nästa dag kunde jag städa färdigt och börja använda terrassen som vardagsrum igen. Här lever vi mycket på terrasserna och det finns endast ett högt klaffbord vid det öppna köket. Egentligen saknar jag nog ett riktigt matbord men har accepterat att det är så här. Jag kan i alla fall sitta vid klaffbordet och skriva eller äta om vädret så kräver.

Under caliman upptäckte jag hur lätt jag anpassade mig till den nya situationen. Jag är vältränad för det har ju varit gott om överraskningar under de senaste åren. Glädjen över att vara frisk är ännu stark, så få se hur länge den bär mig genom nya utmaningar? Visst griper tanken ännu tag i mig, om att borreliosen kanske är latent och senare ger sig till känna. Nuförtiden känner jag av alla små förändringar i kroppen. Alla berättelser om kronisk borrelios har säkert gjort mig extra observant, eftersom symtomen plötsligt kan blomma upp efter en långvarig latent period. Kanske kommer jag att förbli lika medveten om förändringar i kroppen, men det har ju också sina goda sidor. Den svaga kvarvarande oron för återfall kommer säkert att försvinna när jag har varit frisk tillräckligt länge.

När oron släppte i november förstod jag hur mycket plats och energi den hade tagit i mitt liv. Hur kommer det att bli med allt det andra som jag har varit tvungen att lämna obehandlat? Besvikelsen angående hyresavtalet, utsattheten och den psykiska misshandeln, men också oron över att det ännu kan finnas oupptäckta problem angående mellanhanden. Många känslor har jag varit tvungen att undertrycka. Ploppar de upp senare då jag blir påmind om dem?

Nu är vi i början av mars månad, och snart har jag tid till labbet och reumatologen. Egentligen är jag så trött på det här redan efter snart två år av spring på olika ställen. Hur många läkare har jag på olika sätt varit i kontakt med sedan jag fick fästingbettet? Åtminstone 15 plus de läkare som har blivit konsulterade av läkare jag har haft kontakt med. 13 läkare har jag träffar personligen, förstås.

Hur hade det gått om jag hade åkt till hälsostationen genast efter midsommar och krävt vård? Då fanns det inget utslag ännu, och proven hade knappast visat någonting alls, men hade det ens blivit taget något prov då? Och hade jag fått samma barnmedicin som jag fick två veckor senare? De här frågorna har pinat mig många gånger efter det att jag fick meddelandet om det positiva provsvaret.

Det tjänar inget till att grubbla över det här, och resultatet kunde faktiskt ha blivit ännu värre om jag redan då hade blivit avspisad, och ansedd som inbillnings- eller psykiskt sjuk, som många borreliospatienter har fått uppleva.

33. LOCKDOWN

Genast efter att dammet från caliman hade lagt sig kom nyheten om de första coronafallen på Teneriffa. En italiensk läkarfamilj hade insjuknat, och ett helt hotell var i karantän. Finländarna som befann sig på samma hotell fick "förlängd semester", och medierna i Finland förundrade sig över de kraftiga åtgärderna. Öarnas president förklarade att utan dessa åtgärder skulle tredubbelt fler ha insjuknat. Jag hade kontakt med en vän i Italien som informerade om hur läget var där, så för mig var det ingen överraskning. Tvärtom tyckte jag att det kändes tryggt när myndigheterna genast var handlingskraftiga.

Det dröjde inte länge innan en italiensk kvinna hamnade på intensiven i Las Palmas. Hennes två väninnor insjuknade också men alla tre tillfrisknade. Det dök upp nya fall, men det var omöjligt att veta hur många som var smittade.

I mitten av mars blev det lockdown, och turisterna och "klimatflyktingarna" började fly hals över huvud. Jag kallar dem som flyr undan vinterns mörker och kyla för "klimatflyktingar". Klimatförändringen i Afrika ger oss också flyktingar som blir fraktade till öarna i usla båtar.

Flygplatsen stängdes för inkommande trafik, flygbolagen avbokade och människor kämpade för att snabbt komma över en flygbiljett. Charterbolagen såg i alla fall till att deras kunder kom hem innan hotellen stängde i slutet av mars. Jag kände mig trygg och hade ingen lust att sätta mig i ett fullsatt flyg där det varken fanns munskydd eller distans. "I lust och nöd" tänkte jag, så varför genast överge ön då det blir kris. Nu behövde de ju oss allra mest.

Ingen fick röra sig ute utan giltig orsak, och detsamma gällde om man skulle ta sig över kommungränsen. Franco fick klara sig utan hyran i april, men han kunde ta sig hit i början av maj. Han kontaktade mig en gång per vecka och hörde sig för hur jag mådde.

Den första vardagen efter att lockdown hade börjat gick jag till apoteket. Jag blev mycket förvånad över hur många om ännu strosade omkring i små grupper på gatorna, eftersom endast en person per familj skulle sköta ärenden. Orsaken var att det inte skulle uppstå trängsel i butikerna. På hemvägen stannade en polisbil bredvid mig, och jag tog fram kvittot från apoteket och pekade ut var jag bor. Det var den enda gången jag blev tillfrågad av polisen.

Efter några dagar med endast tillrättavisningar började polisen ge böter åt dem som inte löd, men när alla hotell var tömda och de övriga hade lyckats ta sig hem lugnade det ner sig. Några få körde hela vägen med egen bil eller tog sig fram med segelbåt, men de flesta hittade någon flygrutt som förde dem hem.

Det här var nog lyxkarantän för mig. En gång i veckan gick jag till butiken och handlade god hälsosam mat, för jag höll fast vid mina nya vanor. På morgnarna gymnastiserade jag ett långt pass som utökades med många nya rörelser. När jag fick lust dansade jag landets coronasalsa *Resistire* runt i lägenheten. Dans är god motion och ger en befriande känsla. Inte för att jag kände mig inlåst eller i arrest som en del nordbor skrev på Facebook. Det som jag saknade mest var vattenjoggningen i poolen.

Vi som var kvar hade mycket kontakt med varandra på Facebook: delade erfarenheter och skämt. Ville jag ha underhållning kollade jag på någon av öns Facebooksidor, medan jag låg på soffan och vred mig i skratt. Egoismen visade sitt fula tryne på olika sätt, och situationen tog inte fram alla människors bästa sidor. Men det är ju så att på paradisön bör ju allting alltid vara bra, vilket betyder att en del personer kan ha svårt att acceptera en plötslig förändring. Kanske var det också osäkerhet och rädslor som var orsaken, eftersom de ofta gör oss arga och irriterade. Det sorgliga var att så få tänkte på öbornas situation, för det var ju faktiskt de som led mest.

När skymningen kom vandrade jag, och några andra av de få grannar som fanns kvar, omkring på gården. Området är stort och vi kunde också gå runt på tennisplan som har sviktande underlag. Polisbilarna syntes sällan nere i rondellen efter att turisterna hade försvunnit. Komplexets portar var låsta så vi var "skyddade" från poliserna.

Allting utom matbutiker, apotek och vårdplatser stängdes. De som hade ett jobb som kunde skötas på distans jobbade hemifrån, men många blev tvungna att vara permitterade. Det blev så tyst att jag tydligt kunde höra havets brus från min terrass.

Hundarna fick i början mycket motion, eftersom hela kvarterens/husens invånare turvis gick ut med dem. När polisen upptäckte det började de kolla upp vem som ägde hunden. De roligaste var de som gick ut med hönan/fisken.

Påsken var också mycket speciell i år men jag gjorde det bästa av situationen. Jag hade börjat följa med nyheterna i Finland mycket noggrant, men också Spaniens och öarnas nyheter var intressanta. Mera orolig var jag över familjen i Finland än för min egen del. Här var det så god ordning och jag upplevde att informationen var tydlig. Det enda jag gjorde var en reseanmälan till Utrikesministeriet, så att jag kunde få information om eventuella evakueringsflyg till Helsingfors.

Nu är det maj månad och jag har förstått att vi lever i en mycket speciell historisk tid. Coronaläget verkar vara bra i min kommun. När testkapaciteten har kommit i gång ordentligt, visar statistiken att de flesta coronafall finns på nordöstra sidan av ön.

I Madrid och några andra provinser var dödstalen mycket höga under några veckor, och nyheterna visade skrämmande scener från sjukhus. Premiärminister Pedro Sanchez har hållit tal i tv varje lördag, och jag ser hur hans ansiktsdrag långsamt förändras. Han känner säkert stor oro för sitt folk, men utstrålar ändå lugn och bestämdhet. Jag är glad att det politiska läget i landet är stabilare nu än det var under mina första år på ön. Öarnas president Victor Torres har också pratat i tv, och vi har även fått lyssna till kung Felipe VI.

I det här läget måste det vara oerhört tungt att vara ledare för ett land. I Finland har den pinfärska regeringen tagit i bruk undantagslagen; rakryggade stiger ministrarna fram och informerar om läget och vad som gäller. Nyland var stängt vid påsktiden, och mina båda hemländer har liknande restriktioner, men i Finland har det inte varit utegångsförbud.

Alla har inte något lyxliv i karantän. Många miste i ett ryck allt som de hade byggt upp under många år. Först när polisen kom och sade att de måste stänga, förstod de att det verkligen var sant. Att inte veta hur länge det dröjer tills de igen kan öppna butiken/restaurangen/hotellet gör förstås saken ännu värre.

Turismen ger 35 % av BMP på den här ön, så lockdown innebär verkligen en stor katastrof för många. Indirekt berörs så mycket annat än hotell och restauranger; ett så stort bortfall av människor betyder att konsumtionen av varor och tjänster minskar otroligt mycket. Många öbor har ändå funnit sig snabbt i situationen; de renoverar, planerar för öppning med det nya normala, medan andra stöder sina släktingar och vänner som har det svårt. Från min terrass ser jag hur Playa del Ingles långa sandstrand är helt tom. Nu sedan andra maj får vi endast promenera en timme och röra oss högst en km från hemmet, och det är inte många som bor så nära den stranden.

Olika hjälpverksamheter startade mycket snabbt. Odlare började skänka sina överblivna produkter till sjukhus och hjälpbehövande. I matbutikerna finns stora lådor vid utgången där vi kan lägga varor till de drabbade. Grannar och släktingar hjälper till med betalning av hyra och mat. I den här kulturen är det vanligt att man till exempel går till grannarna med bröd då man har bakat, så det är narturigt och självklart att hjälpa varandra.

När jag nyligen deltog i Svenska YLE:s radioprogram *Eftersnack*, brast min röst då jag berättade om öbornas svåra situation. Kontrasten är så stor till nordbornas gnäll på Facebook över annullerade flyg, två personer per taxibil, utegångsförbud och munskydd. Saknar människor allmänbildning om vad en pandemi och lockdown betyder? Förstår de inte att landets ledare är tvungna att skydda alla som befinner sig i landet? Om sjukvårdssystemet klappar ihop kollapsar samhället. Många frågor kring coronaviruset är ännu oklara och då går det inte att chansa.

Att snabbt stänga ner ett land på nästan 48 miljoner invånare är en mycket krävande process. Det fanns ingen tid för planering av olika regler för provinser och regioner. Hela landet fick samma restriktioner, och syftet var att så få som möjligt skulle flytta på sig, eller vara i kontakt med människor utanför det egna hemmet. Dessutom var det mycket svårt att veta hur många som var smittade innan testningskapaciteten blev tillräcklig. Exit ska göras med beaktande av smittspridningen, och nu lever vi med en plan som sträcker sig till den 21 juni.

Allt egoistiskt gnäll på Facebook får mig att se rött. Ett typiskt exempel är frågan varför inte personer från samma hushåll kan fylla upp en taxi. Tycker de faktiskt att taxichauffören inte har rätt till samma skydd som andra? Dessutom blir det höga böter ifall bestämmelserna inte följs.

Jag tänker att jag borde beställa en taxi för mig själv och en annan för väskan, så att två chaufförer skulle få jobb. De vanligaste frågorna på Facebook var innan pandemin: "Hur är vädret?" och "Vad kostar taxi från X och till X?" Att ännu i dessa tider gnälla över taxikostnader känns så otroligt trist. Hur mycket pengar har de använt för vin och drinkar under sin tid på ön?

Själv upplever jag det här som en mycket speciell tidsperiod, som jag endast får vara med om en gång i mitt liv. Det är klart att det blir förvirring bland myndigheterna, när så många nya regler plötsligt ska börja gälla. En del människor har gjort det till en politisk fråga. Alla kommentarer angående premiärministern berättar också om stor okunskap. Han borde främst ha tagit i beaktande "Hans och Greta" i San Agustin då han bestämde om nedstängningen. Just de två svenska personernas situation borde ha beaktas bättre.

De är förstås några fler men inte många. Okunskapen och bristen på helhetssyn är fenomenal. Är vi nordbor så bort-skämda?

När jag följer med diskussionen om munskydd i Finland blir jag förundrad. Resultatet av utredningen fick mig att småle, eftersom de som delgav den inte själva verkade tro på vad de sade. Kanske lite onödigt att sätta tid och resur-ser på en utredning, eftersom munskydd borde vara en självklar sak. Om det inte finns tillräckligt munskydd att tillgå nu, så är det väl bättre att säga som det är, och ta dem i bruk när de finns i butikerna.

Här blev munskydd obligatoriskt inomhus på offentliga platser 15 april då leveranserna hade distribuerats. De var helt slut då epidemin bröt ut, eftersom kineserna hade skickat dem till sina släktingar i Kina. Jag hade några kvar av dem som jag hade köpt tidigare till skydd för caliman.

Vid ingångarna till butikerna finns det handsprit och en-gångshandskar, och det är god koll på kön och hur många som får vistas inne samtidigt. Jag gillar den här fina ord-ningen, och att människor vänligt tillrättavisar dem som inte följer reglerna. Nu handlar det om vårt allas bästa.

Mellanhanden ringde i april angående min tid hos reuma-tologen. Nu vårdar de endast brådskande patienter, så jag bad henne hälsa läkaren att jag för tillfället mår bra, och att jag kan vänta tills andra har fått vård.

Jag passade på att fråga hur vi förlänger hyreskontraktet; om vi endast skriver nya datum och namnteckningar på sista sidan. Hon svarade att hon ska fråga Franco hur han vill ha det. Jag fick senare ett meddelande om att kontrak-tet är exakt likadant; hon har endast ändrat datumen.

När Franco var och hämtade hyran i början av maj, sade han att jag kan resa då jag har flyg, och att han endast tar betalt för den tid jag bor här. Sakerna får bli i lägenheten men jag packar förstås ner dem i väskor och lådor. Det skulle jag inte behöva göra om jag hade en lägenhet där ingen annan bor.

En dag har jag kanske ett eget hem som är neutralt och inte inrett som en ungkarlslya, med saker på hyllor och i en del skåp. Visst ryms mina saker här, men lägenheten har så mycket möbler att den känns trång. Det har jag märkt nu då jag har varit mycket hemma. Det är svårt att få den ordentligt städad då det finns så många ställen där dammet fastnar. När jag har suttit och sett på Francos bokhylla, CD-skivor och prydnadssaker har jag förstått att det här inte är mitt hem. Jag bor hos "familjen", och visst har de tagit väl hand om mig, men jag längtar efter ett eget hem.

Nu är det inte läge att flytta och jag har ju lovat att bo här länge. Kanske Franco kan hjälpa mig att finna ett hem här i samma komplex? Få se vilken inverkan cornakrisen kommer att ha på hyresmarknaden? Nu har de flesta hyresgäster flyttat norrut, och ägarna har flyttat in eftersom många är permitterade.

34. CORONAFLYG

I slutet av maj dök det upp en sista chans att ta sig till Stockholm med privatflyg. Några sådana flyg hade redan tidigare fört människor till Norden, så jag undrade om det fanns tillräckligt med resenärer kvar på öarna. Jag anmälde mig och bokningarna blev så många att flyget kommer att lyfta. Jag hade tänkt ta mig till Finland på spanska och finska vingar via Madrid och Bryssel. Om exit går enligt planen kommer vi den 19 juni att nå en nivå som gör det lättare att resa.

Nu blir det övernattning på Arlanda innan jag kan ta mig vidare till Helsingfors. Eftersom jag bör vara 14 dagar i karantän, är det bra att jag landar på förmiddagen och genast tar mig ut till ön. Jag har bett Kajsas mamma köpa mat för en vecka, så att jag kan plocka upp den från deras terras under taxiresan ner till båthamnen. Den här gången får jag endast vinka åt barnbarnen i fönstret, och det känns trist att det inte blir några kramar i sommar.

Väskan är packad och i morgon kommer Franco med nya avtalet. Då betalar jag för de tre dagar jag bor här i juni, men jag ska också lämna pengar åt en städerska som kommer när jag har rest. Förhoppningsvis går ingenting sönder den här gången, för på hösten sprack en lampa och spegel då hon städade.

Det känns lite konstigt att våren blev så här. Egentligen hade jag planerat att fira midsommar på Gran Canaria för att få uppleva det en gång. Midsommarvädret i Finland har varit ganska fuktigt och svalt under de senaste åren. I fjol var det i alla fall sol och vinden mojnade till kvällen.

Få se hur sommaren blir i år? Det finns ett nytt barnbarn som blir en månad på midsommar. Min karantän tar slut på midsommarafton så då kan jag träffa människor igen. Jag önskar att det är vackert väder den dagen jag landar, och ska ta mig ut till ön i öppen båt. Det brukar ofta snöa någon av de första dagarna, men nu kommer jag så sent att det i så fall blir regn.

Kommer mitt obehag för fästingar ännu att vara lika starkt? Vitlökskapslar har jag redan tagit i ett par veckor, och kokos-lavendeloljan väntar på mig i stugan. Månntro den lilla manicken som skrämmer bort fästingar ännu fungerar? Jag köpte den i fjol och batteriet kan inte bytas. Kanske är den mera en "affärskicka" än ett verkligt skydd.

Efter att jag hade flyttat hit började jag inse hur många faror det finns i den finska naturen. Eftersom Kanarieöarna geografiskt hör till Afrika tänker vi att här finns fler. Här finns andra faror: havets underströmmar, de branta bergen och "portugisiska örnloksmän" (blåsmaneter) som är mycket giftiga.

För många år sedan blev jag "pussad" av en huggorm i Finland, då jag plockade smultron några meter från trappan. Sköterskan på sjukvårdsrådgivningen sade bestämt att jag skulle ta mig till läkare ifall jag blev blå och fick andningssvårigheter. Jag minns att jag svarade att det är så dags då, eftersom jag befinner mig på en ö i skärgården. Hon verkade också höra till dem som var irriterad över att jobba en solig dag mitt i sommaren, för hon reagerade inte ens på mitt svar. Det gick bra den gången; jag tog alla tre tabletter från Kyypakkaus och höll armen stilla i många timmar. Bettet var på långfingret och huden på handen och armen blev helt slät, och jag kände ett svagt pirrande. Efter några timmar försvann reaktionen och jag vågade röra på mig.

Senare läste jag att Kyypakkaus inte hjälper, och att man alltid bör uppsöka läkare vid ormbett, eftersom giftet kan ge leverskador. En likgiltig attityd och ovänligt bemötande känns obehagligt då man är orolig. Visst förstår jag att de inte vill att vi kommer då personalstyrkan är knapp, men jag blev ändå mycket förvånad över sköterskans svar. Den gången tog jag också humorn till hjälp för att skingra oron och skämtade: "Patienterna ska inte börja ta sig bort från skärgården innan de är blåa och har andningssvårigheter, för då är chansen större att de inte kommer levande fram."

Resan till Finland blev ingen angenäm upplevelse. På flygplatsen var det väldigt god ordning och alla följde instruktionerna, men när vi kom ombord på planet var det fullt kaos. Flyget hade startat klockan åtta från Teneriffa, och på min plats satt en gammal man och sov med fötterna på stolen bredvid. När jag berättade om mitt problem för flygvärdinnan, svarade hon att jag kunde välja vilken ledig stol som helst. När de andra passagerarna hörde det, började de byta sittplats och kaoset blev ännu värre. Aldrig tidigare hade jag upplevt en sådan kaotisk påstigning i ett flyg, och det kändes helt absurt med tanke på pandemin. Flygvärdinnorna hade ingen som helst kontroll på situationen och starten blev rejält försenad.

När vi kom upp i luften slöt jag ögonen och tänkte att måtte vi snart vara framme, men vi hade mellanlandning i Köpenhamn, så jag visste att dagen skulle bli lång. Ingen som hade symtom fick komma ombord, men snett bakom mig på andra sidan om mittgången satt en kvinna och hostade i munskyddet. Visst finns det andra sjukdomar än corona, men i dessa tider upplevde jag hostningarna på ett helt nytt sätt.

Längre fram vid fönstret satt en man som plötsligt tog bort munskyddet och nyste flera gånger med full kraft rakt ut mot mittgången. Om man vill förneka coronans farlighet är en sak, men att uppföra sig töntigt är en annan. Risken för att någon hade smittan var liten, eftersom smittkurvorna hade sjunkit på alla öar, men är ändå störst hos just den där typen av människor.

Jag hade följt med nyheterna så jag visste att jag var på väg till Nordens "coronabo". När vi hade landat på Arlanda ville jag snabbt till hotellet. Jag gick fram till infodisken och frågade om närmaste vägen, eftersom jag inte ville röra mig mer än nödvändigt i "coronaland". Funktionären undrade om de säger så i Finland, men jag svarade att jag inte hade varit där på länge. Det var nog upplevelserna under resan som fått mig att inse den stora skillnaden mellan olika länder. Det tycks vara så att människor helst lyder hemlandets föreskrifter även då de befinner sig utomlands.

Hotellet låg helt nära och i receptionen fanns ett café där jag köpte lite mat som jag tog upp till rummet; ett fint dubbelrum med en stor säng som såg inbjudande ut, men tyvärr visade sig vara alldeles för mjuk. Jag sjönk djupt ner i resåren, och vaknade flera gånger av att kroppen var spänd då den försökte korrigera. På morgonen hade jag ryggvärk men efter gympan blev det bättre.

Det var bra att natten var kort, för jag skulle äta frukost innan jag checkade in till Finnairs morgonflyg. När jag kom fram till gaten och såg "Helsinki" blev ögonen fuktiga; först då vågade jag tro att flyget verkligen kommer att lyfta. Det hade ju varit så många annullerade flyg hela våren. Samtidigt landade ett pyttelitet blåvitt flygplan som körde fram till terminalen. Hops, det var lika stort som det första planet jag hade flugit med på 1960-talet.

Nu var det ordentlig ordning vid påstigning; flygvärdinnorna såg till att två bänkrader gick in samtidigt. De som reste ensamma hade ingen bredvid sig. Samma procedur när vi hade landat på HEL, och alla följde instruktionerna.

Det kändes konstigt med passkontroll, och efter det kom vi till ett rum med en massa funktionärer som bad oss fylla i en blankett. Sedan fick jag ett infoblad om hur jag skulle boka tid till det obligatoriska coronatestet om tre dagar.

Taxichauffören var glad att han fick köra långt i dessa lugna tider. Det duggregnade och var rätt så kyligt. Väderrapporten hade lovat regn och svalt; jag hade därför bett Kajas mamma lägga ut varma vattentäta kläder åt mig.

Kajsa och lillebror Petter stod i fönstret och vinkade åt mig, medan jag klädde på mig på terrassen. Så lade jag matkassarna i taxin och färden fortsatte till båthamnen. Nog kändes det konstigt att inte få krama nära och kära, men nu lever vi mitt i en global kris. När vi kom fram till hamnen ökade regnet, och där satt jag snart i den lilla båten på en helt öde fjärd.

35. KULTURKROCK

Nu har jag landat vid bryggan, burit upp väskorna och tänt en brasa i stora täljstensspisen. Kylväskan lämnade jag på terrassen för det dröjer innan kylskåpet är kallt. Utetemperaturen är 12 grader och inne är det 17. Det känns inte så fuktigt trots att det regnar, eftersom det har varit soligt väder en längre tid. Att Gläntan hälsar mig välkommen i det här dystra vädret känns lite tungt efter den långa färden. Den här gången hade jag verkligen behövt vackert väder.

Jag tar bilder av stranden och termometern i köksfönstret. Medan jag äter en lätt lunch lägger jag ut bilderna på Facebook, med en text som kan tolkas som om jag inte är så värst nöjd med vädret. Det är tydligen ingen skillnad när jag kommer hit; det blir svalt och regn om det inte snöar.

Här har det tydligen inte regnat på länge och reaktionerna på Facebook blir därefter. Men just nu när jag sitter här med fuktigt hår och känner mig ruggig, har jag ingen förståelse för deras kommentarer.

Jag borde komma fram till mitt klädskåp och få en ulltröja och varma byxor. Ullsockorna finns visst i en korg i bastun men badrummet är fullt med möbler. Stugan känns liten och trång nu när allting utom sängarna är i nedre våningen.

När jag läser kommentarerna på Facebook kan jag konstatera att ingen handlar om mitt inlägg, utan alla skriver om den förfärliga torkan, och att jag borde vara nöjd över att det regnar. En del önskar mig också välkommen, medan andra endast vill berätta hur fel mitt inlägg är.

Oj, jag drabbas av kulturkrocken också i år. Jag som trodde att det var omöjligt nu när jag ska vara i karantän. Men den här kulturkrocken känns värre än den jag har upplevt ute på stan vid tidigare ankomster, eftersom det nu är släkt och vänner som reagerar. Det som i alla fall blir klart, är att folket i det här landet lider av en sådan fruktansvärd torka, att den verkar ha slagit ut all empatisk förmåga.

Jag tänker på detta arma folk och känner vemod i hjärtat när det plötsligt plingar till i mobilen. Franco undrar hur jag har det, och nu känner jag hur värmen, omtanken och den medmänskliga kärleken strömmar genom hela Europa och fyller mig med en skön känsla. Jag skickar ett par bilder med kort förklaring om fukten och kylan ute och MUCHOS GRACIAS! Tänk hur lite omtanke kan förändra allting!

Det kommer fler kommentarer och när jag läser igenom alla på nytt börjar jag skratta, för nu ser jag det komiska i reaktionerna. En kund från långt tillbaka har svarat mest aggressivt, och skriver till och med om gruppen som hon deltagit i för många år sedan. Hon anser att jag, som har hjälpt människor att se nyttan och det positiva i sina motgångar, borde kunna se positivt på det här. Att i alla sammanhang genast tvinga sig själv att se positivt innebär att man lever med lögner. Nyttan upptäcker man ofta senare, men visst finns det redan nu en positiv sak: det är inte snöstorm i dag.

Det hjälper inte ens att jag skriver att jag på grund av tystnadsplikten inte behandlar ärendet på Facebook, och att hon borde ha tagit upp det på utvärderingen, utan hon fortsätter i ännu ilsknare ton. Slutligen svarar jag att jag minns tydligt att det fanns en deltagare i den gruppen som inte följde reglerna, vilket innebar att det blev svårt att hålla ihop det hela. Hon medger det men jag blockerar ändå henne. Egentligen har jag inte gillat att ha kunder som Facebookvänner, eftersom det kan uppstå svåra situationer, ifall någon inte förstår vad som kan behandlas på sociala medier. Jag har alltid velat ha en tydlig gräns mellan arbete och privatliv. Mår människor så dåligt i det här landet nu? Här har ju inte varit ordentlig lockdown ens.

"Det finns inte fel väder utan endast fel kläder" är ett uttryck som är indrypt i finsk sisu. Visst för helsike finns det fel väder: tänk ett bröllop som planerats på stranden och så blir det regn och storm, men det finns många andra tillfällen där vädret kan ställa till besvär. Det vet jordbrukarna men också jag som har vuxit upp på en ö. Klimatförändringen har redan rubbat systemet så mycket att många länder har fått uppleva extremväder.

På eftermiddagen ringer en vän som undrar hur jag har det, och på kvällen pratar jag med en annan kompis, som nu är permitterad för en lång tid. Båda har förundrat sig över kommentarerna på Facebook, och att de inte har något att göra med mitt inlägg. Så är det ofta; människor skriver av sig utan att läsa ordentligt eller sätta sig in i situationen. Jag har också lagt märke till att det jag skriver om Finland får människor att direkt gå i försvarsposition, som om det är fråga om en jämförelse mellan mina hemländer.

Kompisen som jag pratar med på kvällen anser att det enbart handlar om avundsjuka, men nu handlar det om en båttur i regn. Jag missunnar ju inte dem regn, men just under båtfärden hade det fått vara uppehållsväder. Finns det någonting i mitt liv att vara avundsjuk på?

Frida och Alex har varit här i maj och röjt undan vassen från stranden, krattat gården och städat bort det värsta dammet inne i stugan. Eftersom Frida var i slutskedet av graviditeten kunde de inte lyfta upp möblerna till andra våningen. De tog endast in två stora resårmadrasser som nu ligger framför soffan. Det var meningen att de ännu skulle komma hit innan jag flyttar, men jag kom ju tidigare än planerat. I mitt rum är det så mycket möbler och saker att jag bäddar åt mig på madrasserna. Jag planerar att jag ska sova i egen säng senast nästa fredag.

Första natten går i samma stil som den förra. Jag vaknar av att ryggen värker och rullar över till soffan, men den är så hård att korsryggen är stel och avdomnad när jag nästa gång vaknar. Vädret är däremot bättre och enligt väderprognosen ska det bli sol på dagen. Det känns konstigt att vara här, och jag ger mig själv några dagars anpassningstid.

När jag börjar packa upp det som har varit nerpackat ett år, märker jag att allting är indränkt i damm. Lyckligtvis rymdes det mesta i lådor, men även de sakerna har gammalt damm på sig. Medan jag torkar av varje pryl med fuktig trasa får jag tid för reflektion.

Ensam lyckas jag inte få upp några möbler eller madrasser för den branta trappan. Eftersom jag har ont i ryggen bör jag planera noggrant, så att jag inte behöver flytta tunga möbler flera gånger. De extra stora resårmadrasserna tar så stort utrymme att det är besvärligt att röra sig i vardagsrummet. De köptes till en väggfast säng som förut fanns i min "kajuta". När barnbarnen kom förändrades behoven och sängen byggdes om.

För att kunna tvätta de stora fönstren måste soffan flyttas, men när det är gjort kan jag ställa madrasserna bakom den. Jag överraskar mig själv med att få sova i egen säng tidigare än planerat. Första dagarna har gått i ett dammigt töcken, men kanske jag snart landar ordentligt i den här världen. En dag regnade det rejält så nu ska väl alla vara nöjda. Förhoppningsvis är bastun snart tömd så att jag kan ta ett rejält bastubad.

I dag kom jag på att det nog finns saker i mitt liv att vara avundsjuk på: jag är äkta, ärlig, modig och har förverkligat alla mina drömmar. Jag är så stark att jag vågar vara svag, och behöver inte leva med några livslögner. Ibland är jag så äkta och ärlig att det ställer till med problem; i synnerhet med dem som har en nedlåtande attityd mot singelkvinnor. Vi ska tydligen veta vår plats och inte mopsa upp oss. Att bli behandlad som den "snälla tanten" gör mig rabiat. Det är inte enbart män som behandlar oss så, utan många kvinnor har ännu en konstig attityd mot starka och självständiga kvinnor.

En del anser att det är modigt att ensam flytta till ett nytt land. Inte behövs det så mycket mod, men visst har jag varit modig då jag har fattat snabba beslut i knepiga situationer. Jag har gjort ett medvetet val att alltid lita på att livet bär, eller egentligen har livet lärt mig det.

Men har jag ännu några drömmar kvar? Javisst har jag det, och nog tusan ska jag också förverkliga dem. En dröm är att få den här boken i min hand, och nu när jag förhoppningsvis är frisk ska jag verkligen njuta av min nya chans.

Ensamheten är påtaglig här; den känns mycket värre än sex veckors lockdown. Alla dagar kör det inte ens en båt förbi, så jag ser fram emot att snart få köra till Björnsö och hämta mera mat. Jag har beräknat att maten räcker till söndag och nu hoppas jag att Alex snart har tid att handla. Det kändes konstigt att be om hjälp, ungefär lika som då jag var sjuk, men nu måste vi alla lyda restriktionerna.

Ute växer gräset snabbt efter regnet men jag måste få stugan städad först. Det går långsamt på grund av trängseln som gör mig irriterad. Egentligen ryggar jag mest för att jobba ute med fästingarna, men snart har jag inget val. Jag tar promenader runt på gårdsplan alla dagar men skogen får vara.

Radio Vega piggar upp mig i ensamheten. Ett säkert sommartecken är repriserna som varvas med nyheter om coronaläget. Något coronatest blev det inte för mig. Det var många dagar strul i bokningssystemet så jag lät det vara, för vem kan jag smitta här ute på ön? Damm och pollen gör att både näsan och ögonen är irriterade hela tiden.

Varför har jag Gläntan egentligen? Namnet kom från "längtan till gläntan": ett ställe dit jag alltid skulle längta och det blev en glänta då träden fälldes. Men längtar jag hit nu mera?

Då jag är i Finland skulle jag hellre bo nära mina barnbarn. När jag bodde i stan förra sommaren hade jag nära till naturen, all service och barnbarnen. Bor jag på fel ställe?

Somrarna har blivit blåsiga och jag tycker att det är obehagligt att köra båt i hård vind. Allting måste planeras enligt vädret när man bor på en ö. Jag upplever inte livet här så positivt längre, utan det ger mig mera besvär, ensamhet och stress. Avfallsupphämtningen har dragits in, så nu är det fem kilometer till kommunens avfallskärl.

De flesta sommargrannar är pensionärer som åker in till stan en gång per vecka för att handla, hämta post, träffa barnbarn och utföra andra ärenden. Förut hade jag lägenheten i stan, men nu är det här mitt enda hem i Finland.

Det är inte karantän som är orsaken, utan jag förstår nu att jag har känt det så här sedan jag blev pensionär.

Borreliosen har gjort att jag inte längre kan njuta av att vandra i skogsmarker. Helst sitter jag på terrassen och ser mig omkring, men den täta och mörka skogen som har vuxit upp mot öster känns extra obehaglig i år. Helsingfors stad äger största delen av ön, och jag har sedan förra sommaren haft kontakt med personen som ansvarar för markaffärer. Han skickade ett förslag om markbyte på hösten som jag godkände, men trots upprepade förfrågningar har ingenting hänt. Jag är så trött på att behöva ta kontakt gång efter annan utan att ens få svar.

36. ÅT SKOGEN

I dag är det fredag morgon och jag sitter på terrassen. När jag ser den höga dystra skogen får jag ångest. Förut var här morgonsol, men nu når solen terrassen först på förmiddagen. Det har blivit mörkt i badrummet och bastun, då de höga träden hindrar morgonsolen att nå fram. Hjortarna har ätit upp syrenen, eftersom djuren inte längre kan skilja mellan skog och gårdsplan. Inte var det konstigt att mården flyttade in förra våren.

Jag tar fram mobilen och trycker fram numret till personen som sköter fastighetsaffärer på Helsingfors stad. Han svarar genast och frågar om jag är i Finland. Jag berättar om kulturchocken, solen som inte når fram till stugan, skogen som "faller" över mig och får mig att må uselt. I dag har jag inga filter och pratar direkt ur hjärtat, samtidigt förstår jag att just det här behövs nu. Det gäller att ta vara på stunden och omvandla illamåendet till något konstruktivt.

Han berättar om personalsituationen på byrån; det låter mycket bekant från tiden jag jobbade i offentliga sektorn, vilket inte får mitt obehag att minska precis. Jag svarar att jag nog förstår hans situation, men nu kan jag inte vänta längre. Han lovar att föra ärendet vidare till sin förman, som snart kommer att skicka avtalet åt mig. Det här betyder att ingenting har hänt trots att jag godkände förslaget redan på hösten. Han medger det och säger att det krävs några extra timmar eftersom jag har begärt att få det på svenska. Han kunde väl ha berättat att det var orsaken, men jag säger att det får vara på vilket språk som helst, bara det nu blir skrivet.

Efter lunch går jag ner för att städa båten och när jag drar med tvättsvampen över bottnen i fören upptäcker jag en spricka. Nej vad i helsike: en spricka nu igen! Den hade ju en spricka i akterspegeln för några år sedan. Vad är det här för måndagsexemplar av finsk kvalitet?

Jag tar några bilder och ringer återförsäljaren. Han svarar att någon garanti har den inte längre, men jag håller fast vid att det redan är den andra sprickan, och undrar vad som är orsaken till att den här båten spricker upp.

Han är lika fåordig och flegmatisk som vanligt, och säger att han väl måste kontakta fabriken. Jag har lust att svara att han inte måste göra någonting annat än dö, eftersom allt annat i livet är frivilligt, men jag kan behärska mig. Vi kommer överens att jag skickar några bilder åt honom, och att jag lägger "jesustape" över sprickan för att förhindra att mera vatten tar sig in mellan skråen. Om det kommer in vatten där blir båten förstörd. Hur har en företagare en sådan attityd till sitt arbete, eller är det endast hans sätt att uttrycka sig? Kan han med den där stilen föra fram ärendet ordentligt och förhandla?

När kunder har berättat om alla sina "måsten", har mitt svar som arbetshandledare varit, att det enda vi måste är dö, för allting annat kan vi själva påverka om vi vill.

Första veckan blev verkligen motig och svår; den gick åt skogen kan man säga. Hur ska resten av sommaren bli? Så mycket värre kan det inte bli i alla fall, och nu längtar jag efter att få träffa mitt nya barnbarn, men också Kajsa och Petter.

37. KANARISKA FAMILJEN

Nu är vi i början av september och jag sitter på flyget från Bryssel till Madrid och funderar på sommarens händelser. Första etappen på blåvita vingar gick snabbt då en flygvärdinna var så intresserad av mitt liv, men nu är det rödgult och annat språk som gäller.

För några dagar sedan lämnade jag båten på Björnsö för årsservice, och två veckor innan det fick jag veta att fabriken kommer att reparera sprickan. Otaliga telefonsamtal blev det till återförsäljaren, som hade olika förklaringar till varför ingenting hade hänt, men nu görs det som goodwill.

Sommaren var i övrigt inte heller någon höjdare. När det vackra vädret var över i slutet av juni blev det svalt och ostadigt med friska vindar. Lyckligtvis var det varje vecka en dag för vilken de inte gav vindvarning, så att jag kunde åka till stan och köpa mat. En sådan dag var det Petters födelsedagskalas, men också nya babyns namngivningsfest förärades med vackert väder.

De bästa dagarna var då Kajsa var på ön, och vi simmade och badade bastu många timmar. I pauserna satt vi på terrassen och hade intressanta diskussioner. En dag ville hon måla med akvarellfärger, och en annan gång lärde jag henne att sticka.

En kollega gjorde sitt sedvanliga besök, men i år måste vi sitta ute på terrassen. Det var en konstig sommar eftersom man inte vågade kramas, men Kajsa kramade nog mig mot min mage. När vi skulle sätta oss ner på någon bänk i stan, satte hon sig långt från mig så att hon inte skulle smitta.

Färgburken, som hade blivit över då stugan målades för två år sedan, stod ännu där och väntade. Den var ämnad för vedskjulet som hade mörknat på södra sidan. När stugan var städad och gräset klippt, satte jag i gång med målningsprojektet. Jag tog det i korta etapper för vädret var så ostadigt. Endast ena gaveln blev målad ända upptill. Terrängen var ojämn och jag hade ingen passlig stege, men jag skulle inte längre med pensel i handen ha vågat klättra upp på en stege. Jag gjorde så gott jag kunde, och var både stolt och nöjd över vad jag åstadkommit. Vedskjulet får symbolisera hur läget är nu.

Medan jag jobbade tänkte jag på hur det hade varit då jag 25 år tidigare hade målat största delen av stugan och vedskjulet. Då hade jag tänkt att nästa gång gör vi det här alla tillsammans som "talkoarbete". Så blev det inte för jag anlitade en målare för stugan, men jag hade hoppats att få hjälp med skjulet.

Medan jag jobbade reflekterade jag över vad det innebär att ha en fritidsstuga. Den här sommaren var förstås speciell med coronan, ny baby och alla restriktioner. Året innan var det mårdfamiljen, och för två år sedan blev jag sjuk. Jag ser många tecken som visar vart jag är på väg med Gläntan.

Den yngre generationen lever ett rörligt liv, men tycker det är trevligt att koppla av på stugan några dagar nu och då under sommaren. De är stressade och trötta så arbetsläger passar inte för dem. Jag klandrar inte dem för det, men jag vill leva ett skönt liv på en plats där jag mår bra.

Min slutsats blev att arbetsläger inte längre är det bästa för mig, och att Gläntan de tre senaste åren har gett mig mer elände än glädje. Räknar jag alla kostnader så förstår jag att det dessutom är dyrt att äga ett arbetsläger.

På midsommardagen, då jag var trött och besviken, tog jag upp saken och sade att jag kommer att sälja. Det föll inte i god jord och det var förstås helt fel tidpunkt. Under de ensamma veckorna hade jag upptäckt hur beroende jag är av att få hjälp med tunga sysslor. Dessutom hade mitt obehag för fästingar inte minskat.

Innan midsommaren klippte jag gräset. När jag efteråt slog mig ner på terrassen kände jag att någonting rörde sig i nackhåret. Hastigt flög handen upp i nacken och ner på byxorna föll en fästing. Snabbt slog jag bort den medan pulsen ökade. Jag hade undrat hur jag skulle reagera om jag skulle träffa på en fästing. Efter den här upplevelsen hade jag hatt eller huvan uppdragen när jag gick under små träd.

Det var första midsommarhelgen som jag inte hade stora mattan på golvet, för ungdomarna hann inte få möblerna uppburna till övre våningen. Det fanns en nyfödd baby och ett sup-bräde, och nog förstod jag att de behövde koppla av. Min feststämning uteblev och de firade mest med grannarna som är i samma ålder. Ensamheten kändes så påfallande och jag längtade bort. Visst var jag glad över att få träffa det nya barnbarnet, men hon sov för det mesta eller var med sina föräldrar.

Jag borde ha bett Kajsa komma till ön genast efter midsommar, för det blev inget bostadsbyte med Frida och Alex som de hade önskat. Den veckan var sommarens varmaste och soligast, men jag befann mig i ett konstigt töcken efter de uppslitande reaktionerna.

Nyblivna mammor är mycket känsliga då hormonerna svallar, men också mormödrar i karantän tillsammans med en massa småkryp kan vara det. Renoveringsdammet och pollenet gjorde inte saken bättre, eftersom bihålorna var så svullna att skallen kändes som om den var två nummer för liten.

Frida tog upp Gläntan när vi träffades innan jag reste. Hon föreslog att de skulle ta över och stå för alla kostnader. Jag svarade att jag inte vill äga stället, för det handlar inte endast om löpande kostnader, utan där måste också göras olika renoveringar. Det sista hon sade innan vi skiljdes var att hon vill att den blir i släktens ägo.

Visst är det en vacker tanke, men hon har inte klart för sig vad det betyder att ta hand om en fastighet. Det är inte bara stugan som ska hållas i skick, gräset som ska klippas, veden som ska fixas, blomrabatterna som ska rensas, buskarna som ska beskäras, slyn som ska slås bort, för vassen borde också bekämpas varje sommar. Min rygg orkar inte längre med alla sysslor, och fukten i skärgården får min kropp att må dåligt. Det som en gång var Paradis1 har förvandlats till en obehaglig svulst som bara växer. Har jag byggt ett fängelse åt mig? Nu vill jag koppla bort Gläntan, och njuta av några veckors semester innan jag fortsätter med skrivandet.

Jag har ett nytt pass och pensionsintyg i väskan. När jag kommer fram ska jag skriva in mig i kommunen och söka residencia genast när S1-intyget kommer från Finland. Mellanhanden har lovat att hjälpa mig att få det gjort mot ersättning förstås.

Under mellanlandningarna motionerar jag på de ganska folktomma flygplatserna, och det känns mycket bättre än då jag sitter över sex timmar i samma flyg. Vi landar på LPA 30 minuter innan beräknad tid; väskan kommer snabbt och det känns skönt att snart vara hemma.

På arbetsbänken i köket finns en flaska skumpa, chokladask och ett kort med texten **WELCOME.** Jag är trött efter den långa resan så det här känns underbart i mitt hjärta. När jag tackar på chatten berättar Franco att det finns lite mat i kylen. Jag äter några mackor, bäddar sängen med min bäddmadrass och så bär det av till fjäderholmarna.

När jag vaknar känner jag mig utvilad. Franco har lyft ner mina lådor så det går lätt att packa upp sakerna. Mat och vatten behöver jag gå och köpa. Snart dyker väl Franco upp och vill ha "månadspengen". Hans familj bor den här månaden i en lägenhet högre upp i komplexet. Nu har jag lust att fortsätta med skrivandet, men först behöver jag ha en liten semester efter arbetslägret.

Munskydd gäller nu överallt men det känns helt okej. Jag använde munskydd i bussar och köpcenter i Finland också, och ibland var det någon som flinade upp sig. Snart har nog alla munskydd där också, för den slappa inställningen kommer inom kort att få upp smittkurvorna.

Coronan har ökat lite här nu i samband med semestertiden, så restriktionerna blir eventuellt strängare. Det handlar om hur många som får träffas och sitta vid samma bord. Här är mycket lugnt trots att skolorna inte ännu har startat. Några hotell har öppnat men de får inte ha full beläggning. Restaurangerna har endast servering på terrasserna med rejäl distans mellan borden. Lyckligtvis har många ställen väggar av fönsterglas, som går att skjuta ihop så att hela restaurangen blir terrass.

Hur ska ön klara sig och hur långvarigt blir det här? Jag bestämmer att jag nu ska anlita taxi då jag rör mig utanför San Agustin, och handla från de ensamma företagarna som modigt har öppnat i köpcentret.

Nu behöver jag få pensionsintyget översatt till spanska. Jag trodde att mellanhanden också skulle sköta om det, liksom tolken berättade att hon gör, men hon meddelade att det behövs en verifierad tolk. Hon har inte ens något förslag på en översättare, och det tycker jag att verkar konstigt med tanke på att hon handhar sådana ärenden. På Facebook får jag tips om en juridisk byrå som kan fixa det. Jag kontaktar dem och skickar intyget för översättning.

När jag hämtar det översatta intyget, säger funktionären att jag borde skriva in mig i kommunen, för jag behöver inte S1-blanketten för det. Hon kan boka en tid och åka med mig till kommunalhuset. Jag säger att jag redan har kommit överens med mellanhanden, men lovar att återkomma om jag behöver hjälp.

Jag sänder ett meddelande angående saken åt mellanhanden, men hon svarar att hon är så upptagen nu med en svårt cancersjuk kund. För ett år sedan var det också en cancersjuk kund, och nu igen en som tar hela hennes tid. Inte är jag överraskad, men nog är det lite komiskt; trots att ön är så folktom är hon så upptagen att hon inte hinner komma med mig till kommunalhuset. Nu börjar jag ana att orsaken är en annan, som jag antagligen snart kommer att få veta. Min intuition säger att det finns någonting som inte ännu är avslöjat.

Sista dagen i september åker vi till kommunalhuset som finns i San Fernando. En vakt mäter tempen på oss innan vi får gå in i en stor aula, och där spritar vi händerna och gå fram till en disk. Funktionären ger två blanketter, som vi fyller i vid ett bord ute på gården. Efter det går vi till ett annat rum, men där får det endast vistas tre personer samtidig så jag stannar utanför.

När hon kommer ut med mitt certifikat säger hon att hon ska sköta ett ärende, ber mig vänta och försvinner tillbaka in i huset. Jag tar en bild av huset och gör en uppdatering på Facebook. Det känns så skönt att äntligen vara inskriven, för nu behöver jag få mitt sjukförsäkringskort. Innan dess behöver jag väl residencia antar jag.

Tiden går, solen gassar och det är svårt att hitta skugga under det glesa trädet. Jag borde nog ha sagt att jag går hem, men jag blev så förvånad och tänkte inte att hennes ärende skulle ta så lång tid. När hon meddelade vad det skulle kosta tänkte jag att mitt ärende säkert kan ta ett par timmar, men det var avklarat en halv timme efter att vi hade startat från byrån. Glädjen över att ha blivit inskriven tar ändå överhanden, och vad kan jag göra eftersom jag redan godkände priset.

När jag kommer hem sitter Franco vid Minimarket och dricker kaffe, och han frågar om jag också vill ha. Jag har lust att ta fram och visa mina papper, men nu vill jag ha en bättre dryck. Det här måste firas.

38. OSYNLIG SAMBO

Det dröjer inte länge innan mellanhanden hör av sig på chatten. Jag såg att hon gillade mitt inlägg på Facebook, men det förvånar inte eftersom hon är mycket aktiv kommentator på öns svenska sidor, vilket ju är lite konstig av en mycket upptagen person.

Nu skriver hon: *"Franco har sett inlägget och är orolig för han kan få höga böter, eftersom han inte betalar skatt på hyran. Jag vill nog att han ska betala skatt men det kan jag inte säga åt honom."* Nehej, sådant kan man ju inte säga åt en som får gratis service, så den betalande kunden bör förstås anpassa sitt liv efter det. Går det inte att helt sluta med förmedlingen av svarta hyreslägenheter? Förstås inte så länge som konkurrenterna sysslar med det.

Jag frågar om jag har en osynlig sambo, eftersom hans post ännu kommer hit. Den frågan svarar hon inte på, utan berättar att han en tid har bott i lägenheten och varit skriven här. Nu vill hon att jag, om jag väljer att uppge hyran i skattedeklarationen, gör det från en senare tidpunkt, så att Franco hinner förbereda sig. Vad då, väljer att deklarera hyran? Hur kan man göra det? Enligt mellanhanden kan man såklart göra det, men hur är det möjligt när jag är registrerad här och gör skattedeklaration? Ska jag bo här som Francos sambo?

Hon uppmanar mig att vara i kontakt med Franco, men också att fråga någon som känner till skatteärenden. Borde inte hon veta vem jag i så fall ska kontakta, eftersom hon har bott på ön i många år, och marknadsför sig som en företagare som hjälper inflyttare att registrera sig? Bor alla i skatteparadiset?

Nu behöver jag poolen. När jag går ner i vattnet förnimmer jag lite av samma obehag, som jag kände då jag förstod att jag hade blivit lurad av mellanhanden. Medan jag joggar runt blir tankarna klara, och jag förstår att det är jag som ändå har makten. Inte vill jag att Franco hamnar illa ut trots att det skulle vara en bra lärdom för honom. Jag har ju redan visat upp ett hyreskontrakt hos polisen, och snart gör jag det en gång till. Funktionären sade något om skatteintyg som bör föras till kommunalkansliet, men har de verkligen ingen kontroll på hyresvärdarnas skattedeklarationer? Inte om man endast har en sambo, hahaha.

När jag stiger ut ur duschen kommer jag ihåg att jag har läst om en svensk kvinna som sköter skatteärenden. Jag begär hennes kontaktuppgifter på Facebook och bokar en tid hos henne. Lika bra att ta itu med saken genast och få säker information.

Skatteverkets översättning till svenska i Finland gör mig endast mer förvirrad. Det finns så många "eventuellt" i texten, att det är omöjligt att få någon klarhet i vad som verkligen gäller. Därför skriver jag ett mejl och frågar om det är okej att jag börjar deklarera i Spanien från och med januari 2021. De svarar att eftersom jag får pension från offentliga sektorn, kommer jag att betala skatt till Finland. Detsamma gäller för hyresinkomsterna.

Hos skatterådgivaren får jag klar och tydlig info: hyran skall alltid deklareras och hyresvärden behöver endast betala skatt på 40 % då hyresgästen är resident. Vi går också igenom övriga skattefrågor, och hon säger att de kan hjälpa mig att söka residencia hos polisen, eftersom den juridiska byrån är dyr. Visst har hon rätt; den servicen hade nog en skyhög timdebitering.

Vi går också igenom vilka dokument jag behöver ha med till polisen. Nu får jag veta att jag också behöver utdrag från bank-kontot över utbetalning av pensionen. Det finns inte i tolkens lista på vad som behövs, men inte heller mellanhanden har nämnt någonting sådant. Skatterådgivaren ber en sekreterare ta kopior på alla mina dokument, och den här infotimmen kostar inte ens en tredjedel av det som jag betalade för att få N.I.E eller att bli inskriven i kommunen. Nu blir jag trygg och Franco borde ju också bli nöjd över att endast behöva betala skatt på 40 %.

När jag skrev åt Franco att jag går till en skatterådgivare, svarade han att han ska prata med en expert. Jag frågade också om jag har en osynlig sambo. Han svarade: *"Jag har tagit hand om dig med stor kärlek."*

Efter besöket hos skatterådgivaren sänder jag följande meddelande åt Franco: *"Jag börjar deklarera från och med januari och då behöver jag ett ordentligt spanskt kvitto som duger åt myndigheterna, men jag betalar helst per bank som rådgivaren föreslog. Du behöver endast betala skatt på 40 % av hyran då jag är resident."* Han svarar: *"Nå ja, det är sen det."* Bäst att låta saken vila och begära kontonumret i december.

Förhoppningsvis uppstår det inte fler sambon innan dess. Mellanhanden ville i fjol att jag skulle flytta, så kan det finnas andra sanningar som ännu kommer att uppdagas?

39. LÄCKAGE

Nu har vi kommit till månadsskiftet november-december. Sent på kvällen upptäcker jag en vattenpöl under skåpet i badrummet. Jag öppnar dörrarna, tar ut högen med städtrasor och märker att de delvis är våta. Nu ser jag att det droppar vatten från det ena röret som går till kranen, och bakre delen av skåpet är vått. Städdukarna har sugit upp en del av vattnet, och hindrat det att rinna ner på golvet. Visst undrade jag varför det fanns så många dukar på hyllan då jag kom i september, men inte kan väl orsaken ha varit att det läckte redan då? Det har luktat konstigt i badrummet en tid, men jag har trott att lukten kommer från avloppen då nätterna har blivit svala.

Fukt igen! Nu bara orkar jag inte med det mera! Tredje gången gillt på den här ön. Klockan är så mycket att jag inte kan kontakta Franco. Jag har inget annat fyrkantigt kärl än mina behållare för iskuber, så jag lägger dem på hyllan mot väggen där det droppar, för jag vill veta hur stort läckaget är. På golvet under skåpet lägger jag tjocka handdukar som suger upp det som rinner förbi.

Hur länge kan det ha varit läckage här? Jag kollade i september då jag flyttade in, men läckaget är så väl dolt att där nog kan ha droppat redan då, eftersom städdukarna har sugit upp vattnet. Människorna här har en tendens att hitta på konstiga lösningar för att undvika att behöva ta itu med reparationer. Lika var det med den trasiga luftkonditioneraren då jag flyttade in.

När jag ser de vattenskadade golvlisterna undrar jag hur jag inte tidigare har reagerat på att här finns golvlister i badrummet? Inte ska man ju ha golvlister i badrum, och deras ojämna yta berättar om tidigare fuktskador. Visst har det hänt mycket som har stulit min uppmärksamhet, men jag har också litat på Franco.

Jag har haft besvär med ögonen allt sedan jag flyttade hit, men först skyllde jag på renoveringsdammet. På våren då jag var mycket hemma blev besvären så svåra, att jag skulle ha uppsökt läkare ifall det inte varit pandemi. Jag köpte i stället samma droppar som farmaceuten rekommenderade på hösten. Nog gav de lite lindring, men under högra ögat har jag ännu en röd fläck.

Är det meningen att jag ska flytta nu? Jag har kollat upp vilka bostäder som är lediga för att se om hyrorna sjunker. Många är tomma och det har varit spännande att följa med vilka som förblir det hela vintern. Nu hyr flera ägare ut med korttidskontrakt, trots att det inte är tillåtet utan licens, men här sker mycket olagligt. Jag har fortlöpande kontrakt och har sagt att jag behöver bostad för lång tid. Inte vill jag lämna Franco utan hyresgäst mitt i coronatiden, men handlar det om mögel och min hälsa blir det annan prioritet.

Sömnen blir orolig och när jag vaknar på natten går jag och kollar läckaget. Behållarna är fulla med vatten; jag tar en bild av dem innan de töms och handdukarna byts ut.

Klockan åtta skickar jag ett meddelande till Franco, som svarar att han kommer snart. Om en timme är han på plats, lösgör det läckande röret och försvinner till järnhandeln. Jag mådde illa redan när jag vaknade, men nu har jag också huvudvärk. Franco lovar att köra mig till läkaren om det inte blir bättre. Det var första advent på veckoslutet, och jag bakade pepparkakor som blev lite kryddstarka. Jag gillar pepparkaksdegen bättre än färdigt gräddade, så det är möjligt att magen därför har reagerat. Läckaget som gav dålig sömn gör inte saken bättre.

När jag halvligger på soffan tänker jag på allt som har hänt här. För ett tag sedan blev kylskåpet plötsligt mörkt en morgon när jag var på väg till butiken. Då var Franco på Fuerteventura, men han skickade snabbt en kompis som fixade det. Problemet var ett sprucket eluttag i köket. Han sade att kompisen var elektriker, men på den här ön är de flesta både elektriker och rörmokare. Den så kallade elektrikern hade en skruvmejsel i handen och begärde en sax.

Efter att Franco gått märker jag att det ännu droppar vatten från samma ställe, men nu är läckaget mindre. Jag meddelar Franco och stänger av lägenhetens huvudkran, och öppnar den endast då jag behöver använda vatten.

Följande dag kommer Franco på nytt och kollar på läckaget. Så kommer han fram till mig och frågar om jag klarar mig utan varmt vatten tills fredag. Jag frågar om jag åtminstone kommer att ha kallt vatten, och han nickar och försvinner till badrummet. I dag är det tisdag, så nog skulle jag vilja duscha med varmt vatten innan fredag.

Franco försvinner ut genom dörren och om den stund är han tillbaka med en ny kran. Jag hjälper honom att få den installerad, och efter det strömmar vattnet obehindrat. Läckaget uppstod kanske på grund av att kranen inte fungerade som den borde. Jag tyckte nog att den gamla hade väldigt svag vattenstråle, men så länge det kommer ens lite vatten ska man inte klaga här. Eftersom de ofta själva gör installationerna kanske allting inte blir helt rätt, men en kran blir ju också utsliten med tiden. Nu har jag en modell som liknar dem jag har i Finland.

Den fräna lukten och det våta skåpet bekymrar mig, men Franco säger att han inte känner någon lukt. Hans förklaring är att avloppen utanför luktar, men jag vet att den här lukten började för några veckor sedan.

Jag lägger en plastburk över duschens avlopp för att kolla varifrån lukten kommer. Visst luktar våta spånskivor men jag tycker att det sticker i ögonen. Jag har haft besvär med ögonen från och till sedan jag flyttade hit. Jag har skyllt på dammet, men har det egentligen berott på mögel?

Följande morgon luktar det lika häftigt i badrummet. Jag undrar hur det ser ut bakom de fuktskadade golvlisterna? De som finns under skåpet har blivit fuktiga nu och då aktiveras möglet. När jag i ett meddelande till Franco nämner dem, får jag veta att det har varit ett stort läckage då varmvattenberedaren gick sönder. Alltså, det är mycket troligt att det har funnits mögel bakom listerna hela tiden.

Nu blir jag orolig och kollar på nytt lediga bostäder. Det finns två för långtidskontrakt i samma komplex. Den som ligger högre upp är inget för mig, men jag måste kolla var den andra finns. Jag bestämmer ändå att inte fatta något avgörande beslut innan jul.

Franco skriver att han kan byta ut skåpet och att han ska limma listerna, men de borde nog helt tas bort. Han anser att vattnet borde ha gått ner till grannen ifall läckaget varit stort. Ett långvarigt sipprande läckage, som breder ut sig i golvet ger nog fuktskador, men här tar de lätt på sådant. Jag frågar Franco om han har hemförsäkring men svaret är svävande.

På lördagen börjar brandalarmet ge korta pip klockan sex på morgonen. Det är fastsatt mitt i vardagsrumstaket, och jag vågar inte stiga upp på den höga skrangliga klaffbarstolen. Tänk att den ger varningssignal nu redan? Franco installerade den i januari efter en livlig chattdiskussion. Jag hade hört konstiga ljud när jag släckte lamporna vid läggdags, och det trasiga eluttaget kändes inte heller säkert.

Pipandet tar slut efter någon timme, men när jag kommer hem vid elvatiden sätter det i gång igen. Francos familj bor några dagar i en lägenhet i komplexet, så jag frågar om han kan komma och ta ner brandvarnaren. Mitt blodtryck är så lågt att jag inte vågar stiga upp på den höga barstolen. Jag hade tänkt skaffa en normal köksstol men coronan ändrade alla planer.

Franco har med sig en låda som suger upp fukt och ta bort unken lukt. När han placerar den i skåpet säger jag att dörrarna bör vara öppna så att det torkar. Den tar inte bort eventuellt mögel, men får skåpet att snabbare torka så att lukten minskar.

Lite svart mögel hittar jag i duschskåpet då jag noggrant kollar igenom hela badrummet. Det finns på gummilisten mellan skjutdörrarna där det är svårt att städa. Jag lindar hushållspapper på en stekspade, sprayar på lite städmedel och för in den mellan dörrarna. Duschskåp med skjutdörrar som inte öppnas helt är inte så bra i badrum som saknar uppvärmning.

40. SANNINGEN

Det heter att faktum alltid kvarstår, och att hela sanningen kommer fram förr eller senare. Lukten i badrummet minskade vid jul, men känslan av obehag blev kvar. Ögonbesvären har blivit värre nu när det är kyligare och jag inte vädrar lika mycket.

Julafton firade jag på distans med familjen. Tårarna rann då barnbarnen uppträdde som lucia, stjärngosse och Vida, sju månader, var en tomte som klappade i händerna.

Nu har jag fått veta datumet när jag ska vara på polisstationen för att söka residencia, och jag tar därför fram alla avtal och intyg. Då upptäcker jag att det nya hyresavtalet, som skulle vara exakt likadant som det första, inte är det på alla punkter. Det som enligt mellanhanden var viktigt för Franco i det första avtalet; att det är för tolv månader är nu ändrat till tio månader. Hon sade att de var exakt likadana, så jag läste inte alla fem sidor då Franco var här med avtalet dagen innan jag reste.

Nu känner jag samma obehag som då jag undertecknade första avtalet, och jag minns att det den gången endast fanns ett exemplar som jag fick. Har Franco och jag fått olika avtal? Kan mellanhanden ha blandat ihop avtalen, eller har Franco utan att säga någonting ändrat det? Jag tar bild av sista sidan på båda avtalen och skickar dem åt honom. Vem har gjort ändringen?

Det blir ett långvarigt chattande, och då kommer det fram att han aldrig har sagt att han hyr ut för lång tid, och att han inte har fått något avtal för reservation. Han kan endast hyra till sista juni för han funderar på att sälja lägenheten. I mars kommer han att bestämma sig. Om han inte säljer vill han att jag blir kvar, eftersom han är mycket nöjd med mig. De följande avtalen kommer i så fall att bli för tio månader.

Det här luktar rädsla för att bli fast av skattemyndigheterna, och att han eventuellt ska sälja är troligen endast svepskäl. Om det krävs långt hyresavtal för att få N.I.E, så krävs det väl också ett sådant för residencia. Jag behöver säkert visa upp ett ordentligt avtal när jag går till polisstationen om några veckor så nu är det handling som gäller. Depositionen ska jag kräva tillbaka om jag flyttar tidigare, och han har ju inget val för han har själv varit med och kokat ihop den här soppan.

Franco meddelar att han kommer om två dagar tillsammans med mellanhanden och reder ut vad som har hänt. Få se om han lyckas få henne med sig, och vad kommer hon i så fall att säga? Han frågar också hur han kan hjälpa mig, och jag svarar att jag berättar det när han är här.

Nu går jag genast och kollar utsidan på en ledig lägenhet i samma komplex. Här kunde jag tänka mig att bo så jag ber om en visning. Hyran är så mycket lägre, än den jag betalar för tio månader hos Franco, att det blir billigare per år. De hyresgäster som betalar kontant har ofta höga hyror, så hyresgästen får ingen fördel av att ägaren inte betalar skatt.

Nästa dag blir det visning och jag får genast hemkänsla. Lägenheten är nyrenoverad i ljusa färger i min stil, och den känns rymlig trots att den är lika stor som min nuvarande. Möblerna och lamporna går i samma neutrala stil, så det finns goda möjligheter att skapa ett mysigt hem med hjälp av några prydnadssaker. Det finns ett ordentligt köksbord men inte lika många köksskåp. Hos Franco har jag endast använt en tredjedel av det som finns i skåpen.

När jag öppnar skåpdörrarna ser jag att allting är nytt och här finns endast det som jag behöver. I skåpet ovanför kylskåpet förvaras sådant som jag inte använder så ofta. Här går det lätt att med enkla medel skapa en praktisk kokvrå, och jag får ett bord inomhus där jag kan äta eller skriva. I sovrummet under fönstret ryms det ett skrivbord ifall jag vill sitta där. På den platsen har Franco en stor låda med sina saker.

Jag säger åt mäklaren att jag ska prata med ägaren angående flyttdagen, och han frågar hurudant kontrakt jag har. När han har lyssnat färdigt säger han att man egentligen inte kan ha sådant kontrakt, och att det är mycket ofördelaktigt för hyresgästen.

Följande dag kommer Franco på utsatt tid utan mellanhanden, och han visar hur hon tvår sina händer. Inte är jag förvånad och har därför översatt alla viktiga avsnitt av våra korrespondenser. Jag skulle ändå ha gjort det eftersom mitt förtroende för henne är helt på minus nu.

Till först visar jag reservationen och min konversation med mellanhanden angående avtalen, som jag har sparat i mobilen och översatt till spanska på datorn. I reservationen står det att avtalet givetvis förlängs i september, efter att ägaren har bott där i juli och augusti. Franco börjar läsa men avbryter då han kommer till meddelandet i april 2019, där mellanhanden meddelar att Franco har ändrat en punkt i hyresavtalet. Han säger bestämt:

- Jag har inte ändrat någonting i avtalet.

Han läser vidare och säger:

- Jag har inte fått något avtal för reservation.

Jag undrar vem som ljuger och av vilken orsak? Mellanhanden berättade i januari 2019, att en annan lägenhet i samma hus troligen också blir ledig, för hyresgästerna hade klagat på att grannarnas barn var högljudda.

Så visar jag hur många meddelanden mellanhanden har sänt i september 2019, och stannar vid det superlånga som jag fick en natt. Jag sveper fingret en lång stund över skärmen medan jag säger: "bla bla bla." Franco ser mycket fundersam ut, men så kommer han fram till mig och ser mig i ögonen när han säger:

- Jag har inte lurat dig.
- Jag tror dig. Vi har båda blivit lurade. Du frågade i går hur du kan hjälpa mig och jag lovade att berätta det i dag.

Jag räcker honom pappret där jag har skrivit att jag har en ny lägenhet som är ledig nu. Ägaren kan inte vänta till september, så jag vill ha depositionen tillbaka när jag flyttar. Då han har läst färdigt säger han:

- Jag kommer inte att sälja, och du får stanna kvar om du vill, men jag kan endast lova för ett år åt gången. Du får fundera i lugn och ro, men jag förstår om du vill flytta, och då betalar jag tillbaka depositionen.

Det snurrar i huvudet och jag lyfter händerna runt det för att förklara hur jag känner mig då jag svarar:

- Första hyresvärden var en "skurk" från Sydamerika som hade lämnat avgifterna till husföreningen obetalda. Därför var inte taket renoverat, och det läckte in och blev mögelskador. I den andra lägenheten fanns det också problem, och jag behövde ett långtidskontrakt eftersom jag skulle registrera mig på ön. Nu behöver jag trygghet och ett ordentligt hem. Jag meddelar när jag har fattat beslutet.

Han reagerar på ordet "skurk" och vill ännu förtydliga att han verkligen förstår mig, stöder mig i mitt beslut och att vi hör till samma familj. Jag vet redan vad beslutet kommer att bli; jag måste bort härifrån och bli helt fri från mellanhanden. Visst har Franco tagit väl hand om mig, men nu är det dags att flytta bort från sambon.

Jag bjuder på cappuccino och pepparkakor på terrassen. Vi pratar om mellanhandens sjukdom, och han berättar att hon har frågat om han känner till någon bra läkare. Jag berättar hur hon reagerade då jag ett par år tidigare kämpade för att få vård för samma sjukdom. Vilket sammanträffande; när jag kämpade för att bli av med min borrelios, hyrde jag lägenhet genom en som hade samma sjukdom. Att mellanhanden kritiserade mig för att jag inte trodde på den första specialisten, som hon också hade anlitat, var ändå mycket dumt. Om det berodde på att hon var arg på mig, för att som hon skrev "du uttrycker dig krävande" då jag ville ha hela kärl och en kran som satt fast, så fick det i alla fall väldigt tråkiga konsekvenser för henne. Ju tidigare man får adekvat vård desto större är chanserna att man blir helt frisk. Samtalet med Franco är mycket empatiskt, och vi är båda oroliga över hennes situation. Jag har trots allt mycket svårt att vara arg på en sjuk människa, och jag känner medlidande med henne.

När Franco säger att jag alltid kommer att ha kvar min kanariska familj kommer tårarna. Han stiger upp och kramar om mig hårt och länge. En otillåten kram, eftersom vi enligt restriktionerna inte ens borde träffas inomhus nu, och ännu mindre kramas. Vi är ju sambor tänker jag, och han missförstod mina tårar, för de handlar om allt det jag har varit med om här i komplexet. Jag har varit tvungen att göra alla beslut utgående från mitt hälsotillstånd, vilket har betytt att jag har varit både sårbar och stark samtidigt, men jag har aldrig övergett mig själv.

Människors svagheter har blivit tydliga för både mig och dem själva då jag har varit äkta och ärlig i alla sammanhang. Grundtryggheten har burit mig men också kärleken: både min egen och andras. Nu ser jag igen ett nytt ljus, och jag börjar förstå helheten och händelsernas mening.

Paradoxen kommer då Franco stiger upp för att åka hem, och jag räcker honom julgåvan från julgubben i Finland. Han ser lite skamsen ut; kanske på grund av den påhittade försäljningen, men att vara osynlig sambo är ju också lite speciellt. Han kramar mig ännu en gång lika intensivt, och jag känner hur vänskapen och den medmänsklig kärleken trots allt flödar. Mycket som var fel blev ändå rätt i slutändan; jag ångrar ingenting för inget är enbart svart eller vitt.

Franco har helt rätt i att han inte har lurat mig; jag betalade 800 euro åt mellanhanden som gjorde det. Ett tecken på att han talar sanning är att han betalar tillbaka depositionen långt innan avtalet är slut. Har man inte betalat skatt är det nog klokast att göra så om jag är hyresgästen. Han känner till min värdegrund och min moraluppfattning, och har lärt sig hur man behandlar en finländsk kvinna.

41. BESLUTET

När jag meddelar mäklaren att det passar bäst för mig att hyra lägenheten från första mars svarar han inte. På det andra meddelandet svarar han att hyran höjs med 50 euro efter ett år. När jag undrar om det är normal marknadsföring på ön att höja hyran efter visningen blir han sur. Han svarar att ägaren vill ha det så för det är coronapris nu. Jag frågar om de följer hyreslagen och då är svaret: *"Welcome to Espania."* Efter det tar hans arbetstid slut och han ber mig komma till byrån nästa dag klockan tio.

Här sitter jag nu utanför byrån och väntar på honom. En mäklare som är på plats säger att man bör boka tid, men jag säger att mäklaren har bett mig komma. Jag frågar på WhatsApp när han kommer, och han svarar att han är på väg men måste snart gå igen. Det finns en skylt med mäklarna som jobbar här, och jag ser att det finns en svenskspråkig. Jag hinner bara vända mig om innan det dyker upp en kvinna i munskydd som kunde vara hon så jag frågar:

- Är det du som är den svenska mäklaren?
- Javisst är det jag.
- Kan du sköta mitt ärende för jag har problem som eventuellt kan bero på språksvårigheter. Jag har varit på visning i en lägenhet som jag vill hyra.

I samma stund dyker min mäklare upp. Han ser mycket butter ut och det blir en vild diskussion mellan honom och den svenska mäklaren. Efter en stund ber de mig stiga in, och jag sätter mig vid hennes bord. Hon sköter konversationen och mäklaren skriver. Jag räcker fram min offert som är på spanska. På den har jag skrivit 15 februari som första tänkbara inflyttningsdag och mina anspråk angående avtalet. Hon berättar åt mäklaren vad som står i offerten.

Efter det vänder hon sig till mig och säger att det är klart att de följer hyreslagen, men när jag berättar vad mäklaren svarade mig i går ser hon besvärad ut. Jag tar fram mobilen för att visa henne men hon vill inte se. Hon säger någonting åt mäklaren som blir lite förlägen. När jag undrar om hyreshöjningen är laglig, svarar hon att vi ska träffas i höst och se hur läget är på marknaden. Så frågar hon:

- Hur vill du betala mäklararvodet? Betalar du det kontant blir det lägre pris, men du vill kanske inte komma med så mycket pengar till byrån.

Jag känner hur det hettar till i kinderna då jag svarar med bestämd ton:

- Med tanke på hur läget är nu vill jag absolut inte vara en del av den grå ekonomin. Vi måste alla ta ansvar och hjälpa till så att ön kommer ut ur krisen.
- Vi skickar en räkning och när den är betald skriver vi avtalet, och så träffas vi här tillsammans med ägaren för att underteckna det.
- Jag önskar att det sker i början av nästa vecka, så att det är undertecknat innan jag säger upp nuvarande avtal.

Genast när jag kommer hem frågar mäklaren efter min mejladress. Jag har skrivit upp den på minst två av deras papper redan men sänder den åt honom. Så skriver han att han ska kontakta kunden och på det svarar jag: *"Jag är den betalande kunden; det lönar sig alltid att se till att den kunden är nöjd eftersom det ger gratis reklam."*

Strax därefter kommer räkningen som jag betalar så att han kan kontakta kunden. Vad är det som gör att den betalande kunden behandlas sämre här på Gran Canaria? Har det att göra med att vi anses vara "turister" som har kommit och förstört deras fina ö? Är det den överhettade marknaden, som de hade för några år sedan, som gör att de ännu har kvar en nonchalant stil? Eller anses ägare vara mer värda än hyresgäster?

När vi några dagar senare går igenom hyresavtalet på mäklarbyrån, blir den svenska mäklaren förundrad över mina frågor. Jag förklarar att jag har varit med om så mycket konstigt här på ön, och är därför tvungen att ställa de här frågorna. Hon undrar vem jag har anlitat, och när hon hör namnet säger hon "jag vet" och sänker blicken. Så säger hon att vad det än må stå i avtalet är det ändå hyreslagen som gäller: den står över allting.

Det finns ett fel i kontraktet, en sida måste ägaren underteckna på nytt, och mäklaren ska komma med det till mig om några dagar. Ägaren befinner sig i coronakarantän för tillfället och kan därför inte närvara. Om det nu är så på riktigt eller endast ett svepskäl för att inte behöva åka till södra sidan av ön?

Ägaren var med då mellanhanden hade visning och avtalet undertecknades. Cardenas hade ingen visning och tog en månadshyra som mäklaravgift; också samma summa för att ändra datumen på kontraktet för andra vinterhalvåret. Om jag anlände efter klockan 17:00 skulle jag betala en avgift för att få dörren öppnad. Alla problem i lägenheten gjorde att den mäklaren hade en massa extra jobb, och hon sade inte att hon hade gjort sitt, trots att allting sköttes via henne. När taket började läcka blev ägaren onåbar, och då kunde hon inte göra något mer. Det är inte konstigt att många undviker mäklare om det är möjligt, men det kan tyvärr också då vara fråga om svarta hyreskontrakt.

Nu undrar jag hur jag tänkte då jag för ett par år sedan kontaktade mellanhanden? Hon var mycket synlig på Facebook och gav ett seriöst intryck. Dessutom hade jag varit i kontakt med henne tidigare, och hon hade lediga lägenheter i oktober. Den första hyresvärden i det här komplexet krävde inte hyran svart, så jag kunde inte misstänka att hon skulle erbjuda en sådan lägenhet åt mig, eftersom hon kände till mina värderingar. Jag behövde varm pool och det är få ställen i San Agustin som har det. Men att hon dessutom friserade om det här till långtidskontrakt utan att ägaren visste om det?! Det finns en mening med allting; utan henne skulle jag kanske inte ens vara kvar här längre.

Två dagar senare har jag det nya kontraktet i min hand, och jag kan höja en skål för mitt nya hem. När jag andra gången besökte lägenheten, upptäckte jag saker som jag inte hade lagt märke till första gången, och den verkade vara i superfint skick. SALUD!

Jag meddelar Franco när jag flyttar, och att den skriftliga uppsägningen kommer när jag har hunnit skriva den. Nu ska jag skriva rapport åt reumatologen, för mellanhanden meddelade i går om en ny besökstid. Hon berättade samtidigt om sitt hälsotillstånd. Medicinen hade inte bitit, och nu var hon inte längre nöjd med specialisten. Det är så tråkigt att hon som bor på ön inte har fått adekvat vård, för här räddades ju min hälsa. Den kvällen somnade jag med stor sorg i mitt hjärta.

42. REUMA?

Den här gången har jag tid hos reumatologen på kvällen. Jag håller vad jag har lovat, och sätter mig i en taxi och säger: "Hospital Insular Las Palmas." Chauffören knycker till; sådana turer kör hon säkert sällan med endast en passagerare. Borde jag ta fram en sedel?

Hon tror att jag skall till akuten och stannar först där, men kör mig sedan till rätt dörr. Jag kontrollerar genast att tiden säkert är rätt, och de ber mig åka upp till "planta dos".

En sköterska ser till att jag får ett könummer, och jag sätter mig i en nästan tom aula. Sittplatserna har markeringar var man får sätta sig, och jag väljer en stol flera rader bort från de andra. Jag tänker på hur det såg ut när jag var här förra året. Nu hörs ljudet mycket starkare från tavlan som visar vems tur det är.

Stolen för patienten står nu vid väggen på tryggt avstånd från läkaren. Han har munskydd och kortklippt hår, så jag undrar om det är samma läkare, men när han börjar prata engelska förstår jag att det nog är han.

Jag räcker fram min rapport och han börjar läsa. Skamlöst frisk är jag igen, men jag har skrivit om problemen jag hade i Finland på sommaren. När läkaren har läst färdigt säger han att jag ska fortsätta att leva på samma sätt, men han undrar varför jag far till Finland. Jag berättar att min familj finns där. Han säger ingenting om borreliatesten, men antagligen var de okej. Ingen undersökning av lederna gör han nu heller, men kanske det beror på att det inte ännu har tagits labprov.

Nästa besök ska bli i höst då jag har återvänt till ön. Han skriver remiss till labbet, och säger att han meddelar om tiden. Jag frågar om jag ska gå till Centro de Saluds laboratorium, och han svarar "yes". Det är säkert klokt att ta proven och undersöka mig då jag har symtom, eller nyligen har haft dem, för de brukar snabbt försvinna efter flytten hit. Annat var det förstås det året då jag hade borrelios, men det känns redan som ett avlägset undantag. Jag har visserligen också skrivit ner förändringar i kroppen som sjukdomen eventuellt har förorsakat, men i det stora hela är den ett avslutat kapitel nu.

Utanför är det en lång kö med taxibilar, och jag går fram till den första. En ung man kommer springande och öppnar dörren. Också han knycker till då jag säger adressen, och jag lovar att berätta mer när vi kommer till San Agustin.

När jag sitter i bilen och ser ut över det mörka landskapet, känner jag mig nöjd över hur otroligt respektfullt jag blir bemött i vården. Aldrig tidigare har jag förstått hur mycket ett vänligt bemötande verkligen bidrar till känslan av trygghet och välbefinnande. Visst tog jag upp det i min första bok, men först nu ser jag tydligt sammanhangen.

Språket mister sin betydelse om båda parter vill lyssna, förstå och ta ansvar för kommunikationen. Här undviker ingen mig för att jag inte kan spanska, utan de gör allt vad de kan för att vi ändå ska förstå varandra. Jag kommer halva vägen emot genom att se dem i ögonen, och prata så mycket spanska jag kan. Det handlar om empati, stolthet över sitt arbete och det absolut viktigaste; här det finns förutsättningar för att kunna utföra arbetet ordentligt. Det sistnämnda är säkert orsaken till att offentligt anställda läkare på Gran Canaria är stolta över sitt arbete. Dessutom tar människorna det lugnare på den här ön, och jag har aldrig hört om hur lång tid ett läkarbesök får ta.

Få se vad reumaprovet visar i höst? Visst har jag haft problem med olika leder några gånger under min livstid, och åtminstone en gång har det tagits reumaprov. Atros syns inte i labbtester, och mina besvär har inte varit långvariga, vilket ju krävs för att få en reumadiagnos. Under de sista vintrarna i Finland hade jag nog ganska långvariga reaktioner i kroppen, men jag klarade av att leva ett normalt liv.

Vad är ett normalt liv? Troligen blev jag småningom van vid förändringarna, och som äldre hade jag mera symtom i musklerna än lederna. Väderomslag med häftiga lågtryck kände jag av i förväg precis som min pappa hade gjort. Jag reagerade också på lågtryck på somrarna, och efter att jag börjat bo här vintertid blev det mera tydligt.

Jag tänker ännu på den läkaren i Finland som ringde och meddelade om det positiva borreliaprovet. En vän som i många år har besökt henne, berättade att läkaren hade pratat om patienter med annat etniskt ursprung. Det skedde på ett nervärderande och rasistiskt sätt.

Läkaren hade också sagt att hon väl är tokig som vill jobba på en hälsostation. Har en offentligt anställd läkare inom primärvården i Finland så låga tankar om sig själv och sitt arbete? Bidrar sådana här läkare till att öka på motsättningarna mellan de inflyttade och ursprungsbefolkningen? Påverkar hennes attityd till arbetet och vissa patienter de unga läkarna som inleder sitt arbete på samma hälsostation?

Plötsligt kommer jag ihåg den gången jag var av annan åsikt än läkarna på Aurora poliklinik. Det hände för många år sedan och gällde barnreuma. Jag var helt säker på att det var reuma, medan läkaren sade att reuma inte börjar i den leden. Mitt svar var "undantaget bekräftar regeln". Jag hade studerat barnsjukdomar, och visste att det var viktigt att påbörja medicineringen i ett tidigt skede. Helheten var ändå det som avgjorde min slutsats: det fanns reuma i barnets båda föräldrarnas släkter, barnet hade troligen haft en obehandlad angina och nyligen upplevt en stor förlust.

Läkaren hänvisade till en bok, och det dök upp fler läkare, som alla var av samma åsikt. Men jag var ändå lika säker på att undantaget bekräftar regeln. Patienten åkte hem med en medicinkur och kryckor.

När barnet återvände med svåra smärtor i många leder, var det inte någon diskussion om reuma längre. Men hade den kunnat förhindrats genom adekvat vård i ett tidigt skede?

43. HEM

I dag är det måndagen den 15 februari och flyttdag för mig. Det blir min femte flyttning på den här ön, om jag räknar med den korta tiden jag bodde i Puerto Feliz, så förhoppningsvis kan jag åtminstone bo fem år i mitt nya hem. Igen en gång äter jag min sista frukost på terrassen. Jag ser ut över viken och udden, och tänker att den här utsikten klarar jag mig utan, men solnedgångarna har varit magnifika här. Den sköna känslan jag fick då jag hade sagt upp kontraktet har bara förstärkts. Samtidigt förstår jag meningen med tiden här och erfarenheterna den gett mig.

Veckoslutet använde jag för packning och städning, men genast när avtalet var klart började jag planera flytten. Jag har tänkt på hur lätt den här flyttningen känns i jämförelse med de tidigare. I går när jag packade, tvättade och städade fick jag påminna mig själv om att ha pauser. I tankarna gick jag igenom tiden här och skrattade mycket. Till exempel åt det plastade frottéskyddet som finns i sängen. Har Franco tänkt att jag är en häftig tant som sölar ner hans fina säng? Men nog ser jag väl rätt så häftig ut? Hahaha.

Tur att jag har egen bäddmadrass, för inte hade jag kunnat sova på plast som små babys. Jag kom också att tänka på den gången då klaffbordet rasade på trettondagsafton. Det var utfällt till dubbel storlek med en julbordduk på, så jag hade inte upptäckt att benet hade rört på sig. När jag satte mig ner för att äta rasade bordet ihop, men till all tur hade jag inte mat på tallriken. Två glas gick sönder men skärvor medför ju lycka.

När jag hade städat och fällt upp bordet, märkte jag att reglaget inte gick att låsa, eftersom hålet i golvet var för grunt. Jag tog några bilder och sände åt Franco, som svarade att det aldrig hade hänt tidigare. Nåja, det behöver inte vara hela sanningen, för alla hyresgäster är kanske inte lika ärliga. Han trodde att det var något skräp i hålet men det var det inte. Det räcker att man stöter till bordet, till exempel vid städning, för att reglaget ska hoppa ur.

I går kväll gick jag för att städa min nya terrass och pratade med mina nya grannar. De sade att jag kan få låna deras ena solstol som tidigare hyresgäster lämnat kvar. Wow, nu har jag en egen och behöver inte använda komplexets.

De lovar varmare väder och calima, så jag börjar bära saker till terrassen innan jag får nycklarna klockan tio. Franco kommer klockan elva och betalar tillbaka depositionen. Jag hinner bära nästan alla saker till terrassen innan mäklaren kommer med nycklarna. Han är punktlig och jag visar åt honom det trasiga eluttaget på terrassen. Han tar bild av det och lovar meddela ägaren. Han har inget papper där jag kan kvittera nycklarna, men jag tar en bild av dem och sänder åt honom.

Sen går jag en sista gång och hämtar datorn. Jag tar farväl av alla rum, lägger nycklarna på bordet bredvid de andra och säger "adios" innan jag stänger dörren. Gud vad det känns skönt!

Nu behöver jag en liten drickpaus, så jag sätter mig på terrassen och ser ut över havet. Vilken fin utsikt, men nu ser jag att caliman börjar tätna. Bäst att gå ner och köpa vatten i Minimarket innan det blir ännu varmare.

När jag kommer upp ser jag Franco och en kvinna som liknar mellanhanden vid porten bakom huset. Han lyfter handen till hälsning men kvinnan svänger bort ansiktet. Jag svarar och bär in vattnet. Efter det går jag ut för att möta dem, men de är försvunna. Just så, hon kan inte träffa mig och se mig i ögonen mera. Hon ville tydligen slinka in bakvägen för att inte behöva träffa mig, men visste inte att jag bor bredvid porten. Och hennes förklaring att hon hade varit hos doktorn, och därför inte kunde komma då Franco ville reda ut "soppan" var troligen bara bullshit.

För mig skulle det räcka med ordet "förlåt", för jag har verkligen inget behov att klämma åt henne. För hennes egen skull borde hon avsluta det här ordentligt och befria sig så hon kan sätt punkt. Håller hon ännu så hårt fast vid "alla har alltid varit nöjda", att det hindrar henne från att göra det? De som förra vintern bodde två månader i min förra lägenhet var inte heller nöjda, och då vinglade inte kranen längre.

Visst finns det människor som intalar sig själva någonting så intensivt och länge, att de till slut fullt och fast börjar tro på det. Det blir helt otänkbart att de har gjort något fel. På andra sidan Atlanten har vi en ex-president, men tyvärr finns det andra ledare som lider av samma åkomma. Kanske är hon så väl integrerad i samhället, att hon tycker att jag är mycket korkad då jag inte ännu förstår hur man lever här. "Här är det inte som hemma" sade hon ofta.

Jag kommer inte att överge mig själv: mina värderingar och min moraluppfattning. Jag är en finländsk kvinna som representerar ärlighet. De som lurar mig kommer att få skämmas. Dessutom kommer jag också att fortsätta lita på människor, men nog vara extra försiktig om jag anlitar svenska företagare på ön. Jag kan inte leva i ständig misstänksamhet, men visst kommer jag också att beakta öbornas speciella sätt att hantera ärlighet och pålitlighet. Det paradoxala är ändå att det är svenskar som mest har lurat mig, och att jag har fått en relativt bra uppfattning om öborna. Bättre så, eftersom jag ska leva här.

En finländsk kvinna som lekte mäklare har lurat många "klimatflyktingar" på pengar. Det pågick i flera år innan polisen fick fast henne. Hon figurerade på ön med ett annat namn, så här finns nog skurkar från alla nordiska länder.

Franco verkar vara stressad när han dyker upp, och jag säger "mi casa" medan jag svänger ut händerna. Jag tar fram en liten flaska skumpa så att vi kan avsluta lika som vi började, men han säger att han äter antibiotika. Så jag tar fram en liten flaska vatten innan jag visar kvittot för depositionen. Då visar han två papper där det är skrivet på både spanska och engelska: *Kvitto för returnerad deposition*. "Wow" säger jag och visar tummen upp. Nu slår han på stort och avslutar med riktigt kvitto. Jag har skrivit kvitton som han har kvitterat vid betalningen av "månadspengen", så allting finns svart på vitt.

Han vill att jag kommer till lägenheten, så jag låser dörren innan vi vandrar genom komplexet. Mellanhanden kommer nog inte att vara där, men han vill väl avsluta i eget revir. Är det obekvämt för honom att jag blir kvar här?

När vi kommer in visar jag skämtsamt hur han med förstoringsglas har granskat lägenheten, men han säger bestämt "no". Han öppnar terrassdörren; luften är visst lite laddad men vad är orsaken? Beror det på mellanhanden, att han varit osynlig sambo, våra förhandlingar eller att jag skrev i uppsägningen att avtalet inte följer lagen? Strunt samma, nu är jag fri!

Han har redan undertecknat så jag kvitterar snabbt och behåller det ena. Nu är det min tur att räkna sedelbunten: något jag inte har vant mig vid under tiden här. Kanske är det bra att jag har fått prova på det i praktiken, för nu har jag fått en inblick i den svarta marknaden. Det har hela tiden stört mig, men när vi blev vänner och jag fick uppleva hans alla fina sidor, kändes det inte lika obehagligt.

Jag berättar att det endast är ett nummer och en bokstav som ändras i adressen, och ägarens förnamn är nästan lika, så det blir ingen stor förändring. Han är ännu spänd, och flyttar stolen med en bestämd rörelse mot väggen under klaffbordet. Det ser så komiskt ut att jag spontant börjar skratta. Markerar han att det här är hans revir: här bestämmer han! Kanske är han lika nöjd som jag över att bli fri. Har jag fått honom att inse att den som inte betalar skatt inte har hela makten?

När jag tackar tar han mig i hand. Det känns så ovanligt att handen inte riktigt vill lyda. Är det en markering att allt nu är uppklarat? Han upprepar ännu att jag alltid kommer att ha min kanariska familj, men det finns en ny ton i rösten. Vad har mellanhanden sagt om mig? Han behöver henne för att få hyresgäster med sådana här avtal, och hon kan ju verkligen använda häftig ammunition. Men det finns många andra mellanhänder som erbjuder samma tjänster. På Facebooksidorna figurerar många namn, men all vidare kontakt sker per privat meddelande.

Franco är ingen hårding, trots smeknamnet, och jag vet att min öppenhet och ärlighet kan aktivera motpartens skamkänslor. Egentligen är det helt bra att han får kontakt med dem, ifall alla tidigare hyresgäster snällt har anammat allting. Grannarna har låtit mig förstå att här har varit olika hyresgäster; säsongen innan jag kom var det åtminstone två olika kontrakt.

Med lätta steg vandrar jag hem. Nu är det dags för en skål, så jag dukar en bricka och sätter mig på terrassen. Horisonten suddas ut; tills i morgon har de lovat tät calima. Det passar bra för jag tänker packa upp i lugn och ro några dagar. Nu blir det på lång sikt och jag behöver tänka till ordentligt hur jag vill ha det.

Först städar jag bort dammet som bildats medan lägenheten varit tom. Efter det packar jag endast upp sådana saker som jag använder alla dagar. Jag har några idéer om hur jag vill ha det, men behöver kanske prova olika alternativ. Bäst att låta lösningarna komma spontant. Jag tänker inte heller köpa någonting innan jag vet vad jag behöver och verkligen vill ha. När jag har bott här en tid kommer jag att förstå vad som saknas.

På kvällen skickar jag ett meddelande till Franco: *"Nu är jag lyckligt hemma."* Jag berättar också hur nära det hade varit att han kunde ha blivit anmäld. Han får tacka infektionsläkaren på sjukhuset. Jag ber honom vara försiktig, och att noga kolla upp vad mellanhanden lovar, för det kan finnas människor som blir arga och gör en anmälan.

När jag lägger mig på kvällen har jag svårt att somna, och då förstår jag att nu bör jag läsa mellanhandens sista meddelanden. Jag har igen varit tvungen att skydda mig, men nu behövs det ett ordentligt avslut. Så jag tar telefonen med i sängen, och den bekanta obehagliga känslan kommer då jag öppnar det första meddelandet. Det är kort och det är de två andra också. Ingenting nytt utan samma trams om att det har varit problem i tidigare lägenheter som berättar något om mig.

Hur problemen löstes i den första lägenheten i komplexet berättar något viktigt om henne, men hon saknar förmåga att se sin andel. Hon skriver också att hon inte mera tar emot några samtal från sjukhuset och till sist ännu en gång: *"Alla andra har alltid varit nöjda."*

Nu känner jag att hon inte kan komma åt mig på något sätt mera: JAG ÄR FRI! Visst är det sorgligt att hon som marknadsför sig som trygghetsperson skriver sådant här. Sjukdomen förklarar en del men är den enda orsaken? Vad är det för sorts människa som orkar hålla på så länge? Trots att hon inte kan säga det enda ordet som behövs förlåter jag henne ändå. Det är ingen idé att vara arg på människor som inte förstår sitt eget bästa. God Natt!

Efter en skön sömn vaknar jag upp utvilad och med en befriande känsla. Min bäddmadrass har rätt mått till den här sängen, som ser ut att vara helt ny och av god kvalitet. Den anatomiska kudden är kanske lite för hög men jag kan försöka hitta en lägre. Jag borde köpa en sådan som fanns i Francos lägenhet.

Ute är det tät calima: perfekt väder för uppackning. Det blir fler fina överraskningar då jag upptäcker att det mesta faktiskt är nytt: induktionsplattorna, ugnen och tvättmaskinen. Mikrovågsugnen är gammal och fungerar dåligt, men jag behöver inte längre en sådan. Den hyllan använder jag hellre som förvaringsplats. Kylskåpet är inte nytt men verkar fungera bra. Sänglinnet och handdukarna är också nya.

Tanken på att inte behöva packa bort någonting mera gör mig glad. Nu förstår jag hur mycket tid och energi det har tagit. Det handlar ju inte om några dagar, utan det behövs flera veckors planering av matvaror och annat. Hela tiden måste jag tänka på vad jag köpte, så att allt fick plats i väskan och lådorna.

Efter ett par dagar lättar caliman och jag har hunnit testa olika lösningar i lägenheten. Jag vill ha det bekvämt, och med några dekorationer få det att kännas som mitt hem. Egentligen är det ofta helt anspråkslösa saker som gör att en bostad blir hemtrevlig.

I nästa vecka åker jag till San Fernando och köper överdrag till soffan, tygblommor och vackra förvaringsaskar. Men innan dess ska jag gå ner till blombutiken i vårt köpcentrum, och se om där finns blommor till terrassen. På hösten hade de nästan inga krukblommor, men förhoppningsvis har de kommit i gång nu med större utbud.

Jag har tur för det har nyligen varit alla hjärtans dag, och de har kvar våreld i olika färger. En röd passar till bordet och de orange blir bra i fönstret. I mitten vill jag ha en vit kalla, för den påminner mig om tant Linda som hade en stor och präktig.

På förra stället hade jag blommor i gavelfönstret och på ett litet bord på terrassen. De blev mina vänner under lockdown. Jag lärde mig mycket av blommorna; de tävlade om utrymmet, men det verkade som om de också tävlade om vem som blev störst och vackrast. Den största och kraftigaste knoppen behöver inte alls bli den vackraste rosen, utan det kan den sista ynkliga lilla knoppen bli när den slår ut. Lika är det med människorna: låter vi dem växa fritt och ger dem näring och kärlek kommer de att överraska oss.

44. TILLIT

Tiden går fort då man mår bra och kan leva enligt sin etiska övertygelse. Först nu, efter att ha bott några veckor i mitt nya hem, har jag förstått hur mycket irritationen tog av min energi. Jag anpassade mig eftersom jag inte hade något val, men den tärde ändå i mitt inre. Att vara en del av skattefusket i dessa tider då många människor inte har pengar till hyra och mat kändes så otroligt fel.

Visst omges jag av människor som tycker att det är helt okej, eller att de åtminstone inte orkar bry sig. Alla känner någon som har varit hyresvärd eller hyresgäst med ett svart hyresavtal, och många har själva varit det. Mest grämer jag mig över rättvisan för de sämst lottade gynnas inte av detta. De uteblivna skatterna kommer mest att drabba de fattigaste, eftersom de får det ännu sämre då de offentliga medlen tryter. Utländska placerare för ut hyresinkomsten ur landet, vilket betyder att kanarierna inte har någon nytta av den verksamheten. Hyrorna trissas upp så att de inte själva har råd att bo kvar i sina hyreslägenheter.

Jag är ändå glad över att tiden hos Franco förde mig hit. Kanske behövde jag också få känna på hur lätt det är att bli lurad, och att det finns varulvar i änglaskepnad. Min tillit har fått sig en rejäl törn, för mellanhanden hade bedyrat sin oskuld. Ändå var hon nästan värre än Wolter, som i god tid avslöjade sina hyresavtal.

När jag har pratat med mina nya grannar, har jag förstått att många betalar hyran kontant. Hälften av lägenheterna ägs av kanarier, resten har utländska ägare av vilka många är nordbor. En del ägare har flera lägenheter och bor själva någon annanstans. Nu är hyresmarknaden lugn på grund av pandemin, men jag förstår att i normala fall är det fråga om en stor marknad: ofta ekonomisk brottslighet. Jag smakar på orden och de känns beska och luktar girighet.

En kanarisk barnfamilj som hyr ut för sex månader per år "syndar" inte så mycket eftersom lönerna är låga. Skolan är inte gratis och de har inte samma socialskydd som vi i Norden. Hyresinkomsten ger en liten guldkant i deras liv. Det är en helt annan sak med investerarna som året om idkar svart affärsverksamhet.

Tyvärr är det svårt för myndigheterna att ha koll på hyresmarknaden, om varken ägarna eller hyresgästerna är registrerade på ön. Det skulle krävas många fler poliser för att göra razzior, och dessutom är det svårt att träffa på hyresgästerna då de är i lägenheterna. Om många har osynliga sambor blir det ju ännu svårare. Har alla de som bor en kort tid ens hyresavtal?

Det heter att ägarna lånar ut sina lägenheter åt släkt och vänner, men det är inte helt ovanligt att människor betalar lika mycket för en vecka som jag har i månadshyra. Så länge jag själv var utanför den här marknaden förstod jag inte hur vanligt det är. Nu skäms jag över nordbor som sysslar med det här. Hur tänker de egentligen, och vad anser de om de invandrare i deras hemländer som sysslar med ekonomisk brottslighet?

På samma Facebooksidor som det erbjuds lägenheter per personligt meddelande, har jag läst om hur det är i deras hemländer, och att de inte gillar invandrarna som enbart utnyttjar samhället. Också flyktingströmmen från Afrika får människor att skriva avskyvärda inlägg om dessa lyckosökare som enligt dem inte har rätt att vara här. Hur är det med alla nordbor som befinner sig illegalt på ön och idkar svart affärsverksamhet här? Är inte de lyckosökare som utnyttjar samhället? Visst kommer de med ett billigt lågprisflyg, i stället för i en rutten båt där resan kostar 1000 – 1500 euro. Människovärdet är detsamma hos alla, och vilka är egentligen större brottslingar?

Nog tycker jag att det är väldigt sorgligt att människor riskerar sina liv i sjöodugliga båtar, då de lockas hit genom illegal verksamhet. Om förhållandena i deras hemländer är tillräckligt svåra, får det människor att göra nästan vad som helst för att komma bort. Europa har nog sin andel i det svåra läget i dagens Afrika. Vi är också delaktiga i klimatförändringen som gör det svårt att leva där. Behöver vi dessutom komma hit och utnyttja Kanarieöarna, som geografiskt hör till Afrika, genom att leva rövare här?

Det att så många pratar om den svarta uthyrningen utan att verka berörda, får mig att känna någonting helt nytt som jag har svårt att definiera. Likgiltigheten som jag skönjer är skrämmande, samtidigt som jag skäms över att själv ha varit i den "soppan". Jag vet att det inte är mycket som jag kan göra åt saken, men jag kan berätta om mina erfarenheter och säga min åsikt.

När jag några gånger kommenterat på Facebook angående den här brottsligheten då någon har klagat på flyktingarna, har det inte kommit några svar och inlägget har ofta tagits bort. Det är tydligen ett mycket känsligt ämne som inte tål dagsljus. Ändå klagas det på offentliga arbeten, och en del gör sig lustiga över hur öborna sköter ärenden, men den som inte vill betala skatt borde vara tyst och nöjd.

Jag vill bli en del av det här samhället, och det blir jag genom att bidra med min andel. Inte vet jag om min skatt blir högre när jag börjar lämna in skattedeklaration här, men jag har alltid varit en stolt skattebetalare. Inte för att jag är rik, utan för att jag är nöjd över att höra till den betalande gruppen. Alla som hör till den skaran borde vara stolta över det, men tyvärr finns det alltför många smitare.

Det betyder inte att jag aldrig kan betala en liten summa kontant till en egen företagare. Ytterligheter och privata skattepoliser gillar jag inte, men alla människor borde ha normal moraluppfattning, sinne för rättvisa och veta var gränsen går.

Så många tankar strömmar genom min hjärna medan jag ser ut över havet. Från den här terrassen har jag bättre havsutsikt och det ger mervärde. Nu behöver jag bygga upp en ny tillit, och det gör jag genom att i huvudsak anlita kanarier eller människor som har bott här länge. Att lita på någon som talar samma språk känns just nu mycket vanskligt. Att jag har blivit lurad av personer som kommit från mitt grannland, känns mera illa än om de hade flyttat från något avlägset främmande land.

Min sunda självkänsla hindrar mig från att rubbas i grunden trots att jag känner mig besviken. Mitt förtroende har missbrukats, men mitt livskonto är ändå rejält på plus tack vare den lärdom som det här har gett mig. Jag förlåter dem för bitterheten ska inte förstöra mitt liv.

Tilliten finner jag i mitt eget inre, men också genom vänner och det kanariska folket. Det finns personer jag kan lita på, och trots de tråkiga händelserna har jag ändå alltid känt mig trygg här. Jag litar på att livet bär, och att det dyker upp rätt människor i rätt ögonblick.

David i Handelsboden är en trygg person. Han har stor kunskap, och hans stora varma hjärta gör att det känns bra att besöka honom. Under pandemin har jag anlitat honom i olika ärenden, och nu har jag sagt att vi kör med pandemipriser. Vi bör alla hjälpas åt och stöda varandra, men för mig är det viktigt att göra det med respekt. Ingen ska behöva känna sig i underläge eller bli i tacksamhetsskuld. Den sköna känslan jag får då jag kan bidra med en lite droppe ger mig mening. Pengar är livsviktigt nu för många företagare, och jag som inte på något sätt har drabbats ekonomiskt, får nu känna glädjen över att kunna vara en bidragande part. Det här är min hemö nu, och även jag har ansvar över hur det går för den.

När människor frågar på Facebooksidorna angående billig transport från och till flygplatsen, får jag lust att kommentera: anlita vanlig taxi och betala rejält med dricks, för nu kan vi verkligen göra skillnad. Jag vill att kanarierna ska känna att vi vill hjälpa och stöda dem att komma igenom den här svåra tiden. Tacksamheten hörs i rösten när de tackar för rejäla dricks.

Motgångarna har på olika sätt fört mig till någonting bättre. Mina ögon har redan efter några veckor i det nya hemmet blivit normala. Förut var de rödkantade som om jag hade festat runt varje kväll. Jag antar att jag hade flera lindriga och utdragna ögoninflammationer när jag bodde i Francos lägenhet. Ögonen hade redan blivit bättre innan jag flyttade dit, efter att jag hade bytt ut ögondropparna till dem jag använde innan borreliosen. Tydligen innehöll de som farmaceuten rekommenderade något ämne som inte passade för mina ögon.

Sedan jag flyttade hit har det varit häftig calima och kraftiga vindar, men ögonen har ändå blivit bra. Det tyder på att det fanns mögel i Francos lägenhet. Under lockdown fick jag de värsta inflammationerna som gav ärr på ögonkanterna. Jag trodde då att det kunde vara fråga om vagel men nu vet jag bättre.

Mina nya grannar har berättat att ägaren till den här lägenheten är trevlig, vilket gör att jag kan känna tillit trots att jag inte har träffat henne ännu. Jag fick visserligen vänta länge innan hon svarade på mitt mejl, och svaret var kort och opersonligt.

Lägenheten ser torr ut, men fönsterkarmarna och dörrarna är sneda, och dörrlisterna har lossnat nertill på flera ställen. Det är lite konstig att de inte har förnyats i samband med den stora renoveringen. De är endast målade med vit färg på insidan och lackade på utsidan. Sovrumsfönstrets karmar är svarta nertill, som de blir när de utsatts för fukt. Regnet har piskat mot rutan eftersom det ofta blåser från det hållet. I vardagsrummet är fönstrets handtag söndrigt; det behövs skruvmejsel för att öppna det. Tillit är mycket skört, men jag väljer att lita på människor tills motsatsen är bevisad.

45. FÖRDRÖJD SEMESTER

Våren var mycket lugn eftersom många lägenheter var tomma och poolbaren var stängd. Jag reste till Finland i mitten av juni och flyttade tillbaka i mitten av augusti. Det var mycket varmt då, så jag höll fönster och dörrar stängda på dagarna. Genast första kvällen beställde jag en flyttbar luftkylare som levererades snabbt.

Andra morgonen steg grannens bajs och toapapper upp på mitt badrumsgolv. Huset har varit tomt under sommaren tills hyresgästerna ovanför flyttade in i början av augusti. Det var ingen behaglig syn när jag gick in i badrummet, och fastän jag rusade upp och bad grannarna att inte använda något vatten, fortsatte det att välla ut på golvet eftersom de hade tvättmaskinen påkopplad. Jag fick ta till brösttoner för att få dem att förstå att inget vatten fick användas innan problemet var löst.

En granne som pratar spanska hjälpte mig att kontakta ägaren och få en rörmokare på plats. Det dröjde flera timmar innan ägarens man dök upp samtidigt med rörmokaren. Ägarens man är en trevlig medelålders kanarie. Han kontaktade mig varje morgon den veckan, och hörde sig för om allting var som det skulle. Dessutom bad han mig meddela ifall jag upptäcker någonting annat märkligt.

Min förhoppning är att ägaren är lika trevlig, för jag fick en annan uppfattning då jag på våren kontaktade henne. Jag berättade att jag trivs bra i lägenheten, och sände bilder på det som var trasigt. Efter en vecka svarade hon att de skulle komma så fort det var möjligt. Det har inte ännu blivit möjligt och det gissade jag nog, men nu blev åtminstone toalettstolen åtgärdad samtidigt.

Grannarna ovanför reagerade enligt min mening mycket konstigt. Föst nekade de till att de hade spolat toapapper, men när jag bad dem komma ner och se hur det såg ut, skyllde de på att det kom från grannhuset. Jag kollade saken med en serviceman som berättade att det här huset har eget avloppsrör.

Följande dag blev de riktigt arga efter att jag hade lagt en varning på komplexets Facebooksida. De ansåg att någon kunde lista ut vems bajs det var. Mitt inlägg blev borttaget följande dag, men det kan också bero på att ägarna inte vill att det finns någon negativ info. De vill ju har höga hyror för sina "lyxbostäder". Grannen som hjälpte mig berättade att samma sak har hänt i många lägenheter.

Här ska det endast vara "tjo och tjim" på semestern i paradiset. Allt vanligt vardagsliv är tydligen bannlyst. På öns svenska Facebooksidor skriver människor visserligen hur oförskämda kommentarer som helst, men kommenterar jag den olagliga vistelsen på ön eller svarta hyresmarknaden blir det tyst i tråden. Här är mycket hård censur angående all illegal verksamhet, men om flyktingarna från Afrika får man skriva precis vad som helst.

I mina tidigare lägenheter i komplexet har det varit förbjudet att spola toapapper, men det visade sig att väldigt få kände till det. Trädens rötter tar sig in i avloppen och pappret gör att det blir stockning. Så var det också här men det upptäckte rörmokaren först nästa dag när vattnet igen vällde upp i mitt badrum.

När jag bad en granne som äger sin lägenhet att ta upp saken på årsmötet, svarade han att det inte går eftersom de ju inte kan diskutera dem som inte finns. Tydligen finns här hyresgäster som egentligen är osynliga. Osynlig sambo och synliga hyresgäster som egentligen är osynliga: jag lär så länge jag lever.

En granne berättade att ägaren inte kommer ofta till dem; en gång i året när de betalar hyran kontant. Jag önskar att jag hade hört fel för jag betalar varje månad per bank. Är jag den enda officiella hyresgästen i hela komplexet? Så illa kan det väl ändå inte vara.

Mina kanariska grannar i huset bredvid hade jag bekantat mig med redan på våren. De kom över och frågade vad som hade hänt med avloppet, och ville hjälpa mig att installera luftkylarens rör som leder ut den varma luften. De tyckte att jag hade gjort ett bra köp och sovrummet blev snabbt svalt.

Jag måste ju öppna alla fönster och dörrar på grund av bajslukten, men också för att golvet skulle torka. Vattnet hann rinna ända ut i vardagsrummet innan jag fick stopp på flödet, och fast jag slängde handdukar på golven, försvann det nog vatten ner vid golvlisten. Ute var det 42 grader på eftermiddagarna och cirka 30 på nätterna.

Nu är vi i slutet av augusti och det har blivit lite svalare. I år blev min efterlängtade semester igen förstörd av tråkiga händelser. Jag sitter på terrassen och stickar kläder åt Barbiedockan som är modell. Kajsa fick en påse med dock-kläder i somras, så jag frågade om de kanariska grannarna har barnbarn. Jag fick veta att de har en sjuårig flicka som snart kommer hit. De har många gånger kommit med mat åt mig, för enligt dem hör jag till deras familj.

Många kanarier utstrålar en underbar värme och empati som tyvärr är ovanligare hos turisterna. De som bor här några månader betalar ofta minst dubbelt upp vad jag gör, och vill därför ha valuta för pengarna. Dessutom umgås de enbart med nordbor, så de har svårt att "smittas" av den kanariska kulturen.

Jag känner spänningar i huvudet, käkleden och nacken som strålar ner i ryggen. Det började redan i Finland då jag klippte gräs med trimmern eller målade vedskjulet på baksidan. Trots att jag delade upp arbetet under många dagar, kände jag att min kropp inte längre gillar dessa monotona rörelser.

46. SVÅRT BESLUT

I somras fattade jag ett mycket svårt beslut; i nästa sommar kommer Gläntan att vara till salu. Jag kontaktade olika lokala mäklarföretag och bad dem komma och göra en värdering. Om orsaken var semestertiden eller någonting annat vet jag inte, men jag blev mycket förvånad över deras agerande.

Den första mäklaren orkade knappt lyssna på min presentation, och efter det satt hon fyra timmar på min terrass och pratade strunt. Innan hon åkte gav hon ett papper som inte var ifyllt, men där kunde jag läsa om deras fenomenala service, men tyvärr märktes den inte i praktiken.

Följande var raka motsatsen; hon gjorde noggranna anteckningar och ställde de rätta frågorna, gav ett professionellt intryck och lovade ringa i nästa vecka. Den veckan har inte ännu kommit, och när jag ringde upp henne i dag blev svaret ett sms: *"Jag kontaktar dig"*, men jag misstänker att det samtalet aldrig kommer.

Den tredje var helknäpp; han orkade inte heller lyssna utan såg endast problem. Största delen av tiden använde han till att informera om vilka som hade sålt sina stugor, orsaken till försäljningen och han berättade till och med vilka sjukdomar de hade haft.

Efter det kontaktade jag ännu ett företag, och mäklaren som genast ringde verkade vara rätt så normal. Efter ett par dagar var han på plats, orkade lyssna och tyckte att jag hade gjort en jäkligt god affär genom markbytet som äntligen hade blivit av.

Av de här fyra mäklarna fanns det endast en jag kunde välja. Han föreslog budgivningsaffär eftersom det är svårt att exakt prissätta fastigheten. Nu hoppas jag att "coronaeffekten" på stugaffärer ännu håller i sig till nästa sommar. De senaste somrarna har affärerna gått bra, eftersom många ville köpa stuga under pandemin.

Beslutet har mognat genom åren som jag har varit pensionär. När jag lät bygga stugan sa jag att här ska vi endast njuta. Varför ha kvar något som ger så lite njutning och mest besvär? Jag blir inte yngre och dagens barnfamiljer har inte tid att ta hand om en fritidsfastighet. Om man inte sköter om den varje sommar förfaller den snabbt.

Ungdomarna vill helst komma dit då jag inte är där, men det är mitt enda hem i Finland nu. Visst förstår jag att de vill vara ifred, men jag vill umgås med dem och barnbarnen. Jag skulle kunna träffa dem mera spontant om jag bodde i stan. Visst var Kajsa i Gläntan några gånger i somras, men efter fem dagar blev hon uttråkad och ville träffa kompisar.

Jag var endast två månader i Finland, så det blev stressigt att få allting gjort. Att mina barn är emot försäljningen ger mycket psykisk stress. Det kan vara orsaken till mina spänningar, men om de inte lättar måste jag nog snart göra någonting. Kompisarna har stött mig och övertygat mig om att beslutet är rätt.

Nästa kväll är mina kanariska grannar mycket ledsna; någon har kontaktat presidenten och klagat över att de har förmycket oljud. De undrar vilka det kan vara, och eftersom det är tomt i nästan alla lägenheter går mina misstankar till grannarna ovanför mig. Har de kanske märkt att grannarna hjälper och stöder mig, men det kan väl inte vara orsaken?

Visst sitter kanarierna ute på terrassen och spelar spel och har roligt på kvällarna, men efter klockan 23:00 har det varit tyst. "Klimatflyktingarna" däremot smäller i porten på natten, och står och pratar högt utanför mitt sovrumsfönster innan de går åt olika håll. Alla borde ju veta att det är ett sovrum, men efter en glad kväll i baren tänker de inte på det.

Följande dag flyttar grannarna i lägenheten ovanför, och det kommer nya som ska bo där ett par månader och så byter det igen. Myndigheterna har ingen chans att ha koll på den här hyresverksamheten.

Nu har jag beställt en tavla av en konstnär som nyligen flyttade till ön. Här vill jag bo och det blir mitt första riktiga hem på ön. Jag funderade på olika motiv, tog några bilder och bad om tips på namn i min blogg. Det kom ett förslag: *Casa Carola*.

Jag kom till att tavlan ska föreställa en stor skummande våg, och då förstod jag att *Casa Ola* blir perfekt. Ola betyder våg på spanska; havet är viktigt för mig och Ola är mitt smeknamn i familjen. Symboliskt passar våg också bra; ibland är jag helt lugn, ofta medium men kan också vara vild, fräsande och full av energi.

47. SPANSKA

Strax efter att jag hade flyttat tillbaka började en buss köra runt ön för att covid-vaccinera alla som befann sig här. När den kom till min ort gick jag ner till stranden där den stod parkerad. *Television Canaria* var på plats och ville intervjua mig, men tyvärr kan jag inte många ord spanska.

Efter det tog jag mig till Centro de Salud, för att få telefonnumret ändrat till mitt eget spanska, så att jag kunde få min kod till covidpasset. Jag passade samtidigt på att boka tid till labbet för testerna till reumatologen.

Några dagar senare ringde en man från sjukhuset, och jag förstod att han föreslog två tider åt mig. Jag försökte förklara att jag redan har en tid till labbet på Centro de Salud. Inte var jag beredd på att någon redan då skulle höra av sig, det blev blackout i min hjärna, och jag kunde inte ens minnas de spanska ord jag har lärt mig.

Kort därefter meddelade mellanhanden att sjukhuset har ändrat mina tider. Hon körde ännu med samma stil, men jag låtsades inte om det utan tackade för informationen. Jag fick en tid till labbet på sjukhuset och en annan till reumatologen. Ska de ta några andra prov där? Läkartiden är så sent att då är jag redan i Finland på julresa. Jag måste reda ut det här när jag går till Centro de Salud.

Nu sitter jag utanför polisstationen och väntar på Eva som ska hjälpa mig att äntligen få residencia. Vägen har minsann varit lång och krokig. På grund av adressbytet blev det uppskjutet i vintras, men när vi gick till kommunalhuset för att ändra adressen, krävde de ett intyg över att ägaren har betalt fastighetsskatt. Eva ringde ägaren men veckorna gick och hon fick inget intyg. Jag skickade genast ett mejl åt ägaren om att Eva kommer att kontakta henne.

Sedan sände jag ett nytt mejl och förklarade att jag behöver söka residencia, och då svarade hon att hennes pappa hade betalt skatten, och att det därför dröjde så länge att få fram kvittot. Certifikatet från kommunen kom så sent att vi inte hann till polisstationen innan jag reste till Finland. Det går långsamt nu när det är köer efter nedstängningen.

Jag sov mycket dåligt i natt och mådde illa i morse. Mellanhandens mejl aktiverade tydligen det obehag jag hade känt för ett år sedan, då jag förstod att hon inte kommer att sköta mitt ärende. Men den psykiska misshandeln, som jag blev utsatt för året innan, är också ännu obehandlad.

Det var tur att jag kom i kontakt med Eva genom skatterådgivaren, för hon är en varm och empatisk person. Mina undertryckta känslor har bubblat upp: övergivenhet, besvikelse och frustration. Psykisk stress ger olika reaktioner i kroppen. Hur ska det gå i dag; får jag något residenciakort?

När Eva kommer och sätter sig bredvid mig på bänken säger jag att jag är så nervös. ”Varför?” frågar hon, men inte kan jag berätta på engelska om mellanhanden och min besvikelse. Så jag säger att det har varit så komplicerat, och jag tänker att jag inte får någon residencia. Hon svarar att hon är här alla dagar, och att det absolut inte är något att stressa över. Då förnimmer jag hennes varma kärleksfulla utstrålning, och jag känner hur allt obehag rinner bort från mig. Det är nästan magiskt när obehaget byts ut till tillit; allt blir lugnt och tryggt, och hela kroppen är plötsligt avslappnad.

En ung polis kommer ut; vi stiger upp och Eva ger ansökan och kopior av mina dokument åt honom, och jag ger mitt pass. Han försvinner in och jag undrar när vi får gå dit.

Efter en stund kommer han ut, ger passet tillbaka och Eva växlar några ord med honom. Så säger Eva att hon ska betala och i morgon hämtar hon kortet från polisen. Hon kommer att meddela mig vilken tid jag kan hämta det från kontoret.

Nu blir jag helt konfys. Kan jag gå nu? Är det färdigt nu? Jag har inte ens varit inne på polisstationen. Frågorna snurrar i huvudet, men Eva säger att vi hörs i morgon. Så här är det tydligen när man anlitar en lokal person som behärskar spanska, kan sin sak och är bekant för polisen.

Följande dag tar jag bussen för att hämta kortet, och betala för både adressbytet och residencia. Tillsammans kostar det inte ens hälften av vad jag betalade för N.I.E eller för att bli inskriven i kommunen, som båda kostade ungefär lika mycket. Och nu få jag betala med kort. Jag borde ha kontaktat skatterådgivaren genast då jag hade fattat beslutet att flytta hit. Eva är det bästa som har hänt på länge!

Dagen efter sitter jag i väntrummet på Centro de Salud för att få labbproven tagna. Jag känner igen en häftig spänning i huvudet; jag tar några klunkar vatten och försöker slappna av. Vad är det som stressar mig nu? Är det mellanhanden som ännu spökar? Nummertavlan fungerar inte i dag så jag måste lyssna noga vad de ropar ut i högtalaren. Jag har nummer 63, så jag bör ha koll på när siffrorna byts från 59 till 60.

Jag har skrivit upp två frågor på spanska angående besöken på sjukhuset, och när det blir min tur räcker jag fram texten. Kvinnan bakom disken läser och skriver svar som jag ska översätta när jag kommer hem.

Nu sitter jag framför datorn och skriver texten på översättningstjänsten. Enligt den ska jag besöka sjukhuset för några andra provtagningar, och tiden till reumatologen kan jag endast ändra på sjukhuset. Den kan jag ju ändra när jag är där, men få se om jag ska till röntgen eller vad månne det ska göras för provtagningar?

Nu har det gått ett par veckor; jag är på sjukhuset och har köat till labbet, men de hittar ingen bokning i mitt namn. När jag ber om att få tiden till specialisten ändrad, får jag gå till ett rum på kontorssidan. Sköterskan ändrar tiden och säger att läkaren ännu ska bekräfta den. Resan var i alla fall inte helt onödig eftersom jag behövde få tiden ändrad. Här finns det inget telefonnummer på bokningsblanketten, men eftersom jag inte behärskar spanska skulle det inte hjälpa mig,

48. SPÄNNINGAR

Redan i september började jag ta reda på vad som förorsakade mina spänningar på högra sidan av huvudet och i nacken. Det kändes obehagligt då jag använde musen, så det blev en lång paus med skrivandet. Eftersom jag också hade sporadiskt ont i käkleden började jag hos tandläkaren. En gammal amalgamplombering hade ett jack, som jag redan en tid hade tänkt att jag borde få lagad. Inflammationer under tänderna kan ge olika symtom.

Eftersom jag hade hört att tandläkaren i köpcentret inte har röntgen bokade jag tid hos en spansk tandläkare på en nordisk mottagning. Han föreslog bettskena för att minska belastningen, och vi kom överens att jag skaffar en sådan. Sedan tog han röntgenbild av tanden med jacket. Först sade han att den var okej, men efter det bad han receptionisten komma och tolka. Hon berättade att det troligen fanns en inflammation under tanden bredvid. Den skulle rotfyllas, och den andra hade så stor lagning att där behövdes en krona.

Receptionisten försvann snabbt för att räkna ut vad det skulle kosta. Hops! Jag hade inte fått sådana behandlingar tidigare. Skenans pris tyckte jag att var helt okej med tanke på vad jag hade betalat för min förra på 1990-talet. Kronan och rotfyllningen tyckte jag däremot att var rätt dyra, men jag hade ingen koll på vad de kostar i Finland. Det blev några besök hos tandläkaren, men spänningarna försvann inte. När jag kollade upp vad samma behandlingar kostar i Helsingfors, kunde jag konstatera att jag hade betalt finländska pris med råge.

Jag började också gå i massage, men det kändes nästan värre efteråt. Massören trodde att spänningen nog snart skulle släppa, men när jag efter det fjärde besöket blev i ännu sämre skick, gick jag till en privat läkare i köpcentret.

Läkaren var mycket stressad och tolken var inte på plats. Min förhoppning var att få muskelavslappnande medicin, men medicinen jag fick var rena "råttgiftet". Så skämtade jag efter att jag hade tagit det första pillret; allting började gunga, jag somnade och sov flera timmar på dagen.

En vecka senare hade jag tid hos läkaren på nytt, och då bad jag om muskelavslappnande medicin. Den hade lite effekt, men jag hade redan bokat tid hos en fysioterapeut. Hos henne lärde jag mig de rätta gymparörelserna, och jag fick djupvärmemassage. Hon hade kärleksfulla händer och sade ärligt att hon inte kan göra mer.

Eftersom jag var lite skeptisk, och inte hade någon erfarenhet av akupunktur, sparade jag det till sist. Genast efter första behandlingen kände jag hur spänningen släppte; det kändes som trollkonst. Jag tog för säkerhets skull fem behandlingar, och efter det var huvudet och nacken helt okej. Vilken tur, för om några veckor flyger jag på julresa till Finland.

49. DET OMÖJLIGA

Fuktskador är väl inte det första man tänker på då man har flyttat in en nyrenoverad lägenhet? Jag som trodde att den kvoten var fylld för mig redan för länge sedan.

Exakt på novembermånadens första dag kom höstvädret: temperaturen sjönk och det började blåsa friska vindar. Både köks- och badrumsfönstren hade varit öppna hela hösten, men när nätterna blev svalare stängde jag fönstret i badrummet till natten.

I dag är det sista lördagen i november, och när jag städar ser jag någonting misstänksamt i vrån bakom sovrumsdörren. Det ser ut som rimfrost på den målade väggen, och när jag stryker med fingret faller det ner vitt damm. Närmast golvlisten känns väggen rejält fuktig.

NEJ, NEJ, NEJ!!! JAG ORKAR INTE MER! INTE FUKT IGEN! Hela jag fylls av obehagliga känslor: ilska, hopplöshet och fananamma. Varvmätaren går på rött och det känns som om huvudet snart spricker. Och jag som just blev av med spänningarna i nacken. Nu spänner det i hela kroppen.

Jag blir ändå inte handlingsförlamad utan tar en ordentlig koll i alla rum. Det verkar som om det även finns fukt nära golvlisten på några andra ställen, men värst är det bakom sovrumsdörren. Jag tar bilder och skickar till ägaren, som svarar att det är kapillärkraften som får fukten att stiga upp i väggarna.

I tamburen är det nylagda plattor på väggarna så jag kollar genom att knäppa på dem. Ljudet är annorlunda nertill och plattorna är svalare där. Väggen i köket är belagd med stora plattor, och där finns det troligen också fukt nertill. Har de lagt plattor som kamouflage för fukten? Ägaren blev åtminstone inte överraskad när jag meddelade om saken.

Hon skriver också att de ska komma så fort det är möjligt. Mannens pappa har blivit inlagd på sjukhus så nu är det omöjligt. Sjukdomar igen! Alltid när det händer något blir någon intagen på sjukhus. Det tycks vara en regel utan undantag på den här ön. Hur många gånger har jag redan varit med om det? Till och med Francos syster hade blivit inlagd på sjukhus samma dag som Franco gjorde rejält bort sig i chatten, men han bad om förlåtelse följande dag.

När jag skriver åt ägaren att jag inte hade någon anledning att misstänka fuktskador i en nyrenoverad lägenhet, svarar hon att det var noll fukt i huset när jag undertecknade kontraktet. Just skrev hon att det är kapillärkraften och nu att det var noll fukt?! Hur vill hon ha det?

Fem till sex gånger i veckan spolar de poolområdet när de städar, och det väller över vatten med vitt skum på plastgräsmattan framför terrassen. Poolområdet lutar hitåt så det mesta av vattnet rinner ner till det här huset. Det finns en sänka mitt på plastmattan; där samlas vattnet innan det sugs ner i betongplattan. Också på sidan av terrassen blir det en vattensamling som långsamt försvinner. I gången mellan husen finns inte klinkers som det är på övriga ställen. Där forsar regnvattnet ner från två hustak, och det lilla avloppet vid väggen hinner inte svälja allt. Om huset inte har fuktspärrar, sugs vattnet ner i betongplattan, och kapillärkraften får fukten att stiga upp i väggarna.

Jag lyfter upp plastgräsmattans kant och vad ser jag? Dräneringsrännan finns under gräsmattan som hindrar vattnet att rinna ner i den. Gräsmattan har säkert redan funnits här i många år, men hur har ingen upptäckt det här?

Varför i helsike spolar de vatten över gården? Varje litet skräp ska spolas ner till den lilla öppningen i muren vid grannens terrass, men personalen länsar inte bort skräpet. Grannen putsar hålet ibland så att det inte blir stockning. Dessutom försvinner inte det fina dammet när de spolar, utan det blir kvar vid poolkanten och i vattensamlingar, som blir ljusa damfläckar när de har torkat. När jag går till kanten för att granska hur vattnet tar sig vidare ser jag ett smalt plaströr. Det orkar inte svälja mycket vatten.

Jag skickar mera bilder åt ägaren där jag konstaterar att det här huset blir utsatt för stora mängder vatten. Om det inte finns dränering eller fuktspärrar, så är det självklart att det sugs upp i väggarna. Hon svarar med en förskräckt emoji.

Visst kände jag en konstig lukt av våt betong på utsidan av ytterdörren tidigare på hösten. Samma lukt har jag känt på många ställen i köpcenter och restauranger. Är det mögellukt?

Ögonen har varit lite konstiga i november men jag trodde att det berodde på vinden. Mina ögon är också känsliga för draget på terrassen då det blåser. Kanske har det varit lite strävt i halsen också på sista tiden. Nu är det bäst att jag börjar sova på bäddsoffan och låter sovrumsdörren vara stängd. Sovrumsfönstret få nu vara öppet på dagarna, och jag ska börja använda dry-funktionen på luftkonditioneraren en timme varje kväll.

Tavlan *Casa Ola*, som blev färdig för en tid sedan, får nu en helt ny betydelse. Just den där vita skummande ”vågen” ser jag varje morgon komma mot min terrass. Städmedlet bildar skum som blir en vit driva på plastgräsmattan. Fy fasen, det tänkte jag inte på förut, men idéer till motiv kommer ofta intuitivt.

Följande lördag kommer ägaren Francisca tillsammans med sin man. Hon bär på en dammsugare så någonting ska de göra. Jag räcker över ett papper där jag har skrivit på spanska mina observationer, synpunkter och att jag gärna hjälper dem att lösa problemet. De reagerar med tystnad och blickarna riktade mot golvet.

Vi går in och jag visar de platser jag har meddelat om. På den korta väggstumpen mellan diskbänken och terrassdörren har väggfärgen också börjat spricka upp, och bakom soffan finns ett litet område vid golvlisten som ser misstänksamt ut. Jag knäpper på plattorna på tambursväggarna, förklarar hur ljudet är annorlunda nertill och demonstrerar också temperaturskillnaden: fukt ger annat ljud och svalare temperatur.

Mannen skrapar bort den flagande målningen och frun städar. Någon lukt känner de inte i sovrummet trots att den är starkare nu när dörren är stängd. Mannen undersöker tamburen och jag undrar om plattorna nära golvet borde tas bort så att väggen kan torka. De hindrar fukten att avdunsta, och därför stiger den extra högt upp i väggen mot sovrummet.

Francisca får ett anfall och börjar ropa högt och viftar vilt med armarna: "Allt måste rivas och du kan inte bo kvar här." Mannen rör inte en min och ser ut att skämmas över fruns uppförande. Jag går fram till honom och frågar om hela tamburen måste rivas och han svarar "no".

Ute på terrassen visar jag två ställen där väggen faller sönder, den täckta dräneringsrännan och hur regnet från två hustak rinner ner mot huset. Jag öppnar också luckan där husets huvudvattenkranar finns eftersom man här kan känna att betongplattan som huset står på är fuktig. Problemen finns på utsidan och borde därför i första hand åtgärdas där.

Francisca visar tydligt att hon inte gillar att en hyresgäst har synpunkter på huset som hennes pappa har låtit bygga, och som hon har ägt i många år. Eller är det så att jag har för mycket kunskap? En hyresgäst borde väl veta sin plats och hålla tyst.

"Om du inte kan bo här så måste du söka en ny bostad" är kontentan av deras besök. Jag svarar att det här nu är mitt hem, och jag flyttade hit för att få bo här länge, men att jag nu är orolig över fuktskadorna. Jag berättar att jag kommer att vara i Finland över jul, så då har de möjlighet att åtgärda skadorna. Mannen säger att han ska göra vad han kan, och att jag i fortsättningen endast bör kontakta honom. Han slutar med att berätta att pappan är döende.

Senare informerar jag honom vilka dagar jag är bortrest, beklagar hans pappa och frågar om han ännu lever. Han tackar endast för informationen. Här dör de som flugor genast när något händer, men säkert är hans pappa gammal om han ännu lever. Fruns pappa lever i alla fall för han betalar ju fastighetsskatten, och troligen också alla andra utgifter för bostaden. Går det att skylla hennes beteende på bortskämdhet?

Om Francisco kallas Franco så bör hon nog kallas Franca. Han är ju mänsklig i jämförelse med henne. Visst körde han också med lite hård stil i början men aldrig öga mot öga. Francas häftiga utbrott var inte endast kanariskt temperament. Helt motsatsen till Francos alltid lika lugna och vänliga bemötande.

Det är tråkigt att det finns öbor som har så starka attityder mot de som kommer hit. De borde kunna skilja mellan turister och dem som flyttar hit för att leva och bo här. Javisst, det finns ju dessutom de som kallar sig ”långliggare” men som jag kallar "klimatflyktingar”. Bland dem finns nog sådana som deras hemländer inte kan vara så stolta över.

50. KANARISKA LÄGENHETER

I Helsingfors hade vi den kallaste julhelgen sedan mitten av 1990-talet. Trots problemen i lägenheten är det skönt att komma tillbaka till värmen. Någon har varit här och spacklat och målat i köket och bakom soffan, men väggen i sovrummet är för fuktig för att kunna renoveras.

Nu har jag en fuktmätare med från Finland, och jag börjar mäta på väggarna både ute och inne. På många ställen visar den 70 - 85, men nere i vrån i sovrummet visar den 90 - 100. Högre upp på väggarna blir det genast lägre värden. Terrassväggen fortsätter att falla sönder på utsidan och där är det höga fuktvärden.

Franca kontaktar mig för att berätta att vi nu följer med hur väggen i sovrummet utvecklas. Hon önskar att jag stannar kvar, för hon blir mycket ledsen om jag flyttar. Jaha, nu låter det så. Jag tackar och skickar några bilder från fuktmätningen men dem noterar hon inte.

När jag berättar om fuktmätningen för en granne, svarar han att det för några år sedan gjordes fuktmätning i huset där han bor. Alla lägenheter i första våningen hade höga värden: 70 - 80. Om det är normalt i det här komplexet på vintern så är i alla fall 90 - 100 för mycket.

Nyårshelgen är över och januari har börjat med normalt vinterväder. Genast då jag upptäckte fukten kontrollerade jag läget på hyresmarknaden. Endast en lägenhet fångade mitt intresse, och i dag ska jag gå på visning. Den ligger uppe men komplexet har hiss ner till strandpromenaden.

Jag startar i god tid för att hinna bekanta mig med området. Det finns endast en liten butik i närheten, och till busshållplatsen är det kanske 700 m.

En ung man dyker upp innan utsatt tid och vi tar hissen till översta våningen. Utsikten är magnifik och jag minns hur det kändes när jag steg in i min första lägenhet på ön. Nu ska jag inte låta mig förföras utan hålla huvudet kallt.

Mäklaren berättar att lägenheten renoverades för några år sedan. I diskhon ligger en spruta som liknar fogmassa, så någonting är på gång nu också. Balkongen är förenad med vardagsrummet och har skjutfönster. Det finns markis att fälla ner, men hur går det med den vid hård vind? Det blåser ofta här uppe och balkongen är mot syd. På gården finns en pool som inte är uppvärmd, så det är ett stort minus. Sovrummet är rätt trångt och har fönster mot balkongen. I badrummet får jag svar på varför det finns fogmassa; fogarna har samma bruna färg i den mycket speciella duschen.

Mäklaren ser fundersam ut när jag tar fram fuktmätaren, och medan jag mäter ringer han ett samtal: troligen till ägaren. Fuktvärdena verkar vara okej, men stiger när jag närmar mig badrummet där är de högst. Det är inte alarmerande värden: 50 - 60, men jag undrar vad som är normalt på vintern för hus som inte har annan uppvärmning än solen? Nere i duschen visar det höga värden men det är väl där de har satt fogmassa.

Vi börjar prata om avtalet och då säger han:

- Det blir sex månaders avtal som kan förlängas.
- Men ni skrev ju att den här är för långtidsuthyrning?

- Ägaren vill ha det så men det går att förlänga kontraktet.
- Om ett halvt år är jag i Finland, och då behöver jag ha ett kontrakt som är i kraft när jag landar i september.

Det är även någonting konstigt med vatten- och elkostnaderna; jag ska också betala för den tid jag bor i Finland men då blir de lägre. Jag undrar hur det kan bli kostnader för el och vatten om det inte är någon förbrukning, men han har inget vettigt svar. Ägaren som bor i Tyskland vistas ibland i en annan lägenhet i samma komplex. Det positiva är att hyran får betalas per bank, men jag förnimmer en obehaglig känsla i kroppen, som befriar mig från tanken på att flytta hit.

I dag ska jag besöka reumatologen för att äntligen få svar. När jag började skriva rapporten konstaterade jag att mitt enda problem nu är att finna en bostad som inte har fuktskador. I somras fick jag inte några besvär eftersom det var vackert väder under min korta vistelse i Finland.

Största delen av rapporten handlar om fuktproblemen i lägenheten, och hälsoproblemen som de kan förorsaka. Jag har också skrivit att det är tredje lägenheten på Gran Canaria som har fått fuktskador, och att de snart börjar inverka på min psykiska hälsa. Få se vilket bemötande rapporten ska få?

Medan jag väntar lägger jag märke till att patienterna före mig har olika problem med att röra på sig. Hur ser det ut i deras lägenheter? Sover de i fuktiga sängar på vintrarna eller har de liksom jag el-sängvärmare? Borde inte reuma vara ovanligt på en plats som har världens bästa klimat?

Det blir min tur och läkaren läser noggrant rapporten. När han är färdig småler han och säger:

- Det är en ö.

 Ler en reumatolog åt fuktproblem?! Blodet börjar pulsera i tinningarna och jag svarar:

- Det är **tredje** bostaden som har fuktskador.

Han ser lite förlägen ut men säger inget så jag fortsätter:

- Jag har inte gett upp hoppet ännu, och en dag ska jag finna ett ordentligt hem på ön. Men vad visar labbproven?
- De är bra: ingen reuma.
- Bra.

Jag lägger upp tummen och vill avsluta besöket, men då sträcker han fram handen mot mig och säger:

- Du har artrit.

Det är väl en reumasjukdom som inte syns i testerna tänker jag och svarar:

- Jag ska motionera och hålla kroppen i god form.

 Det blir ett snabbt avslut och han säger inget om vård eller uppföljningsbesök.

I bussen på väg hem reflekterar jag över besöken hos den här specialisten. Vid första besöket tyckte jag att han verkade noggrann, men han undersökte inte lederna, och det har han inte gjort vid de två andra besöken heller. Lite märkligt eftersom proven inte visar alla reumasjukdomar. Den största överraskningen blev ändå det här besöket eftersom fukt är illa för dem som har reuma. Men vi invandrare ska väl inte komma med några åsikter om kanariska lägenheter?

Läkaren i Finland ansåg att jag hade artros för fem år sedan, och nu anser reumatologen att det är artrit. Strunt samma, men egentligen är mina symtom kanske mera typiska för artros. Nu tänker jag lägga det här åt sidan och glömma alla sjukdomar. Det verkar i alla fall som om borreliosen inte har förorsakat några långvariga ledproblem.

Inte var besöket ändå helt bortkastat för jag har ju fått veta att proven är okej, eller nästan. Ett resultat är på gränsen och nu ska jag beakta det i kosten. Socker, dåliga fetter och kolhydrater bör jag minska. Jag är svag för glass när det är hett, och choklad är en annan last som småningom har kommit tillbaka. Man borde hela tiden vara lite sjuk för att förbli frisk.

Jag har fortsatt att kolla upp lägenheter på marknaden. Ingen har tilltalat mig, men jag har ändå gått på några visningar. Lägenheterna har funnits i Playa del Ingles, men den orten känns inte som min. Innan visningarna har jag bekantat mig med området omkring komplexet. "Gyttret" kallar jag det turistliv som pågår där. Det finns många köpcenter och i närheten av dem är det extra livligt.

I den första lägenheten luktade det unket i badrummet, och ena sovrummet hade synliga fuktskador vid fönstret. I badrummet blinkade fuktmätaren på "våt", men väggen i sovrummet blev troligen fuktig endast vid regn. I det andra sovrummet hängde det ut en skarvsnodd med fyra eluttag ur väggen. Ägaren hade troligen murat in den utan något skyddsrör. Ovanför sängen hängde en lampa i tunna el-trådar ut från väggen. Köket var mycket gammalt och hade ett litet kylskåp. Hela lägenheten var gammal och dyster så därför var hyran förmånlig.

Den andra var helt bluff: fanns inte på uppgiven adress utan i ett annat komplex, och jag hade inte ens lust att gå på visning. Men för att få göra en fuktmätning gick jag in. Mätaren visade höga värden i kök och badrum och lägenheten var dunkel.

Tredje hade rätt adress men låg i fel våning. Bilderna var tagna i en annan lägenhet på sjunde våningen och den här var på andra. När dörren öppnades såg jag genast hur slitet allting var. Jag gjorde snabbt fuktmätning och informerade om resultatet innan jag gick ut.

51. VINTERALKIS

Jag sitter på terrassen och ser ut över ett blåsigt hav medan jag funderar på hyresmarknaden. Alla så kallade "mäklare" som jag har träffat var mycket unga och gav ett oprofessionellt intryck. De flesta svarade inte ens på min förfrågan då jag berättade att jag är resident och behöver långvarigt kontrakt. Det beror troligen på att de förstår att jag kommer att deklarera hyran, och då kan ägarna inte hyra ut svart. Nu vet jag också att fukt är mycket vanligt, men jag har i alla fall fått en bättre insikt i hyresmarknaden.

Intuitionen ger inte några ledtrådar om var mitt nya hem kunde finnas. Jag flyttade hit för att bo här länge, och inte har jag egentligen någon lust att flytta bort. Den varma poolen är viktig för mig, och nog ska jag väl också få bukt med några högljudda grannar.

Troligen har "kosläppet" efter coronan fått personerna på "ålderdomshemmet" att bli extra högljudda i år. Närmaste grannen sade i fjol att "det är lugnt på ålderdomshemmet" då poolbaren var stängd och många bostäder var tomma. "Ålderdomshemmet" passar bra för "poolbarsrådet" för medelåldern ligger rejält över 70.

Jag sover bättre på soffan eftersom ljudet av porten inte hörs ända hit, men ibland vaknar jag av grannar som kommer hem på natten och pratar med stora bokstäver. En natt vaknade jag när närmaste grannarna kom hem tillsammans med några andra grannar, och de satte sig på terrassen. Jag låg och lyssnade på oljudet en halv timme, men sen gick jag ut och sade att klockan är ett på natten så nu vill jag sova. Grannen skrek "sov då" och snarvlet fortsatte en stund till.

Reaktionerna blir ofta lika i Finland om man ber högljudda grannar att dämpa ljudnivån. Det heter att när alkoholen går in så går vettet ut.

Ibland verkar det som om gamla människor skulle tycka att de har större rätt att föra oljud, eller märker de inte att de gör det? Många har dålig hörsel och pratar högt hela tiden, och så blir det ännu värre när de har promillen i blodet. De pratar om ungdomarna som stör nattsömnen, men jag har aldrig upplevt det här.

En eftermiddag stod en annan granne och vinglade framför min terrass och skrek oförskämdheter: kanske något som hade varit uppe på diskussion hos "poolbarsrådet". När jag joggar i poolen hör jag mest hans röst: en pellejöns som alla skrattar åt.

Nog förstår jag att om man sitter sex dagar i veckan i samma bar med samma människor så kan samtalsämnena bli inskränkta. En singelkvinna som joggar i poolen och inte dricker alkohol är väl mycket märkvärdig. Men nog är det ju trevligt om jag kan bidra med samtalsämnen, för den som ingen pratar skit om har inte uträttat mycket i livet.

Egentligen är jag nöjd över att de sitter där och inte flåsar omkring i poolen eller samlas på terrasserna och för oljud både tidigt och sent. I år har poolbaren gjort några försök med att ordna utfärd till romfabriken, vart annars? Det skulle ha varit intressant att se i vilket skick "ålderdomshemmet" hade varit efter den turen? Antagligen hade de flesta somnat tidigt den kvällen.

Jag vet inte varför turen inte blev av, men kanske lika så bra med tanke på att poolbaren är lika osynlig som min före detta sambo. Försäkringsfrågan kan bli ett problem om man ordnar utfärder inofficiellt. Risken är stor att gamla människor, som redan har lite svårt att röra sig på nyktert huvud, faller och slår sig efter provsmakningen.

Visst är det bra att människor på ålderns höst får rumla om och ha roligt. Alkohol tycks för många höra ihop med vistelsen på ön, och de som väljer att bo i det här komplexet gör det eventuellt för att poolbaren finns. Det är ju ingen rusning till poolen. Jag brukar skämtsamt tänka att vi har olika motionsformer; en del motionerar höger arm och skrattmusklerna, medan andra kör med hela kroppen.

Inte har jag något emot att människor dricker alkohol så länge de kan uppföra sig. En eftermiddag gick det en man förbi som hade byxorna ner baktill. Han vinglade så illa att han hade svårt att komma ner för trapporna till sin lägenhet. Han bodde här endast några veckor, så han måste väl "köra på fullt" hela tiden.

Det här med grannar har jag också tänkt på eftersom de ofta byts ut. Man måste räkna med att inte alla uppför sig bra hela tiden, men om man inte vågar säga till kan det inte bli någon förändring. Jag har bestämt att jag berättar åt dem som inte själva förstår var gränsen går. Våra gemensamma regler i komplexet borde ju alla kunna följa.

En man som bor lägre ner hade i början vägarna förbi lite väl ofta. Han har faktiskt närmare till porten om han går bakom huset, men han gillade att gå förbi min terrass. Inte bara förbi; många gånger steg han raka vägen in på terrassen och slog sig ner. Det hände också när jag satt och skrev på datorn, lyssnade på radio med hörlurar i öronen eller låg och sov i solsängen.

Föst sa jag till med vanlig röst att nu är jag upptagen, men när det inte hjälpte fick jag bli tydligare: jag skriver/läser/lyssnar på radio/vilar osv. Ja det hjälpte inte ens att jag sov, för den gången jag hade fått "råttgift" och slocknat i solstolen, blev jag väckt av samma gubbstrutt. "Jag ser att du är helt yr" var hans kommentar. Jag ser att du saknar normal finkänslighet, borde ha varit mitt svar.

Hans kompis damp en gång ner på en solstol framför min terras och frågade: "Är det du som är den trevliga finska kvinnan som bor här i komplexet?" Jag svarade: "Jag som trodde att jag är den enda från Finland som bor här."

En kväll var jag inne i köket när gubbstrutten kom. Det hjälpte inte att jag ropade att jag bakar pepparkakor. "Bakar du mycket?" frågade han då. Den gången blev jag ordentligt irriterad och sade bestämt: "Det här är mitt vardagsrum, inte vandrar jag in i ditt vardagsrum heller. "Efter den visiten hittade han ut den kortaste vägen.

För en tid sedan flyttade det in två gubbar i grannhuset. Den ena kom över och började berätta om sitt liv. Jag lyssnade en stund utan att be honom slå sig ner. Han stod där ganska länge trots att han såg att jag höll på att jobba på datorn. Jag berättade att jag skriver en roman.

Besöken blev snabbt fler och i dag har han redan varit här två gånger. Om han inte ser mig ställer han sig bakom häcken och ropar. "Är du där gumman?" Ligger jag i solstolen är jag tyst och stilla, och råkar jag vara inne låtsas jag inte höra. Nu har jag lyssnat på samma berättelser så många gånger att jag är helt uttråkad. Jag önskar att han förstår utan att jag behöver säga till på skarpen. Vem vill ha tre besök per dag av någon som berättar samma storys?

Ordet "vinteralkis" hörde jag av en kvinna som flyttade till ön för ett par år sedan. Hon berättade att många av dem som sitter på barerna är fulla redan på eftermiddagen. På en bar hade hon bekantat sig med en kanarisk man som enligt henne var svårt alkoholiserad.

Jag tyckte att vinet försvann snabbt ur hennes glas, så jag tog mod till mig och frågade hur hennes egen alkoholkonsumtion var. Hon ansåg att hon inte drack mycket eftersom hon endast drack en flaska på kvällen. Den enda gången jag har besökt henne var på eftermiddagen; vinflaskan hade hon öppnat innan jag kom, och medan jag drack ett par glas vatten tog vinflaskan slut. Men hon räknade kanske endast det som hon drack på kvällen? Det är inte alltid lätt att uppfatta den egna konsumtionen. Svepskälen till att just nu ta ett glas är många. Det är så oerhört lätt att lura sig själv samtidigt som man pekar finger åt andra.

När jag har deltagit i fester på klubben har jag inte upplevt att deltagarna blivit speciellt berusade. En del har nog kunnat hälla i sig rejäla mängder, och det tyder tyvärr på långvarig träning.

De dagar jag vid tiosnåret går ner till köpcentret, ser jag ofta samma människor sitta med dagens första öl på en uteservering. Personerna byts ut efter några veckor eller månader, men där finns alltid några som behöver släcka trösten så tidigt. Säkert är den sociala biten lika viktig; att träffas och prata, men det finns ju andra drycker.

Det är inte lätt att hitta goda alkoholfria alternativ här på ön. Alla butiker har alkoholfritt öl men vad beträffar vin är det sämre. Även barerna har dåligt utbud; jag har blivit trött på att dricka juice. I de större butikerna kan man hitta någon flaska alkoholfritt vin och cider, men barerna köper sällan in det då efterfrågan är så liten.

Jag har funderat på att fråga på öns Facebooksidor, om det finns någon som utan alkohol vill bekanta sig med nya människor. Med tanke på hur oförskämt många svarar, får jag nog vara beredd på alla tänkbara galenskaper. Men finns det personer på ön som hellre väljer alkoholfritt? Åtminstone de som på grund av sjukdom inte har något val, men jag vill nog tro att det finns andra. Kanske hör de till en yngre generation, för alkoholkonsumtionen lär vara störst hos pensionärerna.

För en tid sedan hade jag ett samtal med prästen i Svenska Kyrkan angående min bostadssituation både här och i Finland. Jag berättade också om min syn på alkoholproblemen, och hon kunde konstatera att det finns mycket av dem på den här ön.

Själv har jag nästan helt slutat använda alkohol sedan jag flyttade hit. Hur hade det gått om jag inte hade fått borrelios? Det är svårt att sia om det, men för mig har alkohol aldrig varit viktigt. När jag hade varit helt utan en lång tid förstod jag hur den sanna glädjen känns. Det behövs ingen alkohol för att uppleva den.

Min kropp har alltid reagerat negativt på alkohol, och min självkänsla har inte behövt en styrketår. Med åren kom säkerheten och behovet av styrkande drycker försvann helt. Dessutom har jag aldrig trivts bland berusade människor.

Som nyinflyttad på ön förstod jag att alkohol är onödigt eftersom jag hela tiden var berusad av skönheten. Trots att det vackra blev vardagligt har behovet av alkohol inte ökat.

52. PROBLEMLÖSNING

Nu är det vår men solens strålar lyckas inte värma upp snålblåsten. Här sitter jag i långbyxor och fleecekofta på terrassen och stickar medan jag funderar. Sedan jag upptäckte fuktskadorna har jag känt ovisshet inför framtiden: vart ska jag flytta och när? Jag har inte på länge haft några symtom som tyder på mögel i inomhusluften, och är nöjd över mitt beslut att inte flytta till någonting halvbra.

Vintern har varit sval och blåsig, och för ett tag sedan hade vi ett häftigt ösregn. Här var rena syndafloden vid min lägenhet. Vattnet från berget forsade ner på gården och vidare mot huset. Dräneringsrännan är ännu övertäckt så vattnet bildade en stor pöl på plastgräsmattan. I gången mellan husen var det två vattenfall från hustaken. Jag tog bilder och videos av alltsammans.

När jag för ett tag sedan skulle rengöra golvbrunnen i duschen, märkte jag att den var sned och delarna var lösa. Jag skickade bilder till Franca och hennes man, och undrade om där eventuellt kan vara läckage. Den var sned efter att rörmokaren hade putsat den i augusti, men inte misstänkte jag att den kunde förorsaka läckage. Borde inte vattnet samlas upp i golvbrunnen under duschbrickan och ta sig vidare med avloppsröret?

En kompis som sov i sovrummet i natt kände också den konstiga lukten. Jag bad honom kolla duschen, och han sade att det eventuellt har läckt därifrån. Voj helsike: vatten från alla håll!

Utanför vattnar trädgårdsmästaren ibland så att det stänker in genom fönstret. Han har tydligen inte så bra koll så slangen. "Gammal man gör så gott han kan, men dansar fan så illa" heter det i sången, men nu borde jag sjunga "sprutar" i stället för "dansar". Jag har många gånger sagt att om man ska klara sig på den här ön behöver man extra mycket empati, tålamod och humor.

I dag ska Franca och hennes man komma hit med en murare. Orsaken är troligen den att hon inte kunde höja hyran enligt avtalet, eftersom lägenheten har fuktskador. Det var "coronapris" första året men om ett år skulle hyran stiga med 50 euro; en helt olaglig hyresförhöjning som jag fick vetskap om efter att jag hade fattat beslutet.

Den svenska mäklaren låtsades inte minnas eller förstå vad jag menade när jag kontaktade henne angående hyresförhöjningen. Det var ju hon som hade sagt att vi ska diskutera saken på hösten.

Jag kontaktade ägaren i januari och undrade vad hon tyckte att var ett lämpligt pris för en lägenhet med fuktskador. Hon svarade att jag kunde fortsätta med den lägre hyran. Nu vill hon väl få problemen åtgärdade så att hon kan höja den. Pengar är ofta det enda som får i gång människor.

Väggen bredvid diskbänken som renoverades vid jultiden har nu ännu värre fuktskador. Där finns en utbuktning och både målarfärgen och spacklet har spruckit sönder. På utsidan har fuktskadorna också blivit värre. De spolar visserligen gården endast en gång per vecka nu, men det tar lång tid innan betongplattan under huset torkar.

Dessutom fick Franca för en tid sedan plötsligt för sig att lägenheten inte alls var nyrenoverad då jag flyttade in.

Enligt henne var det tre eller fyra år sedan renoveringen. Det hjälpte inte att jag skrev att både mäklaren och grannarna har berättat att här har varit en stor renovering. Helt otroligt! Jag frågade om hon ansåg att de alla har ljugit för mig, men på den frågan fick jag inget svar.

Alla som bor här i närheten vet att det var renovering innan jag kom, men nya rör och golv lades för åtta år sedan. Jag hörde själv oljudet från renoveringen, för det hade nyligen blivit tyst i komplexet då fasadrenoveringen var klar.

Vad försöker hon vinna genom den här lögnen? Att bostaden inte kunde ha varit i gott skick för ett år sedan och därför inte nu heller är det? Om man bortser från fuktskadorna är den i gott skick ännu, och den doftade nyrenoverad när jag flyttade in. Det som Franca nu i alla fall har mist är min tillit; hon har många gånger på olika sätt visat att hon är opålitlig och nyckfull.

Franca dyker upp i rätt tid med två män. Muraren är lång och smal och ser lugn och sympatisk ut. Hon ser inte glad ut så få se hur det går den här gången? Männen stannar upp framför plastgräset och börjar diskutera. Franca går till grannarnas terrass, klappar katten och smilar upp sig för dem. Det var lika förra gången; vågar man ha annan åsikt visar hon mycket tydligt vad hon anser om det. Men nu är inte mitt behov att bli omtyckt, utan att få problemen lösta.

När jag visar videon från syndafloden åt männen kommer Franca genast. Hon verkar spänd och vill inte att jag kommunicerar med dem. Beror det på att mannen har skrivit åt mig att jag enbart ska kontakta honom i fortsättningen?

När vi går in tar jag fuktmätaren och börjar mäta för att kunna lokalisera de fuktskadade områdena i köket och tamburen. Franca blir genast upprörd och när jag går in i sovrummet och mätaren visar 100 ropar hon "no, no, no, normal para Gran Canaria" medan hon flaxar med händerna. Muraren verkar vara intresserad av fuktmätningen, så jag räcker mätaren åt honom, men Franca ser så arg ut att han inte vågar ta den. Stämningen är laddad.

När muraren har kontrollerat duschen går jag in i badrummet, men då rusar Franca efter så att dörren slår mot honom. Jag frågar muraren om där är problem och han ser fundersam ut, tvekar lite, ser på Franca och säger "no". Han har nu installerat golvbrunnen så att den är rak.

Tusans käring, hon ska ha full kontroll på alla! Hon börjar hysteriskt skriva på telefonens översättningsprogram att huset är gammalt så det kan inte vara i bättre skick. Jag svarar att jag är mycket äldre och ännu i bra skick, samtidigt som jag småleende visar musklerna på armarna. Om jag kunde spanska skulle jag också säga att jag inte har några läckage heller. Haha!

Ingen humor går att frambringa hos henne nu. Pengar är mycket allvarliga saker. Franca har hela tiden stått bredvid mig och vaktat, men nu vill hon ha mig ut. Hon rusar över gården och börjar känna på muren vid trapporna som leder högre upp i komplexet. Jag visar att allt regnvatten från berget och vårt poolområde rinner mot huset.

När vi kommer tillbaka frågar jag om inte husföreningens försäkring och hemförsäkringen bör ersätta skadorna. Då början hon slå ut med händerna samtidigt som hon skriker "sin seguro, sin seguro". Hon ser så galen ut att jag har svårt att hålla mig för skratt.

Francas man rör inte en min och väntar att anfallet går över. Han säger att de ska måla med vattenfast målning på utsidan av huset. Då undrar jag hur fukten som stiger upp i väggarna ska kunna avdunsta så att de kan torka.

Skulle det inte ha regnat så häftigt hade huset redan torkat lite. Det borde läggas plattor i gången så att regnvattnet inte försvinner in under huset. Plastgräsmattan har funnits här i många år, men hur har ingen märkt att den är fel installerad? Nu har muraren skurit bort en bit av den, så att vattnet kan rinna ner i rännan i stället för att sugas in i betongplattan. Men nog dröjde det många månader innan det blev gjort.

Ibland känns det som om "bembölingarna" har byggt hus här. Nå ja, det finns nog åtminstone fönster, så de har inte behövt bära in ljuset i säcken som de gör i sagan. Haha!

Nu skriver jag åt Franca på översättningsprogrammet i telefonen: *"Kan vi inte lösa det här tillsammans som vänner? Jag vill enbart hjälpa dig med att finna orsaken till fuktskadorna. Mätaren visar sanningen så vi behöver inte strida. Vi finländare är fredsmäklare."*

Hennes svar är kort: *"Alla problem kan inte lösas."* Jag svarar: *"Då måste jag lösa det på mitt sätt."*

I dag har Franca verkligen levt upp till sitt namn. Hon har mycket svårt att ta emot min utsträckta hand. Vad är hon rädd för? Vad har hon att förlora? Tydligen har hon inte tagit någon hemförsäkring, och husföreningens försäkring ersätter inte gamla problem som inte har åtgärdats. Här är det ägaren som tecknar hemförsäkring och hyresgästen kan försäkra sina personliga ägodelar.

Några dagar efter Francas besök är jag på väg till en visning. Lägenheten finns i första våningen och har ett extra litet sovrum som kunde bli arbets- och gästrum.

Mäklaren hämtar mig med bilen och vi kör upp till lägenheten. Ägaren håller ännu på med städningen så han visar poolområdet först. Jag lägger märke till att poolen ligger i högre läge än husets första våning, och att det finns plastgräsmatta utanför gästrummet. Just på det stället rinner regnvattnet ner från taket rakt i plastgräset. I närheten finns en vattenkran med trädgårdsslang, och plattorna är ännu fuktiga av spolandet.

Bostaden är i bra skick och har en massa dekorationer. Badrummet har inte fönster och i duschen luktar det inte fräscht. Men det värsta stället är ytterväggen i gästrummet: mätaren visar 100 och där är synliga fuktskador. Ägaren pratar lite engelska och säger att det där vet hon nog om, men hon ska ta hand om det. Jag frågar hur hon tänker åtgärda det eftersom vattnet troligen kommer utifrån. Det verkar inte finnas något rör i väggen som kunde läcka på det stället.

En vecka senare tar mäklaren kontakt och berättar att nu är skadan åtgärdad. Av ren nyfikenhet går jag dit på nytt och gör fuktmätning; 100 visar mätaren igen, men fuktskadorna är nu osynliga på den nymålade väggen.

Jag frågar vad ägaren har gjort och hon ser fundersam ut. Hon verkar vara mycket vänlig och trevlig, men någon koll på fuktskador har hon inte. Vem ska nu bli lurad att flytta in här? Fuktmätaren har blivit min trygghet i hyresbostadsdjungeln.

Medan jag vandrar hemåt tänker jag att tiden får visa hur mitt bostadsproblem kommer att lösas. Nu har jag lärt mig att risken är stor att jag hamnar "från askan till elden". Jag kommer att fortsätta att göra fuktmätningar, men nu blir det paus med rapporteringen till Franca. Mannen verkade vara optimistisk när han sade att huset torkar i sommar. Han vågade inte säga så mycket mera eftersom Franca stod bredvid. Ifall de helt slutar upp att spola vatten på poolområdet, blir chansen stor att huset torkar upp så mycket att det går att renovera.

Några dagar senare går jag på visning till en lägenhet med fin utsikt, men på gården finns endast en liten kall pool. Ägaren, en ganska ung kanarisk man, håller själv visningen. Lägenheten är i gott skick men både tv och ugn saknas. Det är något i hans beteende som får mig att rygga; han ser mig inte i ögonen.

Fuktmätaren visar inget alarmerande och lägenheten ligger i översta våningen. Det här kunde eventuellt bli mitt hem men .... jag lovar ge besked några dagar senare.

När jag följande dag kontaktar honom och ber att få se hyreskontraktet, dröjer det flera dagar innan han svarar att han lät en mäklare ta uppdraget, och han har funnit hyresgäster som genast flyttar in. Jag känner lättnad för nu behöver jag inte längre fundera på den lägenheten.

53. KRIGSSOMMAR

Det är andra veckan i maj och jag kom ut till Gläntan i går. Nu gäller det att snabbt ställa i ordning stugan för fotografering och försäljning. Jag kontaktade mäklaren i början av mars, men det har varit svårt att få honom att komma i gång med förberedelserna. Han hade inte gjort några anteckningar från besöket förra sommaren, trots att han då hade berättat att försäljningen skulle förberedas så långt som möjligt innan jag kommer; endast bilderna skulle tas när jag är på plats.

Första veckan i maj kom avtalet med mäklarfirman en fredagskväll. Innan dess hade jag fyllt i några blanketter, men han hade berättat att han ännu kommer att ställa många frågor. Det gjorde han aldrig så det fanns många fel i avtalet. Han hade bara dragit ihop allt möjligt som varken hade huvud eller fötter.

Per telefon har vi nu gått igenom avtalet för att ens få lite fason på det. Tyvärr ger det här ett mycket dåligt intryck av mäklaren, och Rysslands anfallskrig i Ukraina har redan börjat påverka marknaden. I nyheterna berättar de om stigande räntor och energipriser, och "conona-effekten" på försäljningen av fritidshus verkar vara över.

Tredje veckan i maj har naturen inte ännu fått sin skira grönska på grund av kylan. Mäklaren vill ändå komma ut med fotografen. I dag blåser det en bitande vind från nordost då jag kör till Björnsö. Jag åker först till stan för att köpa blommor, men de ser lite skamfilade ut. Kan det vara frostskador på grund av de kalla nätterna? Jag tar endast några pelargoner och gödsel innan jag tar bussen tillbaka till båthamnen. Snart sitter vi alla i båten i den kalla snålblåsten.

När vi kommer fram börjar mäklaren genast skala bort allt som gör att stugan ser bebodd ut. Som utbildad dekoratör har jag svårt med den här nya avskalade stilen som många mäklare kör med. Jag tycker att för mycket eller för lite skämmer allt. Ett fritidshus bör se bebott och hemtrevligt ut, men det krävs ett gott öga för att kunna se vad som är lagom. Solstolen på terrassen och det lilla kaninhuset framför stugan flyttas också bort.

Nu har det gått två veckor sedan de var här och annonsen är äntligen på webben. Jag fick inte granska den innan, och är absolut inte nöjd med bilderna. Mitt sovrum har han inte alls fotograferat och bilderna är tagna ur konstiga vinklar. Varje gång jag har varit i kontakt med mäklaren har han skyllt på att fotografen inte har sänt bilderna, och klagat över att han själv har mycket jobb. Alltså hoho, vad ska man tänka? Snart börjar mitt tålamod ta slut. Jag försöker ändå hålla en god ton och humöret uppe när jag ser att mitt objekt har fått några följare. Troligtvis är det enbart nyfikna grannar.

Ytterligare två veckor senare får jag veta att mäklaren hade blivit inlagd på sjukhus genast efter att annonsen blev klar. När jag frågar vem som nu sköter ärendet får jag inget svar. På frågan om någon har visat intresse svarar han att en har tagit kontakt, men han har inte svarat då mäklaren ringt. "Vad då ringt, kan du inte kontakta honom per mejl?" undrar jag.

Följande dag meddelar mäklaren att han har fått kontakt med kunden. Orsaken till att kunden inte hade svarat var att han trodde att det var en försäljare som ringde. Vilken story han kör med!

Kunden är intresserad och vill komma på visning i nästa vecka, men det finns ingen på mäklarkontoret som åtar sig att komma ut i skärgården. Jag svarar att jag kan ta hand om visningen men får inget svar.

Nästa dag är midsommarafton, och då skickar mäklaren ett meddelande på kvällen; det finns andra aspiranter som är mycket intresserade. Jag svarar på deras frågor så gott det går samtidigt som jag undrar om det är jag som är mäklaren? Det börjar kännas så, men visning får jag inte ha.

Ett par veckor senare är mäklaren i så bra skick att han tillsammans med en kollega vågar ta sig ut till ön. Det passar endast en viss dag och tid, men just då är taxibåten redan bokad, och mäklaren kan inte ta sig ner i min båt. När jag föreslår många andra dagar och tider meddelar han att kunden har sagt att mäklaren kan ringa på nytt om några veckor. Kunden har väl tröttnat på allt väntande: att få kontakt med mäklaren, komma på visning och få mera information om objektet.

Vad ska man säga om det här? Sjuk kan man bli, men finns det ingen beredskap på kontoret? Att mäklaren in i det sista undvek att avslöja att han var sjuk fick mig att mista förtroendet för honom. Jag har även fått veta att en nyanställd sekreterare lade upp annonsen och bilderna. Mäklaren hade nog funderat varför hon också hade lagt upp de riktigt usla, men hur i helsike gjorde han inget åt saken?

Helt otroligt! Och varför skickade fotografen de misslyck-
ade bilderna till mäklarkontoret? För arvodets skull.

Jag tog egna bilder som jag skickade åt mäklaren, och bad
honom att ta bort de värsta. Hur dålig service kan man få i
den här branschen? Jag försöker trots allt hålla upp humö-
ret eftersom kontraktet fortsätter till sista augusti.

Mina grannar i stan berättar att de anlitade samma före-
tag då de sålde sin stuga på en ö i insjölandet. Mäklaren
hade kommit i höga sylvassa klackar, och bilderna hade va-
rit så hemska att de hade bett henne byta ut dem till deras
egna. När det dök upp kunder som var intresserade hade
hon meddelat att nu får ni ha visning. Köparna var nöjda
över att där inte fanns någon mäklare, men fullt mäklarar-
vode tog hon förstås. Det finns tydligen mycket fräcka per-
soner i det företaget.

54. OPÅLITLIG

Jag blir överraskad då ägaren till den sista lägenheten jag besökte på Gran Canaria hör av sig. Han berättar att bostaden snart blir ledig, men han kan vänta till oktober ifall jag hyr den. Han tyckte om min profil och vill gärna ha mig som hyresgäst. Jag frågar hur de långvariga hyresgästerna redan ska flytta ut? Hans förklaring är förstås sjukdom, vad annat? Jag ber honom skicka hyresavtalet.

Medan jag väntar på det kollar jag om bostaden har varit på Airbnb. Jovisst, det har den varit under flera år, och är som bäst insatt för hösten. Så han ljög då han sade att han hade haft långvariga hyresgäster.

När avtalet äntligen kommer är det lätt att fatta beslut. Han har verkligen garderat sig: förutom hyran ska jag stå för el, vatten, avgifter till husföreningen, skatter och alla andra eventuella avgifter som kan komma på bostaden. Dessutom ska jag stå för reparationer och förnyande av allt som finns i lägenheten: också eventuella problem med vattenledningen. Hoho! Tror han att jag är dum i huvudet?

Nu följer en korrespondens där han börja backa angående vad jag ska ersätta, men vattenledningarna håller han hårt fast vid; jag måste stå för alla problem med vattenledning och varmvattenberedaren. Med dem är det ju ofta problem i lägenheterna. Nej, aldrig i livet! Efter det ger han ultimatum för vilken dag jag måste bestämma mig. Vad tror han riktigt? Jag ger ett tydligt och rakt svar åt honom; jag behöver minsann inte någon betänketid.

Anfallskriget i Ukraina har påverkat livet i Finland mer än på Gran Canaria. Här pratas det dagligen i alla medier om energikrisen, inflationen och stigande räntor. Visst har jag märkt av prishöjningen då jag handlar; i synnerhet bensinpriset är mycket högt. Det råder en konstig stämning; människor avvaktar och undrar hur framtiden kommer att bli.

Försäljningen av bostäder och fritidshus har minskat och förutspås att ytterligare stanna upp i höst. Det betyder att det är omöjligt att veta hur det skulle ha gått ifall jag hade anlitat en annan mäklare.

Mina barn har varit mot försäljningen, men för mig som önskar att det är min sista sommar här känns det inte muntert. Det var ett oerhört svårt beslut men den bästa lösningen för mig. Vi firade midsommar alla tillsammans här i år, men stämningen var inte i topp hela tiden.

Har man rätt att sälja sin egendom och ordna det bekvämt för sig på livets höst? Det är väl klokt att göra sig av med sådant som man inte orkar ta hand om eller trivs med? Jag vill göra det nu när jag ännu är i sådant skick att jag själv kan ta hand om flyttningen, och förhoppningsvis har några år kvar att njuta av somrarna i Solvik. Och vad betydde egentligen orden "man måste kunna avstå"?

Kajsa och Petter är här med mig en vecka innan de reser på semester. Vädret är vackert och barnen leker på stranden. De har olika uppblåsbara flytetyg som de tar sig fram med på i vattnet. I dag har barnen gjort en vattenrutschkana från bryggan av en uppblåsbar madrass, som ena håller i medan den andra rutschar ner i vattnet. En dag rev de bort abborrgräs som de slängde upp på bryggan. Vassen har kommit närmare och borde beskäras. Förra sommaren var jag här så kort tid, och roddbåten var uppe på land.

I år har jag bokat flyg först i september till Gran Canaria, eftersom jag ännu lever med förhoppningen om att det dyker upp en köpare efter semestertiden. Men tyvärr finns det inte mycket hopp kvar efter alla motgångar med mäklaren och det svåra marknadsläget.

Augusti bjuder också på vackert väder, och barnbarnen har kommit hit på nytt efter resan. Mitt obehag för fästingar har minskat lite, eller så jag har lärt mig att leva med det. Kajsa var mycket försiktig ännu förra sommaren, men nu tycks hon ha glömt bort det. Visst påminns de om fästingarna när vi har fästingcheck efter att de har lekt i naturen. När jag ser Petter springa i det fuktiga gräset under alarna på stranden känner jag obehag, men jag kan inte förstöra deras sommarglädje. Nu har jag åtminstone mycket större kunskap om borrelios, men hjälper den om någon insjuknar och behöver vård?

I dag hämtade vi Frida och Vida ut till ön, så alla barnbarnen är tillsammans här igen. Frida och Vida har nog varit här några gånger i juli också, men det finns mycket annat som de vill hinna med. I år är det tidig skolstart så snart är det dags att ta farväl av sommarlovet.

Få se hur det blir i nästa sommar? En kompis som besökte mig i juli, tyckte att jag själv bäst kan marknadsföra Gläntan. Visst var jag bra på marknadsföring under dekoratörsutbildningen i Lilla Hanken, och sommarens erfarenheter får mig att förstå att kompisen eventuellt har rätt. Men hur kommer framtiden att se ut på bostadsmarknaden?

55. SKÖRD

Nu är det september och skördetid. Franca hörde av sig i augusti och frågade om de kunde komma och kolla huset. Jag svarade att jag är i Finland, men att de med min tillåtelse kan gå in, och att hon gärna får skicka bilder av de fuktskadade väggarna.

Några bilder kom det inte; enbart ett kort meddelande om att huset är torrt, och nu ville hon ha den högre hyran eftersom hon skulle teckna en försäkring. Just så, det var förstås orsaken till besöket.

Jag svarade att mäklaren hade berättat att ägaren har hemförsäkring. Dessutom hade mäklaren sagt att vi skulle diskutera hyreshöjningen eftersom den inte följde hyreslagen.

Efter det följde en häftig korrespondens; Franca började igen "prata sig själv i påsen" liksom hon hade gjort under vintern. Varje meddelande hade nya "sanningar" och det spårade ut totalt.

Jag svarade att det står i hyreskontraktet att lägenheten ska vara i samma skick när jag flyttar ut som då jag flyttade in, och undrade hur det ska kunna vara möjligt. Hon svarade att jag inte behöver ersätta renoveringen för fuktskadorna. Oj, jessus vilken tant!

Då svarade jag att jag gärna följer avtalet när lägenheten är i samma skick som den var då jag undertecknade kontraktet. Det är omoraliskt att kräva högre hyra för en lägenhet som är i sämre skick.

Korrespondensen pågick ett par veckor, och hon hotade med jurist om hon inte får sina pengar. När jag berättade att jag skriver en bok om livet på ön, och att den kommer att få många sidor blev det helt tyst.

Några dagar innan jag skulle resa hörde Franca av sig och berättade att nu hade det hänt saker i lägenheten som jag kommer att märka. Ojdå, det blev fart på tanten. Handlar det om boken eller att jag använde ordet "omoraliskt"?

Den här gången kommer jag fram på förmiddagen, och visst blir jag överraskad då jag ser att väggarna är renoverade både på ut- och insidan. Vrån i sovrummet är också fixad, och de har städat ordentligt efter sig. Nu är lägenheten i samma skick som den var när jag flyttade in.

Fuktmätaren visar lägre värden, men i sovrummet är det ännu en konstig lukt. Vad kan det vara? Jag öppnar klädskåpets skjutdörr och där luktar det ännu starkare. Vad är det som luktar så här fränt?

Jag upptäcker en liten grej som ligger på den låsta boxen i skåpet. Det är malmedel som måste ha hängt i ändan av klädstången, och fallit ner då jag tog jackan innan jag reste. Lukten är frän och stickande. Jag lägger den i en liten ask och för ut den på terrassen.

Efter det öppnar jag fönstret i sovrummet. Jag för sängöverkastet mot näsan; det har samma fräna lukt. Kläderna i skåpet luktar ännu starkare. Här har visserligen alla tvättmedel kraftig doft och kläderna har nu en blandning av båda. Efter borreliosen blev jag extra känslig för dofter, så malmedel är inte bra för mig. Nu ska jag köpa tvättmedel för barn som inte doftar så mycket.

Sovrummet bör nu vädras ordentligt i många veckor, och efter det får jag veta om här luktar mögel. Jag hoppas att Franca inte lade malmedlet i skåpet för att dölja någon lukt.

Om lukten försvinner ska jag flytta tillbaka till sovrummet. Ibland står människor på natten och diskuterar högljutt vid min terrass. Visst får jag höra nya skvaller i komplexet, men jag är inte det minsta nyfiken på deras liv. Nu utlovas regn för inkommande weekend; få se vad som händer med väggarna då?

Som väntat börjar det regna på fredag kväll; inget ösregn den här gången, utan ett ihållande smatter som gör att jag snabbt somnar. Temperaturen har sjunkit så jag får kanske använda lufttorkaren i morgon.

Jag vaknar till samma smatter och en jämngrå himmel. Väderprognosen visar att regnet ska pågå hela weekenden, men få se om den håller streck. Tur att jag har böcker att läsa i min sköna soffsäng. Någonting gott att äta och dricka behövs också.

Söndag morgon bjuder på samma väder. Har det regnat hela natten? Ute är det vått och grått. Min kropp och mitt humör reagerar på samma sätt som då det regnar i Finland. Det är mycket ovanligt att det den här tiden på året regnar så länge på södra sidan av Gran Canaria.

På måndag upphör äntligen regnet. När jag ska göra fuktmätning ser jag att väggen under fönstret i sovrummet är fuktig. Där var det inte fuktskador i fjol. Det finns inte några skydd ovanför fönstren och inga fönsterbleck här. Det blåste mot fönstret då det regnade så vattnet sögs direkt ner i väggen.

Fuktmätaren visar höga värden nere i vrån och under fönstret. Ovanför golvlisten har väggen tydliga fuktskador. Få se hur det här utvecklas?

Bäst att ta bilder och skicka åt Franca. Alla skador bör ju anmälas och jag är en pålitlig hyresgäst. Hon svarar att det är som det ska; vattnet har också kommit igenom hennes hus. Alltså, har regnet kommit igenom alla husväggar på ön? Är det normalt och då ska man vara nöjd?

Jag frågar om försäkringen ersätter det här, men svaret blir att knappast gör den det. Nu orkar jag inte mer så jag låter Franca vara, men jag kommer att göra nya fuktmätningar och ska dokumentera allt.

Två veckor senare hör Franca av sig och ber mig ringa försäkringsbolaget. Nu är hon mycket vänlig, och skriver att jag har rätt och "Muchas gracias Carola". Franca har lärt sig tacka! Wow, det trodde jag inte var möjligt. Vad har hänt? Har hon nu tagit en hemförsäkring som hon lovade?

Jag svarar att jag har förstått att fuktskador bör anmälas inom 48 timmar, men om hon sänder en mejladress kan jag skicka bilder och text på spanska åt dem. Så kollar jag på företagets hemsida, och ser att det fungerar lika här som i Finland: man ska logga in med sina egna ID. Så jag meddelar Franca att jag inte loggar in med hennes ID, för där går min absoluta gräns.

Följande dag får jag ett meddelande från ett annat företag som frågar om de kan komma och ta bilder. Jag svarar "si" och skriver en tydlig rapport på spanska.

Några dagar senare dyker det upp en man som läser min rapport. Efter det går han ut och fotograferar. Han tar

också några bilder i sovrummet och säger att försäkrings-
bolaget meddelar ägaren. Inte tror jag att det blir någon
ersättning för det här. De hade redan sagt åt Franca att hon
borde diskutera saken med husföreningen.

Jag föreslår att hon pratar med presidenten om att det
borde läggas plattor mellan husen så att regnet inte sugs
ner i betongplattan. Hon håller med mig igen, och svarar
att hon ska försöka få kontakt med honom. Dessutom
borde blomkrukorna flyttas bort, eftersom det bildas vat-
tenpölar vid väggen då de vattnas med slangen.

Nu har jag äntligen nått dit jag ville: det går att kommu-
nicera sakligt med Franca utan ständiga bortförklaringar
och "nya sanningar". Kanske har hon äntligen insett att jag
endast vill hjälpa henne, och att jag menade allvar med att
vi kan sköta det här i samförstånd.

Dessutom skrev jag nog i något skede att jag flyttar när
jag hittar en lämplig bostad. Hon behövde få en påmin-
nelse om att hon inte kan slänga ut mig hur som helst; en
hyresgäst som har långtidskontrakt kan bo säkert i fem år.

Men nog satte det hårt åt den här gången. Jag är nöjd
över att jag har lyckats hålla en vänlig, saklig och bestämd
ton hela tiden. Inte en enda gång har jag gett ens en liten
antydan om vad jag anser om henne; jag har tydligt skiljt
på sak och person. Franca har helt ensam fått köra sig själv
in i det komiska läget där hon till slut befann sig.

Jag glömmer aldrig hennes uppsyn när hon deklamerade:
"Alla problem går inte att lösa" innan de åkte hem efter
besöket i mars. Så ska man inte säga åt en finländsk kvinna;
vi är av rejält virke och ger inte upp så lätt.

I ärlighetens namn måste jag tillägga att visst finns det finländare som mycket snabbt tappar kontrollen och skriker "saatana perkele" när något går dem emot, men då är ofta problemet att promillehalten i blodet överstiger anständiga mängder.

Jag kontaktar också en person som är med i husföreningens styrelse, och ber honom prata med presidenten om blomkrukorna. Få se om det händer någonting nu?

56. SKURKEN

När sovrummet har vädrats ordentligt försvinner lukten. Hösten är varm och torr så jag låter fönstret fortsättningsvis vara öppet. Det behövs ju också för att väggen ska torka. Mina regelbundna fuktmätningar visar att fukten minskar samtidigt som väggfärgen flagnar. Ingen stickande frän lukt känner jag längre.

Så det var tydligen "skurken i burken" som var orsaken till den stickande lukten: malmedlet i garderoben. Nu i efterhand är det svårt att veta om det verkligen luktade mögel förra hösten. Jag tyckte att det luktade mögel på utsidan, men det kan ha kommit från den fuktiga betongen. Samma lukt har jag känt på många ställen på ön, men också när jag gick ner i min källarskrubb i Helsingfors påmindes jag om Casa Ola. Gammal betong har en speciell lukt.

Det dröjer länge innan det negativa svaret från försäkringsbolaget kommer. Inte hade jag väntat mig någonting annat eftersom problemet har funnits länge. Men nog är det konstigt att det inte har åtgärdats. Vilken sorts människor har bott här förut? Har de varit i kontakt med Franca eller har de bara flyttat bort?

Har här bott "vinteralkisar" som inte har brytt sig? Det skulle vara intressant att veta den här lägenhetens historia. Innan jag flyttade in hade här bott en person som arbetade på ön. Hon hörde inte till "poolbarsrådet" så grannarna vet knappast varför hon flyttade bort.

Väggen under fönstret har knappast fått fuktskador tidigare, eftersom här inte har regnat så mycket sedan 1961.

Spolandet av gården har däremot pågått i många år, men den nya presidenten har beslutat att alla poolområden städas med mopp, så den här hösten har ingen vattnat husen längre.

Nu ser jag fram emot att få sovrummet tillbaka. Visst smäller porten ibland sent på kvällen, men om jag har somnat så stör den inte. Jag har bestämt att i fortsättningen stiger jag upp, öppnar fönstret och berättar att här sover jag, ifall nattsuddarna stannar upp och diskuterar vid mitt sovrumsfönster.

Samma gäller badrummet; nu lämnar jag fönstret öppet när jag duschar. I början tyckte jag att det kändes lite obekvämt, men det är ju inte mitt problem ifall någon ser in. En tant har tittat in på mig: den absolut mest nyfikna i hela komplexet; det ser ut som om hon håller på att vrida nacken ur led när hon går över gården. Jag tittade tillbaka på henne och började skratta åt den komiska situationen. En elektrisk rullstol har ibland varit parkerad vid badrumsfönstret, och jag skulle ha kunnat se ägaren rakt i ögonen ifall jag hade suttit på toa. Dyker han upp kommer jag förstås att hälsa artigt.

Här är det bäst att ta livet med humor. När jag sitter och stickar på terrassen brukar jag lyfta blicken när jag hör att någon kommer in genom porten. Det är intressant att se hur många som tittar in på min terrass. En del hälsar medan andra blir generade. En kvinna stack huvudet in genom skvallergluggen då jag hade siesta i solsängen. Hon blev förvånad när jag slog upp ögonen och sa "hola". När jag flyttade hit började jag kalla den skvallergluggen, eftersom många stannade upp vid den och pratade.

I höst har det varit mycket lugnare på "ålderdomshemmet" trots att många redan har flyttat in. Mannen som förra hösten vinglade framför min terrass medan han skrek oförskämdheter hälsar nu artigt, och lullar snabbt hem ifall han är "rund under tossorna". Ingen har heller vinglat förbi på eftermiddagen med byxorna ner. Förra vintern var händelserik, så få ser hur den här ska bli?

Också de som förra vintern en natt "förde låda" på grannarnas terrass hälsar vänligt. Reglerna som säger att det ska vara tyst klockan 23:00 - 07:00 fungerar bättre. Festerna i poolbaren slutar klockan 23:00 och musiken har dämpats. Förra vintern vibrerade basen i sängen och musiken kunde pågå till midnatt.

Alla verkar vara lugnare och trafiken till och från porten har minskat. Gubben i första raden hittar ännu ut närmaste vägen, och några nya gubbar har inte dykt upp. Kanske har någon medlem av "poolbarsrådet" läst min blogg och ärendet har varit upp för diskussion. Jag har enbart beskrivit vad jag har upplevt utan att beskylla eller döma någon. Inte tror jag att störandet har varit avsiktligt; hörseln är försämrad och promillena gör sitt. "Skurkarna" har lugnat ner sig.

Visst vill jag ha kontakt med människor, men normal respekt önskar jag i mitt hem; jag vill skriva, läsa eller lyssna på radio utan att bli avbruten. Dessutom uppskattar jag att vi får sitta ostörda då jag har gäster, men jag har lagt märke till att om jag har manliga gäster fungerar det bättre. Behandlas kvinnor ännu i dag annorlunda än män?

Pandemin tog fram eremiten i mig och nu njuter jag ännu mer av eget sällskap. Inte känner jag mig ensam, men jag har ju min fulla frihet att ta kontakt med människor. I början hälsade jag på alla som gick förbi, men nu har jag börjat markera mitt revir. Om någon pratar högt vid min terrass när jag lyssnar på radio höjer jag volymen.

Kanske ska jag verkligen ställa den där frågan på Facebook om alkoholfritt umgänge. Skulle jag få några svar? Evenemangen på ön präglas nog mycket av alkoholhaltiga drycker. Är det så att även "klimatflyktingarna" vill leva semesterliv här, men behöver alkoholen vara med överallt?

Under första festen som jag deltog i på klubben råkade jag sitta bredvid en författare, och vi hade mycket givande tankeutbyte. En annan gång hamnade jag mitt emot en som hade gått i samma skola som jag. Hon hade flyttat till Sverige, men bodde nu i grannstaden till hemkommunen. På klubbens fester är inte alkoholen något störande element, men det dagliga alkoholbruket får mig att undra.

Eventuellt har borreliosen också förändrat mig; jag njuter av ett alkoholfritt och lugnt liv, och har ingen större behållning av ytligt småprat. Fester är bra ibland, men om allt umgänge handlar om att dricka alkohol och prata strunt blir jag snabbt uttråkad. Sömnen har blivit ännu viktigare för mig, och då vill jag inte förstöra den med alkohol. Ingen "skurk" lyckas längre störa mig.

57. HYRESVÄRDINNA

Julresan till Finland blev intressant. Jag kommer i allmänhet inte ihåg att jag är hyresvärdinna, men under det senaste halvåret har jag blivit påmind om att det inte alltid behöver vara så lätt. Nu har jag varit tvungen att noggrant bekanta mig med hyreslagen.

På sommaren frågade jag mina hyresgäster om allting var okej i bostaden, och fick då veta att skjutdörrarnas skena var utsliten och måste bytas. Jag blev förvånad eftersom det hade varit tre visningar och två granskningar i bostaden innan de ett år tidigare hade flyttat in. Jag hade besökt dem strax efter inflyttningen, men då hade de inte nämnt något om skenan.

Jag åkte dit på sommaren och undersökte skjutdörrarna. I skåpen fanns det mycket slarvigt ditslängda saker, och jag måste lyfta bort en skjutdörr för att kunna avlägsna hindren. Framdörrarna rullade normalt, men bakdörrarna hade skenat ut så många gånger att bakdelen av skenan hade blivit förstörd.

Jag föreslog att jag bekostar skenan om de sköter om att den blir bytt. Det här ansåg jag att var min skyldighet som hyresvärdinna, men de meddelade att de inte hade tid och att det inte var deras bransch.

Senare på sommaren frågade de om jag vill hyra lägenheten över jul då de är bortresta, och att vi då tillsammans skulle se på dörrarna. Samtidigt kom det ett meddelande om att de ska begära en offert på skenan.

Några hyresgäster träffade jag inte medan jag bodde där, och jag har inte hört någonting angående offerten. Bakre skjutdörrarna rörde sig inte alls mera, och ett av balkongsglasen var inte ordentligt fastsatt; det kunde slås upp och lossna av vinden. Det var kallt på juldagen då jag upptäckte det så jag vågade inte röra dem.

Nu när helgerna är över kontaktar jag hyresgästerna. De svarar att balkongsglaset har de inte märkt, och skjutdörrarna är gamla och utslitna. Nu anser de att skenan var i samma skick redan när de flyttade in, och det hade vi kommit överens om på sommaren. Hoho!

När jag hänvisar till vår korrespondens på sommaren, svarar de att de överväger att säga upp hyresavtalet. Visst har jag hört att det har blivit svårare att få bra hyresgäster, men ändå känns det här beskedet helt bra. De här personerna är inte pålitliga och samarbetsvilliga. Min lägenhet är hemtrevlig och ligger centralt, så nog får jag säkert nya hyresgäster. Egentligen finns det redan en som är intresserad, men få se hur det lyckas med privat visning?

Hösten har varit ovanligt varm och torr här på ön, och det sköna vädret fortsätter ännu. I december flyttade jag tillbaka till sovrummet och sömnen är bättre där. Antagligen har ryktet om den smällande porten spritt sig i komplexet, för nu har en del grannar börjat stänga den försiktigt. Ingen har heller stannat på natten och pratat utanför sovrumsfönstret. Om jag inte hade bekymren med hyresgästerna skulle livet vara helt i sin ordning nu. Jag har en granne som har lovat att gå och kolla skenan och balkongsglaset, men det passar först om fyra dagar för hyresgästerna.

Om det inte blir avtal med den som är intresserad av lägenheten kontaktar jag mäklaren, men det kan jag göra först då hyresavtalet är uppsagt. Jag har bett om rekommendation, arbetsavtal och så bör jag kolla kreditvärdigheten. Det gäller att vara försiktig i dessa tider.

I dag är det fredag och grannen ska gå och kolla hos mina hyresgäster. Han hinner inte ringa innan hyresgästerna hör av sig: *"Vi konstaterade med grannen att dörrarna är gamla och utslitna och att vi inte behöver ersätta någonting."* Men grannens version är en annan: *"Framdörrarna rullar normalt, men bakdörrarna har hoppat ut så många gånger att bakdelen av skenan är helt förstörd."* Han berättar också att balkongsglasen hade de stängt så slarvigt att det sista glaset inte rymdes, men han fick det på rätt plats.

På weekenden har jag kontakt med min kusin och han ber mig skicka bilder av dörrarna. Han konstaterar att han har likadana som är lika gamla och de fungerar helt normalt. Så han föreslår att han går dit och kollar ifall någon mutter har lossnat från hjulen.

När jag kontaktar hyresgästerna och berättar att min kusin nu har nyckel och fullmakt blir de arga: *"Ingen får gå in då vi inte är här. Vi är borta hela veckan så du kan kontakta oss i nästa vecka."* Hoho! Hur ska det gå om mäklaren behöver fotografera och ha visningar? Jag måste be henne använda de gamla bilderna.

Följande måndag kontaktar jag hyresgästerna, men då föreslår de fredag eftermiddag, trots att jag har meddelat att båda arbetar dagtid. Tiden ändras till torsdag klockan 17:30, och samtidigt säger de upp hyresavtalet.

Min kusin konstaterar samma sak som grannen, och att ett byte av skena borde räcka. Jag har redan fått kontakt med en firma som kan utföra arbetet, så jag ska boka dem till hyresavtalets sista dag, och det kommer jag att meddela hyresgästerna fjorton dagar i förväg. Företagaren berättade också att skenan blir förstörd, ifall det finns hinder som gör att skjutdörrarna "hoppar" ut.

Intressenten berättar att lägenheten är trevlig, men att hyresgästerna hade sagt att diskmaskinen är deras, och den kommer de att ta med sig. Där fanns en fullt fungerande diskmaskin innan, men de undrade om de kunde ta med sin egen. Jag svarade att de i så fall får sälja min och behålla pengarna, men de meddelade inte hur de hade gjort.

Det blir inget hyresavtal eftersom jag inte får intygen som intressenten har lovat sända. Jag kontaktar mäklaren och hennes chef ringer och informerar att mäklaren är upptagen, men att hon snart hör av sig. Jag passar på att berätta om diskmaskinen och skenan, och hon säger att det måste finnas en motsvarande diskmaskin i lägenheten då hyresgästerna flyttar ut, och att jag har full rätt att få ersättning för en skena som använts slarvigt. Jag meddelar inget ännu åt hyresgästerna eftersom jag anar att det kan försvåra samarbetet med mäklaren.

Det dröjer några dagar innan mäklaren ringer. Jag berättar om hyresgästerna och ber henne använda de gamla bilderna, men hon anser att de är för dåliga. Hon säger också att hon ska prata med hyresgästerna angående diskmaskinen. Jag önskar lycka till.

Sex dagar senare borde det vara fotografering, men mäklaren ringer och berättar att hyresgästerna meddelade på morgonen att de är sjuka, och att det blir nytt försök om några dagar. Just så, samma stil fortsätter: det var sjukdomar på sommaren när jag skulle kolla skenan, och när min kusin var på väg var det lika, men då meddelade jag att den sjuka inte kommer att bli störd. Den enda som kom in på första försöket var grannen, men då ville de dra nytta av att säga att han tyckte lika som dem.

Hur ska det bli med visningarna? På grund av deras strul kommer det att dröja länge innan annonsen är färdig. Jag ska fortsätta att tipsa om lägenheten på Facebooksidorna. Det finns redan några nya som gärna vill komma på visning. Hur månne det är med deras kreditvärdighet?

Mäklaren har tydligen kommit in i lägenheten, för några dagar senare är annonsen på webben, utan att jag har fått granska den. Det finns två fel i texten som bör korrigeras, men mäklaren svarar inte. Hon har inte heller meddelat någonting angående besöket. Nästan alla bilder är tagna i rak vinkel, och det får rummen att se mycket långsmala ut. Så är de inte i verkligheten, och det betyder att de ger en fel bild av lägenheten. Den snabbt tagna videosnutten ger en bättre bild, men på den saknas också klädrummet, som kanske inte var lämpligt att fotografera.

När inte mäklaren svarar kontaktar jag hennes chef, som berättar att hon är sjuk och att en annan sköter ärendet nu. Hon rättar genast felen och skickar den andra mäklarens kontaktuppgifter. Jaha, också den här blev sjuk liksom mäklaren i somras, men nu finns det i alla fall en annan. Hur mycket tid har hon för det här uppdraget?

Nu är vi i början av april och det har varit flera visningar. Alla har velat hyra lägenheten, men de har haft problem med betalningen av depositionen. Jag är nöjd över att jag inte har gått med på några osäkra lösningar, för det dök upp ett pålitligt par som genast betalade depositionen och ville hyra den från första april: två veckor tidigare än den föregående. På grund av strulet med hyresgästerna blev det en månad utan hyresinkomst, men jag är ändå nöjd över att jag blev av med dem.

Det var många problem med hyresgästerna den sista tiden. Jag fick många meddelanden angående diskmaskinen, som de ansåg att minsann var deras, och om jag inte köpte den skulle de ta den med sig. De skrev bland annat att de tillsammans med mäklaren hade konstaterat att den var deras, och att de hade bett mäklaren berätta åt mig att jag skulle meddela dem om jag vill köpa den. Jag undrar verkligen vad som hände när den första mäklaren var där och fotograferade? Kanske är det orsaken till att det kom en äldre och mer erfaren mäklare efter det besöket.

Ännu sista morgonen, då hyresgästerna var på väg till bostaden för att lämna nycklarna, kom det ett meddelande med frågan om jag köper diskmaskinen eller om de ska ta den med sig. Jag tänkte först svara att de kan lägga den i handväskan om de vill, men eftersom de verkade vara i obalans valde jag att ge ett sakligt svar. Dagen innan hade de hotat med att de kopplar loss maskinen innan de flyttar. Samma dag kom mannen som bytte skenan, och då bad jag grannen att gå och kolla diskmaskinen. Den fanns kvar och allt verkade vara okej, men hur kunde det bli så krångligt?

När det var granskning på kvällen kunde granskaren konstatera, att lägenheten var relativt bra städad och ingenting var sönder eller förstört. Med tanke på allt som jag har läst på Facebooksidan för hyresvärdar, kan jag vara nöjd över att det endast var skenan som behövde bytas ut.

Vi hade munskydd då jag träffade hyresgästerna strax efter att de flyttat in, vilket eventuellt gjorde det svårare att få rätt uppfattning om dem. Kanske fick de fel uppfattning

om mig: att jag är en snäll tant som bor långt borta och inte
bryr mig. Jag sade att de alltid kan kontakta mig, och att jag
vill veta om det händer någonting i bostaden. Enligt lagen
är hyresgästen skyldig att genast meddela hyresvärden då
någon skada uppstår.

Kontakten med de nya hyresgästerna ger mig uppfatt-
ningen att de är trevliga och pålitliga människor. De har
bytt ut min kyl-frys till en större lika gammal, och de med-
delade att den blir kvar när de flyttar. När jag kommer till
Finland ska de bjuda mig på kaffe i sitt nya hem.

58. IRRELEVANT

En granne har berättat att komplexets portlås ska förnyas. Det är verkligen på tiden för allt sedan jag flyttade hit har det varit besvärligt att öppna portarna. Eftersom ägarna endast får två nycklar kontaktar jag Franca, och ber om att få en extra nyckel som jag betalar. Jag berättar också den positiva nyheten: väggarna har nu en betydligt lägre fukthalt än i fjol.

"Du måste betala nyckeln" skriver hon till först. Haha, snål är hon åtminstone, men jag kan ju sälja den åt någon granne när jag flyttar. Husföreningen har snart årsmöte, men Franca kommer inte att delta. Nycklarna får jag av hennes syster som ska närvara vid mötet. Jag har förstått att Franca mycket sällan deltar i möten, men hon verkar ju inte vara intresserad av annat än hyresinkomsten.

Kort efter att jag har fått nycklarna kommer ett nytt meddelande. Franca undrar om jag vill köpa lägenheten för hon har tänkt sälja den. Hon skriver också att enligt lagen får jag bo kvar under den tid som återstår av vårt avtal.

Just så, nu när lägenheten är torr vill hon sälja, eller vill hon att jag snabbt flyttar så att hon kan hyra ut den för en mycket högre hyra? Det är andra tider på marknaden nu än då jag flyttade hit under pandemin. Kanske har lägenheten varit till salu tidigare, men fuktproblemen har gjort det svårt att få den såld.

Ingenting tycks överraska mig längre då det gäller Franca, men jag är ändå lite förvånad över min reaktion. Egentligen borde jag väl bli besviken, men jag tänker att det eventuellt kan bli bättre med en ny ägare. Franca har ju inte precis varit samarbetsvillig tidigare. Säkert har det inte varit lätt att vara hyresvärdinna för en lägenhet med fuktskador, men varför har hon kört med alla onödiga bortförklaringar? Det skulle ha varit mycket klokare om hon hade hållit sig till sanningen. "Alla problem går inte att lösa" har hon också fått "äta upp". Har hon svårt att acceptera att jag hade rätt och vill nu visa sin makt? Det att hon genast berättar om mina rättigheter, får mig ändå att tro att hon nu endast vill bli av med lägenheten. Men egentligen är det omöjligt att med säkerhet veta vad som rör sig i Francas huvud.

Den nya presidenten har många nya förbättringsförslag, som betyder att det blir utgifter för ägarna. Det vill inte Franca ha, så antagligen är hon rädd för att hon tvingas betala i framtiden. Vid det här årsmöte fick presidenten inte gensvar för alla förslag, men nog tycker jag också att till exempel nya dyra lagerutrymmen är lite onödigt att bygga i ett komplex där de flesta bor tillfälligt. Eller är det hyresvärdarna som vill ha lagerutrymme, som de kan hyra ut åt hyresgästerna som kommer på nytt följande säsong?

Jag svarar Franca att jag inte är intresserad av att köpa men bor gärna kvar, och undrar när hon tänker starta försäljningen. Det vet hon inte eftersom jag bor här.

När jag går till poolen för att tänka på saken träffar jag en granne som berättar att hennes sommarhyresgäster önskar köpa en lägenhet i komplexet. Vill de eventuellt köpa den här lägenheten? De behöver ju endast den över sommaren och då är jag i Finland. Jag känner dem eftersom de hyrde en lägenhet i närheten förra året.

I mitten av maj flyger jag till Finland så snart är det dags att summera den här säsongen. Jag är mycket nöjd över att

problemen i lägenheten är lösta, och att det har varit lug-
nare i komplexet. Nu är det inte bästa tänkbara tid att sälja,
så jag antar att det dröjer innan det kommer en ny ägare.
Om Franca kontaktar mig angående försäljningen, kommer
jag att berätta att nya ägarna kan bo i lägenheten på som-
rarna, men att jag behöver vara registrerad här. I höst kom-
mer det att klarna vad hennes utspel egentligen betyder.

59. PUSSELBITARNA

I dag är det 13 juni och exakt fem år sedan jag blev biten av fästingen. Försommaren var extra varm och torr det året, och lika långvarig torka har vi också nu.

Den här gången kom Frida, Alex och Vida ut till Gläntan tillsammans med mig i mitten av maj, och det kändes bra att inte genast vara ensam här. På grund av el-krisen var fönster och dörrar täckta med isoleringsmaterial, så det var lite stök innan vi fick stugan i ordning.

Frida och Vida hade ett envist virus som jag fick en släng av. Det var dessutom extra mycket pollen i luften vilket inte gjorde saken bättre. Efter några dagar hittade jag mig själv under ullpläden på soffan, när kroppen inte orkade med förstertvätten mera. Där låg jag och såg ut på samma björkar som jag tittade på då jag hade borrelios. Då kom besvikelsen över att jag ännu var kvar här. Den var inte direkt någon överraskning, eftersom jag hade lagt locket på innan jag reste i september. Jag lät känslorna svämma över ordentligt när jag låg där rätt utslagen. Ibland är livet "skit" på många sätt, och då är det bara att vila i sitt elände en stund. Trots att hostan var seg, blev jag i alla fall snabbare frisk den här gången.

Min plan var att jag skulle våga gå ner i dälden, och röja bort nya små träd som vuxit upp under de senaste åren. Jag hade tänkt göra det genast innan gräset hunnit bli högt, men det blev inget av det. Jag gjorde ett försök då jag blivit frisk, men efter att jag sågat ner en grupp små björkar nära kanten, blev obehaget så kraftigt att jag inte förmådde gå lägre ner. Det var så deprimerande att se hur det växer vilt

utan att jag kan göra något, men Frida och Alex röjde un-
dan "braklet".

Nu har jag kommit till insikt om hur mina krafter har åter-
vänt med åren. Resan till Finland i maj var inte lätt; jag tog
sista flyget till Barcelona som landade på natten. Resväskan
kom inte med så jag måste föst reda ut den saken innan jag
kunde byta terminal.

Ute var det 12 grader och duggregn när jag väntade på
bussen. Det hade varit 30 grader när jag startade hemifrån,
och min jacka och halsduk fanns i resväskan, eftersom
andra viktiga saker skulle rymmas i kabinväskan. Den stora
incheckningshallen var också sval, men eftersom jag inte
hade något att checka in, kunde jag gå direkt upp genom
säkerhetskontrollen till gaterna där det var varmare. När
butikerna öppnade köpte jag en stor bommullssjal.

Märkligt nog kände jag på mig då jag checkade in på LPA
att det skulle hända något med resväskan. Det var en tydlig
intuition som fick mig att undra vad Frida har för adress.
Några timmar senare stod jag på en annan flygplats och
skrev ner adressen.

Väskan kom enligt personalens plan och landade på HEL
ett dygn senare. Jag skämtade att den hade ledsnat på låg-
prisbolag och tog Finnair i stället. Tyvärr var servicen så
långsam på HEL, att jag inte fick väskan innan vi åkte ut till
ön. Det var i alla fall skönt att veta att den kommit fram.

Trots den sömnlösa resenatten var jag inte speciellt trött
följande eftermiddag när jag kom fram till Fridas familj. In-
nan det hade jag hämtat kläder från källarskrubben och
handlat. För några år sedan hade det varit helt otänkbart
att resa på natten.

Roddbåten kom i vattnet redan i maj så nu har jag börjat skära vass. Den har brett ut sig både mot bryggan och sundet under åren som den inte har blivit tuktad. Jobbet går lättast då vassen är kort och skör på försommaren, men nog är det tungt att sitta i roddbåten och skära med lie. Ingen vind får det vara och jag vänder båten med öskaret.

När jag efter avslutat värv stiger ur båten, är knäna stela och jag har svårt att få ryggen rak. Jag känner mig som en 100-åring då jag går upp till stugan. Efter några gymparörelser och stretchningar återhämtar kroppen sig. Min plan är att få infarten till bryggan minst fem meter bredare på båda sidor. Nu gäller det att göra det bästa av arbetslägret; jag jobbar med tunga sysslor på förmiddagarna, och efter lunch blir det siesta och annan vilsam sysselsättning.

Det är skönt att upptäcka att jag har fått krafterna tillbaka. Mest handlar det om stresståligheten som blev försvagad av borreliosen. Hjärndimman försvann så långsamt att det är omöjligt att uppskatta när den var helt borta.

Första dagen i juli blev det betydligt svalare väder, men torkan fortsätter ännu i skärgården. Det passar mig eftersom min kropp inte gillar fukt. I dag är det 13 juli: dagen då läkaren för fem år sedan ringde och meddelade att borreliaprovet visade något, och att jag omedelbart måste påbörja en antibiotikakur. Jag hade varit i stan och handlat på förmiddagen, men måste ta mig tillbaka dit på eftermiddagen, och jag minns att vattnet var grönt hela vägen till Björnsö.

I dag blev vattnet grönt närmast stranden men det försvann då vinden tilltog mot kvällen. Cyanobakterierna har blivit allt vanligare vid värmeböljor, men i år varade den endast en vecka från midsommar. Få se hur resten av sommaren blir, för nu lovar de en ny värmebölja i juli?

På midsommarafton var havsvattnet 20 grader varmt och jag kunde börja vattenjogga. Den långa pausen hade börjat kännas i kroppen, men tyvärr kunde jag endast jogga en vecka, för väderomslaget gjorde vattnet betydligt svalare. Hård vind och högt vatten får temperaturen att snabbt sjunka. Mina ben tål inte längre svalt vatten: något som kom i samband med borreliosen. Lyckligtvis finns det en uppvärmd pool där jag bor i mitt andra hemland.

Nu är vi en bit in i augusti och jag har upplevt "femårsdagen" då jag fick allvarliga symtom, det traumatiska besöket på jouren, och följande dag då skötaren och läkaren på hälsostationen negligerade min begäran om att få prata med en läkare.

Alla händelser som vi har varit med om finns lagrade i kroppen; de mest obehagliga minnena kan ge posttraumatiska stressreaktioner, om vi inte har haft möjlighet att bearbeta dem. Ett år efter händelserna kände jag både oro och trötthet vid de tidpunkterna, men reaktionerna har minskat med åren.

I nyheterna berättar de att det finns extra mycket fästingar i sommar, och att de har borreliasmitta. Tidigare i somras hörde jag i radion ett inslag om Finlands farligaste djur; redaktören sade så och en expert ansåg att man inom 24 timmar bör får bort en fästing som bitit sig fast, för då är risken liten att man får smittan. Varifrån har experten fått sina uppgifter? Jag vet många som har blivit smittade trots att fästingen har suttit fast en mycket kort tid, och så var det ju också för mig.

Jag fick lust att kontakta Radio Vega, men insåg att jag inte har någon talan. För några år sedan ringde jag upp samma radiokanal, när de bad lyssnarna ringa och berätta vilket djur som de ansåg vara det farligaste. Då jag berättade om mina erfarenheter fick redaktören bråttom att avsluta samtalet. Jag har också tidigare hört om att tidningsredaktörer har vägrat att skriva om borreliospatienter. Det har eventuellt förändrats nu; för två år sedan när en person insjuknade på grannön hade en lokaltidning ett stort reportage. Patienten visste att hen hade haft flera fästingbett, men hade hunnit blir svårt sjuk innan en läkare på ett sjukhus hade förstått att ta ett labprov. Det visade sig att patienten hade både TBE och borrelios.

Ett mål med den här boken var att ta reda på varför läkarna verkar vara rädda för borrelios. Har jag fått något svar? Läkarna tycks vara oeniga om hur sjukdomen ska behandlas, och det påverkar säkert attityden. Men nu förstår jag att borreliabakterien är lik syfilis och inget att leka med. Den kan bilda biofilm och gömma sig i kroppen ifall den inte bekämpas innan den har hunnit sprida sig.

När en del patienter kommer tillbaka med ännu värre symtom, trots att de har tagit en kort antibiotikakur, blir många läkare villrådiga. Patienten får ofta höra att hen har fått vård och är frisk. Så gick det ju också för mig trots att jag hade fått en svag kur av medicinen man ger åt barn, och läkarna vägrade att lyssna.

För fem år sedan var inte alla läkare uppdaterade i den här sjukdomen, men hur är det i dag? Den stora personalbristen på hälsostationerna gör knappast saken bättre.

Labbproven är opålitliga, och ger så sent ett säkert positivt svar, att en 14 dagars antibiotikakur inte längre är tillräcklig. Då krävs det annan medicinering och längre behandlingstid, men det får inte alla patienter i Finland.

Om patienten vet att hen har blivit biten av fästing och har olika tydliga symptom, men inte den röda ringen, borde läkaren genast ordinera en rejäl antibiotikakur. I dag vet jag att sjukdomen verkligen kan ge så många fler symtom än förkylning och/eller utslag. Till exempel rytmstörningarna som jag fick i ett tidigt skede, och som helt försvann när jag hade blivit frisk. Men även värk, trötthet, instabilt blodtryck, yrsel, overklighetskänslor, ångest, tillfälliga minnesstörningar och hjärndimma borde läkarna ta på allvar. Det finns ju många fler symtom och alla patienter är olika, men väldigt få känner till dem.

Jag visste väldigt lite då jag blev biten, men litade på att jag skulle få adekvat vård. Inte kände jag till att borreliosen har tre olika stadier, och hur viktigt det är med snabb medicinering. Läkarna borde ha så mycket kännedom att de kan ställa de rätta frågorna. Det här tycks vara en sjukdom som bäst går att diagnostisera utgående från symtom, eftersom endast hälften får utslag och testerna visar positivt så sent.

Drabbar borrelios inte ännu tillräckligt många för att sjukdomen ska finnas i läkarnas fortbildning? Den sista läkaren jag träffade i Finland berättade att det inte finns någon planerad arbetstid för uppdatering av kunskaper, utan det är helt upp till läkaren själv om hen vill göra det på egen tid. Det märktes ju på läkaren som meddelade om det positiva labbsvaret; hon levde kvar på 1900-talet angående symtom och när de uppträder.

Till min kännedom har kommit så många berättelser av desperata människor, att jag är helt övertygad om att det finns kronisk borrelios. Jag har också hört och läst om dem som efter en hård kamp, i den privata eller alternativa våden, har tillfrisknat helt. Hur mycket lidande kan vi undvika genom rätt diagnos och medicinering i ett tidigt skede? Hur mycket av samhällets pengar kan sparas om läkarna på hälsostationerna får möjlighet att ge god vård? Om jag genast hade fått rätt vård skulle mycket resurser ha sparats.

Någonting mycket positivt är i alla fall på gång; ett borreliavaccin håller på att tas fram. Nyligen läste jag om ny forskning, där man har kommit fram till att borreliabakterien kräver långvarig antibiotikabehandling. Förhoppningsvis kommer hälsovårdsmyndigheterna i Norden att ändra sin inställning, och tillåta att läkarna i primärvården får skriva ut tillräckligt långvarig medicinering.

En annan viktig sak är bemötandet i vården. Om vårdpersonalen har tid att verkligen lyssna på patienten, kommer diagnostiseringen att underlättas, vilket minskar antalet felbedömningar, återbesök och kronisk sjukdom. Ett sakligt och vänligt bemötande då patienter blir ordentligt hörd, innebär att hen kan känna sig lugn och trygg, vilket minskar den psykiska stressen och därmed påverkar hela sjukdomsförloppet. Man kan med säkerhet säga att ett gott bemötande har en så stor betydelse att det ger en ekonomisk vinning. Detta är möjligt om personalen mår bra, och det finns förutsättningar att utföra arbetet på ett tillfredsställande sätt.

Den otrygghet, frustration och psykiska stress jag kände, då jag förstod att jag befann mig i en kamp mot vårdsystemet är svår att beskriva. Det fanns ingen som förklarade de sporadiska allt mera obehagliga symtomen, utan de bortförklarades samtidigt som jag skulle bevisa att jag verkligen var sjuk. Läkaren som berättade att allting hade gått fel begränsades av "det är så lite jag får göra, nu är du i primärvården" och risken för att bli anmäld om han skrev ut en längre antibiotikakur.

Specialisten i inremedicin på Gran Canaria ställdes inför ett svårt dilemma: medge att han inte kände till sjukdomen eller låta patienten vänta i 14 dagar på provsvaren, medan han kunde uppdatera sina kunskaper. Hans pondus tillät inte honom att medge svagheter. Det var troligen första gången han ställdes inför en situation, där patienten hade mera kunskap och vågade visa det.

Följande läkare var ödmjuk inför svåra uppgifter: kunde lyssna och ställa de rätta frågorna. Hon utstrålade lugn, empati, trygghet och hade hög auktoritet. Jag har svårt att beskriva lättnaden jag kände, och hon finns för alltid kvar i mitt hjärta, men även "änglatolken" har en plats där.

Jag är inte läkare och har därför agerat utgående från de kunskaper jag hade, och dem jag fick tag på under kampens gång. Dessutom litade jag på reaktionerna i min kropp och intuitionen. Det är omöjligt att veta hur det hade gått om jag hade litat på de första läkarna i Finland. Hur länge hade jag vandrat ute med fästingarna och hållit benen högt när jag kom in? Trots att det kändes konstigt att inte kunna lita på läkarna, var situationen fullständigt klar för mig; jag var tvungen att bli min egen "lymedoktor" och ta ansvar för mitt liv.

Jag minns en kommentar jag fick på Facebook då jag mådde som värst: *"Det här kanske ändå för någonting gott med sig."* Då kändes den helt fel för jag skulle så gärna ha avstått från sjukdomen, och det skulle jag nog göra ännu i dag. Nu vet jag ändå vilken nytta som den här erfarenheten har gett mig: jag inser att det som bara händer andra också kan drabba mig, jag fick kontakt med min verkliga styrka som gav mig ny säkerhet, nu ser jag på livet på ett nytt sätt, och trots att jag inte alla dagar fullt ut har kunnat hålla mitt löfte om att njuta, har jag ändå lärt mig vad som är det viktigaste i mitt liv; hälsan har högsta prioritet. Det verkar kanske själviskt, men om jag mår bra kan jag vara till nytta och glädje för min omgivning. Nu kan jag lättare be om hjälp och dra gränser för vad jag orkar med. Säkert har jag också blivit ännu mera medveten om samverkan mellan den fysiska och psykiska hälsan.

Jag har också fått ett bättre liv: regelbunden motion, hälsosam kost och jag är nästan helt alkoholfri. När jag nyligen fyllde jämna år och drack två glas skumpa, märkte jag hur dålig inverkan alkoholen har på min kropp, men det tyckte jag att enbart var positivt.

Dessutom har jag blivit känsligare för dofter och försöker undvika dem så gott det går. Parfymavdelningarna är inte mina favoriter, men det finns människor som sprayar på sig så mycket från dessa flaskor, att hela bussen eller metrovagnen blir doftförorenad.

I flera år har jag inte orkat vistas i stora folksamlingar med mycket oljud, men nu känns dessa platser inte längre lika motbjudande. Pandemin kom ju och gjorde livet lugnare, och det var egentligen bra för mig. Nu förnimmer jag en ny lust att ge mig ut på olika evenemang.

Några andra pusselbitar har också fallit på plats i sommar; jag har fått förklaringen till reaktionerna hos familjemedlemmarna, som jag trodde att berodde på borreliosen. Allting påverkar ju allting, så det är omöjligt att veta hela sanningen, men det har känts ologiskt att enbart skylla på sjukdomen. Dessutom har alla inblandade sina egna uppfattningar, och dem har de förstås full rätt till.

Eventuellt bidrog sjukdomen till att problematiken blev värre, eftersom jag var otålig och lättirriterad då jag hade hjärndimma. Min känslighet hjälpte till att varsebli att det fanns någonting utöver min andel. I dag minns jag frustrationen jag kände, då jag upplevde att jag inte hade rätt att vara sjuk och svag. Jag blev också rädd då jag insåg hur ensam jag var med Gläntan och skötseln av den, samtidigt som jag förstod ungdomarnas situation.

Händelser och uttalanden under våren har nu fått mig att förstå att det är gamla tider som ännu påverkar och spökar. Eftersom det är många år sedan jag satte punkt för den epoken i mitt liv, var det svårt att göra kopplingar så långt bakåt i tiden. Man vill ju glömma och gå vidare efter en skilsmässa, så jag blev tvungen att spola livets film många år bakåt, men då blev det lätt att se sammanhangen. När pusselbitarna föll på plats började jag förstå alla reaktioner under åren som gått. Det kändes oerhört befriande, gav ny energi och fick mig att förstå att jag behöver sätta tydliga gränser. Troligen är det tack vare sjukdomen som de här pusselbitarna kom på plats.

Det intressanta är också att det under våren och sommaren har kommit mycket information om ämnet i mitt flöde. Men det är inte första gången jag har snubblat på böcker, sånger eller annat som jag just då har behövt.

60. VÄRMEREKORD

För en vecka sedan landade jag på Gran Canaria en varm kväll. Jag tog taxi från flygplatsen, och omedelbart när jag hade kommit in i lägenheten slät jag av mig kläderna. Inomhus var det 30 grader och på terrassen 34.

När jag hade städat terrassen installerade jag luftkylaren i sovrummet. Utan den skulle det vara svårt att bo här nu, för min kropp har blivit känsligare för värme. Jag vet inte om det beror på åldern eller borreliosen, men personer som har haft borrelios har berättat, att det har blivit svårare att klara av både kyla och värme. 25 grader är idealtemperatur för mig; samma temperatur har andra uppgett.

Lägenheten är torrare än den någonsin har varit och doftar fräscht. Inte heller på utsidan vid dörren känner jag någon lukt av våt betong. Jag är glad över förbättringarna som har skett sedan jag upptäckte fukten i lägenheten. Komplexets vattenräkningar är säkert lägre då de har slutat att "vattna" husen, och poolområdet är bättre städat nu. Det finns också nyinstallerade solpaneler på taken som ger billigare el.

Nu har det blivit lite svalare och jag fylls av en befriande känsla; det är första gången som det inte finns några bekymmer vare sig här eller i Finland då jag flyttar hit. I år blir det riktig semester!

Jag följer ännu noga med hyresmarknaden på ön. En ny lag har trätt i kraft som innebär att ägaren ska betala mäklararvodet vid långvariga hyresavtal. Det kommer antagligen att minska på antalet lägenheter som hyrs ut för fem år. Hyrorna är galet höga för korttidsbostäder, och även de som säljer begär gigantiska summor.

Nu när fuktproblemen är lösta önskar jag att lägenheten får en ny ägare, som vill ha mig som hyresgäst också i fortsättningen. Jag kan be Puka ha mina saker i förvar under sommaren, och betala lite högre hyra för de månader jag bor här. Om det är trevliga människor så fungerar det nog, men det förutsätter att de vill betala skatt på hyran.

Jag vet inte om det är klokt att föreslå för Franca att det finns intressenter. Hon har visat sig vara en person som själv vill sköta sina affärer, och troligen vill hon ha högsta tänkbara pris. Det beror förstås på hur snabbt hon vill bli av med lägenheten, eller var det endast ett försök att bli av med mig? Var hennes vänliga svar enbart inställsamhet? Jag vill tro det bästa om alla människor tills motsatsen är bevisad, men Franca var själv snabb med att göra det. Tillit är knepigt och inget som snabbt återställs.

Jag litar på att livet bär: kommer dag, kommer råd. När jag har följt med andra personers bostadsproblem har jag förstått, att det enda som är säkert är att inget är säkert. Det är bättre att njuta av den här stunden, i stället för att förstöra den med oro för morgondagen.

Här finns så mycket att vara nöjd över. Snart ska jag gå ner till min underbara frissa som till hälften är kanarie. Nu får hon klippa en kort frisyr så att jag blir helt grå. Jag har verkligen sett fram emot det, trots att min ursprungliga hårfärg var mörkbrun. Elisa är den första frissan jag har anlitat som verkligen lyssnar aktivt, tar reda på vad kunden önskar, utför jobbet med stor noggrannhet och har äkta arbetsglädje. Besöken hos henne är mycket energigivande, och jag får tips om hur jag ska bemöta det kanariska folket.

September hade lagom temperatur, men oktober kom med en häftig värmebölja. Varje dag berättar de om nya värmerekord på ön. Nu är vi i mitten av den andra veckan i oktober och jag börjar få nog. Det är över 40 grader på eftermiddagarna och 30 på nätterna. Luftkylaren surrar på hela natten, men också ibland på dagen då det blir för hett att vistas i vardagsrummet.

Mest ligger jag på soffan och läser böcker, för det är helt otänkbart att skriva eller korrekturläsa nu. Semestern i september var riktigt skön, och jag hade just kommit i gång med manuset då värmen vällde in. Det hände en kväll då jag satt på terrassen, och det plötsligt blåste upp en oerhört varm vind från Afrika. Temperaturen som redan hade sjunkit till 27 grader steg snabbt över 30. Jag gick genast in och stängde dörrar och fönster.

På kvällarna joggar jag i poolen som är 31 grader, men jag skulle behöva mera motion. Alla ärenden sköter jag tidigt på morgonen, men värmen inbjuder inte till några ordentliga promenader. Aldrig tidigare har jag varit med om en så här häftig och långvarig värmebölja. Något svalt vatten kommer det inte längre ur kranen, men duschen ger ändå lite svalka.

Jag får olika reaktioner i kroppen av värmen: trötthet, huvudvärk, trög hjärnverksamhet och illamående. En kväll när jag får tungt att andas böjar jag googla om reaktioner vid hög temperatur. Visst, alla mina symtom passar in. När ska det här helvetet ta slut?

Det instängda livet innanför hemmets fyra väggar påverkar också den mentala hälsan, och att klimatförändringen är orsaken till det här känns mycket deprimerande. Jag minns vad jag såg under min flygresa genom Europa i augusti; det blev torrare ju längre söderut vi kom. I Spanien har en stor del av skörden torkat bort. Innan vi landade såg jag ett stort område med cyanobakterier på havet söder om ön. Atlanten har blivit uppvärmd.

Jag tänker på alla miljoner människor som största delen av året måste bo i svår hetta. Inte är det konstigt om de söker sig bort till svalare länder. De illegala ligorna fortsätter att skeppa migranter från Afrika till de kanariska öarna. Antagligen kommer det rekordmånga i år, men alla båtar lyckas inte nå ända fram.

I dag är det fredagen den 13 oktober. För exakt sju år sedan flyttade jag första gången till ön. Vart försvann sju år? Har det blivit som jag tänkte mig?

Sanningen är den att jag inte hade så många förväntningar annat än att få skriva, vattenjogga, njuta av sol och hav och det allra viktigaste: äga ledig tid. Alla de här förväntningarna har uppfyllts. Det som har gett mest överraskningar och utmaningar är mäklarna, hyresvärdarna, lägenheterna och en del av de nordiska företagarna.

Offentliga vården har däremot varit en mycket positiv överraskning, som har fått mig att känna både tillit och trygghet. Bemötandet har varit så fantastiskt och språksvårigheter har jag inte haft. Jag är ju van vid att höra till en minoritet i Finland, och där tiger befolkningen på två språk.

I dag är det söndag och värmen börjar släppa sitt grepp. Tidigt innan solen stiger går jag ner till stranden. Det är underbart att röra på sig; jag vandrar längs strandpromenaden, men jag går genast hem när solen blir för het. Havets sång och solens första strålar får mig att känna harmoni och glädje. I morgon blir det ännu tidigare start.

Poolbaren har fått nya ägare och nu går det att betala med kort. De är italienare och jag får lust att smaka på deras pizza. Förra ägaren, som var från Karibien, hade baren i endast två år, så allt är inte "osynligt" så länge.

En AA-grupp har startat i San Agustin så "vinteralkisarna" har fått en ny träffpunkt. Tyvärr finns det många som har problem under hela året. Jag är väldigt glad över att någon ställer upp och hjälper dessa personer som lider av en svårbotlig sjukdom.

61. HUSLÄKAREN

Nu är det 13 december och jag är på väg till min husläkare i Centro de Salud. Hon heter Carla, och är en glad kvinna i 35-årsåldern som inte kan många ord engelska, men hon pratar spanska tydligt och visar med händerna. "Carla och Carola blir ett bra team" sade jag vid första besöket för tio dagar sedan.

För två veckor sedan gick jag till Centro de Salud för att be om influensa- och covidvaccin. Jag frågade samtidigt om jag kan få en hälsogranskning. Vaccinen fick jag genast och en läkartid några dagar senare. Jag blev förvånad eftersom jag hade tänkt att jag får vänta några veckor. Fungerar sjukvårdssystemet verkligen så smidigt här? Jag tänker på vad skötarna och läkarna har sagt i Finland. Hur skulle jag bli bemött om jag under en vistelse där behöver vård?

Jag hade igen med mig en utförlig rapport på spanska som läkaren läste noggrant. Sedan fick jag tid till labbet några dagar senare, och remiss till hudspecialist eftersom jag hade bett henne undersöka några födelsemärken på ryggen. Få se när jag får tid till dermatologen? Icke brådskande fall till specialist brukar få vänta i två - tre månader. Det finns inte så många specialister på en ö med endast 900 000 invånare.

Hjärt- och andra organtransplantationer har de redan gjort på ön i flera år, och det finns läkarutbildning i Las Palmas. En del läkare kommer från Kuba där läkarutbildningen också lär ska vara i världsklass.

När jag stiger av bussen är klockan så lite att jag har tid för en promenad i parken innan jag går till läkaren. Efter besöket ska jag vandra genom San Fernando och julhandla. Nu har jag blivit beroende av mina morgonpromenader, och jag förstår att läkarna ordinerar motion. För mig har det blivit 100 km mera gång per månad sedan jag började morgonvandra.

Jag går in till CdS och visar min "cita" och mitt kort vid infodisken, och så tar jag trappan upp till rum 218. I dag ska jag få veta svaren på labbproven. Det är mer än två år sedan det senast togs prov, och då var det med reumatologens remiss. I stället för reuma kontrolleras sköldkörtelhormonet nu, eftersom jag vill reda ut varför jag fryser så lätt.

Läkaren pratar inne i sitt rum men ingen kommer ut, så nu sköter hon patienterna per telefon. Mannen i receptionen frågade om jag vill ha telefontid eller komma hit. För mig fungerar endast besök på grund av språket.

När det blir min tur att gå in hälsar jag och säger min inövade fråga: "Cuales son los resultados de los análisis?" Kanske ett "los" för mycket, men så blev det på översättningstjänsten. Hon småler och tar fram provsvaren.

Läkaren går långsamt och tydligt igenom alla resultat, samtidigt som hon visar på kroppen vilket organ det gäller. Många prov är nästan lika på svenska, men det finns de som är svåra att gissa. Allt är bra och några resultat är bättre än de var förra gången. Jag blir så glad att jag säger "muy bien" medan jag visar tummen upp. Carla skrattar; jag är säkert dagens gladaste patient. Så kollar hon på datorn och skriver upp tiden till dermatologen: 13 mars. Såklart, vilken annan siffra kunde det vara?

Jag tackar, önskar Feliz Navidad och går ut med glädjen sjudande i kroppen och knoppen. Det här är den bästa julgåvan för mig; hälsan är det viktigaste i den här åldern, och ingen medicinering som ger biverkningar.

Att det blev bättre resultat beror säkert på covids effekter: mindre motion och mera ohälsosam mat. Mina svagheter är den kanariska osten och italienska glassen, men i höst har jag ätit mindre av dem och motionerat mer. Nu är jag verkligen motiverad att fortsätta med mitt hälsosamma liv.

62. SUMMA SUMMARUM

Nu skriver vi år 2024 och det varma vackra vädret fortsätter. Grannar flyttar in och ut, och de som har firat jul i Norden kommer tillbaka, men en granne kommer aldrig mera hit efter sin julresa. Det är livets gång på "ålderdomshemmet" där medelåldern är hög. Inom mig finns ett starkt motstånd vad beträffar "ålderdomshemmet"; jag är inte där ännu.

De häftiga värmeböljorna i somras fick mig att fatta beslutet att minska på flygresorna. Julen firade jag därför här liksom under pandemiåret. Havets sång vid soluppgången är fortfarande den bästa början på en ny dag. Jag avstod inte från min promenad ens på juldagsmorgonen som var underbart vacker med nästan spegelblankt hav.

Ingenting har jag hört från Franca och försäljningen av lägenheten. Vad månne hon hade i kikaren förra våren, men hon är ju en "dramaqueen". Läget på bostadsmarknaden är dåligt, och synliga fuktskador på väggen hjälper inte upp försäljningen av den här bostaden. Jag fortsätter att ha koll på hyresmarknaden, men på visning går jag endast om det dyker upp någonting riktigt bra. Det finns inte många som hyr ut med långtidskontrakt, eftersom de flesta vill ha så mycket pengar som möjligt, inte betala mäklararvodet och kanske inte heller betala skatt. Läget på hyresmarknaden hinner förändras tills det är dags för mig att finna ett nytt hem, om inte Franca ändrar sig och vill förlänga kontraktet. Nu vill jag njuta av det som jag har uppnått. Vem vet, kanske jag ännu får en osynlig sambo, för livets teater kan ge intressant underhållning.

Tiden med borreliosen lärde mig många viktiga saker både om mig själv och min omgivning. Till exempel hur mycket kost, sömn och motion påverkar hälsan. Vi kan göda våra infektioner genom att ge dem socker och snabba kolhydrater, eller svälta ut dem med en infektionshämmande kost.

Angående naturmediciner är jag försiktig med att ge råd. Det finns flera olika så kallade "protokoll" som kräver långvarig användning av många olika preparat, men risken är stor att svårt sjuka människor kan bli utnyttjade på den här brokiga marknaden. Samtidigt förstår jag att en person som lider av svåra smärtor, yrsel och hjärndimma desperat tar till varje halmstrå som erbjuds. Därför är det viktigt att hälsovården inte sviker dessa patienter och lämnar dem ensamma i deras elände.

Detsamma gäller tyvärr också de privata klinikerna i olika länder som erbjuder vård åt svårt sjuka borreliospatienter. En helt frisk journalist för YLE:s program *Spothlight* sände ett prov för testning till ett tyskt laboratorium. Svaret blev att han hade borrelios och behövde vård som de kunde erbjuda. Svårt sjuka människor tar till och med lån för att kunna betala sin vård utomlands, men hur tillförlitliga är alla dessa kliniker? "Pengar tar fram människans sämsta sidor" skrev jag en gång på mitt företags Facebooksida.

Antabus har åtminstone i Sverige blivit ett nytt botemedel för kronisk borrelios, men jag vet inte hur lätt det är att få recept utskrivna av svenska läkare. För några år sedan hörde jag om en patient i Finland, som efter ett läkarbyte hade fått stor lindring av en medicin som ges för epilepsi. Innan dess hade patienten fått höga doser kortison och starka värkmediciner.

Det absolut häftigaste borreliosfallet som har kommit till min kännedom, är en man som var svårt sjuk i åtta år. Han fick många olika diagnoser och var med om en hjärtoperation. När inte den hjälpte gjordes ett borreliaprov som var positivt, och efter adekvat vård tillfrisknade han.

På Facebooks sidor för stödgrupper dyker det ständigt upp inlägg om svåra borreliosfall som inte har fått hjälp. Jag blir helt matt när jag läser hur fruktansvärt dåligt de mår, och hur illa de har blivit bemötta i vården. Vilken otrolig tur jag hade som i tid fick adekvat vård på Gran Canaria! Jag har insett att min berättelse kanske inte hjälper dem som länge har kämpat med svåra symtom, men jag önskar dem krafter att kämpa vidare tills de finner rätt läkare.

Hösten 2018 var borrelios upp för behandling i Europaparlamentet, på grund av att så många patienter hade blivit lämnade ensamma med svåra symtom. Resultatet blev svävande; troligen på grund av att åsikterna bland läkarna var olika. Antagligen berodde det också på ekonomiska orsaker, eftersom det finns länder där svårt sjuka patienter inte få sjukdagpeng, på grund av att läkarna anser att de är friska efter en antibiotikabehandling.

Sjukdomen hade inte enbart en fysisk inverkan på mig, eftersom jag några gånger blev rejält psykiskt tilltufsad. Det var bland annat då jag blev huvudrollsinnehavaren i en skräckfilm utan manus och med djävulen som regissör. Men det var först när jag började skriva som jag fick klarhet i mina psykiska "sår", och jag har flera gånger förundrats över min starka självbevarelsedrift och mentala styrka. Alla patienter vågar inte gå emot en läkares auktoritet och makt. Aldrig tidigare har jag varit så tvärsäker som jag var då. Jag visste att en rejäl antibiotikakur inte tar livet av mig, men att borreliosen kunde göra resten av mitt liv till ett helvete.

Att upprepade gånger inte bli tagen på allvar, samtidigt som man upplever skrämmande förändringar i kroppen, tär på den mentala hälsan. Jag har i flera år läkt min trasiga själ genom att skriva den här boken, men hur mycket hade det kostat samhället om jag hade krävt att få gå i terapi?

Det heter att man måste vara ganska frisk för att få vård i Finland, eftersom det är så krävande att bevisa att man är sjuk. Jag upplevde dessa spärrar som varje gång ifrågasatte mig. Samma spärrar har jag och mina anhöriga råkat ut för sedan omorganiseringen i offentliga sektorn. Varje fall har i slutändan inneburit fler läkarbesök, längre sjukfrånvaro, mer oro och lidande och flerdubbelt högre kostnader.

Hur stor inbesparing hade finska staten gjort, om mina borreliasymtom hade blivit tagna på allvar, och jag genast hade fått adekvat vård? En välfungerande primärvård påverkar kostnaderna för specialvården, men även andra kostnader eftersom den inverkar på människors fysiska och psykiska välbefinnande.

En liten ljusglimt har jag från ett av mina besök på hälsostationen i Helsingfors; de vänliga sköterskorna i receptionen som hjälpte mig att fylla i blanketten då min hjärna inte orkade mer. Även läkaren som medgav att allting hade gått fel, gjorde vad han förmådde och vågade. Men också personalen på sjukvårdsrådgivningen bemötte mig vänligt.

Jag har inte gjort någon anmälan angående felen i vården i Finland, eftersom jag har insett att problemet finns i systemet; förutsättningarna för god vård saknas. Dessutom är det fråga om en eldfängd sjukdom. En svensk barnläkare har anmält läkare i Sverige som har vågat skriva ut långvariga antibiotikakurer. Åtminstone en forskare i Finland har också blivit anmäld av honom.

Besöken på Centro de Salud och Hospital Insular har också haft en läkande effekt. Det vänliga, respektfulla och stressfria bemötandet har stärkt min trygghetskänsla och gett mig nytt hopp.

Annat är det med den misslyckade rotfyllningen, som jag själv upptäckte flera månader efter behandlingen på den nordiska tandläkarmottagningen hösten 2021. Jag blev kallad till återbesök för ny röntgenbild. Innan det upptäckte jag att de hade tagit betalt för tre rotgångar. Tanden hade endast två och en hade blivit rotfylld.

Chefstandläkaren "tryckte" ner mig i behandlingsstolen medan vi förhandlade. Min spanska tandläkare, som hade "glömt" att berätta att rotfyllningen hade misslyckats, stod i vrån och såg rädd ut. Den chefen fick lära sig att man inte ska försöka platta till eller lura finländska kvinnor; han försvann snabbt in i ett sidorum, efter att han hade meddelat att jag får pengar tillbaka.

Jag förstår att pandemitiden var svår för många företagare, och att det inte var den spanska tandläkaren som bestämde policyn på det stället. Han föreslog att han kunde göra ett ingrepp och skära av roten, men jag bad honom byta ut resten av amalgamplomben, och slipa ner tanden så att belastningen minskade.

Tanden har efter det några gånger känts öm och jag upptäckte en spricka vid lagningen. Jag skickade en förfrågan till mottagningen, men något svar fick jag inte. Det bevisar att jag hade rätt angående mina misstankar. En bekant blev helt förskräckt då hon besökte samma chefstandläkare för några år sedan. Han hade ansett att alla kindtänder måste få kronor.

Tur att jag har min pålitliga tandläkare här i San Agustin. Hon har nu lagat och slipat ner tanden, men har också lagat tänder med större plomberingar än den som måste få krona på den nordiska mottagningen.

Det här är inte första gången jag har blivit misstänksam över en tandläkares agerande. För många år sedan när jag gick till en ny tandläkare i Helsingfors, fick jag genast höra att alla kindtänder måste bytas ut till kronor, eftersom de inte kommer att hålla. Hon räknade snabbt ut hur många tusen euro det skulle kosta. Jag svarade att hon får laga den gamla amalgamplomben som var orsaken till mitt besök. Några fler besök blev det inte, och kindtänderna sitter kvar.

Tyvärr upplevde jag också för 35 år sedan en gynekolog som var en hård affärskvinna. Hon arbetade på en liten ny-öppnad mottagning där det också gjordes mammografiundersökningar. Genast som gynekologen rörde vid ena bröstet meddelade hon att det blir mammografiundersökning. Jag blev så överraskad att jag inte kom mig för att fråga orsaken. När jag följande dag frågade läkaren på mammografimottagningen var hon lika förvånad som jag, eftersom hon inte kunde finna någon orsak för undersökningen. Det blev inte fler besök hos det affärsföretaget heller.

Men jag har också lagt märke till, att om jag har anlitat en optikeraffärs ögonläkare eller optiker, så har jag alltid behövt nya glasögon. En gång fick jag så "starka" linser att de måste bytas, men optikern var inte förvånad. Efter att jag började gå hos en fristående ögonläkare har linserna förnyats en gång. Synen brukar försämras snabbare när man bli äldre, så det finns orsak att misstänka att affärsverksamheten går före etiken.

I dag vet jag inte vad jag ska tänka om vården i Finland och de nybildade välfärdsområdena. Åtminstone har beslutfattarna sett till att ca 600 personer i chefsposition får skyhöga löner. Deras arbete värderas högt, men hur värderas vårdpersonalens insats som direkt handlar om liv och död?

Dessutom har det reserverats många miljoner till de politiska partierna. Vad blir kvar för vårdpersonalen då den nya regeringen dessutom skär i finansieringen? En stor del av välfärdsområdenas fullmäktigemedlemmar är även politiker i sina hemkommuner. Är det klokt med en sådan maktkoncentration?

Övergångsperioden för en så stor reform tar tid, men jag är inte övertygad om att det blir bättre i framtiden. Läkarna föredrar att vara "köpläkare" så att de kan förtjäna tredubbelt mer än vad de ordinarie läkarna gör. Jag förstår att alla läkare inte vill arbeta enligt offentliga vårdsystemet, men hur ska vi lösa problemen?

Det finns människor som anser att invandrarna utnyttjar det finländska samhället, men hur är det med de finländska läkarna som har fått en lång utbildning? Utnyttjar de den svåra situationen genom att som "köpläkare" kamma in så mycket som möjligt av samhällets medel? Hur är det med de här läkarnas moral- och ansvarskänsla?

Nu planeras det att sjukhusens jourverksamhet centraliseras, förlossningsavdelningar stängs och små hälsostationer läggs ner. En stor del av primärvården börjar skötas per distans, och konsultföretag kör redan in modellen på en del hälsostationer. Samma företag levererar också distansläkare, och den privata vårdverksamheten ökar inom den offentliga sektorn. Många miljoner från statskassan flyttas över till privata vårdföretag genom större ersättningar från Fpa vid privata läkarbesök. Är det klokt, rättvist och kostnadseffektivt att använda offentliga medel så här?

Vilken inverkan kommer förändringarna att få för invånarna? Kommer det att bli lättare att få konsultera en hälsovårdare eller läkare? De som tvingas uppsöka en privatläkare, men då sjukdom har konstaterats, inte själva har råd att betala den fortsatta vården, kommer att hamna i ruta ett i den offentliga vården. Är de privata labbproven av så dålig kvalitet, att de inte duger för den offentliga vården? Varför stöder staten i så fall sådan verksamhet?

När blir den förebyggande vården så mycket bättre att den minskar belastningen på specialsjukvården? Hur ska allmänpraktiserande läkare i primärvården får en sådan status, att de vill arbeta som ordinarie anställda på en hälsostation? Bristen på läkare lär inte vara orsaken till att så många vakanser är obesatta. Detsamma gäller bristen på olika vårdare; många arbetar inom andra branscher. Finns det risk för att personalen som tvingas byta arbetsplats säger upp sig?

Jag håller med professor Lasse Lehtonen, som nyligen uttalade sig i ett tv-program angående vården i Finland: "tehoton helvetinkone" (ineffektiv helvetesmaskin).

Om vi anser att "bembölingarna" har byggt hus på Gran Canaria, så kan vi också säga att "bembölingarna" har planerat vården i Finland. Men där får de nog dessutom bära in både ljuset och arbetsglädjen i en säck.

Sent en kväll märker jag att Franca har skickat ett mejl. Hon brukar i allmänhet höra av sig på WhatsApp, så nu måste det vara något mera officiellt. Troligen handlar det om pengar eller så vill hon nu sätta i gång med försäljningen.

Nästa morgon översätter jag mejlet som är lite otydligt, men det som blir klart är att hon vill höja hyran enligt lagen. Wow, Franca har lärt sig följa lagen! Hotar man med jurist så behöver man nog bekanta sig med hyreslagen. Det som också är positivt är att mejlet är artigt och vänligt skrivet.

Hon nämner januari och februari, och att jag behöver betala förhöjningen från nästa månad. Jag flyttade hit 15 februari så jag frågar om hon menar att hyran stiger från mars månad. Svaret är "si", men nu märker jag att det redan är mars och hyran är betald. På min fråga om jag bör betala mars månads förhöjning retroaktivt, svarar hon att förhöjningen kan betalas i samband med april månads hyra. Vad månne hyreslagen i Spanien säger angående när man bör meddela om hyresförhöjningar? I Finland är det minst två månader, men Franca vill ha förhöjning retroaktivt. Hon skrev ingenting angående försäljning nu heller.

Onsdagen den 13 mars är det i dag, och jag sitter i bussen på väg till dermatologen i Vecindario, som är öns tredje största stad. Jag undrar när jag senast besökte orten? Kanske var det den ödesdigra dagen i november 2018, då jag åkte till köpcentret Atlantico för att julhandla? I dag har jag också planer på att vandra dit, men den här gången slutar besöket knappast med plötslig värk i benen och snabb taxiresa hem.

Jag är lite spänd inför besöket på en ny vårdcentral. En rapport på spanska ligger i väskan. Kommer det att bli några åtgärder: provbit för analys, operation eller endast uppföljning hos husläkaren? Jag har träffat flera personer på Gran Canaria, som har blivit opererade för hudcancer i sina hemländer. Själv vistas jag sällan i direkt solljus numera, men när jag var yngre älskade jag att solbada.

Jag tänker på den gången då läkaren i Finland sade "vi ger vård när vi har konstaterat sjukdom", då jag ville bli undersökt för att utesluta sjukdom. Det hade varit svårt att få tid till läkaren, eftersom jag inte kunde bevisa att jag var sjuk, men jag hade haft symtom som en tidigare läkare ansett att alltid bör kollas upp. Jag blev undersökt, fick veta att jag var frisk och vilka symtom som jag bör ta på allvar. Det tog bort min oro och ökade trygghetskänslan.

Mitt besök i dag är förebyggande vård, men skulle det anses som onödigt i Finland, ifall det visar sig att inga åtgärder behövs? Hur mycket kostar i medeltal vården av ett hudcancerfall? Men vad kostar det psykiska lidandet? Det är omöjligt att beräkna eftersom det också drabbar patientens omgivning. Hur stora inbesparingar av offentliga medel ger en god förebyggande vård? För mig kommer i alla fall vetskapen om att jag inte har hudcancer, att innebära att jag inte behöver oroa mig. Oron är inte alltid medveten, men den kan påverka hälsan på många olika sätt: stjäla energi och störa tankeverksamheten och sömnen.

För några år sedan frågade jag läkaren angående ett födelsemärke på ryggen vid en gynekologisk undersökning i Finland. Hon tyckte att det såg lite speciellt ut, och att husläkaren på Gran Canaria kan ta bort det.

Här fungerar det inte så, för det finns en vårdcentral: Centro de Atencion Medico Especializado, och där finns det olika specialister för oss som bor på öns södra del. Jag vet inte om det görs några ingrepp där, eller om patienterna remitteras till olika sjukhus.

Min uppfattning är att på Gran Canaria tar husläkaren hand om grundhälsan och enkla sjukdomar, medan specialisterna sköter den specifika vården. Det är ju bra om de kan sortera bort dem som inte behöver några ingrepp, så att de personerna inte belastar sjukhusen. "Turistläkarna" skickar lätt patienter till de offentliga sjukhusen, eftersom vården där är bättre.

Bussen svänger in till Vecindario som ligger på öns största plana område. Den här bussen tar den västligaste gatan och kör sedan vidare till Telde. Husen är små och gatorna är smala. Endast gatorna på sidorna och den fyra km långa huvudgatan i mitten är breda och har planteringar.

Nu stiger jag av bussen och där skymtar huset som troligen är min destination. Det är ett beigefärgat tvåvåningshus innanför ett högt svart metallstaket. När jag går in möter mig en medelålders man i mörkblå uniform. Han frågar om jag kan spanska, och när jag svarar "poco, poco" börjar han prata engelska. Samtidigt ser jag en skylt med olika specialister och pilar åt olika håll: dermatologo visar åt höger. Mannen visar vart jag ska gå och säger att det är rum ett och två. Jag går till ändan av korridoren och sätter mig på en stol. Efter en stund kommer mannen och kollar att jag har hittat rätt; jag blir varm inombords över omtanken.

Dörr nummer ett öppnas och ut kommer en medelålders man i civila kläder. Han ber om att få se mitt sjukförsäkringskort, kollar på pappret som han har i handen och går tillbaka in i rummet. Om en stund kommer en kvinna i vita kläder ut ur den andra dörren. Hon går runt och kollar patienterna och antecknar på ett papper. När hon kommer fram till mig ger jag mitt kort, och hon konstaterar att jag ska gå till rum ett. Är mannen i civila kläder dermatologen?

När det blir min tur att gå in förstår jag att det är han som är läkaren. Han är inte intresserad av någon rapport utan visar att allting finns på skärmen. När han har läst en stund ber han mig gå till undersökningsbordet. Jag klär av mig blusen, och han börjar undersöka födelsemärkena med ett instrument som ser ut som ett förstoringsglas med lampa. Han gör det mycket noggrant och koncentrerat. Jag visar ett strävt ljusbrunt märke, som jag nyligen har upptäckt på baksidan av låret, och han undersöker också det.

Läkaren slår sig ner och är lika fokuserad när han skriver på datorn. Han printar ut två papper och går igenom texten på det första, där han har gjort en anteckning om uppföljning hos husläkaren. Efter det ger han dem åt mig och säger "no problema".

TACK

Jag vill tacka alla som på olika sätt har bidragit till innehållet i boken; utan er skulle den inte finnas. De häftigaste händelserna har gjort berättelsen spännande och intressant.

Trots att jag ännu i dag gärna skulle avstå från upplevelserna, är jag ändå mycket nöjd över att de har omvandlats till något konstruktivt och underhållande.

Mina tankar går till Thomas Lundin, som i rätt ögonblick lade ut sången *Efter solsken kommer regn* på Facebook. Sången gav mig både tröst och kraft.

Mitt varmaste tack går till min granne Sickan som har trott på mig under hela skrivprocessen. Hennes konstruktiva kritik och uppmuntran har gett mig mod och styrka, och gjort mig medveten om hur mycket finsk/svensk jag är.

"Du skriver roligt, mitt i prick och du bjuder på dig själv."

Sickan

carola.wb@hotmail.com

compassola.blogg.se